杜甫農業詩研究

杜甫農業詩研究

―― 八世紀中国における農事と生活の歌 ――

古川末喜著

知泉書館

この書を農に生きる母に捧げる。

凡例に代えて

一　杜甫の詩のテキストには、清の仇兆鰲注『杜詩詳註』全五冊（中華書局、一九七九年第一版、一九九五年第四次印刷）を用いた。杜甫の詩題に限って〈　〉括弧で囲んだ。

一　詩題の前の四桁の数字は、前二桁の漢数字が仇注本（以後簡略化してこう呼ぶ）の巻数、後二桁のアラビア数字がその巻数内での順番を表す。

一　仇注本の編年のしかたは、旧注を批判的に継承しており、おおむね妥当であると言える。本書でも基本的に仇兆鰲の編年に拠る。仇注本は詩の制作年（また背景）順に並べてあるので、巻数を見ただけで、その詩がおおよそいつごろ、どこで作られたか見当が付く。また仇注本は、注釈書や研究論著の底本として採用されていることが多いので、仇注本での巻数と巻内での順番が分かれば、その詩を探し出すときに便利である。

仇注本は、種々のテキストの文字の異同が比較的丁寧に注記されており、居ながらにして他のテキストのおおかたの状況を知ることができる。文字の異同は単純な誤写の場合もあるが、詩句の解釈の揺れから来ている場合もあり、そういうときは杜甫詩の解釈の幅を広めてくれる。もちろん仇兆鰲が見ていないテキストで、今日の我々が容易に見ることができるものもある。

仇注本の注解は網羅的で詳細をきわめる。とくに杜甫の使う詩語が、杜甫以前はどのように用いられていたのか、或いはどのようにして造語がなされたのかを、時代をさかのぼって調べあげている。ただ注意しなければならないのは、あまり詩と関係なさそうな古典の用例の中に、その言葉の初出の例が見いだされている場合である。これは必ずしも仇兆鰲が、その古典での意味どおりに、その言葉を解釈すべきだと考えているのではないだろう。この点はしばしば誤解されているようで、仇注本の欠点の一つに挙げられることがあるが、仇兆鰲はその作業によってその言葉の意味というよりは、由来を示しているのである。

杜甫の細部までを知り尽くしたうえで、俯瞰的な視点からなされる仇兆鰲の杜詩解釈は、はなはだ妥当であると思う。詩意がつづられている文章は、ときには詩的でさえある。古人の多くの注釈を引用して旧注の集大成といった感があり、杜甫詩の解釈には仇注本が一つありさえすれば何とかなる。そう言っても過言ではない。むしろ今日仇注本の助け無しには、杜甫詩の理解は困難であるとさえ言ってよい。なお仇注本については、近年佐藤浩一氏が精力的な研究を展開しておられる。

一　杜甫の詩集がほぼ完備したのが、北宋の中頃、十一世紀中葉で、現存の代表的な宋刊の注本が出揃うのが、その百五、六十年後の南宋中頃である。

詩本文の文字の異同、問題となる箇所については、必要に応じて以下のような宋本系テキストを適宜参照し、仇注本に従わないときに限って注記した。

○王洙（王琪）の『（宋本）杜工部集』二十巻（及び補遺一巻）　張元済・続古逸叢書本を、一九六七年に台湾の学生書局が景印したものを用いた。また簡便な王学泰氏の校点本『杜工部集』（全二冊、新世紀万有文庫、遼寧教育出版社、一九九七年）の巻末校勘記も便利である。

○呉若本　その代用として『全唐詩』（揚州書局本）巻二一六－巻二三四。また清の銭謙益の『銭注杜詩』二十巻（上海古籍出版社、一九七九年）。全唐詩本には、銭謙益本を通して、呉若本が反映されていると考えられているからである。

○趙次公本　林継中氏の輯校になる『杜詩趙次公先後解輯校』上海古籍出版社、一九九四年、を用いた。

○蔡夢弼の『杜工部草堂詩箋』五十巻　古逸叢書に収める覆麻沙本杜工部草堂詩箋四十巻を、一九七一年に台湾の広文書局が影印したもの、及び中文出版社の影印による『杜工部草堂詩箋補遺』十巻、を用いた。

○郭知達の『杜工部詩集注（九家集注杜詩）』三十六巻　故宮博物院が一九八五年に景印宋本新刊校定集注杜詩と題して影印したものがあるが、ここでは翻刻本の『杜詩引得・哈佛燕京学社引得・特刊十四』一九六六年、台北、また四庫全書本を用いた。

○王十朋（託名）の『王状元集百家注編年杜陵詩史』三十二巻　中文出版が黄永武主編『杜詩叢刊』所収のものを影印。
○黄希、黄鶴父子の『黄氏補注杜詩』三十六巻　原題は黄氏補千家集註杜工部詩史。ここでは便宜的に四庫全書本を用いた。
○無名氏の『分門集注杜工部詩』二十五巻　四部叢刊初編所収。

一　歴代の注釈としては、上掲の宋本系の刊本のほかに以下のようなものを主として参照した。ここに載せていないものは本文のなかで随時注記した。またここに掲げたものを本文中で引用する場合は、二回目以降は書名は省略し、巻数だけを示した。
○明の王嗣奭（一五六六－一六四八）『杜臆』（曹樹銘増校『杜臆増校』芸文印書館印行、一九七一年を用いた。）
○清の黄生（一六二二－？）『杜（工部）詩説』（中文出版社、一九七六年影印。またその点校本に徐定祥点校の『杜詩説』黄山書社、一九九四年がある。）
○清の浦起竜（一六七九－？）『読杜心解』（全三冊、中華書局、一九六一年初版、一九七八年再版）
○清の楊倫（一七四七－一八〇三）『杜詩鏡銓』（上海古籍出版社、一九八八年）

一　近代以降の伝記及び訳注では、主に以下を参照した。
○陳貽焮『杜甫評伝』（上海古籍出版社、一九八二－一九八八年）
○鈴木虎雄『杜少陵詩集』（続国訳漢文大成、国民文庫刊行会、一九二八－三一年。『杜甫全詩集』日本図書センター、一九七八年再版、を用いた。）
○韓成武・張志民『杜甫詩全訳』（河北人民出版社、一九九七年）
○張志烈主編『（今注本）杜詩全集』（天地出版社、一九九九年）
○李壽松・李翼雲『全杜詩新釈』（中国書店、二〇〇二年）

詩の訓読について

本書で用いている詩の訓読文のスタイルは、オーソドックスな訓読法とは異なる。本文で詩を引用するとき、いちいち語句の説明や訳を付けていると、行文が煩瑣になり、論旨の流れが見えにくくなることがある。そのため、なるべくそれらの説明文を付けないですむようにと、口語訳を兼ねた訓読文を作り出すように工夫した。その方針を列挙するとおおかた以下のようになる。

○漢字の振り仮名として大胆な訳語を付けた。したがってそれらの読みは辞書的には正確なものではない。また漢文訓読の習慣から大きく逸脱しているものもある。そのことをまずご承知願いたい。たとえば、

　婆娑一院香。　婆娑（ゆらゆら）として　一院（なかにわじゅう）に香（かんば）し

とはいえ、それはやむを得ない場合に限ることとし、なるべく伝統的な訓を重んじることにした。

○文意を明確にするために、主語や目的語また副詞や動詞などを、ひらがなによって、比較的自由に附加した。たとえば、

　裂餅嘗所愛。　餅を裂きて　わが愛する所（もの）を　なんじに嘗めしむ

　結子隨邊使、　やがて子（み）を結べば　辺使に随って　みやこにのぼり

○その際、原文で用いられていない漢字を、訓読で勝手に増やすようなことはしなかった。

従って、訓読文からひらがなを取り除いた漢字の部分は、原文の漢字と必ず一対一で対応している。

○典故の説明など、どうしても原文以外の漢字が必要な場合は（　）の中に入れて示した。したがって（　）内に漢字がある場合は、それは原文以外の補足された漢字である。

○なるべく古典中国語としての語順を尊重するようにしたが、やむを得ず語順を入れ替えたところがある。

○外来語などはカタカナで表記したものもある。たとえば、

商胡離別下揚州、　胡(ソグド)の商(あきんど)は　ここより離別して揚州に下り

○一部の名詞は、名詞であることを際だたせるためにカタカナで表したものもある。たとえば、

北有澗水通青苗。　北に澗(たにがわ)の水有りて　イネの青き苗に通ず

○また字体については、原則として原文は旧字体で訓読文は新字体で示した。ただその中のいくつかについては種々の事情から新字体で統一したものがある。

これらは、本書で窮余の策として作りだしたものであり、何度も繰り返すが、決して標準的な訓読文ではない。目指すところは、初読で読んで意味がわかり、耳で聞いて意味が通じることである。だが、力及ばずして理想からはほど遠いものとなった。訓読の格調高さも失われる。しかし漢詩が分かりやすく楽しくなる一つの方法ではあると思う。

目　次

第Ⅱ部　成都期

第Ⅲ部　夔州期の農的生活

第Ⅳ部　夔州期の農事

杜甫農業詩研究

――八世紀中国における農事と生活の歌――

第I部　秦州期

第一章　秦州期杜甫の隠遁計画と農業への関心

第一節　長安を去る

七五九年七月、この年四十八歳になった杜甫は、官を辞して秦州へ旅立った。そしてこれ以後は、もう二度と故郷の長安、洛陽の地を踏むことはなかった。

杜甫が、その最後の実質的な官となる、華州司功参軍を辞めたのは、いろいろな理由が考えられている。従来は長安方面の戦乱や飢饉を避けるため、あるいは粛宗朝の政治に失望したためなどと説明されることが多かったが、最近では他にも杜甫自身の性格的なもの、家族への感情、華州司功参軍での職場関係によるものなど、多くの問題が直接、間接に関連しあったものという見解が出されている(1)。おそらくそれは正しいであろう。ただそうしたなかでも、近侍の官としての左拾遺から華州の地方官へと出された杜甫が、自分自身が粛宗から疎んじられている事実をはっきりと突きつけられ、自分を無用のものと見なさざるをえなくなった。そしてこのような小官では自分の政治理想はとても実現できないと認識するに至った。このことが官を辞した本質的な原因ではないかと思う(2)。

いずれにせよ杜甫のような遠大な理想、豊かな想像力、細やかな感性を持つ詩人には、司功参軍の職にあって、毎日多くの文書を正確に処理しなければならない実務の仕事は、はなはだ辛いものがあったろう。白居易や元稹なら、そういう実務もそつなくこなせてしかも良い詩も書けた。しかし大きな政治論、情勢分析、人材推挙等ならともかく、(3) そんな細々とした仕事は杜甫には似つかわしくなかった。

杜甫は華州司功参軍を辞した後、そのまま長安に居続けることはしなかった。長安を去ることにしたのは、お金の理由で都に住まうことができなかったからだと、杜甫自身が述べている。友人の高適と岑参に寄せた〈〇八18 寄彭州高三十五使君適・虢州岑二十七長史參、三十韻〉詩に次のようにある。

無銭居帝里、　帝里（みやこ）に居るに　銭無く
盡室在邊疆。　尽室（かぞく）は　みな辺疆に在り

この辺疆を仇兆鰲は東柯谷（後述）だと注するが、ここは広い意味での秦州であろう。長安一帯は安史の乱後、物価が高騰し、穀物などは乱前より百倍も高くなることがしばしばであった。『旧唐書』巻一九〇下、文苑伝下の杜甫伝の記述も、杜甫が長安を去った経緯を「穀食が踊貴」するためと、前後の文脈から読める。このように長安を去った理由の一つに経済上の問題をあげることができる。

秦州は長安から約四五〇キロメートルの位置にあり、(4) 途中二千メートル級の隴山越えもある。とはいえ、杜甫の一家が通った道は、臨洮を経由して河西走廊の重要都市涼州（武威）へと至る幹線的な駅道の一段である。〈〇七19 秦州雜詩二十首〉其三で、

州図は同谷を領し、駅道は流沙に出ず。……年少の臨洮の子（わかもの）、西より来たりて亦た自ら誇る。

と詠じるのがそれである。

唐代の駅道は「凡そ三十里に一駅、天下の駅は凡そ一千六百三十九」（『旧唐書』巻四三）というように、十六、

七キロごとに一駅があった。また「南は荊・襄に詣り、北は太原・范陽に至り、西は蜀川・涼府に至る、皆な店肆有り、以て商旅に供す。遠く数千里を適くも、寸刃を持たず」（『通典』巻七）というように、商店や旅館もあって、我々が想像する以上に便利で安全だったようだ。ただ安史の乱が勃発する前後になると、楊国忠の悪政で「路に当たる店肆は多く蔵閉す」（同上）という状態になってしまう。杜甫が秦州路を通った頃は、安史の乱の後であり、幹線はさびれたものになっていたであろう。それでも西域防衛上重要なこの幹線は、一旦国境で事が起これば、次々と烽火が長安まで伝えられるほどの秩序は十分に保たれていた。

三年前の夏、長安陥落を前に関東一円がパニック状態に陥り、杜甫はそれまで家族をあずけていた白水県から北に逃げ、彭衙、華原、三川を経て鄜州に避難したのだが（〈二三22 送重表姪王砯評事使南海〉、〈〇五26 彭衙行〉）、今回はその時のような戦乱からの避難民的な旅ではなかった。また秦州には結局足かけ三か月ほどしか滞在せず、秦州から同谷へ、さらに同谷から成都へと南下していくのだが、今回の秦州入りは、その時のような厳しい寒さの時候に険しい山道を上り下りする難儀な旅でもなかった。概して杜甫の一行は比較的良き時節にあまり大きな事件もなく、ひと月もかからずに秦州に到着できたに違いない。

そう私が想像するのは、華州司功参軍を辞めようと決心している詩が〈〇七09 立秋の後に題す〉と題されて秋に入るころで、秦州で作られた詩はみな秋であり、両者に空白の期間がないからである。また杜甫には隴山越えを思い起こした「遅廻いつつ隴を度りて怯ゆ」〈〇七19 秦州雑詩二十首〉其一や「昨には隴坂を踰えしを憶う」〈〇八31 青陽峡〉などの句はあるが、秦州行の旅程を詠じた詩篇が無い（残されていない）からでもある。

杜甫がなぜ秦州を選んだのか、その理由もいろいろな憶測がなされている。(5) その中に、秦州が成都へ入るための単なる通過点に過ぎなかったと言う説があるが、それは事実と最も異なる言い方であろう。なぜなら秦州に到着した杜甫は、多くの詩の中で当地で隠遁することへの願いを述べ、実際にいくつかの隠遁の候補地を真剣に探し歩いたからである。むしろ隠遁への願望は秦州詩の一つのモチーフのようにさえなっている。

第二節　故郷へ帰らず

一方、華州司功参軍を辞めたとき、故郷の洛陽へ帰るという選択肢は最初から彼の念頭にはなかったであろう。実は故郷の洛陽には、冬から春にかけての時期だが、華州司功参軍の在任中に一度帰省したことがあった。その時洛陽は一年前に反乱軍の手中から回復されてはいたものの、乱後の故郷は見る影もなくさびれていた。故居の陸渾荘に帰り着いて得た感慨は、「他郷は故郷に勝る」〈〇六46 得舎弟消息〉という厳しいものだった。

それに何よりも洛陽周辺をめぐる情勢はきな臭かった。例えば杜甫が洛陽から長安へ戻る途中、郭子儀ら九節度使の連合軍が相州（鄴城）包囲戦で大敗したが、そのとき洛陽の住民は驚き慌て、散り散りに山谷に逃げ込んだという。また、破れて本鎮へ帰還する各節度使の士卒たちは、通過する村々を略奪し、役人もしばらくの期間は阻止できなかったという（「東京士民驚駭、散奔山谷。……諸節度各潰歸本鎮。士卒所過剽掠、吏不能止、旬日方定。」『資治通鑑』巻二二一、乾元二（七五九）年三月）。だからこの時杜甫の帰京がもう少し遅れていたら、きっと彼もその混乱に巻き込まれていたに違いない。

また勢力を盛り返して自ら大燕皇帝と称した史思明が、南下して洛陽に迫る勢いとなったとき、洛陽の官僚たちは西して関内に避難させられ、住民たちも賊軍を避けて城外に出され、洛陽城を空にする策が取られた。だから史思明が洛陽に入城したとき、城内は空っぽで何も得るものがなかったという（「思明乘勝西攻鄭州、光弼整衆徐行、至洛陽、……遂移牒留守韋陟使帥東京官屬西入關、牒河南尹李若幽使帥吏民出城避賊、空其城。……庚寅、思明入洛陽、城空、無所得、畏光弼掎其後、不敢入宮、退屯白馬寺南……。」『資治通鑑』巻二二一、乾元二（七五九）年九月）。洛陽でこの騒動があった時、杜甫はもう秦州に滞在しており、その翌月にはさらに同谷に向かおうとしていた。だから洛陽周辺のこの混乱した危険な情勢を見る限り、司功参軍を辞めた時点で、杜甫が故郷の洛陽を選択するという可能性はほとんど無かったといえよう。

第三節　秦州という地

天子を補佐して理想の政治を実現するという道を打ち砕かれ、天子にうとまれ、自分が無用であることを思い知らされた杜甫は、地理的にもむしろ国都から遠ざかるところで家族とともに自足の生活をしながら、ひっそりと余生を送りたいと思っていた。(6)〈〇七19　秦州雑詩二十首〉其二十では、自分はそういう生き方を選んでいるのだと、嘗ての朝官の同僚達に伝えようとしている。

唐堯真自聖、　唐尭のごとき（今上皇帝）は　真に自ら聖なれば
野老復何知。　野老のわれは復た何をか　あずかり知らん
曬藥能無婦、　薬を曬すに　能く婦無からんや
應門亦有兒。　門に応ずるに　亦たわが児も有り
藏書聞禹穴、　書を蔵するは　禹穴のあるを聞き
讀記憶仇池。　記を読みて　仇池を憶う

為報鴛行舊、　わが為に報ぜよ　鴛行のごとく（朝官に列す）旧に

鷦鷯在一枝。　鷦鷯のごときわれは　一枝に在りと

この詩に言う仇池は秦州そのものではないが、秦州から西南の方に近接するところにあって歴史も古く、昔から神仙の住む小有天に通じると考えられていた。後述するように〈〇七19　秦州雑詩二十首〉其十四でも「何れの時にか一茅屋に、老を白雲の辺に送らん」と述べて、そんなところで人知れず老いて生を終えたいと願っている。また、最も尊敬し信頼する二人の友人に与えた〈〇八19　寄岳州賈司馬六丈・巴州嚴八使君兩閣老、五十韻〉の詩には、

古人稱逝矣、　古人はかつて　逝ゆかん　と称せり

吾道卜終焉。　吾が道は　ここに終焉（の地）を卜わん

隴外翻投跡、　隴外に　翻ってわが跡を投じ

漁陽復控弦。　漁陽には　いくさおこりて　復た弦を控く

と述べており、このたびの都を立ち去っての秦州行きが、隠遁の永住の地を求めての旅であったことがわかる。そういう意味では、杜甫がやってきた秦州の地は、実ははなはだ杜甫にふさわしい場所であった。なぜなら秦州は（吐蕃との軍事情勢さえ悪くなければ）隠遁生活をするには理想的な場所だったからである。たしかに秦州入りを前に杜甫は不安や憂いを抱いていた。前にも挙げたように「遅迴いつつ隴を度りて怯え、浩蕩として関に及びて愁う」〈〇七19　秦州雑詩二十首〉其一とあるように。しかし一方、秦州の地で実現するかもしれない隠遁生活に大きく期待をふくらませてもいた。

秦州（一時期天水郡と改名）は隴右道に属し、吐蕃国境とも近く中都督府が置かれていた。渭水（渭河）の上流

に開けた高度千メートル余りの高原盆地で、西はシルクロードに通じ、東へ下ると長安に至り、南下すると成都方面に入る。古来より交通の交わる所で商業も発達し、手工芸では今日に至るまで彫漆が有名である。特に漆については、杜甫が賛上人と一緒に隠遁地を探してもらったことを述べた詩に「近ごろ聞く　西枝の西に、谷有りて杉と桼（漆）と稠（おお）く……」〈〇七25　寄賛上人〉と詠じており、漆が当地の名産であることに杜甫は気づいていたようである。

杜甫にとって重要なことは、秦州が農産物の集散地であり農業が発達していたことである。秦州は今でも「隴上の江南」などと呼ばれて農林業が盛んであるが、この地で老を送り隠遁しようという気になっていた杜甫にとって、農業に適した土地であるかどうかは、秦州という地の基本的な条件であった。

ただ杜甫の気持ちはいつも揺れ動いている。隠遁的生き方以外への迷いが無かったわけではない。現実を見ればまた朝廷の政治、軍の動向、同僚たちの消息、そして悲惨な兵士・農民へと心は動き、憤り、憂え、悲しまざるを得なかった。ただそういう方面の杜甫についてはもう今まで何度も繰り返し語られてきた。そこで私は、ここではもう少し違った角度から秦州時期の杜甫について考えてみようと思う。

第四節　西枝村と西谷

当時の杜甫の気持ちは隠遁に傾いていたとはいえ、その隠遁への思いも一様ではなかった。隠遁するに相応しい場所をあれこれ物色していたがなかなか決心がつかなかった。

杜甫が隠遁地を探した経緯を自ら詠じている詩がある。〈〇七24　西枝村に草堂を置く地を尋ね、夜、賛公の土室に宿す、二首〉其一である。詩題からも明らかなようにその時杜甫は賛公（賛上人）と一緒に隠遁すべき地を尋ね歩いたのだった。

賛上人は、もと長安の大雲寺の住職であったが、宰相であった房琯事件(7)に連坐してこの地に左遷されていたようだ。杜甫も房琯を弁護したことで左遷されたので、賛上人に対しては格別な親近感があったものと思われる(8)。二年前の春、杜甫が長安で反乱軍に軟禁されていたとき、杜甫は上人の僧坊に泊まったことがあり〈〇四28 大雲寺の賛公の房、四首〉、その当時から上人を深く尊敬していた。同じ秦州期の詩に〈〇八23 賛上人に別る〉があり、「賛公は釈門の老、放逐せられてこの上国に来たる。……異県に旧友に逢い、初めて忻ぶ 胸臆を写すを」とあり、杜甫にとっては胸襟を開くことのできる貴重な友人であった。

杜甫はまたこの地でも上人の僧坊に泊まっている〈〇七22 賛公の房に宿す〉。その詩に「あなたは錫に杖つきて何すれぞ此に来たる、……相逢うて夜宿を成す」と言って思いがけない再会を驚いている。おそらくこの時、杜甫はここに隠遁する気であること、土地を捜したいことなどを話したのであろう。そして一緒にたずね行く約束ができたのもこの時かもしれない。杜甫が誘いの手紙を賛上人からもらったのは、その後であろう。

昨枉霞上作、　昨に　霞上の作を　枉げてわれにくださり
盛論巌中趣。　そのなかにあなたは盛んに論ず（西枝村あたりの）巌中の趣を
〈〇七24 西枝村尋置草堂地、夜宿贊公土室、二首〉

とあることからすれば、杜甫がこのたび西枝村に草堂の地を探すことにしたのは、賛上人の誘いに導かれてのことだったとわかる。

互いに尊敬し合う二人は手に手を携えて山深く分け入った。難渋しながら、ある時にはカズラを引っ張って登

り、山頂に立ったときにはその高さに思わず目がくらむほどであった。日当たりのよい岡を求めて、氷の張っている北側斜面を登った。二人は大きな藤や老木に出会うたびに立ち去りがたく詩を吟じたり、目的はひとまずおいてその探索自体が楽しいものだった。

　怡然共攜手、　怡然として　共に手を携え
　恣意同遠歩。　意を恣(ほしいまま)にして　同(とも)に遠く歩む
　捫蘿澀先登、　蘿(かずら)を捫(ひ)きて　先登するに渋り
　陟巘眩反顧。　巘(いただき)に陟(のぼ)りて　反顧するに眩(くら)む
　要求陽岡煖、　陽岡の煖(あたた)かなるを　要求し
　苦渉陰嶺冱。　陰嶺の冱(こお)れるを　渉(わた)るに苦しむ
　惆悵老大藤、　老大の藤に　惆悵し
　沈吟屈蟠樹。　屈し蟠(わだかま)れる樹に　沈吟す
　卜居意未展、　卜居　意は未だ展(の)べず
　杖策迴且暮。　策に杖(つえ)つきて　迴(かえ)れば且(まさ)に暮れなんとす
〈同右〉其一

この時は、杜甫の気持ちにぴったりくる隠居の地は見つからず、上人の僧坊に帰り着いたときにはもう日暮れであった。しかし二人は、趣の有りそうな山はいくらでもあるとあきらめず、翌日はもう一度薄暗いときから、西南の別の山あいを探してみようと約束したのだった。其二に次のように言う。

　幽尋豈一路、　幽なるを尋ぬるは　豈に一路のみならんや
　遠色有諸嶺。　遠き色に　諸(もろもろ)の嶺有り

晨光稍朦朧、　晨(あさ)の光の　稍(よう)く朦朧たるとき
更越西南頂。　更に越えん　西南の頂きを　〈同右〉其二

だが西枝村には結局良いところは見つからなかった。
前回、山の北面を登ったのがよほど杜甫にはこたえたらしい。五十を前にして足腰が弱ってきたこともあるが、この時期が晩秋だったことも関係しているのかもしれない。次の〈〇七25 賛上人に寄す〉の詩では、どうしても日当たりの良いところがあきらめきれない様子である。しかも高い山を北側に背にしていれば南側は日溜まりとなる。そんな場所が見つかればそれこそ理想で、早速土地を買って茅葺きの家を建てるのにと、杜甫の口調はくやしげでもあり弁解がましくもある。

一昨陪錫杖、　一昨は　あなたの錫杖(シャクジョウ)に陪し
卜鄰南山幽。　隣を卜す　南山の幽なるに
年侵腰脚衰、　年の侵して　われは腰や脚の衰うれば
未便陰崖秋。　陰の崖の秋には　未だ便ならず
重岡北面起、　重なれる岡(やま)の　北面に起これば
竟日陽光留。　竟日　陽光は留まらん
茅屋買兼土、　茅屋は　買うに土を兼ぬれば(9)
斯焉心所求。　斯(すなわ)ち焉(ここ)ぞ　心の求むる所なり　〈〇七25 寄賛上人〉

そして実際、そんな理想的な土地があることを聞きつけた。そこは西枝村のさらに西にある谷間の村で、杉(コウヨウザン)や漆がよく茂っている。と言ってもこの時期、漆の鮮やかな紅葉はもうすっかり落葉しつくし、森の奥まで暖か

い日射しが入り込んでいたろう。それにたとえ石混じりで収穫の少ない畑であっても、ささやかな隠遁生活を送るには十分である。そんな情景をひとたび思い浮かべると、この地の長雨が終わるのも、長患いの歯痛が治まるのも待てないほど、早く駆けつけたくなってくる。

近聞西枝西、　近ごろ聞く　西枝の西に
有谷杉桼稠。　谷有りて　杉と桼（漆）の稠(おお)く
亭午頗和暖、　亭午は　頗る和暖にして
石田又足收。　石田は　又た収むるに足ると
當期塞雨乾、　当(まさ)に期す　この塞の雨の乾き
宿昔齒疾瘳。　宿昔の　歯の疾(やまい)の瘳(い)ゆるときを　〈同右〉

そして二人して当地の名所を歩き回り、茶を供え、風流な隠遁生活を楽しみながら老いていきたいものだと、杜甫の空想は大きくふくれあがっていくのだった。

徘徊虎穴上、　虎穴の上(ほと)りを　徘徊し
面勢龍泓頭。　竜泓の頭(ほと)りに　面勢せん
柴荊具茶茗、　柴荊(わがや)に　茶茗を具え
逕路通林丘。　逕路は　あなたのすまう林丘に通ず
與子成二老、　子(あなた)とわれと　二老と成り
來往亦風流。　来往すれば　亦た風流ならん　〈同右〉

実は西枝村の西にあるこの谷村が(10)、西枝村に次ぐ杜甫の二つ目の隠遁の候補地である。

ところでこの西の谷村は案外開けた村だったかもしれない。というのは先にも触れたが、この村には秦州名産の漆が茂っているからである。中国では漆栽培の歴史は相当に古く、文献上でも『詩経』以下多くの記載がある。『史記』の貨殖列伝では、経済性のある林業経営としてすでに漆林の経営をあげているほどである（「陳、夏の千畝の漆は、……此れ其れ人皆な千戸侯と等し」巻一二九）。唐代では徳宗のとき一時期だが、竹、木、茶などとともに漆にも関税がかけられたこともある。[11]『漢書』地理志、『唐六典』、『通典』食貨典、『元和郡県志』、『新唐書』地理志などには、その地方の特産や貢物が記載されているが、漆も照葉樹林帯のあちこちで重要な貢物の一つとなっている。ただ秦州の貢物が漆だとの記載はないが、前漢の桓寛『塩鉄論』巻一には「隴蜀の丹漆と旄羽」のように蜀地とともに一括して書いてあり、漢代から秦州を含む隴右地方が漆の産地であったことがわかる。[12]

そういうことをあれこれ考えると、西枝村の西の谷村は決して人界から閉ざされたような地ではなく、もしも杜甫がその気になれば、漆林を経営して隠遁生活の糧にすることができたかもしれないのだ。それぐらいは開けた場所だったように思う。「石田は　又た収むるに足る」というように、隠遁地の農地の生産高または生産性を気にかけていることからしても、杜甫が隠遁の候補地にここを数え上げたのには、案外そういう漆林経営を取り巻く事情も働いていたのかもしれない。

また、かの隠遁思想の中心人物・荘子は、かつて周朝宋国の蒙で漆園の小役人であった。だから杜甫が西枝村の西の谷村に漆が栄えていると聞いたとき、そのことも隠遁のイメージをふくらませる一つの要素になったのかもしれない。

第五節　東柯谷

西枝村と西谷の他にもう一つ、杜甫が強くひかれていた地がある。〈〇七19　秦州雑詩二十首〉其十六に歌う東柯(トウカ)谷(コク)である。(13)そこには同族の杜佐がすでに移住して安定した隠遁生活を送っていた。〈〇八13　示姪佐〉詩の題下の（恐らくは杜甫の）原注には「佐の草堂は東柯谷に在り」とある。

杜甫は、秀峰に囲まれたその東柯をすばらしいところだと絶賛する。晴れれば一片の雲さえ消えて無くなり、日が暮れかかると、つがいの鳥がねぐらへ帰ってくる。

東柯好崖谷、　東柯は　好き崖谷にして
不與衆峰羣。　衆峰とは　群せず
落日邀雙鳥、　落日には　双鳥を邀(むか)え
晴天卷片雲。　晴天には　片雲巻く　〈〇七19　秦州雑詩二十首〉其十六

俗世から離れた良き山谷を杜佐はしきりに吹聴するが、水竹交わる清らかな景色を、独り占めせず私にも平等に分けてくれよ、と杜甫は戯れて歌う。まだ子供たちには知らせていないが、その地で薬草採りで生活を支えながら老いていくのを楽しむつもりになっているのである。

野人矜絶險、　野の人（杜佐）は　絶険なるを矜(ほこ)るも
水竹會平分。　水竹は　会(かなら)ず平らかに分かつべし(14)
採藥吾將老、　薬を採りて　吾は将に老いんとするも

兒童未遣聞。　　わが児童らには　未だ聞かしめず
〈同右〉其十六

末句の「児童らには未だ聞かしめず」という言い方からすると、この時の杜甫の気持ちはほとんど隠遁を決心する直前まで到っていたことがわかる。清の黄生も「末句は即ち決計の意」（『杜（工部）詩説』巻六）という。[15] この其十六は東柯谷の隠遁地としての風景を描いたものである。

隠遁への決心の度合いは其十六ほどまで強くはないが、其十五でも東柯谷での隠遁への思いを吐露している。遥か吐蕃の国境近く、この秦州の地で仮住まいの身となり秋を迎えているが、未だ隠遁への願いが遂げられずにいると、前半では歌う。

未暇泛滄海、　　未だ滄海に泛ぶに暇あらずして
悠悠兵馬間。　　兵馬の間に　悠悠たり
塞門風落木、　　ここ塞門は　風　木を落とし
客舎雨連山。　　わが客舎は　雨　山に連なる
〈〇七19　秦州雜詩二十首〉其十五

その時思い出されるのは、先達の阮籍であり、龐公である。特に妻子とともに山に隠れ薬草を採集して余生を終えた龐徳公の生き方は、杜甫の思いを励ますものであったろう。白髪が生えて斑になった鬢髪も、官に就けば、毎朝抜いて身なりを整えなければならない。出仕というものはかくも人間を拘束する。東柯谷に隠遁の願いを遂げようとするいま、そんなことは必要でなくなるのだ。

阮籍行多興、　　阮籍は　行きて興多く
龐公隱不還。　　龐公は　隠れて還らず

東柯遂疏懶、　東柯に　疏懶なるを遂げんとす(16)
休鑷鬢毛斑。　鬢毛の　斑なるを鑷くを休めよ

〈同右〉其十五

このように歌う杜甫は、東柯谷で隠遁しようという気持ちを次第に決めつつあるように見える。

秦州での隠遁と一口に言っても、その時その場所で、思いは揺れている。しかし杜甫の隠遁への思いを、萌しの段階から次第に強まり、右に揺れ左に揺れ、そして急展開して秦州を去っていくというように、思い込みへの強さを軸に整理してみることもできるのである。

次の其十三では、東柯谷がどんな場所かが、風景というよりは生活の次元から描いてある。清の楊倫も第三聯への注で「二句には、惟に山水の幽勝のみならず、生を謀り老を娯しむの資を兼ねて有するを見る」(『杜詩鏡銓』巻六)と述べる(17)。東柯谷はもともと城内の喧騒から遠く離れた険しい崖谷(其十六)であったが、その村は谷間にふところ深く抱かれたわずか数十戸の集落である。冒頭で、

傳道東柯谷、　伝え道う　東柯の谷は
深藏數十家。　深く　数十家を　蔵すと

〈〇七19　秦州雑詩二十首〉其十三

というが、これはいかにも老子の小国寡民を彷彿とさせるし、風水的にも好ましいようだ。さらに門を入るとすぐ家があり藤のカズラでおおわれて奥ゆかしげで、川は竹林に見え隠れして流れている。

對門藤蓋瓦、　いえの門に対いあいて　藤はいえの瓦を蓋い
映竹水穿沙。　竹に映されて　水は沙を穿ちながる

〈同右〉其十三

後年、成都で杜甫が営んだ浣花草堂は草葺きの家だった。だがここは瓦葺きのようである。これが風土の違いによるものなのか、東柯谷の集落が浣花渓より豊かなのかはよくわからない。それはともかく隠遁しようと考えて

いる杜甫にとって、もっと大きな関心事は、そこが農業にどのように適しているかの問題であったろう。

痩地翻宜粟、　痩せ地は　翻（かえ）って粟に宜（よろ）しく
陽坡可種瓜。　陽坡（ヨウハ）は　瓜を種（う）う可し　〈同右〉其十三

というが、ある作物の成長、収穫に痩せ地がプラスに働くという言い方は、管見によれば農書などにも見いだすことができない。だから宋の趙次公が「粟を種（う）うるは当に肥えし地に在るべし。而るに痩地の翻って自ら粟に宜しというは、東柯谷中の地の好からざる者無きを言うなり」（『杜詩趙次公先後解輯校』乙帙巻之七）[18]というように、この地を賞賛するあまり痩せ地でも粟（穀物）によいのだと杜甫が強調していると解したい。

陽坡は南向きの斜面。そこでは瓜がとれるという。元の王禎『農書』はこの部分を引いて「種うるは陽地に宜し、暖ければ則ち長じ易し。杜詩の所謂『陽坡可種瓜』とは、これなり」（百穀譜集之三・蓏屬・甜瓜）という。同書によれば瓜類は用途によって、果物としての「果瓜」と野菜としての「菜瓜」に大別できるというが、杜甫が話題にしている東柯谷の瓜を、王禎は「果瓜」の類と考えていたようである。それに対して明の徐光啓は、王禎のその部分を『農政全書』巻二七、樹藝、蓏部、白瓜の条で引く。ということは、杜甫の瓜を白瓜（越瓜＝冬瓜）、すなわち「菜瓜」の類と見なしていたことになる。このように、杜甫の言う瓜は果物類か野菜類か截然としない面もあるが、いずれにせよ東柯谷の斜面では瓜も作れるということで、農業の方面から隠遁地としての条件を備えていることを杜甫は確認しようとしている。

もともと瓜を植えるという行為には、無位無官となった召平が瓜を植えて生計を立てたという故事（『史記』巻五三）があるように、隠遁を連想しやすい。だから杜甫がここで瓜を持ち出してきていることで、この詩にはいっそう隠遁的雰囲気がかもしだされている。

最後は桃花源の故事を用いて、杜甫が東柯谷での隠遁を果たせないのではないかということを暗示して終わる。

船人近相報、　船人　近しく相い報ず
但恐失桃花。　但だ恐る　桃花を失なわんことを　〈同右〉其十三

桃花源の故事にもとづけば、船人は桃花源を発見した人であり、実際に桃花源に滞在し村人の接待を受け桃花源の生活を体験できた人である。その点に着目すれば、杜甫にとって桃花源すなわち東柯谷への水先案内人は、杜佐ということになろう。(19)

杜佐は、其十六では「野人は（東柯谷の）絶険なるを矜る」のように「野人」と呼ばれていたし、〈〇八14 佐が山に還りし後に寄す、三首〉其一では「野客の（東柯谷の）茅茨は小さく」のように「野客」と呼ばれている。そしてここでは、桃花源の故事にこと寄せて「船人」と呼ばれているのである。

とすればここは、決心をつけかねている杜甫に、杜佐が親しく東柯谷へといざなっていることになる。それは〈〇八13 姪の佐に示す〉詩で「君来たりて眼前にわれを慰む」と詠じられている杜佐にふさわしい。また「旧よりきみの諳る疏懶なる叔は、汝が故に相い携うるを須む」（〈〇八14 佐が山に還りし後に寄す、三首〉其二）とあるように、杜甫に頼りきられる杜佐の姿にも一致する。

しかし結局はこの一番有力だった候補地も杜甫は選ぶことはなかった。

第六節　仇池山

今まで紹介してきた、東柯谷、西枝村、その西谷などは、かなり本気で杜甫が隠遁の候補地として考えたとこ

ろである。しかし次に取り上げる仇池（キュウチ）山は、秦州期の詩を見る限り、隠遁への願いを単に吐露したに過ぎないように見える。もちろんそうであっても、それはこの時期杜甫の、隠遁への憧れの強さを示すものとして重要である。

杜甫は〈〇七19 秦州雑詩二十首〉其十四の前六句で、仇池山がどのような所でどこに在るのかを紹介する。仇池山は古来より神仙の住む聖地の一つとして名高い。池には神魚がいたし、はるか河南の王屋山にある小有天にも通じている。山頂には九十九泉があり、秦州の西南方向にあってさほど遠くない。其二十に「記を読みて仇池を憶う」と言っていることからすると、杜甫は何か古書の記録を読んでこれらを書き付け、仇池山に想いを寄せているのだろう。そう推測しているのは仇兆鰲である。

萬古仇池穴、　万古の　仇池の穴は
潛通小有天。　潜（ひそ）かに　小有天に通ず
神魚今不見、　神魚は　今は見えざるも
福地語真傳。　福地なる　その語は真に伝わる
近接西南境、　西南の境に近接し
長懷十九泉。　長（はるか）に十九泉を懐う
〈〇七19 秦州雑詩二十首〉其十四

そして最後に、そんな所に一軒の草屋をこしらえ、長生きをしながら人生を全うしたいものだと詩を結ぶ。

何時一茅屋、　何（いず）れの時にか　一茅屋に
送老白雲邊。　老を白雲の辺に送らん
〈同右〉其十四

仇池のような所で隠遁したいと願う詩はもう一首ある。同じ「秦州雑詩」の其二十である。これは第一節ですでに全文を掲げたが、関連部分だけを再度示すと、

薬を曬(さら)すに　能く婦(つま)無からんや、門に応ずるに　亦たわが児も有り
書を蔵するは　禹穴(ウケツ)のあるを聞き(20)、記を読みて　仇池を憶う

の如くである。中国の隠遁は日本の隠遁と違って、家族の絆を捨てるのではなく、むしろ官を去り野にあって家族や一族のつながりの楽しみをこそ大切にするものである。だから家族との隠遁生活をイメージするのは当たり前である。だがそれにしても杜甫のこの妻や子の描き方は、独特な親近感と具体的なイメージを呼び起こす。

それはともかく、杜甫は秦州の西北にある禹穴の蔵書の伝聞に心ひかれ、また仇池山に想いを馳せている。秦州滞在時に書かれたこれらの詩で、幾ばくか離れた仇池山のことを持ち出しているのは、初めにも述べたように隠遁地としては現実味に欠ける嫌いがある。しかし、秦州を去ってからの杜甫の南下の行程を見てみると、仇池山も候補地の一つとしてまんざらではなかったのではないかと思えてくる。この方面の地理的考証に詳しい厳耕望氏によれば、杜甫の行程は「殆ど亦た未だ登臨するに及ばず、只だ山の東麓従り擦過するのみ(21)」とあって、仇池山のすぐ近くを通過しているのである。秦州を去ろうと考え始めた頃には、南下のコースに仇池山がマークされていたのかもしれない。

なぜ杜甫が仇池山にひかれたのか、詩には何も表されていないが、仇池山の地理を考えてみるとある程度想像がつく。隠遁地としての仇池山については、厳耕望氏の『唐代交通図考』第三巻「秦嶺仇池区」附編三「中古時代之仇池山――由典型塢堡到避世勝地(22)」に詳しいが、それによれば、仇池山は漢から唐宋間の史書類にしばしば登場する有名なところであった。『水経注』巻二十、漾水、『元和郡県志』巻二五、『新唐書』巻四十などの記載

によれば、そこが壺を伏せたような丈の高い台地状の天然の城塞となっており、上面には百頃の肥沃な平田があり、水資源が豊富で塩が取れ、唐代でも人口が二万人強はいた自給可能な農業地であったことがわかる。さらに南北朝の動乱期には多くの難民達が避難したという歴史もある。杜甫が仇池山での、ほのかな隠遁希望を述べていたのは、そうした仇池山の要害としての堅固さ、農産物の豊富さ、隠遁地としての実績などを兼ね備えていることが念頭にあったからだと思われる。

第七節　赤谷　太平寺

これまで見てきた西枝村、西谷、東柯谷、仇池山の隠遁地は、思い入れへの程度の差はあるものの、いずれも杜甫自身がそこへ隠遁したいとはっきり述べていたところである。たしかに杜甫は気が多い人ではある。次に紹介する赤谷、太平寺は、そう直接述べているわけではないが、その土地を見ている杜甫の目に、隠遁地としてあれこれ勘案している視線を感じさせるものである。

まず〈〇七23　赤谷西崦人家〉の詩。これは詩題に言うとおり、赤谷の西方の山（崦）にある人家に、杜甫が一晩泊まろうかと心ひかれた経緯を詠じたものである。実は赤谷という地名は杜甫の詩にもう一度出てくる。それは〈〇八26　赤谷〉という詩で、杜甫が秦州を去って同谷へ向かう旅で、起点となった場所である。この二首の詩は情調がずいぶん違うから同じ場所でない可能性もあるが、ここでは暫時仇兆鰲の注に従って、同じ場所としておく。秦州から西南方向へ七里下った所にあり、その中には赤谷川が流れているという[23]。詩に言う、

躋險不自安、　險を躋りて　自ら安からず
出郊已清目。　郊に出でて　已に目を清む　〈〇七23　赤谷西崦人家〉

かくて赤谷に到着すると、そこは、

溪迴日氣煖、　渓は迴りて　日の気は煖かく
徑轉山田熟。　径は転じて　山田は熟す

という状態であった。ここで注目しておきたいのは、「山田は熟す」とあるように今まさに五穀の実る時期であり、谷間の村ながら赤谷が豊かな山村である点に杜甫の関心が向いていることである。

さらにそこには隠者が住んでいるかのような一軒の草屋があった。

鳥雀依茅茨、　鳥雀は　茅茨に依り
藩籬帯松菊。　藩籬は　松と菊を帯ぶ

そこは武陵にある桃花源のユートピアを連想させるほどに隠遁情緒たっぷりで、杜甫は思わずそんな草屋に泊まってみたいと詠じたのだった。

如行武陵暮、　武陵の暮れに　行くが如く
欲問桃源宿。　桃源を問いて　宿らんと欲す　〈〇七23　赤谷西崦人家〉

この詩に詠じられた赤谷の草屋を、当時隠遁を考えていた杜甫はずいぶんうらやましげな目で見ている。そしてそのとき同時に農業にも目配りしていることを注意しておきたいと思う。

杜甫は秦州滞在期に病気にかかったりもしたが、健康なときには精力的に名所旧跡をたずね回っている。秋も

押し迫ったある日、杜甫は秦州郊外の山中にある太平寺を訪れた。その寺には小さな泉があって、枯れた柳の根本から湧き水がこんこんと湧き出ている。杜甫はその噴泉に感激して〈〇七26 太平寺の泉眼〉という詩を作った。二十四句に及ぶ長い詩を以下のように歌い始める。

招提憑高岡、　招提（おてら）は　高き岡に憑（よ）り
疏散連草莽。　疏散として　草莽（くさむら）に連なる
出泉枯柳根、　泉の出ずるは　枯れし柳の根もと
汲引歳月古。　汲み引かれて　歳月古し

〈〇七26 太平寺泉眼〉

次にこの湧泉が醸し出す不思議な雰囲気を述べる。土が少なくて石ばかりのこの山一帯では井戸を掘るのが難しく、ためにこの霊泉が得がたい存在であることを暗に述べ、さらにその甘美なる泉質のすばらしさを、

山頭到山下、　山頭より　山下に到り
鑿井不盡土。　井を鑿（うが）つに　尽（ことごと）くは土ならず
取供十方僧、　取りて　十方の僧に　供すれば
香美勝牛乳。　その香美なること　牛の乳に勝れり

と称讃する。また、寒風が吹いてさざ波立つときの、鏡のようにものを映すときの、それぞれの泉の趣を述べたあと、杜甫はその下流に家を建て、泉のあまり水をもらって薬草畑を灌漑したい、と詩の最後を締めくくる。

何當宅下流、　何（いず）れか当に　下流に宅し
餘潤通藥圃。　余れる潤いもて　薬圃に通ぜしむべき
三春濕黃精、　三春に　黄精を湿し

一食生毛羽。　一食すれば　毛羽を生ぜん　〈同右〉

黄精は薬草の名で、それを食べれば長生不老、羽を生じて仙人になれるという。

杜甫は、このように太平寺に遊んでその名泉にすっかり心を奪われ、そのすばらしさを口を極め多方面から詠じたのだった。その時、泉の下流に移り住んで薬草畑を作り、不老長寿の隠遁生活を送りたいなどと想像しているのだが、こうしたことからも、この時期の杜甫が如何に、隠遁地を捜すことに関心が向いていたかがわかるのである。

第八節　秦州を去る

今まで述べてきたように、この時期の杜甫は、何かにつけ隠遁へのボルテージが高まっており、隠遁の候補地を想像したり、隠遁にふさわしい場所を尋ね歩いたりしていた。それはほとんど隠遁計画と言っていいものであった。適当な場所が見つかりさえすれば何時でも隠遁生活に入る準備ができていた。もしもほんとうに気に入った場所が見つかり、そして吐蕃侵入の憂いがなかったなら、杜甫は秦州の地に土地を買って住み着き、そこで一生を終えていたかもしれない。そうなれば成都入りすることもなく、浣花草堂も築かれなかったかもしれないのである。

ところが、あれこれ迷いはしたものの結局良い土地は見つからなかったし、吐蕃侵寇の可能性はますます高まっていった。かくて秦州を離れる気持ちが次第に強まった。とはいえ最初からそういう予感がなかったわけではない。

樹もまだ落葉せず、寒蝉が鳴いている秦州入りの初めごろから、杜甫は秦州という前線都市の戦争前夜の不穏な気配を感じ取っていた。そしてせっかく秦州まで来たのに、ここも安住できる場所ではないかもしれないと、不安を隠せないでいる。そういう自分を、間もなく落ちようとする木の葉にすがりついている秋の蝉、山のねぐらに一人だけ帰り遅れた鳥、に重ね合わせながら、杜甫は〈〇七19　秦州雑詩二十首〉其四で次のように詠う。

鼓角縁邊郡、　鼓と角ぶえは　縁辺の郡にあまねし
川原欲夜時。　川原　夜ならんと欲するの時
秋聽殷地發、　秋の聴(おと)は　地を殷(うご)かして発し
風散入雲悲。　風はそれを散らし　雲に入りて悲し
抱葉寒蟬靜、　葉を抱きて　寒蝉は静かに
歸山獨鳥遲。　山のねぐらに帰るに　独鳥は遅し
萬方聲一概、　万方は　声は一概なり
吾道竟何之。　吾が道　竟(つい)に何(いず)くにか之(ゆ)く
〈〇七19　秦州雑詩二十首〉其四

仇兆鰲はこの詩の情調を、人生一般の悲しみの感慨にふけっていると受け取っているが、私は楊倫が「言うこころは、本(もと)乱を避くるに因りて此に来到するも、仍お寧(やす)らかなる宇(いえ)無し。亦た更に何れの地の足を託すべき有らんや」（巻六）と読んでいるのに与したい。

次の〈〇七19　秦州雑詩二十首〉其十八では、秋が終るころになっても、まだ自分が帰り着く場所を見つけることができないと詠じている。

地僻秋將盡、　地は僻にして　秋将に尽きんとし

山高客未歸。　山高くして　客は未だ帰らず
塞雲多斷續、　塞の雲は　断続すること多く
邊日少光輝。　辺の日は　光輝少なし
警急烽常報、　警急なることありて　烽は常に報じ
傳聞檄屢飛。　伝聞することありて　檄は屢（しばしば）飛ぶ
西戎外甥國、　西戎（トバン）は　外甥の国なり
何得迕天威。　何ぞわれらが天威を迕（おか）すを得んや
〈同右〉其十八

仇兆鰲は二句目の「客未歸」について「乃ち自ら流離せるを歎ず」と注する。ここでも、吐蕃侵攻の危険性が直前に及んでいる情勢と、この地に自分の居場所を見つけられないという焦燥感をセットにして、杜甫は詩を詠じている。

当初から感じていた吐蕃への不安は、次の詩では、秦州を去る決定的な要因になっている。

此邦今尚武、　此の邦は　今　武を尚ぶ
何處且依仁。　何処（いずこ）にか　且（しばら）く仁に依らん
〈〇八20　寄張十二山人彪三十韻〉

そして軍人の太鼓と角笛は街中に響いて自然界の音を圧倒しているし、吐蕃のテントはもう秦州中都督府の領内の洮州（トウシュウ）の間近まで来ている。

鼓角淩天籟、　いくさの鼓と角ぶえは　天籟（テンライ）を淩（しの）ぎ
關山倚月輪。　関山には　月輪倚る
官壕羅鎮磧、　官の壕は　鎮（まち）と磧（すなはら）に羅（つらな）り

賊火近洮岷。　　賊の火は　いましも洮と岷に近し　　〈同右〉

かくて秋も終わり、そろそろ冬支度の心配をしなければならなくなったころ、杜甫はいよいよ秦州を離れることを決めた。実はこの時点で、秦州を去る決心をしたことは、結果から見ると正しかったと言える。というのは、秦州は先にもふれたように吐蕃国境の最前線の一つで、杜甫が秦州を去った三年後の宝応元（七六二）年には、吐蕃に占領されてしまったからである。(24) 杜甫の予感は的中したのである。もしも秦州を去っていなかったら、杜甫は大きな災難に出くわしたであろう。そののち秦州が唐の領土に復帰するのは、内乱で吐蕃の勢力が衰えたためであり、大中三（八四九）年、およそ百年後のことであった。

秦州出発の前に、心の師であり友であった賛上人に〈〇八23 賛上人に別る〉の留別の詩を書いた。杜甫はその詩の冒頭から、東へ流れ去る川が尽きるときがないように、自分の流浪の人生も終わるときがないのではないかと、ひどく悲観的になっている。

百川日東流、　　百川は　日び東流し
客去亦不息。　　客の去りゆくことも　亦た息まず
我生苦飄蕩、　　我が生は　飄い蕩うことに苦しむ
何時有終極。　　何れの時にか　終り極まること有らん　　〈〇八23 別賛上人〉

そして秦州を去り、南下して同谷に行く理由を、年の瀬（まだふた月は先かもしれないが）をひかえて食料と寒さを心配するからだと述べている。

天長關塞寒、　　天長くして　関塞は寒からん

歳暮饑凍逼。　歳の暮れちかければ　饑えと凍えに逼られん
野風吹征衣、　野の風は　征の衣を吹き
欲別向曛黑。　別れんと欲すれば　曛黒に向とす
〈同右〉

この前半の二句は読みにくいが、趙次公が「其の同谷に往く所以の情は、将に歳暮の計を為し、以て饑寒を救わんとするなり」（上掲書、乙帙巻之九）と解するのに従っておく。

家族に寒い思い、ひもじい思いをさせないため、暖かい南の同谷へ移るということは、いよいよ秦州を出立する時の詩〈〇八25　秦州を発す〉でも繰り返し述べている。（その題下には杜甫の原注が「乾元二年、秦州自り同谷県に赴く紀行十二首」とある。[25]）

無食問樂土、　食無くて　楽土を問い
無衣思南州。　衣無くて　南州を思う

そして今から行こうとする同谷、即ち漢源の地一帯が[26]、如何に温和な気候で食料も豊かであるかを言う。暦の上では初冬の十月に入ったというのに、そこはまだ秋のように爽やかで、落葉も始まっていないし、栗の亭という地名もおいしそうで聞こえが良い。良田もあるし、ヤマノイモ、天然のハチミツ、冬のタケノコも豊富だ。

漢源十月交、　漢源（＝同谷）十月の交は
天氣如涼秋。　天気は　涼秋の如し
草木未黃落、　草木は　未だ黄落せず
況聞山水幽。　況や　山水の幽なるを聞くをや
栗亭名更嘉、　栗亭は　名は更に嘉し

下有良田疇。　下には　良き田疇(たはた)有り
充腸多薯蕷、　腸(はら)を充(み)たすに　薯蕷(やまのいも)多く
崖蜜亦易求。　崖の蜜(はちみつ)も　亦(ま)た求め易し
密竹復冬筍、　密竹には　復(ま)た冬筍(ふゆたけのこ)あり
清池可方舟。　清池は　舟を方(なら)ぶべし　〈〇八25　發秦州〉

このように杜甫の空想は、一旦新しい土地へと思いを寄せるや、とどまることなく大きくなっていく。それと同時に、今まであんなに期待していた嘗ての隠遁の候補地が急に色あせて見えてくる。

杜甫は同谷の魅力を並べ立てたあと、秦州がなぜ魅力がなくなったのかを次のように述べている。

谿谷無異石、　渓谷には　異(すぐ)れし石無く
塞田始微收。　塞田は　始めて微(わず)かに収むるのみ
豈復慰老夫、　豈に復た　老夫を慰めんや
惘然難久留。　惘然(がっかり)として　久しく留まり難し

秦州は渓谷の風景も平凡で、(27)塞田、即ちこの辺塞の地の山田も農産物の収量が極めて少ないからだという。しかし広い意味での秦州には西枝村の西谷があり、そこを褒めて杜甫は、

亭午頗和暖、　亭午は　頗る和暖にして
石田又足收。　石田は　又た収むるに足る　〈〇七25　寄贊上人〉

と言わなかったか。また秦州には東柯谷もあり、そこの景色を、

東柯好崖谷、　東柯は　好き崖谷にして

　不與衆峰羣。　衆峰とは　群せず　〈〇七19 秦州雑詩二十首〉其十六

と絶賛し、その畑地についても、

　瘦地翻宜粟、　瘦せ地は　翻って粟に宜しく
　陽坡可種瓜。　陽坡は　瓜を種う可し　〈同右〉其十三

というように瘦せ地でも斜面地でも、かえって良いところばかりを見ていたのではなかったか。

　手のひらを返したようなこの言い方を、我々はどのように理解すればいいのだろうか。感情の豊かな詩人というのは、往々にして移り気な人でもある。だからこんな小さな齟齬ぐらいで杜甫の誠意を非難するには当たらないのかもしれない。いずれにしても詩人の感情の真実には違いないのだから。

　一方、かく美しく思い描く同谷も、実は二年前、鳳翔の粛宗の行在所で杜甫が左拾遺の官にあったとき、詩の中で一度言及したことがある。知人の韋評事が同谷の判官となって赴任するとき、壮行の詩を書き送って韋評事を励ましたのだが、そのときの詩〈〇五05 韋十六評事が同谷の防禦判官に充てらるるを送る〉では、同谷の地を、異民族（羌）の住まう荒涼たる軍事拠点の地だと見なしていた。

　鑾輿駐鳳翔、　みかどの鑾輿は　いま鳳翔に駐まり
　同谷為咽喉。　同谷はその咽喉もと為り
　　（中略）
　古色沙土裂、　色古びて沙の土は裂け
　積陰雲雪稠。　陰積もりて雲と雪の稠からん
　羌父豪豬靴、　羌の父らは豪豬の靴

羌兒青兕裘。　羌の児らは青兕（セイジ）の裘（かわごろも）

（中略）

古來無人境、　そこは古来より無人の境にして

今代横戈矛。　今の代（よ）は戈矛（ほこ）を横たう

この詩で杜甫は、ずいぶん韋評事に同情した口調で、乾ききって寒々とした同谷の様子を描き出している。だが、この時の杜甫は、同谷への自分の認識が後にそんなに変化するとは、ましてや二年後に自らがその地を踏むことになろうとは思いもしなかったであろう。

それはともかく秦州からこの同谷への旅は、秦州での隠遁計画を成就できずに、次なる隠遁の地を目指しての旅であった。

そのことは、同谷への旅を詠じた紀行詩の一つ〈〇八34 積草嶺〉の詩に、

卜居尚百里、　居を卜するは　尚お百里あり

休駕投諸彦。　駕を休んじて　諸彦に投ぜん

と詠じていることから分かる。杜甫は同谷入りする直前でこの詩を作っている。前掲の句に続けて、この南下の旅が、同谷にいる人物から熱心な誘いを受けたものであることを、次のように詠じている。

邑有佳主人、　邑（むら）に佳き主人有り

情如已會面。　情は　已に会面するが如し

來書語絶妙、　来書は　語は絶妙なり

遠客驚深眘。　遠客のわれは　かれより深く眘みらるに驚く

だが、ここ同谷でも隠遁の夢は実現しなかった。よって杜甫は家族を引き連れ、さらに西南に下り成都へ向かうことになる。年の瀬も押し迫った寒い時期である。

ところが成都に到着して理想的な地を見つけたら、今までの慎重さやたくさんの迷いとは対照的に、すぐさま草堂造りに着手している。(28) そういうことが可能であったのは、この秦州、同谷での隠遁へのシミュレーションが一度なされていたからではなかったか。「天子の側に侍って天子を補佐し、理想的な政治を実現したい」この強烈な気持ちを抱く杜甫がわずか一、二年の間に、侍臣の左拾遺から地方官へ左遷、そして辞官、辺塞の異郷の地での隠遁計画、さらにその失敗と、人生が急展開していく。そしてやがて成都の温和な農村での隠遁生活に入っていくのである。辞官から隠遁へと軟着陸するために、この秦州、同谷の二度の挫折は機能していたのである。

第九節　おわりに

私は本章で杜甫の隠遁志向をやや強調しすぎたかもしれない。しかし一大決心をして官を辞し都を離れてやってきた秦州で、杜甫が実際に隠遁生活に入ろうと精力的に行動し、心の準備を積み上げていたということは、詩に描かれた事実である。しかし秦州での滞在期間が短く、目の前に成都草堂という大きな到達点があるからであろうか、秦州期はややもすれば一つの通過点のようにみなされがちである。杜甫が官を辞めた後、実際にこういう行跡を取っていたということは、杜甫の後半生の意義を考える上で重要な意味があると思う。

杜甫にとって秦州の持つ意味は、杜甫の人生をそれ以前と以後とで二つに分ける、エポックを作るほどのもの

だった。後年、夔州に滞留していたとき、杜甫は自分の人生を思い起こして、次のように詠じている。

自我登隴首、　我　隴の首（いただき）に登りし自り
十年經碧岑。　この十年は碧の岑（みね）を経（へ）きたり
劍門來巫峽、　剣門より巫峡に来たりしよりは
薄倚浩至今。　薄き倚（たよ）りにて浩として今に至る　〈一九10　上後園山脚〉

杜甫は夔州に至るまでの流浪の人生を、隴山越え、つまり秦州以後を起点として、それから十年ばかりと数えているのである。

杜甫の秦州期以後は、基本的に秦州での生活様式や志向、思想、感情の、それぞれの土地でのバリエーションをともなった繰り返しのように見える。杜甫という詩人の後半生の基本構造は、この秦州期に出来上がったのではないかと思えるほどである。

私は本章で、そのなかでも生活に関わるほんの一部分、隠遁の候補地に関する側面を紹介したに過ぎない。だから、この時期、杜甫には一般的な隠遁・隠者への関心も強く、当地の隠者阮昉との交流や（〈〇七10　貽阮隠居〉〈〇八16　秋日阮隠居致薤三十束〉）、嵆康・諸葛孔明、龐徳公、陶淵明、賀知章、孟浩然への隠者批評（〈〇七16　遣興五首〉）などもあるが、それらについては触れなかった。

もう一つ私が本章で強調したかったことは、その強い隠遁への志が農業への関心と一体となっているということである。私は本章で、杜甫が隠遁へ言及するときには、ほとんどいつも農業へも関心を示していたことを、そのつど指摘したつもりである。

陶淵明の例を出すまでもなく、元来、隠遁は農業と切っても切り離せない関係にある。隠遁にもいろいろなパ

ターンがあって、(29) 農事に手を染めない市隠的生き方などもあるが、やはり農的生活を営みながら隠遁の人生を送るというのが最もオーソドックスな生き方である。それは謝霊運のように六朝の大貴族であっても同じである。大荘園の経営者でもあった謝霊運の、農事・生業への関心には並々ならぬものがある。

ただ杜甫の場合は少しく事情が異なる。杜甫の場合は、本章でも挙げたように〈〇七25 賛上人に寄す〉の詩に、

茅屋買兼土、　茅屋は　買うに土を兼ぬれば
斯焉心所求。　斯ち焉ぞ　心の求むる所なり

というのが、その理想であったろう。あまり豪華でもない住居を土地付きで購入するというのである。それは王績や孟浩然のように故郷に帰って、自分の荘園で生業を営むやりかたではない。故郷にも帰れず、大きな不動産を買う手持ちの金もなかった当時の杜甫にとって、それこそが唯一実現可能な、手っ取り早い、そして最も理想に近い形だった。

このとき、杜甫は外地にあって、故郷の荘園からの収入も当てにできず、左拾遺と華州司功参軍時代にいくらかは貯蓄できたであろう財産も、長引く秦州での客舎住まいによって、目減りするばかりであった。そんな杜甫にとっては、一家の自給のための幾ばくかの畑地、また商品としての薬草を作るための畑地は、どうしても必要だったはずである。杜甫の隠遁詩における農業への関心は、おそらく杜甫のこうした個人的な事情も重ね合わさっていたのではないか。

ところが秦州でも同谷でも挫折したそうした杜甫の理想が、二、三か月後意外にも早く実現することになった。この苦しいことのみ多かった乾元二（七五九）年の年が明けるやいなや、成都の浣花渓のほとりで、まさに土地付きの草堂を手に入れたのである。この幸運な事態を、思いがけない偶然の事と見ることもできよう。現に従来

の杜甫研究は多くがそう見なしてきた。しかし私は先にも述べたように、秦州、同谷での試行錯誤があったからこそ、浣花渓での一連の草堂造りがスムーズに始められたのだと思う。成都草堂の成功は言わば「三度目の正直」だった。そしてそれを準備したものとして、この秦州期の隠遁計画と農業への関心を位置づけることができる。

本書の「杜甫の詩とその農的生活」についての考察を、この秦州期杜甫の農業への関心から始める所以である。

注

（1）丁啓陣「論杜甫華州棄官的原因」『杜甫研究学刊』、二〇〇三年第四期。

（2）こうした見方を強調するのは韓成武氏の『詩聖：擾患世界中的杜甫』（河北人民出版社、二〇〇〇年八月）である。同書、第四章第一節、九七－一〇〇頁を参照。

（3）左拾遺の時に杜甫は岑参を推薦している〈三五03 為補遺薦岑参状〉。人材の推挙は拾遺の官の仕事の一つである。また成都時代の〈三五10 説旱〉、〈三五01 為閬州王使君進論巴蜀安危表〉、厳武幕府時代の〈三五11 東西兩川説〉などの情勢分析や政治論は優れている。

この時の〈〇六32 早秋、熱に苦しみ、堆（うずたか）き案（しょるい）の相い仍る〉の詩には「束帯して狂を発し 大いに叫ばんと欲す、簿書の何ぞ急に来たること相い仍（よ）る」とあり、大量の公文書が次々と押し寄せることに、発狂せんばかりだと述べている。

（4）長安まで八百里とするものは、唐の李吉甫『元和郡県図志』巻三九、唐の杜佑『通典』巻一七四、北宋の楽史『太平寰宇記』巻一五〇など。後晋の劉昫（リュウク）『旧唐書』巻四十、地理志によれば七百八十里。

（5）杜甫が秦州を選んだ理由については、主に〈〇七19 秦州雑詩二十首〉其一の「満目悲生事、因人作遠遊。」の「人に因る」の「人」が誰を指すのかをめぐって、李白、杜佐、賛上人等さまざまな説が展開されている。蓋然性の高い説もあるが、いずれもまだ臆説の域を出ていないように思われる。よってここでは、なぜ秦州を選んだのかについては暫時考察を保留し、杜甫がなぜ華州の官を辞めたかについてのみ、考えることにした。拙論は、事実としての選んだ結果について、それが杜甫の詩と生活にどのような意味を持っていたのかという観点からの考察である。

（6）松原朗氏は、この時期の長安に対する杜甫の感情を「恐らく杜甫には長安に対する反感が、少なく見積っても忌避の思いがあったのであり、その思いは、杜甫が左拾遺から華州司功参軍に左遷され、また華州司功参軍を実質的に免官されたという官僚としての挫折の経歴と表裏の関係にあるものと思われる」（二八頁）「……このことが杜甫の傷痕（心的外傷）となって、長安を忌避させることになったと考えるのが自然であろう」（五頁）と分析しておられ、私も氏の意見に賛成である。「杜甫の望郷意識――蜀中前期」（『中国詩文論叢』第二二集、二〇〇三年十二月）

（7）谷口真由美氏の「杜甫の社会批判詩と房琯事件」（『日本中国学会報』第五三集、二〇〇一年）を参照。

（8）陳貽焮著『杜甫評伝』上中下巻（上海古籍出版社、一九八二・一九八八・一九八八年）。杜甫詩の捉え方や整理の仕方などについてはこの陳氏の評伝に拠るところが大きい。特に隠遁地の整理に関する氏の見解は画期的であり、本章もその基礎の上に成り立っている。

（9）趙雲旗氏の『唐代土地買売研究』（中国財政経済出版社、二〇〇一年）には、個人的な荘園（田園）の購入を意味する用語として、「買」「置」「収」「得」「立」「営」の六種の言葉が使われているとの報告がある（一一〇－一一二頁）。杜甫の場合は最も分かりやすい「買」である。

（10）仇兆鰲注は、西枝村の西の谷村は同谷を指すという清の盧元昌の説を引く。陳貽焮氏はそれについて詳細な反論を加えている。同氏評伝、五一二－一三頁を参照。

（11）このことに触れる記事はいくつかあるが、例えば『新唐書』巻五四、食貨志四「初、徳宗納戸部侍郎趙賛議、税天下茶・漆・竹・木、十取一、以為常平本銭。及出奉天、乃悼悔、下詔亟罷之。」など。

（12）後魏の賈思勰『斉民要術』巻五の巻首には「種漆」の篇があり、漆の植樹法が記載されていたと考えられている。その巻首目録には「種漆」とあるが、該当する篇内には、植樹法に関する内容が無く、ただ漆器の使用と保管の方法が書かれているだけである。『斉民要術校釈／第二版』（繆啓愉校釈、中国農業出版社、一九九八年）三一五頁、三四九頁によれば、今本が脱漏したか、賈思勰が書くはずであったのに書かずに終わったかであろうという。

（13）東柯という地名は杜甫以前の史書類には見いだせない。恐らく杜甫の詩から世に広まったものであろう。しかし宋代の注釈家たちになると、そこに杜甫祠があり、それが杜甫の寓居で、姪の杜佐の草堂だったと考えていた。

李済阻氏の「杜甫隴右行踪三題」（『草堂／杜甫研究学刊』一九八六年第一期、六三頁）には「而東柯故地在今甘粛天水県街子郷柳家河村（又名子美村）、又在秦州城東南五十里之外、……」とある（同氏の「杜甫隴右詩中的地名方位示意図」『杜甫研究学刊』二〇〇三年第二期、四四－五一頁、もほぼ同じ）。李済阻氏は、杜甫は東柯谷に住んだと考えておられる。それは、秦州時期の最後の一時期で、杜甫が秦州を離れたのが十月下旬だとすれば、九、十月の大部分を東柯谷で過ごした、但し同谷へ出発する直前に秦州城内にまた帰った、という内容である（「杜甫在秦州的生活及其対創作的影響」『杜甫研究学刊』、一九九七年第三期）。

逆に杜甫は東柯谷には住まなかったとも考えられる。陳貽焮氏は、杜甫の東柯谷や杜佐の草堂を描いた詩は、みな杜甫が想像して詠じたものと考えている。私も陳氏の見解に与する者であるが、拙論においては、実際に住んだかどうかよりは、その地を隠遁の候補地として杜甫がどのように考えていたかという観点から考察した。

(14) 仇注の「野人勿矜険絶、水竹會須平分、羨其可避世也」の解釈に拠る。明の王嗣奭の「半水半竹、故云平分」の解は取らない（曹樹銘増校『杜臆増校』巻三）。

(15) 『杜（工部）詩説』については本書の凡例を参照。

(16) この詩は、東柯谷で作ったか、秦州の城内で作ったかで解釈が分かれる。その代表的なものを挙げると、趙次公が「東柯遂疏懶」を「東柯谷の隠を遂げ得たるを言う」と解して前者の立場。仇兆鰲が「秦に在りて東柯を羨むなり」と解して後者の立場。

(17) 楊倫箋注『杜詩鏡銓』（中国古典文学叢書）』（上海古籍出版社、一九八八年）。

(18) 林継中輯校『杜詩趙次公先後解輯校』上下冊（上海古籍出版社、一九九四年）。

(19) この船人を杜佐と解する論著はまだ見いだし得ないでいる。単に船を操る人と解するのが普通である。なぜなら多くが、杜甫が実際に東柯谷に向かおうとしている詩だと解釈しているからである。たとえば仇兆鰲は「十三章は東柯谷に遊ぶなり」と考えている。仇注の引く趙汸注も「舟人に嘱して（東柯谷に）相い近づけば即ち報ぜしむ」と述べている。しかし私は陳貽焮氏と同じように、杜甫が秦州城内で東柯谷のことを想像して詩を作っていると考える。「近」も近づく、近くで、近ごろなどで解するものがあるが、私は近しくの意で取った。

(20) 禹穴の所在地を、諸々の旧説と違って、甘粛省永靖県炳霊寺だとする李済阻氏の説に従う。前掲「杜甫隴右行踪三題」六四頁。

(21)『唐代交通図考』第三巻、台湾中央研究院歴史語言研究所、一九八五年、八三二頁。

(22) 上掲書、八五三―六一頁。また本巻「秦嶺仇池区」第二二編第一節「仇池山区対外交通路線」、第二節「杜工部秦州入蜀行程」、第十三図「唐代仇池山区交通線・杜工部入蜀行程北段合図」も参照。本書には仇池山に関する多くの歴史資料が引用されているので、本章ではそれらの原文を引用することはしなかった。なお仇池山は今日でも豊かな農産地であり、その歴史遺跡は省級の文物保護単位となっている。

(23) 仇注は『大明一統志』巻三五、鞏昌府の項にある「赤谷、在秦州西南七里、中有赤谷川」を引く。今の仇注のテキストでは「七里」を「七十里」とするが、それは仇注本の間違いだろう。〈〇六26 赤谷〉でも同じ箇所を引くが、そこは正しく「七里」に作る。「七里」と「七十里」の表記の違いにもとづいて、一部の注釈書は〈〇七23 赤谷西崦人家〉の赤谷を秦州の西南七十里にある赤谷、〈〇六26 赤谷〉の赤谷を秦州の西南七里にある赤谷とし、両者を別の場所と考えている。

また仇注が同じ『大明一統志』から「崦嵫山、在秦州西五十里」と有るのを引いて、「西崦」をその崦嵫山と解しているのは、距離上で矛盾がある。よってここでは「西崦」を単なる「西山」と解した。

(24)『新唐書』巻四〇、地理志四、隴右道：「自祿山之亂、河右暨西平・武都・合川・懷道等郡皆沒于吐蕃、寶應元（七六二）年又陷秦・渭・洮・臨、廣德元（七六三）年復陷河・蘭・岷・廓、貞元三（七八七）年陷安西・北廷、隴右州縣盡矣。大中（八四七―五九）後、吐蕃微弱、秦・武二州漸復故地、置官守。」を参照。

杜甫がどのようにして秦州を去って行く計画を立てたかについては、祁和暉・譚継和両氏の「杜甫携家入蜀原因考察」（『杜甫研究学刊』、一九八九年第三期、四二―五六頁）が優れている。

(25)『杜工部集』（宋本杜工部集）巻三による（以下王洙本と呼ぶ）。この題下原注は、九家集注杜詩、補注杜詩、全唐詩、杜詩詳注など他の多くのテキストにも付いている。

なお杜甫原注についての考え方は、長谷部剛氏「『宋本杜工部集』をめぐる諸問題――附、『銭注杜詩』と呉若本について――」（『中国詩文論叢』第十六集、一九九七年、八九―一〇四頁）に依っている。また同氏「杜甫『江南逢李龜年』の唐代における流傳について」（『中国文学研究』第二十九集、二〇〇三年十二月、一〇五―一一六頁）も参考になる。長谷部氏は『宋本杜工部集』の第一本の注文はすべて杜甫の自注と考えられる、という謝思煒氏の説を紹介し、賛同しておられるが、その謝思煒氏の論文「『宋本杜工部集』注文考辨」は、今は『唐宋詩学論集』新清華文叢、北京、商務印書館、二〇〇三年三月、九八－一一三頁にも収載されている。なお長谷部氏には全唐詩本と呉若本との関係など私信によってご教示いただいたものが少なくない。ここに記して氏への学恩を謝するものである。

(26)『旧唐書』巻四十、地理志に「武徳元年、置成州、領上祿・長道・潭水三縣。……天寶元年、改為同谷郡。乾元元年、復為成州」とあり、『新唐書』巻四十、地理志に「成州同谷郡、下。本漢陽郡、治上祿」とあり、『文苑英華』巻八〇四の于邵「漢源縣令廳壁記」に「始上祿縣、更名漢源」とある。これらによれば、漢源（＝上祿）は（成州＝）同谷郡の中心的な県となる。つまり同谷＝漢源とみなしてよいのである。

(27) 李宇林氏の「試論杜甫秦州詩中的生態環境美」（『杜甫研究学刊』、二〇〇二年第三期、六六－七一頁）は、植物、動物、自然環境をトータルに生態環境としてみる立場から、杜甫が秦州の生態環境の美しさをいかに口を極めて表現しているかを分析している。

(28) 拙論「生業をうたう浣花草堂時代の杜甫」（『中国読書人の政治と文学』林田慎之助博士古稀記念論集編集委員会編、創文社、東京、二〇〇二年十月、二八二－三〇九頁）、「杜甫の浣花草堂——その外的環境、地理的景観について」（『中唐文学会報二〇〇二』、好文出版、東京、第九号、二〇〇二年十月、三七－六二頁）を参照。いずれも本書第Ⅱ部に収録。

(29) 拙論の「唐代の隠士群と隠遁パターン」（『中国文学論集／九州大学』第二六号、一九九七年十二月、一九－三六頁）と「唐書隠逸伝と唐代の隠遁について」（『未名』、第十六号、一九九八年三月、二七－五三頁）を参照。また杜甫の隠遁思想を全般的に論じたものに劉長東氏の「論杜甫的隠逸思想」（『杜甫研究学刊』一九九四年第三期、八頁、一九－二四頁）がある。

第二章　杜甫と薤の詩

――秦州隠遁期を中心に――

第一節　はじめに

杜甫には薤（らっきょう）を詠じた詩が三首ある。

一つめは秦州で一族の杜佐に薤を所望した詩で、

甚聞霜薤白、　甚（まこと）に聞く　霜おく薤（カイ）は白きと
重惠意如何。　重ねてわれに恵めよ　きみが意は如何
〈〇八14 佐還山後寄、三首〉其三

と詠じる。

二つめは同じく秦州で、阮（ゲン）隠居から思いがけず、薤を三十束もらって感激した詩で、

盈筐承露薤、　筐（かご）に盈（み）たして　露おく薤（カイ）をきみより承（う）く
不待致書求。　書を致してきみに求むるを　待たずして
束比青芻色、　束は　青き芻（まぐさ）の色に比し
圓齊玉筯頭。　円（まど）かなることは　玉の筯（はし）の頭に斉（ひと）し
〈〇八16 秋日、阮隠居、致薤三十束〉

と歌う。

三つ目は夔州で、瓜と薤に野草の蒼耳を加えれば、ミカンの味がして食べやすくなると歌った、

加點瓜薤間、　瓜と薤の間に　加点すれば
依稀橘奴跡。　依稀たり　橘奴の跡　〈一九19　驅豎子摘蒼耳〉

の詩である。

この三首は、ラッキョウを人に求め、人からラッキョウを贈られ、みずからラッキョウを食べる詩である。詩聖と冠され、憂国の詩人、人民詩人などとも称される杜甫にとって、ラッキョウは確かに取るに足りない小さな物には違いない。しかしある時期の杜甫の生活には、ラッキョウは大切なものだった。本章では隠遁生活の一コマでラッキョウがどのような意味を持って描かれているかを、まずは考察する。

より重要なのは、詩におけるラッキョウの取り上げ方が杜甫以前と以後では違ってくることである。杜甫以後は杜甫の描いた方向を踏襲するものが多く見受けられるようになる。杜甫を画期としてその前後で詩の詠じ方が異なることは、いろいろと指摘されているが、この小さなラッキョウの詩でも、そのことを証することができる。本章では、そうしたさまざまな面で画期をなす杜甫詩の一斑を、ラッキョウの面から明らかにするものである。

第二節　杜甫以前の薤の詩

杜甫以前、ラッキョウは文学作品の中でどのように描かれ、どのようなイメージを持っていたか、或いは人間生活との関わりの中でどのように取り上げられていたか。本論に入る前に、その点を概略ながら明らかにしておきたい。

唐と唐以前の詩（『先秦漢魏晋南北朝詩』や『全唐詩』）についていえば、杜甫以前のラッキョウの詠じ方は固定していて、以下の三つしかない。一つは、ラッキョウの葉の上におく露「薤露（カイロ）」である。それが消えやすいことから人間のはかない命がイメージされ、挽歌を指すようになった。楽府の名でもあり、人の死を指すこともある。二つめは、ラッキョウの葉から書体をイメージしたもの。梁の庾肩吾（ユケンゴ）の「詠風詩」に「掃壇聊動竹、吹薤欲成書。」とあるのが数少ない例の一つである。三つめは、楽府の「塘上行」で「莫以魚肉賤、棄捐葱與薤。」と歌われているもので、魚肉に対する蔬菜類の一種として取り上げてある。作者は魏の文帝の甄皇后、または魏の武帝とされる。杜甫以前の詩ではこの三つの取り上げ方しかなく、しかも薤と言えばほとんどが最初の挽歌系のイメージである。

次に賦のジャンルを視野に入れると「帰隠した故郷の農園で栽培される霜を帯びた白ラッキョウ」という新たなイメージが出てくる。西晋の潘岳の「閑居賦」に「緑葵含露、白薤負霜。」とあり、さらにそれを踏まえた南朝宋の謝霊運の「山居賦」に「緑葵眷節以懐露、白薤感時而負霜。」とあるのがそれである。

このほか詩賦以外のジャンルにも視野を広げると、薤にまつわるエピソードには以下のようなものがある。（同時に原文も示すが、出典が複数あるものは一応標準的なもので示した。）

前漢の龔遂（キョウスイ）は渤海太守だったとき、民に農業と養蚕を奨励し、農民それぞれに一本のニレの木、百本のラッキョウ、五十本のネギ、一畦のニラを植えさせた。

（龔遂）勸民務農桑、令口種一樹楡、百本薤、五十本蔥、一畦韭、家二母彘、五雞。

（『漢書』巻八九、循吏伝）

後漢の龐参（ホウサン）は漢陽郡の太守になったとき、まず郡人の任棠（ジントウ）に面会した。任棠は一本の大きなラッキョウと一盂（はち）

の水を門前に置き、自分の孫を抱いて門下に伏せただけだった。龐参に尋ねられてようやく「水を置いたのは清廉であって欲しいから。大きなラッキョウを抜いてきたのは豪族の勢力を除いて欲しいから。門前で孫を抱いていたのは孤児を憐れんで欲しいから」と答えたという。

拜參為漢陽太守。郡人任棠者、有奇節、隱居教授。參到、先候之。棠不與言、但以薤一大本、水一盂、置戸屏前、自抱孫兒伏於戸下。主簿白以為倨。參思其微意、良久曰「棠是欲曉太守也。水者、欲吾清也。拔大本薤者、欲吾擊強宗也。抱兒當戸、欲吾開門恤孤也。」（『後漢書』巻五一、龐参伝）

三国時代の李孚（リフ）がまだ学生だったころ、ラッキョウを植えて生計を為そうとしていた。自分の郡の人民が飢えで苦しみ、欲しがるものがいたが一本も与えず、自分も食べなかった。だから李孚は当時の人から自分の意志を貫徹できる人物だと評価されたという。

（李孚）孚字子憲、鉅鹿人也。興平中、本郡人民饑困。孚為諸生、當種薤、欲以成計。有從索者、亦不與一莖、亦不自食、故時人謂能行意。（『三国志』魏書、巻十五、賈逵伝引『魏略列伝』）

世説新語には、ラッキョウに関わる以下の二つの逸話が収められている。

東晋の桓温（カンオン）の宴席でのこと。蒸したラッキョウ（烝薤・蒸薤）が出され、参軍職のある人物が箸で取ろうとしたがなかなか取れなかった。彼は最後まであきらめず、同席した者たちに笑われたという。

桓公坐有參軍、椅烝薤（蒸薤）不時解、共食者又不助、而椅終不放、舉坐皆笑。（「箋疏」：椅、御覽九百七十七引作掎、注云「音羈、筯取物也。」嘉錫案：掎為筯取物者、……。以此推之、則此所謂「掎烝薤不時解」、「掎終不放」者、謂以箸取薤不得、乃反覆用箸、終不釋手也。）（『世説新語』黜免、ただし括弧内は余嘉錫撰・周祖謨・余淑宜整理、中華書局『世説新語箋疏』八六六頁による）

また東晋の蘇峻(ソシュン)の乱が起こったときのこと。庾亮(ユリョウ)は逃げて陶侃(トウカン)に面会し、食事になって庾亮は白いラッキョウを残した。陶侃に訳を尋ねられると、これは植えることが出来ますと答えたという。

蘇峻之亂、庾太尉南奔見陶公。陶公雅相賞重。陶性儉吝、及食、噉薤、庾因留白。陶問「用此何為?」庾云「故可種。」（『世説新語』倹嗇）

このほか『太平広記』等には伝説上の人物である務光(ムコウ)が、ラッキョウを切って服用し冷たい水の中に入ったという話が収録されている。

且古言服餌者、唯商時務光。故道家説云「務光翦薤、以入清冷之淵。」（南宋の羅願『爾雅翼』巻五、釈草、また『太平広記』巻五八など）

農書や本草学関係を除いて、以上がおおかた杜甫以前の故事としてさまざまな史料に残されてきた、人間生活とラッキョウの関わりを示す主要なエピソードである。

第三節　杜佐に所望した薤の詩

さて、杜甫の方であるが、七五九（乾元二）年、四十八歳になる年の秋、彼は一大決心をして都から去り、秦州の地に到達していた。

最初に取り上げるのは、既に秦州で隠遁生活を送っていた同族の杜佐にラッキョウを所望した〈〇八14 佐の山に還りし後に寄す、三首〉其三の詩である。この詩は三首連作の五言律詩で、其三の一首全体をまず掲げておく。

幾道泉澆圃、交横落幔坡。蔵蕤秋葉少、隱映野雲多。

隔沼連香芰、通林帶女蘿。甚聞霜薤白、重惠意如何。　〈〇八14　佐還山後寄三首〉其三

詩題に言う佐は同族で一世代下の杜佐のことである。[1] それは〈〇八13　姪の佐に示す〉の詩で自分と杜佐の関係を、阮籍（嗣宗）とその姪の阮咸（仲容）の関係に比して、次のように述べていることからわかる。

嗣宗諸子姪、　嗣宗（阮籍）の　諸の子姪のなか
早覺仲容賢。　早に覚ゆ　仲容（阮咸）の賢なるを

阮籍をかりに私とすれば、君の隠者としての徳行のすばらしさは、姪である阮咸にたとえられると言うのである。

また杜佐が山に還るという詩題は、杜佐が秦州城内にいた杜甫を見舞ってきたあと、自分の隠遁地の東柯谷に帰ることを言っている。それは〈〇八13　姪の佐に示す〉の詩の原注に「佐の草堂は東柯谷に在り」（王洙本巻十ほか）とあり、詩の冒頭で、

多病秋風落、　われは多病にして　秋風落ち
君來慰眼前。　君は来たりて　われを眼前に慰む

と述べていることからわかる。

このとき杜甫は、杜佐が営んでいる東柯谷の田園についてのたくさんのことを、直接杜佐から聞いたのだろう。

自聞茅屋趣、　われは　きみの茅屋の趣きを　聞きし自り
只想竹林眠。　只だ　竹林に眠らんことを想う

と述べて、そこで静かに暮らしたいものだと感想を漏らしている。

杜佐が当地での順調な隠遁生活ぶりを、嘗ては皇帝の側近く仕えたこともあるのに今は都落ちしてきたおじに、自慢げに話したであろうことは、〈〇七19　秦州雑詩二十首〉其十六に、

東柯好崖谷、……　東柯は　好き崖谷にして……

野人矜絶険、……　野人は　絶険なるを矜るも……

とあることからして、想像に難くない。

さて詩題をめぐる状況説明はこれぐらいにして、詩の内容に入ろう。

この詩は杜佐の農園を想像しながら詠じたもので、特に第一聯は、自然水が豊かで灌漑が行き渡っていることを言う。杜佐のいる東柯谷は谷間に開けた農園だったに違いない。段々畑あるいは棚田のようなものを想定すればよい。棚田の段差が大きいとその高くなった土手がちょうど幕を横に張ったように見える。山間の湧水が上の田に注ぎ込み、さらにあちこちから下の田へとさかんにこぼれ落ちている。そんな光景を、

幾道泉澆圃、　幾道か　泉は圃に澆ぎ

交横落幔坡。　交横に　幔のごとき坡に落つ

と歌う(2)。同じような景観として、田を潤した水がまがきを突き破るかのごとく、小さな滝のように懸かって流れ落ちる様を、〈〇八13　姪の佐に示す〉でも、

満谷山雲起、　谷に満ちて　山の雲起こり

侵籬澗水懸。　籬を侵して　澗の水懸かる

と歌っている。

第二聯は、農園の回りの山谷の様子を思い浮かべる。秋も盛りを過ぎて木々はほとんど落葉し、ために林内も空の雲の移ろいの影響を受け、かげったり明るくなったりする。もちろん農園の作物も、あたかもそれにつれて隠映するがごとくである。そんな様子を、

葳蕤秋葉少、　葳蕤(イズイ)として　秋の葉少なく
隠映野雲多。　隠れあるいは映りて　野の雲多し

と詠じる。

次に第三聯は隣接する池や林に言及し、杜佐の農園はその近辺にも豊穣な雰囲気があふれていることを暗示しつつ、

隔沼連香芰、　沼を隔てて　香れる芰(ひし)に連なり
通林帯女蘿。　林に通じて　女蘿(さるおがせ)を帯ぶ

のように歌う。

最後の聯は、杜佐の農園で今しも白ラッキョウが成熟しつつあることを述べ、ひとつ私に贈ってはくれぬかと呼びかけている。

甚聞霜薤白、　甚(まこと)に聞く　霜おく薤(らっきょう)は白きと
重恵意如何。　重ねてわれに恵めよ　きみが意は如何

重ねて恵めと言っているのは、この連作詩の二首目でオオアワ（黄粱）を贈ってくれるよう催促していたからである。以上が一首全体の解釈である。

さて杜甫がここで、「霜薤白」というのは、実は西晋の潘岳が二度目の隠遁生活をつづった「閑居賦」に「白薤負霜」（『文選』十六巻）と歌っているのを踏まえている（前掲）。潘岳は、自分の荘園にさまざまな野菜類を栽培していることを述べているが、その中にはラッキョウも植えていた。「閑居賦」には、

菜には則ち葱(ねぎ)・韭(にら)・蒜(にんにく)・芋、また青き筍・紫の薑あり。

　　菫・薺は甘く旨くして、蓼・荾は芬芳あり
　　蘘荷は陰に依り、時藿は陽に向う
　　緑の葵は露を含み、白き薤は霜を負う。

とある。

　この潘岳の「白き薤は霜を負う」という表現は、宋の謝霊運の「山居賦」が、またその語句をそのまま襲っている（前掲）。「山居賦」は謝霊運が始寧の荘園に隠遁したときの様子を描いたもので、農園にはいろいろな野菜がうえられており、ラッキョウについても、

　　緑葵眷節以懐露、　緑の葵は節を眷（かえり）みて以て露を懐き
　　白薤感時而負霜。　白き薤は時に感じて而して霜を負う
　　　　　　　　　　　　　　　　　　　　　　（『宋書』巻六七、謝霊運伝）

のように歌う。栽培の地は、それぞれ杜佐の黄土高原地区と潘岳の黄河下流域と謝霊運の江南地方と異なるが、ことラッキョウの育成に関してはそれほど大きな地域差はなかったであろう。ただここでは杜佐、潘岳、謝霊運の三者とも、隠遁地でのラッキョウ栽培であったことに留意しておきたいと思う。

　ラッキョウが家庭菜園の有力かつ重要な品目であったことは、先に紹介したように前漢の龔遂の故事からわかる。龔遂は渤海太守であったとき、農民にラッキョウの栽培等を奨励したのだった(3)。六世紀中葉の賈思勰（カシキョウ）の『斉民要術（セイミンヨウジュツ）』にもラッキョウの栽培については一項を設けてある。だから杜佐が秦州で自分の農園に、たくさんのラッキョウを植えていたとしても少しも不思議ではない。

　杜甫の「霜薤白」という表現では、「薤白」をひとまとまりの名詞と考えることも出来る。ラッキョウの鱗茎の部分（所謂ラッキョウ）は特に「薤白（ガイハク）」とも呼ばれるからである。『斉民要術』にはラッキョウの蒸し物として

「薤白蒸」の作り方などが紹介されている（同書巻九、第八七「素食」の篇）。薤白は食用のほか漢方にも用いられている。[4] ただし杜甫がこの詩で所望したラッキョウは、必ずしも鱗茎の部分だけをイメージしていたとは限らない。もう一首のラッキョウ詩では葉茎付きのラッキョウをもらっているからである。いずれにせよ杜甫のこの詩に描かれるラッキョウは、はかなさにまつわるそれまでの伝統的な薤露のイメージではない。食材としてのそれなのである。そうしたイメージを、はっきりと詩の中に持ち込んだのは杜甫が最初であった。

第四節　阮隠居に贈られた薤の詩

次に取り上げるのは、思いがけずラッキョウの束を送り届けられ、その感激を歌った〈〇八16 秋日、阮隠居が薤の三十束を致す〉の五言律詩である。先に一首全体を掲げておく。

隠者柴門内、畦蔬繞舎秋。盈筐承露薤、不待致書求。
束比青芻色、圓齊玉筯頭。衰年關鬲冷、味暖併無憂。
〈〇八16 秋日阮隱居致薤三十束〉

杜甫にラッキョウを贈った阮隠居とは、仇注が引く「原注」に「隠居、名は昉、秦州の人なり」とあり、これに拠れば、同地の阮昉という名の隠者ということになる。[5] ここでもラッキョウ作りに精を出しているのは隠者である。

杜甫はこの阮隠居の隠者としての高潔な人品に惹かれていたようだ。その人柄をたたえて〈〇七10 阮隠居に貽る〉という詩を作っている。[6] その詩から、ラッキョウを作っていた阮隠居の農園がどのあたりにあったかがわかる。

尋我草逕微、　きみは我を　草の逕(みち)の微なるに尋ね
褰裳踏寒雨。　裳(も)を褰(かか)げて　寒雨を踏みきたる

とあり、これをそのまま事実を反映した詩だとすると、阮隠居の隠遁地は杜甫の住む城内から雨をついて歩いてこれる距離にあったことになる。もちろんこれは詩だから事実そのままと見なすわけにはいかないが、それでも杜甫の居所からさほど遠くない所にあったとは考えてよいであろう。

また、阮隠居には引っ越しの計画があったようで、

更議居遠村、　更に議す　遠き村に居さんことを
避喧甘猛虎。　喧(かまびす)しきを避け　猛虎に甘んず
足明箕潁客、　明らかにするに足る　箕潁(キエイ)の客の
榮貴如糞土。　栄と貴とをば　糞土の如くするを　〈〇七10　貽阮隠居〉

と述べ、たとえ虎が出るような寂しいところでもいいから、城中から離れた遠村に引っ越そうかと杜甫に相談しているし、喧騒を避けたいのだとも言っている。そしてそう述べる阮隠居に対して、杜甫は彼のような人物こそ、栄華も富貴も汚れと見なす本物の隠者であると称讃している。このことからしても、阮隠居の農園は杜甫のいた城内から比較的近いところだったと想像できる。陳貽焮氏も、阮昉は杜甫と同じく城中に住んでいたか、城壁を背にしたところに住んでいたかで、いつも行き来していたようだ、と考えている(7)。

さて本題のラッキョウ三十束の詩であるが、まず第一聯で阮隠居の畑の様子を詠じている。そこは、野菜畑が阮隠居の茅屋の回りをぐるりと取り巻いて、いましも収穫の秋であると述べる。

隠者柴門内、　隠者は　柴門の内

畦蔬繞舎秋。　畦の蔬は　舎を繞りて秋なり

杜甫はこうした隠遁生活の雰囲気にあこがれていた。七、八年後に夔州瀼西の地で、自分の小園を手に入れたが、その様子をやはり同じような景観として〈一九03 園〉の詩で次のように詠じている。

始為江山靜、　始めは　江山の静かなるが為なるも
終防市井喧。　終に　市井の喧しきを防ぐ
畦蔬繞茅屋、　畦の蔬は　茅屋を繞り
自足媚盤飧。　自ら足りて　わが盤飧を媚しくす

こうした自家用の蔬菜をも自給できるような、隠者の茅屋の静かなたたずまいを、杜甫は好ましいものとして見ているのである。

次に第二聯では、竹かごいっぱいにたくさんのラッキョウを頂戴したことを言う。しかも杜甫みずから所望したわけではないことをわざわざ書き込んでいる(8)。

盈筐承露薤、　筐に盈たして　露おく薤をきみより承く
不待致書求。　書を致してきみに求むるを　待たずして

ここで気になるのは「露薤」の語である。露と薤の組み合わせとなれば、誰もが思い出すのが薤上の露で、はかなくすぐにかわいてしまうもの、そして挽歌の薤露である（前出）。ところが同じ露との取り合わせでも、杜甫の露薤には、そういう陰気くさい響きは少しもない。杜甫は食べ物として、或いは漢方の効き目ある薬材としてこの薤を取り上げているのである。

第三聯では頂戴したラッキョウの外観を、青々としたまぐさや玉製の箸にたとえて、

束比青芻色、　束は　青き芻（まぐさ）の色に比し
圓齊玉筯頭。　円（まど）かなることは　玉の筯（はし）の頭に斉（ひと）し

のように詠じている。この詩からすると、杜甫は青々とした葉茎つきのラッキョウをもらったことになる。

ところで、唐末五代の韓鄂（カンガク）の農書『四時纂要』(9)には、春令正月、二月、及び秋令七月、八月の四か所に「種薤」の記事が出ており、当時、ラッキョウには春秋二回の植え付けの時期があったことがわかる。秋令八月に「此の月に子（たね）を下せば、即ち春の末に生ず」とあり、これから逆算すると杜甫が食べるラッキョウは春植えのものだと分かる。

一方、春令二月には「二月、三月に種う。八月、九月も亦た得。……葉生ずれば則ち鋤（す）く。鋤くことは多きを厭わず。葉は剪（き）るを用いず、剪れば則ち白を損す」とあり、さらに秋令八月にも「此の月上旬に構（コウ）す。構せざれば則ち白短し。葉を剪る勿れ、恐らくは白を損せん。旋（しばしば）食らうを要する者は、別に之を種（う）う」とあって、これらの記事からラッキョウの葉は剪らなかったことがわかる。だからこそ杜甫がもらったラッキョウにも、青々とした葉が付いていたのである。

現在ではラッキョウの葉の部分を食べることはないと思うが、嘗ては必ずしもそうではなかったことは、『斉民要術』巻三、第二十「種薤」にも記述がある。

葉は剪（き）るを用いず。（原注：剪れば則ち白を損す。常食に供する者は、別に種う。）
九月、十月にほり出だし売る。

とあり、これからも葉を食べるためのラッキョウが別にあったことがわかる(10)。

ちなみに今日ではラッキョウは初夏のものだが、この『斉民要術』の記述では晩秋から初冬にかけて収穫する

とある。杜甫が秦州にいたのは秋七月から九月にかけての足掛け三か月であり、時期はだいたい一致する。もしも『斉民要術』のこの記述をきっかり当てはめるとすれば、杜甫が杜佐にラッキョウを所望し、阮隠居からラッキョウをもらった詩を作った時期は、ラッキョウが収穫できる晩秋のころ、秦州を立つ直前だったころとなる。

最後の聯は、膈膜のあたりの冷えがちな身体も、ラッキョウを食えば心配ないと述べて、一篇を終える。

衰年關鬲冷、　われ衰年に関鬲冷え

味暖併無憂。　この暖なるを味わえば　併びに憂い無し

関鬲の言葉はあまり見慣れないが、膈膜を指す中医学の言葉である。鬲は膈に通じ、関鬲と関膈は同じように使われる。ラッキョウは消化器系や呼吸器系に効能があると見なされていたから、ここで杜甫が膈膜の冷えにラッキョウが効くと言っているのは、決して根拠のないことではなかったのである。(11)

実はこの秦州時代、杜甫は三年来の熱病が完治しておらず再発を繰り返していた。〈〇八18　寄彭州高三十五使君適虢州岑二十七長史參三十韻〉の詩に、

三年猶瘧疾、　この三年　猶お瘧の疾あり

一鬼不銷亡。　一つのやまいの鬼は　銷え亡びず

隔日搜脂髓、　日を隔てて　わがからだの脂と髄とを捜し

增寒抱雪霜。　寒を増すこと　雪霜を抱くがごとし

と言うように、友人の高適と岑参に自分の病歴をユーモアをまじえて訴えかけている。詩の原注（おそらく杜甫の自注）にも「時に瘧病を患う」（王洙本巻十ほか）とある。ラッキョウがマラリアに効くとは聞かないが、「寒熱を除く」効き目があることは、唐の孫思邈『備急千金要方』などの医書に多く記載がある。元来ラッキョウは

温性の食物でもある。こうした当時の半病みの健康状態からも、杜甫はこの冷えの病を治してくれそうなラッキョウを切実に求めていたのだった。

この詩ではもう一つ、杜甫が生活上の物資をもらった経緯を詩の中に書き込み、詩によって返事を書き送っていることが注目される。杜甫詩には物を贈与された際、詩によって答礼を行い、その詩がまた名篇となっていることが多い。こうした現象は中唐以降次第に流行しはじめ、文人趣味の勃興と相俟って北宋にもっとも盛んとなる現象であるが(12)、その先駆性などについてはここでは触れないことにする。

第五節　瓜とオナモミに取り合わせた薤の詩

杜甫がラッキョウを詠み込んだ三首目は、これらの詩から八年後の、もう晩年に間近い大暦二（七六七）年の秋(13)、夔州滞在時の詩である。

日照り続きで野菜不足になったとき、ウリとラッキョウに野草のオナモミ（蒼耳）を加えれば、ほのかにミカンの味がして食べやすくなると歌ったものである。〈一九19　豎子を駆りて蒼耳を摘ましむ〉の詩に、

加點瓜薤間、　瓜と薤の間に　加点すれば
依稀橘奴跡。　依稀たり　橘奴の跡

とある（ほぼ全体の詩については第四章第二節で取り上げる）。ただしこれはオナモミの利用の仕方を描いた部分で、ラッキョウを描くのがテーマとはなっていない。ここではラッキョウは脇役に過ぎず、ちらりと顔をのぞかせているだけである。しかし、それにもかかわらず、我々はこの詩から杜甫がラッキョウを食べていること、しかも

ウリと一緒にオナモミを取り合わせて食べるという珍らしい食べ方をしていることを知ることができる。ちなみにラッキョウを食べることを詩（または賦で）で詠じているのは、杜甫のこの詩が最初である。しかも杜甫は、こんな些細なものをこんな風にして食べたという日常生活に属することを、わざわざ大きく詩に取り上げているのである。あまり聞き慣れない面白い食べ方を工夫していることを、あたかも詩で宣伝し推奨しているかのようである。杜甫には他にも〈一九09　槐葉冷淘〉の詩などで、新しい冷麺の作り方を披露しているが、このように食生活に対して具体的に創意工夫を凝らす態度は、杜甫以前の詩にはほとんど無かったものであり、中唐以後、宋代にかけて多くなるものである。

第六節　唐詩と杜甫の薤の詩

では杜甫以後、唐代でラッキョウを詠じたものにはどのようなものがあるだろうか。

『全唐詩』に頼ってではあるが、詩題に「薤」の字を含むものを探してみると杜甫の詩しかないが、詩中に「薤」の字を含むものは六十余首あり、この数は六朝期より四倍ほど多くなっている。これは六朝期以前より唐詩の方が残存する詩の絶対数が多くなっているから当然のことであろう。しかしその内訳を少し詳しく見てみると、薤露の挽歌系が六朝期まではそのほとんどを占めていたのが、唐詩になると半数ほどの比率に減っており、大いに様相を異にする。薤露系以外では、後漢の龐参の「抜薤」（前掲）や書体の「金薤」など、いくつかの薤のイメージも用いられているが、杜甫が切り開いたラッキョウ詩のイメージを踏襲するものが新たに登場する。以下、そうした詩を紹介していく。

唐末の羅隠の「南園題」の詩は、隠遁地での状況を次のように歌っており、その南園には、ラッキョウが植えられている。

搏撃路終迷、　搏撃には　路に終に迷い
南園且灌畦。　南園には　且（しばら）く畦（はたけ）に灌（そそ）ぐ
敢言逃俗態、　敢えて言わんや　俗態より逃ぐると
自是樂幽棲。　自ら是れ　幽棲を楽しむなり
葉長春松闊、　葉は長くして　春松は闊（ひろ）く
科圓早薤齊。　科は円くして　早薤は斉（ひと）し
雨沾虚檻冷、　雨に沾（うるお）いて　虚檻は冷やかに
雪壓遠山低。　雪に圧されて　遠山は低し
竹好還成徑、　竹は好にして　還た径を成し
桃夭亦有蹊。　桃は夭にして　亦た蹊（こみち）有り

（『文苑英華』巻三一七）

この詩には杜甫の影響が随所に見えるが、それはここでは言及しないことにして、薤に限っても「科は円くして早薤は斉し」の句は、明らかに杜甫の〈〇八16　秋日阮隠居致薤三十束〉詩の「束は青芻の色に比し、円かなることは玉筯の頭に斉し」を下敷きにしている。

同じく唐末五代の貫休の「懐隣叟」の詩は、隣人の老人に思いを致すという詩題の設定自体が、杜甫の成都草堂時代の〈〇九40　北隣〉〈〇九41　南隣〉〈〇九42　南隣の朱山人の水亭に過ぎる〉などの隠遁的生活を描いた詩を彷彿とさせるものであるが、そのなかの「白薤」の語を含む詩の雰囲気は杜甫の草堂詩を踏まえたものだろう。

桔槔打水聲戛戛、　桔槔（はねつるべ）は水を打ち　声は戛戛（カツカツ）たり
紫芋白薤肥濛濛。　紫の芋　白き薤は　肥えて濛濛たり
鷗鴨靜遊深竹裏、　鷗鴨は静かに遊ぶ　深竹の裏
兒孫多在好花中。　児孫は多く在り　好花の中
（『禅月集』巻二一）

そのなかでも特に「白薤」の上に重ねられた「紫芋」の語は、杜甫の代表作の一つ〈一九39 秋日夔府詠懐奉寄鄭監李賓客一百韻〉の詩の「紫は収む岷嶺の芋、白は種う陸池の蓮」を元にしている。

晩唐の李商隠の「訪隠」の詩では、山深く訪ねあてた隠者の食卓に、松の花粉とともにラッキョウが並べられている。

路到層峰斷、　路は層峰に到りて断たれ
門依老樹開。　門は老樹に依りて開く
月從平楚轉、　月は平楚従（よ）り転じ
泉自上方來。　泉は上方自（よ）り来たる
薤白羅朝饌、　薤白は　朝饌（あさめし）に羅（つら）ね
松黃暖夜杯。　松黄は　夜の杯に暖めてのむ
（『李義山詩集』巻三）

これも杜甫が作り出した、隠遁的生活のなかでの食材としてのラッキョウのイメージを踏襲するものであろう。

詩語として直接杜甫の表現を襲うものではないが、杜甫が切り開いたラッキョウのイメージを土台に作り出されたような詩もある。白居易の「渭村に退居して礼部の崔侍郎・翰林の銭舎人に寄するの詩、一百韻」詩には、彼がほんの一時期故郷で農事に手を染めた時の状況が描かれている。

隙地治場圃、　隙地に　場圃を治め
閑時糞土疆。　閑時に　土疆に糞す
枳籬編刺夾、　枳(からたち)の籬(まがき)は　刺を編みて夾(はさ)み
薤壟擘科秧。　薤の壟(うね)には　科(リンケイ)を擘(さ)きて秧(う)う
（朱金城『白居易集箋校』巻一五）

のような詩句がそうであり、彼は畑にラッキョウの株を割いて植え付けている。この隠遁的な状況下でのラッキョウの植え付けという農事は、杜甫詩を彷彿とさせる。白居易は、食材、薬材としてラッキョウをよく用いたようだ。六十四歳の時の「春寒」の詩では、

蘇煖薤白酒、　蘇は煖む　薤白の酒に　［全唐詩本は「蘇」を「酥」に作る］
乳和地黄粥。　乳は和す　地黄の粥に
豈惟厭饞口、　豈に惟だに饞(いや)しき口を厭(あ)かすのみならんや
亦可調病腹。　亦た病の腹を調うべし
（朱金城『白居易集箋校』巻三〇）

と詠じて、バター（蘇→酥）で炒めたラッキョウを酒に入れて飲んでいる。ただしこれは明の李時珍の解釈による。その『本草綱目』巻二六に「白楽天詩云『酥暖薤白酒』謂：以酥、炒薤白、投酒中也」とあるからである。また晩年に近いころの斎戒明けの詩の「二年三月五日、斎畢(お)わり素を開き、食するに当たりて偶吟し、妻の弘農郡君に贈る」には、

魴鱗白如雪、　魴鱗は　白きこと雪の如く
蒸炙加桂薑。　蒸し炙(あぶ)りて　桂(ニッキ)と薑(しょうが)を加う
稲飯紅似花、　稲の飯は　紅きこと花の似(ごと)く

調沃新酪漿。　新しき酪漿を　調え沃ぐ
佐以脯醢味、　佐くるに脯醢の味を以てし
間之椒薤芳。　之に椒と薤の芳りを間う
老憐口尚美、　老いては憐む　口の美なるを尚ぶを
病喜鼻聞香。　病みては喜ぶ　鼻の香りを聞くを

（朱金城『白居易集箋校』巻三六）

とあり、精進落ちの料理として、斎戒中禁じられていたであろう酒肉と五辛の強い香辛料類などをたっぷり用いている。白居易は夔州時代の杜甫とは違ったラッキョウの食べ方を、これらの詩で得意げに歌っているかのようである。

このほか必ずしも杜甫の影響とは言い切れないが、隠遁的雰囲気での薤のイメージを共通して持つものもある。中唐の李吉甫の「九日、小園に独り謡い門下の武相公に贈る」詩の、

受露紅蘭晩、　露を受けて　紅蘭は晩れ
迎霜白薤肥。　霜を迎えて　白薤は肥えたり

（『全唐詩』巻三一八）

は、杜甫と同じように潘岳や謝霊運の賦の表現を詩に持ち込んでいる。

また中唐の王建の「荒園」の詩、

朝日満園霜、　朝日に　園に満つるの霜
牛衝籬落壊。　牛衝きて　籬落は壊る
掃掠黄葉中、　掃き掠う　黄葉の中
時時一窠薤。　時時に　一窠の薤

（『王司馬集』巻七）

そして晩唐の唐彦謙の「陶淵明の貧士の詩に和す、七首」其二の詩、(14)

我居在窮巷、　我が居は　窮巷に在り
來往無華軒。　来往するに　華軒無し
辛勤衣食物、　辛勤す　衣食の物
出此二畝園。　此の二畝の園より出ず
薤菘鬱朝露、　薤と菘は　朝露に鬱たり(15)
桑柘浮春煙。　桑柘は　春煙に浮かぶ

（『全唐詩』巻六七一）

などにも、隠遁的気分の濃厚な農園にラッキョウが植えられている状況を描き出している。

次に掲げる隠逸詩人の于鵠は、杜甫よりやや後の人だが杜甫ともいくらか時代が重なる大暦詩人の一人である。しかし杜甫との交流は無かったと思われる。二人の伝記的状況から見ても、于鵠が杜甫の詩を読んでいた可能性は少ないと考えられる。その「隣居に題す」の詩は、官界での虚偽に満ちた人間関係とは対照的に、同じく隠遁的生活を送る隣人との思いやりにあふれた素朴な交流を描いている。そしてその小さな菜園にもまたラッキョウが植えられている。

僻巷鄰家少、　僻巷には　隣家少なく
茅簷喜並居。　茅簷は　並居するを喜ぶ
蒸梨常共竈、　梨を蒸すは　常に竈を共にし
澆薤亦同渠。　薤に澆ぐも　亦た渠を同じくす
傳屐朝尋藥、　屐を伝えては　朝に薬を尋ね

分燈夜讀書。　灯を分かちては　夜に書を読む
雖然在城市、　城市に在りと雖然も
還得似樵漁。　還た樵漁に似るを得たり

（『全唐詩』巻三百十）

この詩に描かれる自足的な生業を土台にした平穏な世界が、杜甫の成都時代の草堂詩の影響を受けたとするのであれば事は簡単なのだが、杜甫詩とは関係なく作られた蓋然性の方がむしろ高い。ではその場合は我々はどう考えればよいのだろうか。それは、隠遁詩・田園詩のなかにおいてその農園に栽培されるラッキョウのイメージが、必ずしも杜甫詩だけが作り出したものとは言えないということであろう。園内の作物という小さな事物でも、詩人たちが空想の中で勝手にイメージを作り出したわけではないし、『文選』以来の伝統的イメージをそのまま鸚鵡返しに用いたというのでもない。それは隠者たちの農園に実際にラッキョウが多く植えられはじめたということであり、そうした事実の変化を杜甫も于鵠も詩の中に反映しているということであろう。（先にも触れたが、唐末五代の韓鄂の農書『四時纂要』には、正月、二月、七月、八月の四か所に薤の育種の記事が出ており、韮、蒜、葱、瓜、茄、萵苣などとともに、この時代に薤が重要な蔬菜類であったことがわかる。[16]）ただ杜甫の詩はそうした変化に敏感で時代に先駆けて詩に反映するところがあり、後続の詩人たちは或いはようやく農園のそんな小さな変化に気づくか、或いは杜甫詩から啓発を受けるか、或いはその両者が相俟って詩の中に表現され始めるかなのであろう。于鵠の「隣居に題す」の詩は、我々にそんなことを考えさせてくれる。

唐詩にはもちろんこうした杜甫詩の薤のイメージ以外に、新しい薤のイメージを作り出した詩人もいる。たとえば白居易や劉禹錫は、湖北の蘄春県産の竹で編んだむしろ（簟）を薤の葉のようだと表現したが、それは晩唐の詩人たちにもてはやされた。だがそれについては本論の主旨から離れるのでここでは触れない。

では次に賦のジャンルでは杜甫以後、薤のイメージはどうであろうか。『全唐文』や『歴代賦彙』などで見る限り、晩唐の李鐸（リタク）の「秋露賦」の「薤上流彩、林中湛液。」と陸亀蒙の「書帯草賦」の「霜亦曾霑、潘令偏知白薤。」という表現しか見あたらず、何の新味もない。これは唐代以後の正統的な韻文が、賦から詩へと移っていったことと関係があるのかもしれない。

第七節　宋詩と杜甫の薤の詩

次に宋代の詩を見てみると、宋詩の絶対数が唐詩より飛躍的に多くなるから、薤の出現数も多くなる。例えば『全宋詩』で「薤」の字を調べると三百余例も出現する。そうしたなかで杜甫が切り開いたイメージの世界を継承していると思われるものを、詩題などを手がかりにいくつか探し出し、以下に列挙することにする。

梅尭臣「蔣祕と別るること二十六年、田棐とは二十年、羅拯とは十年にして始めて之に見う」

安得有園廬、　安くにか得ん　園を有する廬の
寛閒近林泉。　寛閒にして　林泉に近きを
養魚數千頭、　魚を養うは　数千頭
種薤三四廛。　薤を種うるは　三四廛（テン）
餘蔬皆稱此、　余蔬も　皆な此に称い
嘉果植亦然。　嘉果も　植うること亦た然り

（『宛陵先生集』巻一八「與蔣祕別二十六年田棐二十年羅拯十年始見之」）

この詩で作者は、ゆったりとした農園付きの隠遁地を手に入れ、そこには十畝弱のラッキョウの畑も耕したいと述べている。

張耒（チョウライ）「薤を種う」

薤實菜中芝、　薤の実は　菜中の芝にして
仙聖之所嗜。　仙聖の　嗜（たしな）む所なり
輕身彊骨幹、　身を軽くして　骨幹を彊（つよ）くし
卻老衛正氣。　老を却（しりぞ）けて　正気を衛（まも）る
持錢易百本、　銭を持ちて　百本のラッキョウのなえと易（か）えきたり
僻處多隙地。　わが僻処には　ううるべき隙地多し
雨餘土壤滋、　雨の余（のち）に　土壌の滋（うるお）えば
栽植勤我隸。　栽植すること　我が隷（しもべ）に勤めしむ

（『全宋詩』巻一一八一「種薤」）

ラッキョウが老いの身体に良いことを十分に認識した上で、作者はラッキョウを現金で買い求め、使用人を使って植え付けている。この詩は野菜を植える杜甫の〈一五50 萵苣を種う、并びに序〉や〈一九21 暇日小園に病を散じ、将に秋菜を種えんとして耕牛を督勒（トクロク）し、兼ねて目に触るるを書す〉の詩、そして〈一九07 木を伐るを課す〉詩の序文「隷人の伯夷・辛秀・信行等に課して、谷に入りて陰木を斬らしむ」あたりも意識している。

李彭（リホウ）「周明府国鎮が詩を寄せて隠を招くの意有り、次韻して以て之に報ず」

絶壑平生深遯逃、　絶壑に平生は　深く遯逃するも
相期推轂敵英豪。　相い期す　推轂して英豪に敵（あた）らしめんことを

緑葵白薤堪扶老、　緑葵と白薤は　よく老を扶くるに堪うるも
黄帽青鞋非養高。　黄帽と青鞋は　高を養うには非ず
（『日渉園集』巻八「周明府國鎮寄詩有招隠之意次韻以報之」）

官に就くことを推薦され、それを謝絶する詩の中で、新鮮なフユアオイや白ラッキョウを食べる隠遁生活こそが、自分の生を全うできるのだ、と作者は述べている。

范浚「畦丁に課して園に灌がしむ」

連筒隔竹度流泉、　筒を連ね竹のはやしを隔てて　流泉を度らせ
約束畦丁灌小園。　畦丁に約束して　小園に灌がしむ
拔薤自須還種白、　薤を抜けば　自ら須く還た白を種うべく
刈葵輒莫苦傷根。　葵を刈れば　輒ち苦だ根を傷つくること莫かれ
（『范香溪先生文集』巻十「課畦丁灌園」）

作者の菜園では畑作専門の農民にラッキョウを作らせているが、この詩は他にも杜甫の〈一〇03 春水〉詩の「連筒灌小園」や〈一九19 驅豎子摘蒼耳〉詩の「畦丁告労苦」、〈一九05 園官送菜并序〉詩の「畦丁負籠至」などの詩語、そして〈三18 示従孫濟〉詩の「葵を刈るに放手にする莫かれ、放手にすれば葵の根を傷つけん」の言葉づかいを用いている。

陳造「山居十首」其一

山間有好事、　山間に　好事有り
時肯問何如。　時に肯えて問う　何如と

束送筯頭薤、　束なるは送る　筯の頭のごとき薤
鮮分匙面魚。　鮮なるは分かつ　匙面の魚
（『江湖長翁集』巻十一）

作者は、箸の大きさほどのラッキョウを束にして、友人に送ることを、隠遁の楽しみの一つに数え上げており、杜甫の詩語をそのまま用いている。

以上、ここに挙げたいくつかの詩は、杜甫詩の口調をそのまま踏襲したものも含めて、杜甫が詩の中で鮮明に打ち出したラッキョウのイメージ、すなわち隠者の小規模な菜園で栽培される薤、食材・薬材としての薤、贈答される薤などのキーワードをもつ詩である。こうしたいくつかの例からも、杜甫の作り出したラッキョウのイメージは、確実に宋代にも受け継がれていると言うことができよう。

第八節　おわりに

唐代（盛唐以後）の詩人にとって、彼らの前にある規範とすべき文学の世界は、まずは『文選』であった。彼らが詩を作ろうとするとき、常に『文選』の言葉づかいやイメージが無意識のうちに作用していた。薤について言えば、『文選』にあるのは、一つは薤の葉の上に置いた消えゆく露のイメージ（詩）であり、二つ目は故郷の荘園に作付けされた蔬菜類の一つ「白薤」が、晩秋から初冬の霜降る中で育っているという「霜薤」のイメージ（賦）であった。

しかし、杜甫は少なくとも現存する彼の詩の中では、この伝統的な「薤露」詩のイメージを用いていない。が、確かに二つ目の「白薤負霜」の賦のイメージを用いてはいる。ただ両者には違いも存在する。潘岳にしろ謝霊運

にしろ薤が取り上げられたのは、帰隠、帰田の賦という一種の様式化されたジャンルの中においてである。賦にはもともと同類の事物を類書のように敷き連ねていくという叙述法がある[17]。だから潘岳、謝霊運の賦で取り上げられた薤は、さまざまな蔬菜類の中の一つに過ぎない。薤という個別性は陳列の叙述法の中に埋没している。ところが杜甫詩における薤は、そのような故郷の荘園風景に点綴された多数の中の一つという相対的なものではない。杜甫にとっては、唯一の個別的な薤そのものなのである。

一方、杜甫が作り出した薤のイメージは、後世の詩人たちから見るとどのように見えていただろうか。杜甫の三首の詩の中で、それぞれバラバラに描かれていたラッキョウ像を、仮に一つの完成されたイメージの世界として再構成してみると、次のようになるだろう。

さほど大きくもない荘園を有する普通の隠者がいる。幾ばくかの農事にも手を染め自足の生活を送る隠者の農園には、その一つの区画にラッキョウが植えられている。そのラッキョウは食材、薬材として用いるものであり、いろいろな工夫を凝らして食し服用される。そんなラッキョウは友人からも欲しがられるし、友人に差し上げたりもする。そしてそうしたラッキョウをめぐる日常の話題は詩の大事な素材ともなる。……

こうした全体的なイメージを、後世の詩人たちは杜甫詩から漠然と受け取っていたに違いない。そして詩人たちが実際に詩を作るときには、このようなイメージ世界の一部を切り取って自分の詩に取り込んだり、それをまるごと舞台背景として持ち込んだり、若干の変容を加えたり、新たな表現を附加していっそうのイメージの豊饒さを創出したりなど、さまざまな対応の仕方をしたのである。そしていずれの場合も杜甫が作り出したイメージの世界を、彼らが共有しているのである。中小地主の自足的な荘園経済を土台にした士大夫世界が存続する限り、杜甫によって創出された、こうした薤のイメージは繰り返し詩の中で再生産され続けたであろう。

一人の詩人が、言葉によってどのように一つの事物のイメージ世界を作り上げるか、そしてそれが後続の詩人たちにどのように共有され、ついには消え去っていくか、そうした具体例を我々は杜甫の小さなラッキョウの詩からうかがうことができるのである。

注

（1）『唐五代人物伝記資料総合索引』（傅璇琮等編撰、中華書局、一九八二年）によれば、杜佐には（一）杜繁の子、（二）杜暐の子、の二人がいる。（一）の杜繁の子の杜佐は、『旧唐書』巻一六三、杜元穎伝、同じく巻一七七、杜審権伝、『新唐書』巻七二上、宰相世系表二上、杜氏の部、などによれば官は大理正にまでなっており、その子に杜元穎・杜元絳がいて、杜元絳の子に杜審権がいる。そして子の杜元穎と孫の杜審権は宰相にまでなっている。これは秦州で隠遁していた杜佐にそぐわない。（二）の杜暐の子の杜佐は、『新唐書』巻七二上、宰相世系表二上、襄陽杜氏の部、などでは殿中侍御史の杜暐の子となっており、杜佐に官は無く、杜佐の子も記されていない。杜暐の子には、継・信・礼・佐・梅などがいて、杜甫が諸々の甥の中で君が一番優れていると言っていることにも合致する。仇注はこの二人を混同しているが、銭謙益が「世系表。佐出襄陽杜氏。殿中侍御史暐之子。」と注するのが正しいであろう（『箋注杜詩』巻十）。杜甫も襄陽の杜氏の出であるから、同じく襄陽杜氏の杜佐を姪と呼んだのであろう。杜甫は実際上の長男であるから年下の兄弟の子が、すでに秦州で独立した隠遁生活を送っていたとは考えられない。この時杜甫の長男さえまだ十歳ぐらいだったのだから。

（2）この詩の二句目は、南宋以来さまざまな解釈がなされており、また文字の異同もある。王洙本の「落慢坡」ほか、「落蔓坡」「幔落坡」など。本章での解釈は、文字面では仇注本の「落幔坡」（王状元本、郭知達本、草堂詩箋本に同じ）に拠るが、内容面で誰かに拠っているわけではない。ここでは仮に本文のように解してみた。

（3）ラッキョウ栽培のことは、中国最古の農書と言われる前漢の氾勝之の『氾勝之書』にも、

　又た薤十根を種え、甕を周廻して瓜子の外に居らしめよ。
　五月に至りて瓜熟せば、薤は抜きて之を売り、瓜より相い避くべし。

とある。この部分は『斉民要術』の引用によって今日まで伝えられている。『氾勝之書』については、『氾勝之書／中国最古の農書』四三頁（石声漢編・英訳、岡島秀夫・志田容子訳、農村漁村文化協会、一九八六年）が参考になる。ただし、同書はこの部分の「薤」に相当する日本語訳を「ネギ」とするが、同書巻末の石声漢氏英訳では、「scallion」となっていて、これは「ラッキョウ」と訳すべきであろう。ちなみに『（校訂譯註）斉民要術』上冊一一七頁（西山武一・熊代幸雄訳、農林省農業総合研究所、上巻、一九五七年）の該当部分では、ラッキョウである。なお小論での引用に際しては『斉民要術校釈』第二版（後魏・賈思勰、繆啓愉校釈、中国農業出版社、一九九八年）を用いた。

（4）『斉民要術』巻九、第八七「素食」の篇には、「薤白蒸（らっきょうむし）」の作り方などが紹介してある。「ラッキョウの蒸しもの」の平易な口語訳には、『斉民要術／現存する世界最古の料理書』（田中静一・小島麗逸・太田泰弘編訳、雄山閣、一九九七年）が便利である。二二六頁参照。

（5）仇注は「原注に隠居、名は昉、秦州の人なり」と言うが、この「原注」は杜甫の自注ではないだろう。王洙本をはじめ、王状元本、郭知達本、四部叢刊本、草堂詩箋本、黄鶴補注本、銭注本などには無い。黄鶴の補注本に「鶴曰：公以乾元二年夏、至秦州、有貽阮隠居詩云『塞上得阮生』、則阮乃秦州人」とあり、集千家注杜工部詩集本では〈〇八16 秋日阮隠居致薤三十束〉の題下注に「鶴曰：阮隠居、名昉」（巻五）とある。この二つを合わせたものが仇注の言う「原注」に近い言い方である。仇注のこの「原注」が何に拠るかは未詳。

但し〈〇七10 貽阮隠居〉の題下には（名は）「昉」との原注が、王洙本（巻三）をはじめ、諸本に存在し、この原注は杜甫の自注と見なしてよいであろう。以上から、阮隠居は阮昉という人物と考えて差し支えないであろう。

（6）聞一多の『少陵先生交游考略』では、阮隠居との関連詩は三首取ってある。当該詩の他に〈〇七10 貽阮隠居〉と〈一三41 絶句四首〉其一である。後者の絶句には「松高擬對阮生論。松高くして阮生に対して論ぜんと擬す」の句があり、その「阮生」を「阮隠居」と解したためであろう。たしかに黄鶴補注本では、阮生はおそらく阮隠居を指すのであろうと推測している（仇注も引く）。しかし王洙本（巻十三）をはじめ、郭知達本などの宋刊本系や銭注本には「朱と阮は劔外の相知なり」との「原注」がついている。もしもその原注が正しいとすれば阮隠居と阮生は別人ということになる。仇注本はこの「原注」を引かないが「朱老・阮生は、倶に成都の人なり」と注し、やはり別人と考えている。それらを勘案して、私もここでは一応「阮生」と「阮隠居」を別人と考えておくことにする。ちなみに『唐五代人交往詩索引』は〈一三41 絶句四首〉を阮隠居の関連詩とは見なしていない。

(7)『杜甫評伝』中巻(上海古籍出版社、一九八八年)五二三頁。

(8)士人階層の人間も、現金収入に便利なものとして蔬菜を栽培していたことは、盛唐の楊顔(開元年間に進士)の「田家」の詩に、

蒔蔬利于鬻、　蔬を蒔うるは　鬻ぐに利あり、
纔青摘已無。　纔かに青きは　摘みて已に無し。
(『全唐詩』巻一四五)
(『文苑英華』巻三一九は「纔青」を「茶青」に作る)

などとあることからも分かる。売れば儲かるラッキョウを、阮隠居がただで、しかも無心もしないのに贈ってくれたのだから、杜甫が感激したのも納得できる。杜佐に対してはラッキョウを所望したが、阮隠居からは所望しないのにもらった。これは対照的な書き方である。杜甫は人から恩恵を受けたとき、それをいちいち詩に書き込み、感謝の情を表し、その人を顕彰することが多い。だから杜佐からラッキョウをもらっていたら、その経緯を詩で書いた(そしてそれが詩集に残った)可能性がたかい。そういう点からすると、杜佐は杜甫にラッキョウをあげなかったのかもしれない。杜甫には少しばかり「意地悪」なところがあって、是非、善悪、好悪のけじめをはっきり付け、好ましいものを称讃する裏側で、好ましからざるものにちくりと風刺をきかせたりする。夔州期の〈1905 園官送菜〉と〈1906 園人送瓜〉などがその典型であるが、ここでも、杜佐と阮隠居の二つの詩を並べると、阮隠居を褒めていることの裏側に、杜佐への当てこすりもあるのではないかと疑いたくなる。杜甫は他人には慎み深く節度をもって対するが、子供や同族の者には要求する水準が高いせいか、無遠慮で厚かましく見えるところがままあるのである。

(9)『四時纂要・中国古農書・古歳時記の新資料』山本書店、一九六一年影印(万暦十八年朝鮮重刻本)。その解釈には、渡部武氏の『四時纂要訳注稿・中国古歳時記の研究その二』(安田学園、一九八二年)と繆啓愉選編『四時纂要選読』(農業出版社、一九八四年)を用いた。

(10)『薬用蔬果』(戴藩芳等著・陳豊麟等摂影、渡假出版社、一九九三年)でも、薬用部は全株となっている(一〇三頁)。

(11)中医学関係の文献では「関鬲」は「関膈」と同じ意味で用いられている。王洙本をはじめ、宋刊本系のテキストの王状元本、郭知達本、四部叢刊本、草堂詩箋本、黄鶴補注本及び銭注本では「関鬲」についての文字の異同は無い。しかし、元の王

禎『東魯王氏農書』百穀譜集之四、蔬属の薤の項で引くこの杜甫の句は「関膈」に作る。明の李時珍『本草綱目』巻二六の薤の項でも同じ。また四庫全書本でのことだが、宋の祝穆『古今事文類聚後集』巻二二穀菜部や宋の曽敏行『独醒雑志』巻九などに引く杜甫詩も同じ。よって杜甫のこの詩を「関膈」として読んでも間違いではなかろう。歴代の注釈では黄鶴補注本に「唐曰：薤清暖益老人、故云。關、節也。鬲、胸也。」とあり、これに拠れば関鬲は関節と胸を指すことになる。

一方、薤白はどのような病気に効くかという点で見てみると、唐の陳蔵器『本草拾遺』には「調中、久しき痢の差えざるを主る。腹内の常に悪き者は但だ多く煮て之を食らえ」とあり、消化器系に効くと見なされていたことがわかる（『本草拾遺輯釈』四四九頁、陳蔵器撰、尚志鈞輯釈、安徽科学技術出版社、二〇〇三年）。ただしこの部分は、宋の唐慎微の『証類本草』巻二八「今按陳蔵器本草云：薤：調中、主久痢不差、腹内常悪者、但多煮食之。」から拾ったもの。また後漢の張仲景『金匱要略』胸痹心痛短気病脈証并治第九には、「胸痹之病、喘息咳唾、胸背痛、短氣、寸口脈沈而遲、關上小緊數、栝樓薤白白酒湯主之。」などの記事があり、呼吸器系に薤白が効くとも見なされていた。杜甫の言う膈膜の冷えという症状に薤白が効くという記事は、まだ見いだし得ないでいるが、横隔膜が呼吸器系と消化器系の双方に影響を持つと考えられていたのではなかろうか。

（補注）拙論発表後、日中伝統医学の研究者真柳誠氏から御教示をいただき、私の不十分な見方を訂正していただいた。要点を記すと、

――杜甫が詩で「関鬲」の語を用いていることは、杜甫の医学的素養を示すものである。「関鬲」は、直接には横膈膜を意味するが、鬲は格とも通じ、漢代の医学古典『黄帝内経霊枢』（脈度第十七）に記述があり、中国医書では唐代でも明代でも「関格」の表現がしばしば使われる。杜甫の詩は、いわゆる「冷えのぼせ」の強い状態で、横隔膜の部分で陰陽の気の交流が阻止され、上半身がたまった陽気でのぼせ、下半身に陰気がたまって冷えている、と考えられる。また横隔膜部分での気の閉塞は、軽症では「胃もたれ」の自覚から連想されていたようであり、そうであれば杜甫が「関鬲冷」というのは、胃もたれと下半身の冷えを表現しているように思える。だとすれば、薤は体を温め、健胃作用があると伝統本草に書かれるので、話のスジも合うのではないか。――

である。ここに記して氏への感謝の意を表するものである。

(12) 合山究氏の「贈答品に関する詩にあらわれた宋代文人の趣味的交遊生活」（『中国文学論集』第二号、一九七一年）を参照。

(13) 大暦二年とするのは仇兆鰲『杜詩詳注』による。大暦元年とするのは『読杜心解』『杜詩鏡銓』『杜甫年譜』（四川人民出版

社、一九五八年初版・一九八一年再版）『（今注本）杜詩全集』（天地出版社、一九九九年）など。

(14)（補注）拙論発表後、王兆鵬氏の「唐彦謙四十首贋詩証偽」（『中華文史論叢』五二輯、一九九三年十二月）を知った。それによると、この詩は『剡源戴先生文集』巻二七にも出ており、もともとは元の戴表元（一二四四－一三一〇）の詩であり、それを明人が偽って、唐彦謙の詩集に混入させたものだという。おそらくその説は正しいであろう。そうであるなら唐人の作品として本文に掲げた「陶淵明の貧士の詩に和す、七首」其二は、この叙述部分から削除して、次の宋代の後に、元代の部分を作って、そこに持って行くべきであろう。ただそうだとしても、杜甫のラッキョウ詩の後世への影響という点では、論旨に何も変更点は出てこない。よってここでは暫時初出論文のままにしておくことにする。

(15)「薤菘鬱朝露」の句は、薤と菘の取り合わせが何かの典故に基づいているとすれば、それは薤（らっきょう）と菘（すずな）ではなくて韭（にら）と菘の取り合わせである。『南斉書』巻四一、周顒伝に「文恵太子問顒『菜食何味最勝?』顒曰『春初早韭、秋末晩菘。』」とあり、これを典故とする韭と菘の取り合わせはよく用いられている（例えば『全宋詩』では「菘韭」または「韭菘」の語彙に限っても二十二例を見る）。だとすれば（一）唐彦謙が典故を勘違いして用いたか、（二）テキストに異同があるか、という疑いが生じる。しかし朝露の言葉が同時に用いられていることからすると、潘岳「閑居賦」の「緑葵含露、白薤負霜」が思い出され、（三）詩の作者は韭を薤に変えて用いたとも考えられる。そして何よりも実際に作者の二畝の菜園に薤が植えられていたと考えるのが自然である。よって私はここでは（三）の立場を取る。なお薤と菘の取り合わせは宋詩にもいくつか見える。

(16) 私がそう考えるのは、農学的な根拠があるわけではない。本章でも繰り返し述べているように、ラッキョウは唐以前から作られていた。それが唐代にいっそう普及したと考えられるのは、唐詩に多く描かれるようになるからである。おそらくラッキョウ栽培史の農学研究者なら、この事実をもって、唐代に多くラッキョウが作られ始めた根拠とするであろう。もう一つ私がそう考えるのは、ラッキョウが現金収入になることと関係がある。そのことはすでに紹介したように漢魏の故事にもあるし、後掲の宋詩にもある。唐代は、中小地主層出身の隠者が増えるが、それは六朝貴族のような大土地所有者ではない。そんな比較的貧しい隠者の現金収入としての側面もあったのではないかと考えられるのである。そして隠者は一般的に漢方に対する造詣が深く、ラッキョウの漢方的効能も十分に知っていたはずである。

(17) 拙論『初唐の文学思想と韻律論』（知泉書館、二〇〇三年）第一編、第一章「賦をめぐる漢代の文学論」を参照。

（補注） 本篇脱稿後、閆艶氏の『唐詩食品詞語語言与文化之研究』（社科博士文庫、巴蜀書社、二〇〇四年十二月）を見ることができた。同書には薤の項目（一〇九－一一二頁）があり、全唐詩の検索から、私と同じように、唐代に薤は広く栽培されていたと述べる。また「薤膏は唐代は隠士たちに養生の物とみなされていた」との指摘があり、それは、本章での私の立論に甚だ都合がよい。ただその根拠にあげてある資料が、陶弘景と洞冥記なのが、私にはまだ十分納得できないでいる。

第Ⅱ部　成都期

第一章　浣花草堂の外的環境・地理的景観

第一節　はじめに

杜甫は安史の乱の勃発から四年目、乾元二（七五九）年、四十八歳の七月に、左遷されていた華州司功参軍の官を捨て、家族をともなって秦州へと旅立ち、年末には四川に入り成都に落ち着いた。その翌年の上元元（七六〇）年の春から、ある強力な有力者の後ろ盾のもと、成都の錦江（キンコウ）上流の浣花渓（カンカケイ）の一段に土地を供与されて草堂を営んだ。その地で家族とともに暮らした足かけ六年の歳月は、その間に二年ほども不在にせざるを得ず、実質は三年半もなかったのだが、杜甫の後半生では最も安定した静かな隠遁的生活を送ることができた。杜甫自身そのことを、草堂生活三年目の春に、次のように詠じている。

萬里清江上、　万里　清江の上（ほと）り
三年落日低。　三年　落日低し
畏人成小築、　人を畏れて　小築を成し
褊性合幽棲。　わが褊（せま）き性は　幽棲するに合う　〈一〇68　畏人〉

この時代の作品は、時代順に作品が排列された清の仇兆鰲のテキストでは、巻九の後半から巻十四の前半にあたり、三百五十首ほどの詩が配当されている。しかし普通に草堂詩と呼ぶときは、成都不在時の詩を省いて考えるので二百数十首となる。

これらの詩が作られ、農的生活、隠遁的生活が営まれる背景となったこの浣花（成都）草堂の旧跡は、現在は成都杜甫草堂博物館となっている。この旧跡に関しては歴代より議論があり、唐人の詩によると晩唐まではまだその面影を残していたが、宋代にはもう分からなくなっていた。

本章では、杜甫詩に草堂の場所がどのように描かれているかを見極め、その描写の仕方から、そこに杜甫の如何なる感情が込められているか、草堂は杜甫にとってどのような意味を持つのかを考察する。従って、地方志等の二次的史料を用いて、草堂の地理的場所を明らかにしようとすることはしなかった。むしろそれに対する誘惑を抑えて、極力杜甫の詩から何が見えるかだけを追求しようとした。

第二節　成都城西

杜甫の草堂は成都の城西の方向にあった。このことは杜甫自身が自注の中ではあるが、はっきりと述べている。広徳元（七六三）年の春、杜甫が梓州方面からまだ成都に帰れずにいたころのことである。知り合いが先に成都に帰ることになって、杜甫はどうか私のために草堂の様子を見てくださいと、彼を見送る詩の中で述べたことがある。その〈三36 韋郎司直の成都に帰るを送る〉の詩に、

為問南溪竹、　きみよ　わが為に問え　南渓の竹を
抽梢合過牆。　梢（こずえ）を抽（の）べ　合（まさ）に牆（かき）を過ぐるなるべし

とあり、杜甫はそれに対して自ら「余が草堂は成都の西郭に在り」（王洙本巻十三）と注を付けている。草堂が成都の城西の方向にあったことは、他にも言及がある。草堂作りの一年目の上元元年の詩からいくつか拾うと、まず〈〇九54　西郊〉の詩に、

　時出碧雞坊、　　時に碧鶏坊を出で
　西郊向草堂。　　西郊をば草堂に向かう

とある。碧鶏坊というのは、城内の西南にあったので、碧鶏坊を出て西郊を通って草堂に向かうということから、杜甫の草堂が成都の西郊外にあったことがわかる。

　また草堂ではじめて迎えた梅雨を詠んだ〈〇九24　梅雨〉の詩で、草堂へのアプローチを、

　南京西浦道、　　南京　西浦の道[1]
　四月熟黄梅。　　四月　黄梅熟す

と述べる。南京は成都のことで、安史の乱で玄宗が成都に避難していたことがあるので、この時期の三、四年、成都は南京と呼ばれていたことがある。だから成都から草堂への道は、成都の西郊外の川沿いの道（西浦の道）をいくことがわかる。

　また同じ時期の〈〇九22　堂成る〉の詩には、草堂が完成した喜びや満足感が表されているのだが、草堂と成都城の位置関係を、

　背郭堂成蔭白茅、　　郭を背にし堂は成って　白茅の蔭(おお)い
　縁江路熟俯青郊。　　江に縁(そ)う路は熟して　たかきより青郊をしたに俯す

のように述べている。草堂が成都城の西側の外に位置し、高台にある草堂から見ると、川沿いの道が郊外を突き

抜けて成都の方へ続いていることがわかる。

途中経過は略すが、この詩から四年後の広徳二（七六四）年の春、長く不在にしていた成都草堂に梓州、閬州方面からもどっていくことになった。その途中で草堂や将来に思いをいたし、揺れ動く心のさまを描いた連作詩がある。その〈一三22 将に成都草堂に赴かんとして途中に作有りて先ず厳鄭公に寄す、五首〉其五で、自分の生活設計は頼りないものであるが、黒革をはった愛用の肘掛けの烏皮几があるから、やはり帰りたいのだと歌っている。

錦官城西生事微、　錦官城西　わが生事は微なり

烏皮几在還思歸。　烏皮の几（ひじかけ）の在りて　還た帰るを思う

ここでは成都城西ではなく錦官城西と言う。錦官城跡は成都城のすぐ南にあったから、ここでもやはり成都城の城西と言っていることになる。

またその翌年、永泰元（七六五）年、草堂を去る直前の詩〈一四33 絶句三首〉其二には、

水檻温江口、　水檻は温江の口

茅堂石筍西。　茅堂は石筍の西

ともいう。自分の草堂は石筍の西にあるということだが、その石筍とは〈一〇34 石筍行〉の詩で歌われる石筍のことで、その詩に「君見ずや　益州の城西の門、陌上の石筍　双（なら）びて高く蹲す」というように益州の西門のところにあった一対の大きなタケノコのような石のことである。『旧唐書』地理志によれば、益州は天宝元（七四二）年以前の地名で、その後は蜀郡と呼び、至徳二（七五七）年以後は成都府と改名した。魏晋から宋斉梁の王朝でも益州という地名を用いているのだが、杜甫はそういう古い言い方をここでは用いている。それはともかく「茅

堂は石筍の西」というのも、やはり成都城の西郊外ということになる。(2)

第三節　錦江のほとり

杜甫は錦江のほとりに住んだ。杜甫が錦江のほとりに草堂を築いたことは、草堂を去ってからのちの詩で二回ほど述べている。永泰元（七六五）年の冬、長江を下って雲安まで至ったが、病のためしばらく雲安に留まらざるをえなかった。その時の作に〈一四58 錦水の居止を懐う二首〉と題する詩がある。錦水の居止とは、錦江の草堂のことで、その詩題自体が、杜甫の草堂が錦江にあったことを物語っている。またその翌年、大暦元（七六六）年の暮春、同じく雲安での〈一四67 杜鵑〉の詩には、

我昔遊錦城、　我　昔　錦城に遊び
結廬錦水邊。　廬を結ぶ　錦水の辺(ほとり)
有竹一頃餘、　竹有ること一頃余り
喬木上參天。　喬木は上は天に參ず

とあり、ここではもっとはっきり草堂を錦江のほとりに営んだと述べている。草堂の周辺には一頃余りの竹林や高木も植わっていた。一頃余りというからには、五〜六ヘクタールほどの広大な屋敷林であったことになる。小学校の運動場五、六個ほどの広さを思い浮かべればいい。

杜甫が草堂作りを始めて二年目の年末、友人でもありパトロンともなる厳武が、当地の最高権力者として赴任することになり、翌年春には成都に幕府を開いた。厳武は、隠遁的な生活をしていた杜甫を幕府に召し抱えたい

気持ちを持っていたのだが、そんな気持ちをにじませながら杜甫に詩を送ったことがある。その詩題は「杜拾遺（杜二）の錦江の野亭に寄せ題す」となっているが、その詩題からも杜甫が錦江のほとりに草堂（野亭）を作っていたことがわかる。厳武は錦江のほとりでの杜甫の隠者風な生活を、

漫向江頭把釣竿、　漫ろに江の頭りに向いて　釣り竿を把り
懶眠沙草愛風湍。　懶に沙の草に眠りて　風ふく湍を愛す

と詠じている。杜甫はそれに対して〈一〇72　厳公が野亭に題せしの作を寄するに酬い奉る〉の詩を作って、

懶性從來水竹居。　懶なる性にして従来より水竹に居す
………　………
幽棲真釣錦江魚。　いまわれ幽棲して真に錦江の魚を釣る

と報答した。三年後、厳武が思いがけず急逝してしまったのだが、杜甫は夔州で厳武を弔う詩を作り、その中でも同じように釣りのことを持ち出している。

時観錦水釣、　時にあなたは観たまいき　われが錦水に釣りせるを
〈一六02　八哀詩〉贈左僕射鄭國公嚴公武

こうしたやり取りや回想の詩からも草堂が錦江にあって、杜甫がそのゆったりした生活を享受していた様子がうかがえる。

錦江という名は持ち出さないが、草堂が川に面していたことは、

門泊東呉萬里船。　門には泊す　東呉の万里の船
〈一三41　絶句四首〉其三

という句からも想像できる。

また草堂が錦江にあったことを直接言っているわけではないが、次に掲げる詩句は草堂が錦江にあることを前提にして成り立つ言い方である。

春前為送浣花村。　きみよ　春の前にわが為に送れ　浣花村
……　……
濯錦江邊未滿園。　濯錦江の辺は　未だ園に満たず　〈〇九16　蕭八明府實處覓桃栽〉

故憑錦水將雙淚、　故にわれが錦水に憑りて　双涙を将って
好過瞿塘灩澦堆。　過ぐるを好くせん　きみが瞿塘の灩澦堆を　〈一〇24　所思〉

別淚遙添錦水波。　別れの涙は遥かにわが錦水の波に添えたり　〈一三30　奉寄高常侍〉

杜甫の成都草堂が成都の城西の方向にあり、錦江のほとりに営まれていたことは、実はよく知られたことである。私がその当然のことを、わざわざ杜甫の詩の中からもう一度確認しておきたかったのは、その根拠となっている原資料がいつも同じように、二、三の詩句や史料からだけしか言われていないことに不満を感じたからである。ここで紹介したような詩句も、今後は杜甫の基礎的な伝記資料となりうるであろう。

先にも述べたように、私は杜甫自身の口から杜甫の生活の有り様を復元するつもりである。そうしたことは他の詩人では不可能か或いは不適当な場合がある。しかし成都入りする前後からの杜甫、とくに錦江のほとりに草堂を営んでからの杜甫の場合は、現存する詩の分量からしてもそれは可能である。またそれを可能ならしめるような詩の書き方を、杜甫はこの時期あたりから始めている。

第四節　浣　花

杜甫は錦江のほとりに住んだのだが、草堂を築いた錦江の一段を杜甫はみずから浣花渓と呼んだ。杜甫はこの「花を浣う」という言葉がとても気に入ったらしく、「浣花の渓」の他にも「浣花の村」「浣花の老翁」「浣花の橋」「浣花の草堂」「浣花の竹」など多くのバリエーションをもって詩の中に歌い込んでいる。いまその句だけをあげてみれば（［　］括弧内は異文が伝わるもの）、

浣花溪水水西頭、　浣花渓の水　水の西頭　［浣花流水］［浣花之水］　〈〇九14　卜居〉

春前為送浣花村。　春の前にわが為に送れ　浣花村　〈〇九16　蕭八明府實處覓桃栽〉

江花未落還成都、　江花　未だ落ちずして成都に還らば
肯訪浣花老翁無。　肯えて浣花の老翁を訪うや無や　［公來肯訪浣花老］［攜酒肯訪浣花老］
〈一〇59　入奏行贈西山檢察使竇侍御〉

當時浣花橋、　当時　浣花の橋
溪水纔尺餘。　渓水は纔に尺余り　〈一一13　溪漲〉

成都亂罷氣蕭索、　成都は乱罷みて　気は蕭索たり
浣花草堂亦何有。　浣花の草堂は　亦た何か有らん　〈一一39　從事行贈嚴二別駕〉

我有浣花竹、　我に浣花の竹有り　〈一三44　送竇九歸成都〉

竹寒沙碧浣花溪、　竹は寒く沙は碧なり　浣花渓

〈一三22 將赴成都草堂途中有作先寄嚴鄭公五首〉其三

浣花溪裏花饒笑、　浣花渓の裏　花は饒く（わが幕府への出仕を）笑い

肯信吾兼吏隱名。　（その花は）肯えて信ぜんや　吾が吏隠の名をいまも兼ぬることを

〈一四04 院中晩晴懷西郭茅舍〉

洗藥浣花溪。　薬を洗う　浣花渓　［浣沙溪］　〈一四33 絶句三首〉其二

のようにである。

この「花を浣う」という表現は、杜甫が始めて用いたと思われる。韻文では杜甫以前には用例を見いだしがたいのに対して、杜甫にいたって突然九例もあらわれる。みな成都草堂の時期をうたったものである。しかも杜甫以後、唐全体の韻文では杜甫が三分の一強を占め、杜甫のこの言葉への嗜好が突出していることがわかる。さらに杜甫草堂に関する「浣花」が、杜甫以後は五例ほどある。

○岑参の詩題「早春陪崔中丞泛浣花溪宴」　早春、崔中丞に陪して浣花渓に泛び宴す　『岑嘉州集』巻三

（『文苑英華』巻二一五は張謂の作と題してこの詩を載せる）

○杜家曾向此中住、　杜家は曾て此の中に向いて住めり

為到浣花溪水頭。　為に浣花の渓水の頭へ到れ　張籍「送客遊蜀」『唐張司業詩集』巻六

○今日西川無子美、　今日　西川には子美（＝杜甫）無くも

詩風又起浣花村。　詩風は又た起こらん　浣花村に　章孝標「蜀中贈廣上人」『全唐詩』巻五〇六

○浣花溪裏花多處、　浣花渓裏に花多き処

為憶先生在蜀時。　為に憶う　先生の蜀に在りし時を　雍陶(3)「經杜甫舊宅」『文苑英華』巻三〇七

○浣花溪上堪惆悵、　浣花渓上　惆悵に堪えんや
　子美無情為發揚。　子美は心無きも為に発揚す　鄭谷「蜀中賞海棠」『文苑英華』巻三二二

これらも合わせると、唐代の「浣花」の用例の半分強を占めることになる。

杜甫が始めたと思われるこの「浣花」という詩語は、次の中唐の薛濤（セットウ）が作ったと伝えられる「浣花箋」ともあいまって、その後は普通の散文の中でも地名として用いられるようになる。『旧唐書』文苑伝の杜甫伝の「甫は成都の浣花里に竹を種え樹を植え、廬を結び江に枕し、……」や『唐才子伝』巻六・薛濤、巻十・韋荘などの条は、杜甫を踏まえているから当然のこととしても、『新唐書』叛臣列伝、巻二二四下、『続通鑑』北宋紀、巻二一、『明史』列伝、巻二六三などでは、軍事的な要所となっており、『清史稿』地理志・四川・成都府の条では正史に準じる地理志に記載される地名のようにさえなっている。一般には浣花（渓）という場所があって、そこにたまたま杜甫が草堂を築いたかのように思われている節があるが、実はそうではなく「花を浣う」という風雅な杜甫の呼び方が、後世になってあたかも独立した固有名詞のようになっていったと考えられるのである。(4)

第五節　橋

杜甫の成都草堂は万里橋の西の方向にあった。そのことは、草堂作りの一年目の〈〇九28 狂夫〉の詩のなかで、草堂の場所を、

　萬里橋西一草堂、　万里橋の西の　一草堂
百花潭水即滄浪。　百花潭（タン）の水ぞ　即ち滄浪なり

と述べていることから明らかである。また同じことを、成都を去って南下し雲安に逗留したとき、草堂への万感の思いを込めて作った〈二四58 錦水の居止を懐う、二首〉其二の詩の中でも、

萬里橋西宅、　万里橋の西の宅[5]
百花潭北荘。　百花潭の北の荘

と述べている。

このほか、草堂との位置関係を明確に述べたものではないが、草堂周辺の「野」から遠くの景色を見やった〈一〇67 野望〉の詩では、

西山白雪三城戍、　西山の白雪には　三城の戍（まも）りあり
南浦清江萬里橋。　南浦の清江には　万里橋あり

と述べている。ここでいう「南浦」は浣花渓のことで、「南江は舎の東を繞る」の「南江」〈一四11 遣悶奉呈嚴公二十韻〉、「為に問う南渓の竹」の「南渓」〈一三36 送韋郎司直歸成都〉、「われは南渓の老病の客」〈一三34 漢川王大録事宅作〉などと同じ使い方であろう。ただここでは人との別れを思い出させる「万里橋」があるので、「美人を南浦に送る」（『楚辞』九歌）という典故から「南浦」の言葉を用いたものと思われる。杜甫はここで、西山の白雪と吐蕃の防衛線である城砦、および南浦（錦江）の清き川に架かる万里橋の方を見やっている。そしてその二つから、戦乱の収まることのないこの世の中、そして離ればなれになっている兄弟たちへ思いをめぐらせているのである。

万里橋とは別個に、草堂の近く浣花渓の一段に架かっている橋もあった。浣花渓には普通でも三、四十センチほどの深さしかない浅い部分があり、澄んだ川底の白い石は手で拾うことができ、また馬車でも渡れたようであ

るが、そこに架かっていた橋である。それにはちゃんとした名前があったのかどうか分からないが、杜甫はその橋を浣花の橋と呼んだことがある。〈二13 渓漲る〉の詩に、

當時浣花橋、　当時　浣花の橋
溪水纔尺餘。　渓の水は　纔に尺余り
白石明可把、　白き石は明かにして　てに把るべく
水中有行車。　水中には　行く車有り

とある。その橋を渡るとまもなく草堂に到着するのである。

杜甫のいとこで、成都で司馬の官についている王十五が、成都城からわざわざ杜甫の草堂を訪ねて、草堂の建築資金を贈与してくれたことがあった。それで杜甫の憂いは無くなり、杜甫はいたく感激した。そのことを〈〇九15 王十五司馬の弟が郭を出でてわれを相訪い、草堂を営む貲を遺る〉という詩で、

肯來尋一老、　きみは肯えて来たりて　この一老を尋ぬ
愁破是今朝。　わが愁いの破るるは　是れ今朝
憂我營茅棟、　我が茅棟を営むを　きみは憂えて
攜錢過野橋。　銭を携えて野橋を過ぎりきたれり

とうたう。ここで「野橋」と呼ぶ橋が登場するが、この野橋を過ぎるとまもなく草堂に着くようであるから、その位置関係からして、これも浣花橋と杜甫が詠んだ橋と同じものだと思われる。

話は飛ぶが、これより四年後、ながらく成都に帰れず草堂を捨てて、閬州からそのまま家族を引き連れて長江を下ろうとしていたことがある。その矢先に、厳武が再び成都方面の最高責任者として赴任し、杜甫に成都に帰

ってくるよう何度も手紙をくれた。そこで杜甫は南下の計画を変更して成都に戻ることにしたのだったが、その帰路に、すっかり荒れてしまったであろう草堂のことをあれこれ想像して詩を作り、厳武に送った。前にも掲げたその〈三22 将に成都の草堂に赴かんとして途中に作有りて先ず厳鄭公に寄す、五首〉其三の詩に、

　書籤薬裏封蛛網、　書籤(ショセン)と薬裏(ヤクカ)は　蛛(くも)の網に封(と)じられ
　野店山橋送馬蹄。　野店と山橋が　われにかわりて馬蹄を送らん

と歌っている。自分の大事な書物や漢方薬に蜘蛛の巣が張り、せっかく草堂へ訪問してきた客も主人の私がいないから、私の代わりに「野店」と「山橋」とが客の車馬を送ることになるであろうと述べる。この「野店」と「山橋」は、文字を入れ替えて「山店」と「野橋」にしてもほぼ同じ意味である。遠く閬州方面にいる杜甫にとっては、これらが杜甫の代わりともなるというのだから、この山橋も草堂のもっとも近い所にある浣花の橋ではないかと思われる。

　また錦江は場所によっては百花潭と呼ばれるような深い所もあったが、季節によって水が漲って深くなったり、浅くなったりもした。春になって浣花渓が急に水かさを増した時の体験を、杜甫はまるで子供のような新鮮な驚きと好奇心をもっていくつかの詩に描いている。この時も春水によって浣花渓が、橋のたもとの道と平らになるくらいに水かさが増した。〈四27 わが敝廬(あばらや)にて興を遣(や)り厳公に寄せ奉る〉の詩でそのことを、

　野水平橋路、　野の水は　橋の路と平らかに
　春沙映竹村。　春の沙は　竹村に映ず

と詠じる。「敝廬」と詩題にあるように、この詩が杜甫の草堂で作られたものであり、「竹村」も草堂のある浣花村のことであるから、この橋も恐らく浣花渓に架かる橋のことであろう。

このように草堂の近くには、正式な名前こそわからないが、詩の中で浣花橋、野橋、山橋、橋路の橋などと詠じられる橋があった。そして杜甫はその橋を、感情的にも最もわが草堂の隠遁世界に近いものと感じていた。だからこそ杜甫は、正式な名前があったのかもしれないその橋に、あえて固有名詞は用いずに野橋、山橋などと野趣に富んだ呼び名を用いたのではなかろうか。

これらの他にも草堂時代の詩には橋が何回か出てくる。草堂作りを始めた一年目の冬のこと、ある用事で成都に出かけた杜甫は、帰りは城内西南の碧鶏坊から出て西郊を横切って草堂へと帰っていった。西南方向に四里ばかり行くと市橋があって柳が植えられており、川沿いの道には梅の花のかおりが漂っていた。前にも掲げたが

〈〇九54　西郊〉の詩の前半に、

　時出碧雞坊、　　時に碧鶏坊を出で
　西郊向草堂。　　西郊をば草堂に向かう
　市橋官柳細、　　市橋には官柳細く
　江路野梅香。　　江路には野梅香(かぐわ)し

と歌っている。この時の杜甫の帰り道は、成都城南の万里橋を越えて西に向かうコースとはまた違った帰り方である。草堂への道にはいくつかのコースがあったようで、一つかそれ以上の橋を渡らなければならなかったようである。ところで詩の後半は家に帰り着いてからのことを次のように述べる。

　傍架齊書帙、　　架に傍(そ)いて書帙(シュチツ)を斉(ととの)え
　看題檢藥囊。　　題を看て薬嚢(ヤクノウ)を検す
　無人覺來往、　　人の来往するを覚(さと)るもの無く

疏懶意何長。　疏懶（ソラン）にして意は何ぞ長き

ここで突然杜甫は漢方の薬袋を点検する行為を描いているのだが、それについて陳貽焮氏は興味深い解釈をしている。杜甫が生計の足しにするため、薬を売りに城内に行ったのではないかと考えているのである（『杜甫評伝』中巻、六六一頁）。詳しくは立ち入らないがその蓋然性はかなり高いと言える。陳氏の解釈に励まされて、ここでもう一つ想像をたくましうすれば、その時ついでに成都の本屋に立ち寄ってきたのではないかと思う。そう考えることで突然この詩で、薬と書の話題が出てくるのが納得できる。薬と書を対句にするのは時々ありうるという事実を差し引いたにしてもである。もちろん古本屋は唐代以前からあったし、金が無くて立ち読みしていた人までいた(6)。

第六節　橋への思い

以上紹介してきた万里橋、浣花橋、野橋、山橋、市橋などのほかにも、草堂時代には官橋、星橋などが出てくるが、これは草堂との位置関係が明確にできないので、ここでは取り上げないことにする。それにしても杜甫は、橋に対して何か格別な思いを抱いていたようである。

草堂二年目の春、成都の西南方向にある新津県へ行き、修覚寺に遊んだ。その後また修覚寺に遊んだ。その二度目の訪問の〈〇九61 後遊〉の詩で、

寺憶曾遊處、　寺には憶いおこす　曾（かつ）て遊びし処なるを
橋憐再渡時。　橋には憐みいつくしむ　再び渡るこの時を

江山如有待、　江山はわれを待つこと有るが如く
花柳更無私。　花も柳も更に私すること無し
野潤煙光薄、　野は潤（うるお）いて煙光は薄く
沙暄日色遅。　沙は暄（あたた）かにして日色は遅し
客愁全為減、　客たるわが愁いは全て為に減ず
捨此復何之。　此（＝修覚寺）を捨てて復た何（いずこ）にか之（ゆ）かん

と詠じている。一度目は人生漂泊の憂いを強くして帰っていったが、二度目に来たときは和やかな春景色までが自分を待っていたような親しみを感じ、ために旅の憂いも無くなってしまったようだった。そのような境地へと誘う寺への道筋には一つの橋を渡るという行為があり、それによって此岸の世界を抜け出て彼岸の世界へと参入することができるかのようである。だから橋を再び渡ったとき、杜甫はこの橋に対しても特別な気持ちを生じたのに違いない。

　橋は山水画の中にも好んで描かれた。一般に橋は仙界と俗界のように二つの世界の境界の役割も果たす。杜甫が厳武の幕府に出仕していたころであろうか、成都の李固なる人物の家で、「海上仙山の図」（楊倫『杜詩鏡銓』巻十二）とでも言うべき絵を見せてもらい、三首の詩を題したことがある。その〈四22 李固が司馬弟に請いし山水図を観る、三首〉の詩の第三首に、絵の中の状景の一部を、

野橋分子細、　野橋は分かつこと子細に
沙岸繞微茫。　沙岸は繞ること微茫たり

と描写している。杜甫はこの李固の（通説によればその）弟が描いた山水画の中でも、そんな此岸と彼岸の境界

的橋のありかをしっかりと捉えている。

杜甫と隠遁の関係は複雑である。彼の気持ちは出仕と隠遁と帰郷のあいだで常に揺れ動いていた。杜甫はこの浣花渓のほとりに草堂を作りはしたが、ここを永住の地にしようとは思わなかった。しかし美しい川辺の自然とおだやかな農村社会に抱かれたこの草堂の世界が、傷ついた彼の自尊心や打ち砕かれた理想を慰める最良の場所であることもよく知っていた。そしてもっと手を入れてその世界をさらに美しいものに仕立て上げようとも工夫した。浣花渓にかかる橋はそうした手前の隠遁世界と、向こう側の官人世界とをはっきり視界的に際だたせるものでもあった。杜甫が詩の中で自分の草堂付近の橋を描くとき、彼の心の奥底にはそういう橋への思いがあったのではなかろうか。

第七節　コの字型に蛇行する錦江の内側

草堂時代の杜甫の詩をいくつか総合してみると、草堂は錦江の西岸にあり、錦江がコの字型に蛇行するその内側に位置していたのではないかと思われる。〈〇九14　居を卜す〉の詩に、

浣花渓水水西頭、　浣花渓水　水の西頭
主人為卜林塘幽。　主人は為に卜す　林塘の幽なるを

とあり、西頭は西側の意味だから、住まいを定めたのは浣花渓の西側と読める。だが、この西側については、錦江が西から東に流れるので、西側はここでは上流の意味になるという解釈も成り立つ(7)。だからこの詩をもっては浣花渓の西側か東側かは決めがたい。仇兆鰲注はこの詩で宋の趙次公の「公の居は浣花渓水の『西岸』の江流の

曲がる処に在り」の注を引く。ところが、林継中氏の『杜詩趙次公先後解輯校』丙帙巻之一では、その部分を「公の居は水の『東岸』の江流の曲がる処に在り」と作り、趙次公の原注も「東岸」であったろうという。つまり錦江「東岸」説である。趙次公注はさらに「其の址は既に蕪没せり。本朝の呂汲公が成都に鎮たるの日に、典刑を『西岸』の仏舎に想像して、梵安寺の傍らを曰いて、草堂と為せり」という。つまり宋の呂大防（呂汲公）が成都を治めていたときには、もう杜甫草堂の旧跡はとっくに分からなくなっていて、呂大防がその見本となるようなものを西岸にあった仏堂に求めて、梵安寺の隣に決めたのだという。また林継中氏の同書に輯められた趙次公注は〈〇九29 田舎〉詩の部分でも、同じく「東岸」と述べ、「今の成都の士人の胡蘆灘と謂う者、乃ち其の処なり」と述べ、さらに宋の呂大防が「西岸」の仏寺を勝手に杜甫の草堂跡と決めたのであって、草堂は「本は『西岸』に在るに非ざるなり」（丙帙巻之一）と主張する。杜甫より遅れること約三百年、十二世紀中頃の趙次公の「東岸」説はひどく具体的かつ明確であり、何か根拠とする所があったかのようである。

しかし杜甫詩をよく見てみると、「東岸」よりも「西岸」の方がつじつまが合う。以下の四首はみな草堂作りの一年目の夏から秋にかけて草堂を舞台に近辺の出来事を詠じた詩である。それらの詩から蛇行する錦江に村全体が大きく包まれ、とくに草堂付近はその湾曲部（浣花渓）にあったことがわかる。〈〇九29 田舎〉詩に、

田舎清江曲、　田舎は清江の曲
柴門古道旁。　柴門は古道の旁

といい、〈〇九30 江村〉詩に、

清江一曲抱村流、　清江　一曲　村を抱きて流れ
長夏江村事事幽。　長夏　江村　事事に幽なり

という。清江は錦江のことで、柴門は杜甫の草堂の粗末な門のこと。また〈〇九32 野老〉詩には、

野老籬邊江岸迴、　野老の籬の辺には　江岸迴り
柴門不正逐江開。　柴門は正しくあらず　江を逐いて開く（仇注：其柴門不正設者、為逐江面而開也）

と述べ、〈〇九47 泛溪〉では、

落景下高堂、　落景　高堂に下り
進舟泛迴溪。　舟を進めて　迴れる渓に泛ぶ

というようにである。清江の曲、村を抱きて流る、江岸迴る、迴れる渓、などから草堂または草堂のある村が、錦江がカーブするその内側にあったことがわかる。さらに草堂二年目の春、草堂で客を迎えたときの〈〇九63 客至〉の詩には、

舍南舍北皆春水、　舍南　舍北　皆　春水
但見羣鷗日日來。　但だ見る群鷗の日日来たるを

とあって、草堂の南北がみな川だという。南北が川でその蛇行する湾曲部にあるとなれば、∪や∩の字型ではなく、コか逆コの字型に絞られてくる。その詩よりさらに三年後の春の〈一三40 絶句、六首〉其一の詩に、

日出籬東水、　日は出ず　籬の東の水より
雲生舍北泥。　雲は生ず　舍北の泥に

とあって、草堂（籬）の東側の川より朝日が昇り、草堂の北側の川辺の泥地から湿気が凝集して雲が湧き起こると述べている。この部分をそのように解することができるならば、湾曲部がコの字型であったと自ずと決まってくるのではなかろうか。同じ年の秋、成都で厳武の幕僚となっていたとき、草堂への思いを寄せて作った〈一四11

悶を遣り厳公に呈し奉る二十韻〉の詩に、

西嶺紆村北、　西嶺は村の北を紆り

南江繞舎東。　南江は舎の東を繞る

とあり、ここでも南江すなわち錦江が、草堂の東で蛇行していると述べている。前掲の詩と関連させると、これもその曲がり方がコの字型であったと言えそうである。以上から、大勢として西から東へと流れる錦江が、その途中でコの字型に蛇行する部分の内側（西岸）に、草堂が位置していたのではないかと考えられるのである。

第八節　浣花渓の諸相

浣花渓付近の自然景観は変化に富んでおり、杜甫は草堂での日々の生活や気持ちを歌うときに、そんな浣花渓のいろいろな景観やさまざまな表情を、あれやこれやの詩の中でいつも一緒に歌い出している。錦江の蛇行する浣花渓の一段には、淵があり、早瀬があり、洲があり、砂があり、泥があり、また漁の舟も集まり、商人の舟も通い、杜甫の遊覧の舟も浮かび、魚も捕れ、ハスも採れ、水浴びもでき、まことに杜甫の心をなぐさめ楽しませるところであった。

まず淵があった。川が蛇行すれば、普通はカーブの外側に淵ができ、内側に浅瀬ができる。だから浣花渓の一段に淵があることは自ずと想定できる。その淵は百花潭と呼ばれていた。前掲の〈〇九28　狂夫〉の詩に、

萬里橋西一草堂、　万里橋の西の一草堂

百花潭水即滄浪。　百花潭の水ぞ即ち滄浪なり

と言い、草堂を去ってからの詩であるが、これも前に掲げた〈一四58 懐錦水居止二首〉其二に、

萬里橋西宅、　万里橋の西の宅
百花潭北莊。　百花潭の北の荘

と言うのがそれである。普通、大きく西から東へと流れる川の途中にコの字型の蛇行があるということは、その下流に少なくとももう一回逆コの字型の蛇行かまたはゆるやかな曲線が必要であろう。つまり浣花渓は西から東にZまたはS字型に流れていることになる。そういう湾曲の一つ（東側が開いた湾曲）に囲まれて、いずれかの湾曲部に出来た百花潭の北側に、草堂はあったことになる。また、〈〇九32 野老〉の詩に、

漁人網集澄潭下、　漁人の網は澄める潭（ふち）の下に集まり

と歌う「澄んだ潭」も百花潭を指すであろう。この百花潭という美しい呼び名も杜甫の用例が初出のようであるから、浣花渓の場合のように杜甫が名づけた可能性がある。

次に浣花渓には早瀬・急流もあった。浣花江や浣花水ではなく渓という字が当てられたこと自体、なにか谷川か早瀬のような急流の部分があったことが想定できる。渓の他にも澗や湍の言葉で言い換えて用いていることからも、それはうかがえる。草堂五年目の夏の詩〈一三41 絶句四首〉其二では、やなの仕掛け作りについて、

欲作魚梁雲覆湍、　魚梁（やな）を作らんと欲して　雲は湍（はやせ）を覆（おお）い
因驚四月雨聲寒。　因りて驚く　四月　雨声の寒きを
青溪先有蛟龍窟、　青渓に先より蛟竜の窟有り
竹石如山不敢安。　竹石の山の如きも　敢えて安ぜず

と詠じ、浣花渓（の一段）を「湍」と述べている。四句目に出てくる「青渓」は、同年秋の〈一四06 村に到る〉

の詩では、

碧澗雖多雨、　碧の澗には雨多しと雖も
秋沙先少泥。　秋の沙には先ず泥少し

のように「碧澗」といいかえている。その翌年の春、川辺の竹を一斉に切り払った。すると日当たりも見晴らしもよくなった。そのことを〈一四28 屋を営む〉の詩で、

蕭蕭見白日、　蕭蕭として白日の見われ
洶洶開奔湍。　洶洶として奔る湍の開かれたり

と述べ、今度は「奔湍」という表現を用いている。このように湍にしろ澗にしろ、浣花渓の一段には急流があったことがわかる。

ほかにも渚や洲や浅瀬や磯や、泥・砂・石の部分などを歌っているが、それらについては、既出のものと重複する部分も多いので主なものを列挙するにとどめる。

○腸斷江春欲盡頭、　腸断す　江の春の尽きんと欲するの頭り
杖藜徐歩立芳洲。　藜に杖つきて徐ろに歩み　芳洲に立つ　〈〇九62 絶句漫興九首〉其五

○囀枝黄鳥近、　枝に囀りて黄鳥は近く
泛渚白鷗輕。　渚に泛びて白鷗は軽し　〈〇九64 遣意二首〉其一

○朝來沒沙尾、　朝より来のかた沙の尾を没し
碧色動柴門。　かわの碧の色に　柴門がうつりて動く　〈一〇03 春水〉

○芳菲縁岸圃、　芳菲なるは岸に縁るの圃

樵爨倚灘舟。　樵もて爨ぐは灘に倚るの舟　〈一〇06 落日〉

○楸樹馨香倚釣磯、　楸の樹は馨り香しくして　釣りばの磯に倚り
斬新花蕊未應飛。　斬新の花蕊は　未だ応に飛ぶべからず　〈一一06 三絶句〉其一

○得魚已割鱗、　魚を得れば已に鱗を割き
採藕不洗泥。　藕を採れば泥を洗わず　〈〇九47 泛渓〉

○碧澗雖多雨、　碧の澗には雨多しと雖も
秋沙先少泥。　秋の沙には先ず泥少し　〈一四06 到村〉

○何日雨晴雲出溪、　何れの日か雨晴れ　雲　渓より出でて
白沙青石洗無泥。　白き沙と青き石の洗われて泥無からん
〈一二04 中丞嚴公、雨中垂寄、見憶一絶、奉答二絶〉其二

第九節　川を愛す

実は杜甫は川が大好きであった。そのことは「滄波も老樹も性としてわが愛する所」〈一〇32 柟樹為風雨所抜歎〉と自ら述べている。上述したように川やその周辺の地理的、地学的な自然景観だけではなく、季節、天候、時間によって見せるさまざまな川の表情も好きであった。陶淵明が篇々に酒、李白が月、許渾が水と言われるならば、草堂時代の詩は篇々に川の様子が描かれているといっても過言ではない。ざっと拾い上げただけでも、澄江、蒼江、長江、清江、清川、澄潭、碧澗、春水、春流、秋水、渓水、積水、江流、また江を逐う、江に臨む、

川に臨む、水に面す、江を陰らす、渓に点ず、江の色、江深し、江白し、などさまざまな川の表情が描かれている。岸辺も同じように杜甫の好むところで、江辺、江上、江干、江岸、江畔、江濱、浦上、渓辺などと多様に表現されている。また波の変化を眺めるのも好きだった。草堂三年目の夏、待ち望んだ雨が降ったときには、肘掛けに寄りかかって逆巻く大波を眺めていたこともある。〈一一12 大雨〉の詩に、

荒庭歩鸛鶴、　荒れし庭に鸛と鶴の歩み
隠几望波濤。　几に隠りて波濤を望む

とある。その他にも波のことは、滄波、江波、錦水の波、錦江の波、高浪、巨浪、浪を逐う、浪簸る、盤渦、波濤を払う、江波に映ず、三月桃花の浪、などと出てくる。

杜甫がこのように波や川や川辺の景観が好きな理由は、川に対する特別な思い入れがあったからである。川の流れが南へと続く限り故郷へ帰れる望みもつながっているように感じていたし、「山陰（紹興）に向かうを須むれば小舟に入らん」〈〇九14 卜居〉というように、舟に乗って水路を通じていけば、もう一度江南に遊び、隠遁の願いも果たせるように思っていた。「平生より江海にうかばんとの心ありて、われは宿昔より扁舟を具う」〈一三29 破船〉というように、そのために舟さえ準備していた。また〈一二59 船を放つ〉の詩に「直愁う騎馬の滑るを、故に舟を放ちて廻るを作す。……江流は大いに自在にして、ふねに坐せば穏にして興は悠なるかな」というように、杜甫は陸路よりゆったりと旅が出来る水運が好きだった。だが杜甫の水好きはそれだけでは説明がつきにくい。「知者は水を楽しむ」ではないが、やはり杜甫は生来の性として水が、そして川が好きだったとしか言いようがない面がある。だから杜甫は舟を二艘も持っていたし、その舟で釣りや船遊びをよくやったし、草堂には川に張り出したデッキを作ったりもした。

そんな川好きの杜甫にとって川は、〈〇九14　卜居〉の詩に、

更有澄江銷客愁。　更に澄みし江の　客(たび)の愁(うれ)いを銷(け)すこと有り

というように旅の愁いを消す効果も持っていた。だから、毒草のイラクサがはびこったときには、逆に川も私の憂いを消すことができないと、いらだったりもしたのである。〈一四29　除草〉の詩に、

清晨歩前林、　清き晨(あした)に前林に歩む

江色未散憂。　江色も未だわが憂(うれい)を散ぜず

と言うように。ここ成都ではじめて浣花渓の川辺に住まいを定めたことより端を発して、その後は長江を転々と下りながら洞庭湖まで至り、さらに南へと湘江をさかのぼり、その途中で杜甫は亡くなった。かくて杜甫は、晩年までその後半年の生涯のほとんどを水辺か水上で暮らしたことになるのである。川と関係の深い杜甫の半生も、こうした彼の川好きの性分といくらかは関係があったのかもしれない。

第十節　西　嶺

草堂からは西嶺が北に見えた。杜甫は自分の住まいの地理的な位置を、前にも掲げたように〈一四11　遣悶奉呈嚴公二十韻〉の詩で、

西嶺紆村北、　西嶺は村の北を紆(めぐ)り

南江繞舎東。　南江は舎の東を繞(めぐ)る

と詠じたことがある。このことから草堂のある浣花村の北方には「西嶺」なる高山が連なっていたことがわかる。

その西嶺は実は家の中からもながめることが出来た。杜甫はそんな眺めがとても気に入っていた。〈三41　絶句四首〉其三の詩に、

窗含西嶺千秋雪、　窓には含む　西嶺の千秋の雪
門泊東呉萬里船。　門には泊す　東呉の万里の船

とある。千秋の雪とは千年もの長いあいだ積もり続けている雪のことである。西嶺に万年雪が積もっていたことは、王洙本巻十三に「西山の白雪は四時消えず」との原注（杜甫の自注の可能性が高い）がついていることからもわかる。また、ある日杜甫が馬にまたがって原野に出で、遠くまでけしきを見渡したときのことを詠じた〈一〇67　野望〉の詩でも、その西嶺（西山）に白雪が積もっている。

西山白雪三城戍、　西山の白雪には　三城の戍（まも）りあり
南浦清江萬里橋。　南浦の清江には　万里橋あり

とある。いずれも草堂の側を流れる浣花渓（錦江の一段）と西嶺（西山）がセットになっている。杜甫が草堂の位置を概観するとき、浣花渓はもちろんのことだがこの西嶺（西山）も常に視野に入れていたことに注目しておきたい[8]。

後年、浣花草堂を去って草堂のことを懐かしんだ〈一四58　錦水の居止を懐う、二首〉其二の詩では、

雪嶺界天白、　雪嶺は天を界して白く
錦城曛日黄。　錦城は日に曛（クン）ぜられて黄なり

と詠じているが、この雪嶺も先の三例から考えてやはり西嶺（西山）のことだと思われる。浣花草堂を後になって思い浮かべたとき、この雪嶺も一緒に杜甫の脳裏に浮かんでいる。浣花草堂を構成する地理的景観は錦江（浣

花渓）だけではなかったのである。

草堂造りは一段落したが、まだ浣花渓の西の方は探検したことがなかった。そこである秋の日の夕方、浣花渓に舟を浮かべて西の方へ行ってみた。その時杜甫は寂しげな秋景色のなかに自分の住まいが成都から遠く離れてひどく辺鄙であることを感じた。そして西の方には峰の上に積もる真っ白な雪と、雲にかかった細長い虹とが見えた。〈〇九47　渓に泛ぶ〉の詩に、

遠郊信荒僻、　遠郊は信に荒僻なり
秋色有餘淒。　秋色には余凄有り
練練峰上雪、　練練たる峰上の雪
纖纖雲表霓。　纖纖たる雲表の霓（にじ）

と詠じている。この雪峰もやはり西嶺のことであろう。その後、ある用事で成都へ行き、成都城から西へ向かって草堂へと帰っていったことがある。その時、遠くには塩井を煮る煙が立ち昇り、杜甫の住まいの方角には、雪山に夕日が落ちていた。そのことを〈〇九48　郭（しろ）を出ず〉の詩で、

遠煙鹽井上、　遠き煙（けむり）は塩井の上
斜景雪峰西。　斜景（ゆうひ）は雪峰の西

と詠じている。この雪峰もまた西嶺のことであろう。後年、草堂での足かけ六年にわたる生活を振り返って作った自伝風の連作詩〈四30　春日の江村、五首〉其三で、

種竹交加翠、　種（う）えし竹は交（こもごも）翠を加え
栽桃爛熳紅。　栽（う）えし桃は爛熳（ランマン）として紅なり

經心石鏡月、　心を経(ふ)るは石鏡の月
到面雪山風。　面に到るは雪山の風

と詠じているが、この雪山も西嶺であろう。思えば六年前、成都入りした翌月から草堂には竹や桃を植えるなど丹念に屋敷造りをしてきたのだったが、いつも心にかけ、月を見るたびに思い起こしていたのは一族の者たちの安否であった。そして西山の雪嶺も、つねにそんな草堂での生活とともにあった。だからこそ杜甫はこの詩をはじめ、草堂を思う詩の中で何度も西嶺を描き込んでいたのであろう。

第十一節　読書人層の隣人たち

杜甫の草堂は、それが一つだけぽつんと浣花渓のほとりにあったわけではない。草堂は一つの村の中にあって隣家が接し、近くには農民もいれば、趣味や話題を共有できる士人階層の知識人もいた。

まず北隣りにはもと県知事だったが途中で職を辞し、今は隠遁している人物がいた[9]。彼は竹を好み詩酒をたのしみ、しばしば杜甫の草堂に気ままに歩いてやって来た。〈〇九40　北鄰〉の詩に、

明府豈辭滿、　明府のきみは　豈に（職を）満に辞せんや
藏身方告勞。　身を蔵して方(はじめ)て労(くろう)を告(かた)る
青錢買野竹、　青銭(ドウセン)もて野竹を買い
白幘岸江皐。　きみは白き幘(ずきん)をかぶり　江の皐(きしべ)に岸(ほこりたか)きさまなり
愛酒晉山簡、　酒を愛することは晋の山簡のごとく

能詩何水曹。　詩を能くすることは何水曹（何遜）のごとし
時來訪老疾、　時に来たりて老疾のわれを訪い(とぶらい)
歩屧到蓬蒿。　きぐつをはき　歩屧(ある)きて　わが蓬蒿(あばらや)に到る

と詠じている。

また南隣りには朱山人と斛斯融の二人がいた。朱山人の屋敷の境界あたりには長短不揃いの竹林が鬱蒼と茂り、杜甫が朱山人を訪問した時でもなかなか気づいてくれないほどであった。酒を飲んでも家が近いので、杜甫は場所を変えての二次会も心おきなく楽しむことができた。〈〇九42　南隣の朱山人の水亭に過ぎる〉の詩があり、

相近竹參差、　相近くして竹は參差(シンシ)たり
相過人不知。　相過ぎるも人は知らず
………　………
歸客村非遠、　帰客(われ)は村は遠きに非ざれば
殘樽席更移。　残樽は席は更に移さん

という。また〈〇九41　南鄰〉と題する詩でも杜甫は朱山人を訪ねている。詩中では錦里先生と呼ばれているが、恐らくその隠士風のかぶり物などからして南隣りの朱山人であろう。二人は舟に乗って水かさの増した浣花渓で終日船遊びをし、日もとっぷり暮れ月が昇ってやっと朱山人は、杜甫を門まで送っていった。

錦里先生烏角巾、　錦里の先生は　烏(くろ)の角巾
園收芋栗不全貧。　園に芋(さといも)と栗(くり)とを収め　全くは貧ならず
慣看賓客兒童喜、　賓客のわれを看慣れて　そのいえの児童は喜び

得食階除鳥雀馴。　階除に食するを得て　鳥雀も馴れおり
秋水纔深四五尺、　秋の水は纔かに深きこと　四五尺
野航恰受兩三人。　野の航は恰も受く　両三人
白沙翠竹江村暮、　白き沙と翠の竹に　江村は暮れゆき
相送柴門月色新。　柴門にわれを相送れば　月色は新たなり

とある。

この朱山人は自給自足的な生活をしているようだが、もう一人の南の隣人は売文で生活をしていたようである。やはり読書人であることには違いない。草堂造りの二年目の春の真っ盛り、浣花渓のほとりに花を尋ねて歩いたことがある。〈一〇21 江畔に独り歩みて花を尋ぬ、七絶句〉其一の詩に、

走覓南鄰愛酒伴、　走りて南隣の　酒を愛する伴を覓むるも
經旬出飲獨空牀。　旬を経て出飲し　独り空しき床あり

というが、この南隣りの酒好きの友について、杜甫は自ら「斛斯融は吾が酒徒なり」（王洙本巻十二）と注を付けている。杜甫が尋ねていったとき、この隣人の斛斯融は十日ばかりも出て行ったままであったが、その後も帰ってきた様子はなく、〈一〇25 斛斯六官が未だ帰らずと聞く〉の詩には、

故人南郡去、　故人は（湖北江陵の）南郡に去り
去索作碑錢。　去りて碑を作るの銭を索む
本賣文為活、　本は文を売りて活を為すも
翻令室倒懸。　翻ってその室をして倒懸せしむ

荊扉深蔓草、　きみが荊扉(ケイヒ)には蔓草深く
土銼冷疏煙。　めしたく土銼(どなべ)には疏(まばら)なる煙の冷やかなり
老罷休無頼、　きみよ　老い罷(や)みては無頼なるを休(や)めよ
歸來省醉眠。　とく帰り来たりて酔眠を省(かえり)みよ

とある。碑文の作製などに関わる仕事を求めて家を出たまま帰らず、家人を赤貧洗うがごとき状況におとしいれたまま顧みなかったようである。そんなところは家族を常に大事にしてきた杜甫とはずいぶん違うし、杜甫はそんな隣人に意見の一つもしたくなるのだが、それでも杜甫にはこの隣人を他人事とは思えないところがあった。その後杜甫は、梓(シ)州・閬(ロウ)州方面を一年半以上も放浪し成都の草堂に帰れない状況が続いた。ようやく帰れるようになった時、その途上で草堂に帰ったときのことをあれこれ想像して作った詩がある。その中でも、

昔去為憂亂兵入、　昔去りしは乱兵の入るを憂うるが為なり
今來已恐鄰人非。　今来たれば已に恐る隣人の非ならんかと
〈三22　將赴成都草堂途中有作先寄嚴鄭公、五首〉其五

と述べて、隣人がもう昔の隣人ではなくなっているのではないかと心配している。もちろん隣人には北隣りの元県知事や朱山人もいたが、一番心配していたのはこの斛斯融のことではなかったろうか。その不安は的中して、杜甫が草堂に帰ったときには、やはり隣人はもう昔のままではなかった。

鄰人亦已非、　隣人も亦た已に非なり
野竹獨修修。　野竹のみ独り修修たり
〈三29　破船〉

この隣人が誰とははっきり書いてないが、おそらく斛斯融であろう。その年の秋に杜甫が斛斯融の屋敷を再度訪

れた時には、彼はすでに亡くなっていて、妻子も家を捨て生計を求めて他所へ立ち去っていた。その〈一四17 故の斛斯校書の荘に過ぎる二首〉其一の詩には、題下に原注（恐らく杜甫の自注）が付いていて「老儒（＝斛斯融のこと）は艱難にして、庸蜀に病む。其の歿後に方に一官を授けられしを歎ず」（王洙本巻十三）という。

此老已云歿、　此の老は已に云に歿し
鄰人嗟未休。　われら隣人は嗟くこと未だ休まず
……　……
妻子寄他食、　妻子は他食に寄り
園林非昔遊。　園林は昔遊に非ず

と詠じ、杜甫は自分が死んだら、自分の妻子も彼の妻子と同じような運命になるのだろうと、彼の不幸の中に自分の不幸が見えてしまい、ひどく嘆き悲しんでいる。

このほかにも隣人との交際がいろいろ描かれている。隣家と食べ物のやり取りもしていたことは、〈一四30 春日江村、五首〉其四の詩に、

鄰家送魚鼈、　隣家は魚鼈を送り
問我數能來。　我を問いて数能く来たる

とあり、また春の寒食節の時に作った詩〈一〇10 寒食〉にも、

田父要皆去、　田父の要むれば皆な去りゆき
鄰家問不違。　隣家の問れば違わず

とある。杜甫はそのつど律儀にお返しをしていたようだ。（農夫に求められて春祭りの酒を飲みに行ったことは後述

の〈二02　田父が泥飲し厳中丞を美するに遭う〉の詩にある）

また夜に子供が歩いて行けるほど近い所にいた隣人からは、酒を買ったりしたし、

鄰人有美酒、　隣人に美酒有り
稚子夜能賒。　稚子は夜に能く賒る（おきのる）
〈〇九64　遣意、二首〉其二

成都の幕府に出仕してしばらく草堂を不在にしていたときは、薬草畑の薬草は隣人に自由に採ってもらっていた。

藥許鄰人斸、　薬は隣人の斸る（ほる）を許し
書從稚子擎。　書は稚子の擎ぐる（あぐる）に従す（まかす）
〈一四26　正月三日歸溪上有作簡院内諸公〉

いずれも隣人と稚子が対にしてあり、そういう句作りにも隣人への親しみが自ずと表れている。

第十二節　農民層の隣人たち

前節であげた隣人は、どちらかと言えば杜甫と同じ士人階層に近いようであるが、隣人の農民たちとも交流はあった。のどかな春の一日、県知事の崔明府が草堂を尋ねてきてくれたとき、杜甫はことのほか喜び〈〇九63　客至る〉の詩を作った。その最後は、

肯與鄰翁相對飲、　肯えて隣翁と相対して飲まば
隔籬呼取盡餘杯。　籬（まがき）を隔てて呼び取りて余杯を尽くさん

で結ばれる。あなたが同意して下さるなら隣の農夫の爺さんを、いますぐ垣根越しに呼んできて残りの酒を一緒に飲みましょうかと、県の長官ほどの人物に提案している。こうした表現からは当時の杜甫の草堂での平和な生

活と安定した精神状況が読みとれる。隣の鶏が低い垣根を越えて私の草堂までやってくると詠じて、

江鸛巧當幽徑浴、　江の鸛(こうのとり)は巧みに幽径に当たりて浴し
鄰雞還過短牆來。　隣の鶏は還(ま)た短(ひく)き牆(かき)を過ぎりて来たる

〈一〇54 王十七侍御掄許攜酒至草堂奉寄此詩便請邀高三十五使君同到〉

というように、鶏までが近隣と和合するさまを描いた部分からも、その平和で安定した草堂生活をかいま見ることができる。だから梓州、閬州方面から長らく留守にしていた草堂に帰る途中に作った詩でも、「鵝鴨をして比隣を悩まさしめず」〈一三22〉などと隣近所に気を使っているのである。

さて、一つ前の詩の「隣翁」が農民であることは、杜甫が隣翁に対して「呼び取る」というぞんざいな言い方をしていることからもある程度は想像できる。「呼取」という言葉は、唐までの韻文や散文では、その目的語はみな女児や犬や馬など目下のものであって、対等または目上の者に対する物言いではない。またこの隣翁は次の〈一二02 田父が泥飲し厳中丞を美するに遭う〉の詩の「隣叟」と同じ言い方であろう。

草堂三年目の春祭りの時分、東風に吹かれるまま、花や柳を愛でながら杜甫は気ままに村を散策していたことがある。杜甫は農夫に求められるまま彼の家まで酒を飲みに行った。その農民風のやや強引な酒の勧めに辟易しないわけではなかったが、杜甫は農夫の真情と新任の成都尹（長官の厳武）の政策を褒める熱意にほだされたのだった。その詩の中ほどに言う、

田翁逼社日、　田翁は社のまつりの日に逼(せま)りて
邀我嘗春酒。　我を邀(むか)えて春酒を嘗(な)めしむ
酒酣誇新尹、　酒 酣(たけなわ)にして新しき尹(イン)を誇り

畜眼未見有。　「わが畜眼（チクガン）には未だ有るを見ず」と

……　……

久客惜人情、　久しく客たりて人の情を惜しむ
如何拒鄰叟。　如何（いかん）ぞ隣叟を拒まんや
高聲索果栗、　高き声もて果栗（カリツ）を索（もと）め
欲起時被肘。　起たんと欲すれば時に肘せらる
指揮過無禮、　指揮は無礼に過ぐるも
未覺村野醜。　未だ村野の醜なるを覚えず

と。この詩で「隣叟」というのは「田翁」を言い換えたものであり、明らかに本物の農民である。こうした本物の農民が詩に登場するのは、そして士人階層の詩人とじかに交流するのは、この時代の杜甫詩がおそらく初めてであろう。ただその農民は詩の内容からして、比較的富裕な上流層の農民であったと思われる。

　それはともかく杜甫が隣人と呼ぶ人々の中には、元県知事や朱山人や斛斯融などの士人階層の人物から農民階層の人物までがいたことがわかる。そして杜甫の草堂生活はそういう人々との比較的密接な交流の中で営まれていたのである。そのことが詩のなかに頻繁に描き込まれているのは、杜甫の精神生活にとって近隣の人々との交際が大きな比重を占めていたからであろう。そしてこうした官界の身分とは関係のない近隣の人々との交流も、そしてそれを詩に描くことも、陶淵明の例を挙げるまでもなく、隠遁生活者の一つの特権である。もちろん杜甫がこの浣花草堂という物質的条件を手に入れることによって、そうしたことが、可能になったことは言うまでもない。

第十三節　村

この隣近所は杜甫の詩によれば両三家と表現されている。両三は文字通り二、三ということではなく何個かの少ない数をあらわす。三、四でも四、五でもいいであろう。(10)〈一〇15 水檻遣心、二首〉其一の詩に、

城中十萬戸、　城中は十万戸なるも
此地兩三家。　此の地は両三家なり

とある。ただし成都は十万戸というが、安史の乱以前は、『旧唐書』『新唐書』ともその地理志によれば、ともに十六万九百五十戸とある。また〈一〇21 江の畔に独り歩み花を尋ぬ、七絶句〉其三でも同じく、

江深竹靜兩三家、　江は深く竹は静かにして　両三家あり
多事紅花映白花。　ひとをなやます事多きなり　紅花の　白花に映ずるは

という。この両三家という言い方に対して、八九家という言い方もしている。これは隣近所だけではなくもう少し広く見て、草堂があるあたりのひとまとまりの集落を杜甫が江村と呼んだのであろう。〈〇九25 為農〉の詩に、

錦里煙塵外、　錦里（＝成都城）の煙塵の外に
江村八九家。　わが江村は八九家

とある。このように両三にしろ八九にしろ少ない戸数であれば、すぐに相互に顔見知りとなる。だからそのことを杜甫は〈一〇10 寒食〉の詩で、

地偏相識盡、　地は偏にして相い識り尽くし

雞犬亦忘歸。　鶏や犬も亦た帰るを忘る

と述べているのである。前にもあげたが〈〇九30　江村〉の詩に、

清江一曲抱村流、　清江　一曲　村を抱きて流れ

長夏江村事事幽。　長夏　江村　事事に幽なり

というように、浣花渓に囲まれたこの十軒に満たないほどの小さな集落が、実は杜甫にとっては世俗の世界（官界）から隔たって、隠遁の世界（私的生活）を守る或いは営む一つの空間であった。中国の隠者は日本の隠者と違って、結婚して家族との情愛を大切にし、名利に関わらない真の交友関係を楽しむものである。前にも述べたように杜甫が近隣との付き合いを楽しみ、それを詩に描いているのも、背景の一つとしては、草堂での隠遁的生活情緒を演出するということもあったと思われる。そして官界と隠遁世界の境界となっているのが浣花渓で、その橋を渡るのは、官界から隠遁世界へ入ってくることを意味するということは、橋の部分でも触れたとおりである。

杜甫にとってそのような村は外界に対して自分の身内の側に相当するものであった。だから都会から自分の村に帰るというのは特別の意味があった。だからこそ杜甫は、外から草堂の村に帰るという当たり前のことを、わざわざ詩に描き込んだりしたのだった。

我遊都市間、　我　都市の間に遊ぶも

晩憩必村墟。　晩に憩うは必ず村墟なり　〈一一13　渓漲〉

と言い、また繰り返し、

江村獨歸處、　江村は　独り帰る処

寂寞養殘生。　寂寞として殘生を養わん　〈一一17 奉濟驛重送嚴公四韻〉

とも述べている。その村のことを端的に我が村ともいっている。

吾村靄暝姿、　吾が村は　ひぐれの暝き姿に靄われ

異舍雞亦棲。　異舍には　鶏も亦やどり棲む　〈〇九47 泛溪〉

我が村には暮色が迫り来て、よその家の鶏たちもそれぞれねぐらへ帰っていった。そのような我が村であってこそ帰着すべき安らぎの場と、杜甫は考えることができたのである。またある時には村と草堂はほとんど一体のようになっていた。

懶慢無堪不出村、　われ懶慢にして　堪うること無ければ　村を出でず

（仇注・無堪とは、人の意に可う者無きなり。）

呼兒日在掩柴門。　児を呼び日びにいえに在りて柴門を掩わしむ　〈〇九62 絶句漫興、九首〉其六

懶惰な自分は人の役に立つことも無ければ、どこにも出かけず、門を閉めに行くのも億劫だなどと言いながら、ここでは村から外界に出て行かないということと、柴門を閉じて草堂の中にいることが同じ意味で用いられている。次の詩でも、良き客が少ないのは我が村、我が草堂であり、都会より遠く離れて野外にあるのは我が草堂、我が村なのである。

野外貧家遠、　野外にありて　わが貧家はまちより遠く

村中好客稀。　わが村中には　好客は稀なり　〈一〇53 范二員外邈・呉十侍御郁、特枉駕、闕展待、聊寄此作〉

という。

その他にも杜甫の脳裏には村と草堂が一対のものとしてイメージされることが多かったようで、草堂で作った〈一〇51　草堂即事〉の詩では、

　荒村建子月、　荒村　建子の月
　獨樹老夫家。　独樹　老夫の家

と言い、成都の副長官である行軍長史の徐九が配下のもの数騎を引き連れて、草堂を尋ねて来てくれたことを歌った〈一〇52　徐九少尹に過(よぎ)る〉の詩では、

　晩景孤村僻、　晩景に孤村は僻なり
　行軍數騎來。　行軍　数騎　わがやへ来たる

という。言うまでもないことだがそれら一聯の句構造では、まず村が来て次に草堂が来ることがほとんどである。

そのほか村はいろいろな場面で詩の中に描き込まれている。今まであげた例を含めて、村は杜甫の心象をそのまま写し出し、ある時には孤独で寂しげで、ある時にはもの憂く、ある時には春爛漫で、ある時には農業生産の場であり、ある時には平和で……と表情を変える。以下はそれらの表現を列挙するにとどめよう。

まず村そのものを詩題にとったものからあげると〈〇九52　村夜〉〈一四07　村雨〉〈一四06　到村〉〈〇九30　江村〉〈一四30　春日江村、五首〉など。詩句を拾うと、

　農務村村急、　農の務めは村村に急に　〈一四30　春日江村五首〉其一
　村鼓時時急、　村鼓は時時に急にして　〈一〇69　屏跡三首〉其二
　村舂雨外急、　村舂は雨外に急に　〈〇九52　村夜〉
　白沙翠竹江村暮、　白き沙と翠の竹に江村は暮れゆき　〈〇九41　南鄰〉

村晩驚風度、　村は晩れて驚風の度り　〈一〇18 晩晴〉
孤村春水生。　孤村に春の水の生ず　〈〇九64 遺意二首〉其一
村花不掃除。　村の花は掃除せず　〈二三42 寄李十四員外布十二韻〉
春沙映竹村。　春の沙は竹村に映ず　〈一四27 敝廬遺興奉寄嚴公〉
村徑逐門成。　村の径は門を逐いて成る　〈一〇01 漫成二首〉其一
塹北行椒卻背村。　塹の北に椒行びて却って村に背く　〈二三41 絶句四首〉其一

などがある。

第十四節　近　隣

以上、縷々述べ来たった「村」の他にも杜甫は「隣里」や「四隣」などという言い方をしているが、それも農民やら士人やらをひっくるめて「村」と同じ意味で用いている。次の〈一一11 大雨〉は旱魃の後の雨を喜んだ詩であるが、

四鄰耒耜出、　四隣は耒耜もて出で
何必吾家操。　何ぞ吾家の操るを必せんや

というときの四隣もそうであろう。また梓州に流浪を余儀なくされていたとき、草堂を懐かしんで作った詩では、自分が植えた松が近隣みんなの同情を買っているだろうと想像している。その〈二二37 江外の草堂に寄せ題す〉の詩に、

霜骨不堪長、　霜骨（＝松）は長ずること堪わずして
永為鄰里憐。　永く隣里の憐れむところと為らん

と詠んでいる。こういう言い方は近隣との一体感があってこそはじめて生じてくるものであろう。その後、実際に草堂に帰ってきたときの喜びをうたった長編の〈一三25 草堂〉詩では、

舊犬喜我歸、低徊入衣裾。　旧犬は我が帰るを喜び、低徊して衣の裾に入る
鄰里喜我歸、沽酒攜胡蘆。　隣里は我が帰るを喜び、酒を沽いて胡蘆を携う
大官喜我來、遣騎問所須。　大官は我が来たるを喜び、騎を遣わして須むる所を問う
城郭喜我來、賓客隘村墟。　城郭は我が来たるを喜び、賓客は村墟を隘しとす

とも言う。安住の地、隠遁世界の草堂へ戻って来れたという嬉しさがこの四行にはあふれており、その喜びが草堂の旧犬から→隣里→成都長官の親友厳武→成都城と次第に広い範囲に及んでいっている。本来なら杜甫との一体感を持つものは隣里までのはずであるが、十数か月ぶりの成都帰還の感激がその枠を越えさせている。

杜甫はそのような愛すべき我が村を一度だけ浣花の村と呼んだ[11]。草堂造りの初年、県令の蕭実という人物に桃の苗木を百本も所望したことがあるが、その〈〇九16 蕭八明府實處、覓桃栽〉の詩の中で、

奉乞桃栽一百根、　桃の栽一百根を　きみに乞い奉る
春前為送浣花村。　春の前にわが為に送れ　浣花村

と詠じた部分である。

その浣花村の南にはまた村があって、そこには活発すぎるほどの子供たちがいた。台風で草堂のカヤぶきの屋根が飛んだとき、南村の子供たちが杜甫の目の前でそのカヤを盗んでいったことがあった。〈一〇33 茅屋が秋風の

破る所と為るの歌〉に、

南村羣童欺我老無力、　南村の群童は我が老いて力無きを欺り（あなど）
忍能對面為盜賊。　忍く（むご）も能く対面して盗賊を為す

と出てくる南村である。このことから浣花村の周囲にはいくつかの村が広がっていたことが想像できる。

杜甫はしばしば詩の中で、草堂の地理的環境が如何に辺鄙な所であるかを述べ立てる。たとえば、

幽棲地僻經過少、　わが幽棲するところは地は僻にして経過するもの少く　〈〇九27　賓至〉
百年地僻柴門迥、　百年　地は僻にしてわが柴門は迥か（はる）に　〈一二09　嚴公仲夏枉駕草堂兼攜酒饌〉
地僻懶衣裳。　地は僻にしてわれは衣裳に懶る（おこた）　〈〇九29　田舍〉
晩景孤村僻、　晩景に孤村は僻なり　〈一〇52　徐九少尹見過〉
遠郊信荒僻、　遠郊は信（まこと）に荒僻なり　〈〇九47　泛溪〉
臥病荒郊遠、　病に臥せて荒郊は遠く　〈一〇55　王竟攜酒高亦同過〉

など。しかしそういう杜甫の主観とは違って、浣花村の周囲にはゆるやかに村落が広がり、一本の川にはいくつもの橋がかかり、道筋には、

野店山橋送馬蹄。　野店と山橋とが馬蹄を送らん　〈一三22　將赴成都草堂途中有作先寄嚴鄭公、五首〉其三

というように旅店もあるような、比較的開かれた成都郊外の農村地域にあったことがわかる。

以上から、杜甫の草堂は地域社会から孤立して存在したものではなく、士人階層や農民階層との比較的密接な交際関係の中にあり、そういう人間関係が、さらに浣花渓によって外界と隔てられた小さな村に抱かれるように

して、大切にはぐくまれていたことが明らかになった。杜甫はそのことをしばしば詩に詠み込み、そうした地域社会との一体感の中で、草堂での隠遁的生活が安定的に営まれるものであったことを自覚し、そういう世界をこの上なく愛おしんでいたものと思われる。

第十五節　おわりに

中国の士大夫は自らの私的世界としての園林、すなわち官界や世俗から隔離された絶対的自由の隠遁世界を大なり小なりに築こうとする。六朝後期の大貴族、謝霊運あたりから顕著に始まったこの隠逸世界としての園林作りは、初盛唐の貴族・大官の大規模な園林の時代を経て、中唐の白居易等にいたってその科挙官僚の中規模園林の典型を見るに至る。園林の意義を王毅氏が説くように、朝廷の世俗権力の圧迫から、個人の自由な精神を保持するための装置として考えた場合[12]、園林の規模や完成度は暫時捨象されるであろう。そうした園林は、極端な場合は坪庭ほどの小さなものになってしまう可能性もあるが、やがて中国士大夫世界の一つの構成物となっていく。

杜甫の浣花草堂もそうした流れの中で、個人的な園林作りの一環として見直すことができる。たしかに杜甫の浣花草堂は規模的にも構造的にも貧弱で、三千坪もあって池や築山や亭などを完備した白居易の園林などとは比べようもないであろう。しかし草堂作りへの情熱、精神生活の中での草堂の位置づけ、詩作との関わりなど、草堂と個人の精神の有り様としては、両者には通じるものがあろう。

私がここで行った作業は、杜甫の隠逸的農的生活の舞台となった草堂の外的環境、地理的景観を、まず外側から確認しておくことであった。杜甫は自分の草堂（園林）の場所から自然景観にいたるまでを何度も詩の中に描き込んでいる。それらは決して偶然に描き込まれたという性格のものではない。系統的とまでは言えないにしても、それらはいろいろな角度から繰り返し描写され、しかも互いに矛盾することがない。小論で試みたように杜甫の詩から杜甫の生活や草堂の景観を、我々はある程度復元することができる。このことから、杜甫の詩の記述が決して、彼の頭の中で勝手に想像されたり理想化されて作られたものではないことがよくわかる。こうした詩作態度は、杜甫あたりでそれ以前とそれ以後とを区別するもののひとつであるように思う。杜甫以前はたとえ園林や隠遁生活の現実描写であっても、どこか虚構のにおいを漂わせる。或いはそれこそが一つの創作態度なのであろうが、現実生活はヴェールで包まれたかのように曖昧に描かれることが多い。もちろんそれはそれで美しい詩的境地を現出するのだが、それに対して杜甫は園林生活の描写においても、より事実を生々しく描こうとする態度が顕著であるといえる。

もしも成都時代の杜甫詩の中で、小論が対象にしてきたような草堂の在りかや地理的景観についての描写が、皆無だったとしたらどうなるであろうか。それらの素材がごっそりなくなったら、杜甫の草堂詩はいかにも具体性に欠け、何とも精彩がないものとなってしまったであろう。草堂詩の持つ迫真性も、草堂詩が読者に与える重要なインパクトの一つだと思う。成都時代の詩にとっては、草堂がどんな場所にありどんな景観を持っていたかは、必要不可欠である。そして何よりも杜甫はそのことを詩に描きたかったに違いない。自分がはじめて営んだ園林生活、その場所が成都から離れてどのような場所にあり、どのような川が流れ、どのような景色が見え、そしてどのような隣人たちがいたか、杜甫はそれらの具体性を、内心からの衝動に突き動かされて描いたはずである。

詩人にとっては園林を作るだけではなく、それを詩で描写する行為も重要である。園林の自然景観、園林での具体的な農業や生業の生活、園林での感情や心の動きの精神生活、それらをいろいろな角度から、時々に応じて繰り返し描写する。園林は元来は世俗や政治世界から隔離されて個人の自由世界を守るために営まれた物理的空間であるが、その園林で実際に生活することだけではなく、園林の詩を作るという文学的営為こそが、実は最も詩人を救うのであろう。詩人たちはそのことをよく知っていたので、後にはそれが中国の詩人たちの伝統ともなっていったのではなかろうか。

注

（1）王洙本巻十一に拠って、仇注本の「犀浦」を「西浦」に改める。この他「犀浦」に作るのは、郭知達の九家注本、銭謙益本、全唐詩本、趙次公本、文苑英華本など。いずれも「一作犀」などの割り注が入る。しかし、蔡夢弼の草堂詩箋本や分門集注の四部叢刊本、四庫全書の補注杜詩本、集千家注本などは「犀浦」に作る。これについては、趙次公注に「一本作犀浦、蓋惑於今日成都屬縣之郫有犀浦鎮、殊不思下有長江之句、則犀浦道無江。又有茅茨易濕之句、則指言所居。又有蛟龍盤渦之句、則言終日所見之江如此、豈是犀浦乎？」（丁帙巻之一）というのが妥当な考え方であろう。

（2）杜甫は自分の草堂が錦里や少城にあるとか、或いはあたかも錦官城（錦城・錦官）にあったかのようにも述べている。本文中で掲げたもの以外では、「錦里逢迎有主人。」〈三22 將赴成都草堂途中有作先寄嚴鄭公、五首〉其二、「錦里殘丹竈、」〈三31 贈王二十四侍御契四十韻〉、「茅齋寄在少城隈。」〈二36 秋盡〉、「曉看紅濕處、花重錦官城。」〈〇02 春夜喜雨〉などがある。厳密な意味で言えば浣花渓の付近に草堂を建てているのだが、これは、杜甫が自分の草堂を成都草堂と述べて草堂が成都にあるように言っているのと同じ言い方である。このように大きくとらえて、杜甫はある時には自分の草堂は由緒ある錦官城趾につながるとも考えたがっていたようだ。錦江上流の浣花渓に草堂があり、その下流に錦里、錦官城があるので、両者のイメージはいっそう結びつきやすかったと思われる。

（3）同じ詩が『全唐詩』巻七七〇に殷陶の作と題して重出するのは、明刊本の『文苑英華』の誤りを承けたものだという説に従う。華文軒編『古典文学研究資料彙編・杜甫巻・上編・唐宋之部』（第一冊、中華書局、一九八二年）二一頁による。

（4）杜甫は浣花渓を花渓とも呼んだことがある。「錦里には丹き竈（かまど）残り、花渓には釣り綸（いと）を得」〈一三31 贈王二十四侍御契四十韻〉で、ここ一か所だけである。やはり浣花渓と花渓では動詞の「浣う」があるかないかで大きな違いがあると思う。

浣花渓と対照的なのが、同じく錦江を意味する濯錦江である。杜甫は浣花渓とほぼ同じ意味で用いている。ただし一度だけ、「濯錦江辺は未だ園に満たず」〈〇九16 蕭八明府實處覓桃栽〉である。しかし濯錦江（濯錦川・濯錦流・濯錦清江など）は、杜甫以前にも以後にも用例は少なからずある。しかもそれらには杜甫と関係があるような濯錦江の用い方は、ほとんど無いようである。もちろん厳密に言えば、浣花渓という場所が特に草堂の近くを指し、濯錦江がもっと下流を指すのであろう。だから両者の用例の多寡にそういう違いがあるのだろうが、そのことを差し引いたにしても、杜甫が如何に浣花という詩語が気に入っていたか、そして後の浣花渓のイメージに対して杜甫が如何に大きな影響を与えたかがはっきりと現れていると思う。

（5）「橋西」を「橋南」と作るテキストがある。王洙本巻十三、銭謙益本巻十四、及びそれに基づく全唐詩本巻二二九、また黄氏補注杜詩本巻二七などである。銭謙益本の割り注に「当に西に作るべし」、趙次公本丁帙巻之一に「橋西は旧本は橋南に作る。是に非ず」、蔡夢弼の草堂詩箋本巻二三に「西一作南。誤也」などとあるように、「橋西」が正しい。郭知達の九家注本巻二七も「橋西」に作る。王学泰氏の簡便な王洙本の簡体字校点本『杜工部集』（全二冊、新世紀万有文庫、遼寧教育出版社、一九九七年）の校勘も「橋西」に正してある（下冊、巻十四）。

（6）後漢の洛陽での話しだが、『後漢書』巻四九、王充伝に「王充、字仲任、會稽上虞人也。……家貧無書、常游洛陽市肆、閲所賣書、一見輒能誦憶、遂博通衆流百家之言。」とある。

（7）李誼著『杜甫草堂詩注』（四川人民出版社、一九八二年）五頁、及び張志烈主編『（今注本）杜詩全集』（全四冊、天地出版社、一九九九年）七〇一頁など。

（8）広徳元（七六三）年七月、吐蕃が河西・隴右の地を略取したとき、杜甫は非常に心配して、〈一二54 對雨〉〈一二62 警急〉〈一二63 王命〉などの詩を作り、警鐘を鳴らした。また閬州で、〈二五01 為閬州王使君進論巴蜀安危表〉を作り、吐蕃への備えを訴えたのもこの頃であろう。結局、九月に吐蕃が涇州に、十月には長安に侵入し、代宗は、陝州に逃げた。大唐帝国の長安は、七年間で二度も異民族の手に落ちたのだった。十一月、杜甫は、閬州で長安陥落の情報を得て、〈一二68 巴山〉〈一二73 遣憂〉の詩を作った。十二月に代宗は長安に帰還できたが、剣南の松州・維州・堡州などがみな吐蕃の地となった。このことを詠じた詩に〈一二79 歳暮〉がある。西嶺は対吐蕃戦線として軍事的に重要であり、杜甫は以前からそのことをよく知っていた。杜甫が西嶺を望むときには吐蕃のことも必ずや脳裏を過ぎっていたに違いない。

(9) 王明府だとの説があるが今は取らない。仇兆鰲『杜詩詳注』巻十三に顧宸の「南隣は則ち朱山人、北隣は則ち王明府、又た斛斯校書も亦た草堂の南隣」の注をひく。聞一多著『少陵先生交遊考略』(『聞一多全集』第六冊、一九九頁、湖北人民出版社、一九九三年)は、疑問符を付けながらではあるが、王潜(=王明府)の項目に、この〈〇九40 北鄰〉の詩をあげている。

(10)『通典』巻三食貨三郷党に「大唐令に、諸戸は百戸を以て里と為し、五里を郷と為し、四家を隣と為し、五家を保と為す。里毎に正一人を置く。山谷阻険にして、地遠く人稀なるが若きの処は、便に随って量り置くを聴す。戸口を按じ比べ、農桑を植するを課し、非違を検察し、賦役を催駆するを掌る」とあるのが、唐代の集落の一つの目安になる。

(11) 浣花村という言い方も杜甫がこの詩の中で初めて用いたようである。管見によれば杜甫以前に浣花村という言葉を用いたものはない。杜甫以後いくつか出てくるが、みな杜甫を意識している。その早い例をあげると、本文でも掲げた九世紀中葉の章孝標の「蜀中、広上人に贈る」の詩がある。ちょうど杜甫の評価が高まってくる中唐の時代で、あなたが蜀に行けば、また浣花村で杜甫のような詩風が起こるだろうと最大の賛辞を投げかけている。

(12) 隠逸と園林を中国士大夫文化として体系的かつ通史的に論じたものに、王毅著『園林与中国文化』(上海人民出版社、一九九〇年)がある。ただ同書では浣花草堂はまだ取り上げられていない。曹明綱著『人境壷天－中国園林文化』(上海古籍出版社、一九九四年)は、歴代の代表的なものについて物語風に概説紹介したものだが、杜甫草堂への言及は無い。李浩著『唐代園林別業考論(修訂版)』(西北大学出版社、一九九八年)は唐代の園林を博捜網羅したうえで分類し、さまざまな視点から考察を加えたもの。杜甫の浣花草堂も簡単ながら紹介されている。

(補) 侯迺慧著『詩情与幽境－唐代文人的園林生活』(東大圖書公司、一九九一年)は唐代の文人における園林とその文学との関係を多方面から考察したもので、第二章「唐代重要文人園林」、第二節「簡樸親切的生活園林——浣花草堂」では、杜甫の浣花草堂を取り上げている(一〇〇－一一二頁)。その内容は、(一)自然景観与観景設計、(二)簡樸的花木与建築、(三)和楽活発的動物園となっている。ただし拙論とは(一)の地理的位置に関する考察が一部重複するのみで、視点も取り上げる詩句も自ずと異なる。

第二章　農事と生活をうたう浣花草堂時代の杜甫

第一節　はじめに

杜甫の成都時代は、唐の上元元（七六〇）年の四十九歳から、永泰元（七六五）年春または夏の五十四歳までのおよそ五年半である。この期間を杜甫はすべて草堂で過ごしたわけではない。途中梓州方面で二年弱にわたる長期の旅寓を余儀なくされ、成都に帰ってからも半年ほど幕府に出仕していた。

八世紀後半、唐王朝を一時転覆させた安史の乱が、一応の終結を迎えようとしていた時期の前後、戦乱の被害の比較的少なかった中国西南の肥沃な大盆地の一角で、杜甫は五十九年の人生の中でほぼ三、四年の時期を、この草堂で過ごしたことになる。成都の浣花草堂時代に杜甫はどのような農的環境の中で、どのように農事にかかわり、その生活をどのように詩に歌っているか。本章ではそれらの具体相をあきらかにしてみたい。

七五九年、数え年で四十八歳の杜甫は、左拾遺から左遷された華州司功参軍の官を捨て、安住の地を求め、西の秦州へ、さらに南下して同谷へと何度も地を替えながら、その年の暮れに成都に到着した。妻と子供、さらに弟や家僕等合わせて十人ばかりの大家族を引き連れ、家財道具を車に積み、難所を次々と越えながらの苦労の旅であった。しかし彼が成都に来たのはきわめて幸運であった。到着後は、成都郊外の浣花渓のほとりの草堂寺に落ち着いた。

この寺での仮住まいが終わり、翌七六〇年の春から杜甫は、草堂寺の近く浣花渓が大きく蛇行する湾曲部の内側に住まいを決め、屋敷造りに精を出した。住まいの部分は初めは一畝ほどの広さであったが、その後は周辺部分にもしだいに広げていった。〈三37 江外の草堂に寄せ題す〉の詩に、

誅茅初一畝、　茅を誅りて初めは一畝のひろさ
廣地方連延。　のちには地を広げて方に連延たり

とある通りである。屋敷の回りには灌木などが茂り、まだ手つかずの自然が残っていたようである。そういう部分も含めて草堂では、杜甫はかなり広い土地を自由に使ってよいとされていたようである。そのような成都郊外の土地を新参者の杜甫に提供し、屋敷造りを援助してくれたのは、その地域の最高権力者であったと思われる。この人物が誰であるかについては諸説があるが、当時の成都尹・剣南西川節度使の裴冕（?－七六九）であった可能性が強い。ただ裴冕は杜甫が草堂造りを始めた初年度にはもうその任をやめており、三月には杜甫とは関係の薄い李若幽が後任となった。李若幽の任はほぼ一年。翌年（七六一）二月には崔光遠（?－七六一）が成都尹・剣南西川節度使となった。崔光遠は十月に辞めさせられ十一月に死去。その任を蜀州刺史の高適が代行し、その後、厳武が引き継ぎ、十二月には正式に成都尹となった。

厳武は早い時期からの杜甫の親しい友人であり最も理想的な支援者であった。厳武は翌年（七六二）正月に成都に幕府を開いた。その年（七六二）の七月、厳武は都に召され、その後をやはり若いときからの友人である高適が継いだ。杜甫は都へかえる厳武を見送って成都を離れたが、そのまま外地で二年弱を過ごすはめになった。二年後（七六四）の正月、厳武が剣南東西川節度使に任命され、二月に成都に赴任した。厳武に誘われて、杜甫

も再び成都に戻ってきた。杜甫が成都不在のあいだは、詳細はわからないがおおかたは友人の高適が成都方面の長であったようである。厳武が再び四川方面の軍事、行政の長に任命されたのは、西の国境から吐蕃の侵略が相継いだからである。ところが厳武（七二六－七六五）は一年後（七六五）の四月に急死した。杜甫はその前後に成都を去った（この間の経緯は杜甫伝最大の謎の一つである）。

このように成都時代、杜甫は成都の長が次々に代わっても草堂とそれに附属する農園を維持し住み続けることができた。杜甫は官に就いていなかったとはいえ、皇帝の身近で左拾遺の官をしたことのある人物である[1]。成都方面のトップや実力者等から特別な処遇を受けていたからこそ、そのようなことが可能であったと思われる。しかもたまたま杜甫と関係の良好な（裴冕）、厳武、高適らが長であったという幸運が大きく影響したと思われる。

その後成都を去ったあとの杜甫は、五月には嘉州に到り、戎（ジュウ）州、渝（ユ）州、忠州、雲安へと向かった。雲安で病のため逗留して年を越し、代宗の大暦元（七六六）年の暮春、五十五歳のとき、長江三峡の夔（キ）州に到着。夔州では野菜を作り、蜜柑園や稲田の請負いなどの農業経営をしながら、二年近くをこの地ですごした。旅の資金ができ長江を南下したが、湖北、湖南地方をさまよい、二年後（七七〇）の冬には、故郷に戻れぬまま永遠に不帰の人となった。

第二節　草堂の田園

まず杜甫が成都時代住まいだけではなく、田園をも所有していたと思わせる詩がある。草堂造りを始めた一年目の冬に作られた〈〇九51 建都十二韻〉の詩で、その終わりの方に次のように言う。

窮冬客江劍、　窮冬に江剣に客たりて
隨事有田園。　事に随いて田園有り
風斷青蒲節、　風は青き蒲の節を断ち
霜埋翠竹根。　霜は翠の竹の根を埋（うず）む

前年の十二月、年もおしつまった冬に江剣、即ち成都に旅寓する身となり、そのままそこで田園を有することになったことを述べている。明末の王嗣奭（オウシセキ）はそれを解して「必ず客居の所、田園を以て相い寄贈する者有り」（『杜臆増校』巻五）という。

　また田園を持っていたことは、杜甫自身の詩から証明できるとも言う。「後の遠遊の詩の種薬の語を観て証すべし」と。「種薬」の語とは〈二—58 遠遊〉の詩の「薬を種えて衰病を扶（たす）け、詩を吟じて嘆嗟を解く」という部分である。たしかに杜甫は後述するように薬草を栽培していた。しかし王嗣奭が言うように、薬草を植えていたことから、草堂に農園を所有していたと、必ずしも証明できるとは限るまい。

　それはともかく杜甫のこの「事にしたがって田園あり」の簡単な記述からだけでも、彼が住まいとしての草堂の他に、田園を持っていたことがうかがえる。ただ私はここで田園の所有という言い方をしているが、それは正確ではなく、実際には無償で貸与されていたのではないかと思う。そのことはおいおい論じていく。

　ついでながらこの詩で注意しておきたいのは、上掲の詩の後半部分である。風によって断たれた青い蒲や、霜によって埋められた緑の竹の根は、杜甫自身を象徴しているであろう。彼は成都へ流れ来て幸いにも田園を持つ身となったのではあるが、彼自身の気持ちとしては打ち折れた蒲の茎や、霜にさらされた竹の根にも似た挫折・老残の心境であったということである。決して田園を持っていることを手放しでは喜んでいない。清の仇兆鰲（キュウチョウゴウ）

はそのことを「客舎・田園有ると雖も、而るに此の風蒲・霜竹に対して、衰老し催残するを免れず」と述べている。

この詩より何か月か前、つまり草堂造りを始めた年の初夏に、その名のとおり農業をするという題の詩〈〇九25 農を為す〉がある。五言律詩なので全文を掲げる。

錦里煙塵外、　錦里は煙塵の外
江村八九家。　江村は八九家
圓荷浮小葉、　円荷には小葉浮かび
細麥落輕花。　細麦より軽花落つ
卜宅從茲老、　宅を卜し　茲(ここ)に従(あり)て老いん
為農去國賖。　農を為し　国を去ること賖(はる)かなり
遠慚勾漏令、　遠く勾漏(コウロウ)の令に慚(は)ず
不得問丹砂。　丹砂を問うを得ざるを

詩題の「為農」という語であるが、南宋の趙次公が漢の楊惲(ヨウウン)の「長く農夫と為って以て生を没す」（「孫会宗に報ずるの書」）を引いてその注釈としている。これに従えば「農と為る」となる。しかし杜甫詩の他の用例で、東海の辺に左遷された鄭虔(ティケン)を詠じて「きみは農を為す山澗の曲、病に臥す海雲の辺。為農山澗曲、臥病海雲邊」〈〇八22 所思〉といい、後年夔州での自分を「病に臥せて山鬼を識り、農を為して地形を知る。臥病識山鬼、為農知地形」〈一九36 奉酬薛十二丈判官見贈〉などと述べていることからすると、「農を為す」と読む方がよいであろう。農夫と為る、農事を為す、いずれにせよ、どのような農事をするのか具体的には書かれていない。じつは農に言

及する詩はあっても具体的な農事に説き及ばないというのが、成都時代の杜甫詩の特徴なのである。

この詩は、自分が移り住んだ浣花村という小さな川沿いの村で、官界から離れて今からいよいよほんとうに農的な生活に入っていくのだなということを確認している。あるいはこうやって農事を為しながら自分は老いていくのだなという感慨を述べている。だからむしろ農的生活というよりは、この地での隠遁生活突入への、彼自身の覚悟のようなものを感じる。もちろん戦塵の地から離れたこの平和な農村世界に、やっと安住の地をえたという安堵感はある。しかし故郷よりはるか遠くへ来たものだという、一抹の寂しさもただよっている。王嗣奭は「四民の業は唯だ農のみ家に在り。今且(そ)れ国を去るは、農の常なることに違うに似たり、而も我が願いに非ず」(巻四)というが、杜甫がこの地で農を為しながら老いていくことを、手放しで喜んでいる風でもないのは、王嗣奭の指摘のように、国を去って他郷に流れているという点に起因しているのかもしれない。

第三節　南畝に耕す

右の詩から一年あまり後の夏、杜甫は妻と舟遊びをした。舟の上からは自分の子供らが川辺で水遊びしているのが見え、蝶々がたわむれつつ飛び、一対のハスの花が仲良く並んでいた。舟にはお茶や甘いサトウキビ汁などを持ち込んだが、この家族とともにある平和な生活を思えば、その粗末な陶器の入れ物も、権貴の人々の高価な玉制の入れ物に劣ることはないと、しみじみと感じたのだった。そんな生活の一コマを歌ったのが〈一〇22 艇(こぶね)を進む〉の詩である。これも全文を掲げる。

南京久客耕南畝、　　南京(成都)に久しく客たりて　南畝に耕やし

北望傷神坐北窗。　北のかたを望めばわが神(こころ)を傷ましめ　北の窓に坐す
晝引老妻乘小艇、　昼には老妻を引きて　小艇(こぶね)に乗り
晴看稚子浴清江。　晴れにわが稚子らを看れば　清き江に浴す
俱飛蛺蝶元相逐、　倶(とも)に飛ぶ蛺蝶は　元(もと)相い逐(お)い
並蔕芙蓉本自雙。　並蔕の芙蓉は　本(もと)自(おのずか)ら双(なら)ぶ
茗飲蔗漿攜所有、　茗飲(おちゃ)と蔗漿(さとうきびじる)は　有りあわせの所を携え
瓷罌無謝玉為缸。　わがやの瓷(ジキ)の罌(かめ)も　玉もて為れる缸(かめ)に　謝(おと)ること無し

浣花渓のほとりで草堂住まいを続けて一年半あまりたったころの状況を、杜甫は詩の冒頭で、成都にながらく旅寓の身となり我が家の田地で耕していると表現している。農事をすることを隠遁の代名詞のように使うことが間々あるが、その分を差し引いても「南畝に耕やす」という言い方は、ある程度の事実は反映しているかもしれない。ただここでも具体的な農事は描かれていない。また注意しておきたいのは、王嗣奭が「起語を観れば、真の快心の作に非ざるを知る」（巻四）というように、そういう隠遁的、農耕的生活がすっかり彼の愁いを無くしているわけではないということである。

杜甫は二年前まだ秦州にいた時は、ほんとうにそこに住み着くつもりで西枝村の南山、西谷や東柯谷など適当な場所を真剣に探していた。たとえば〈〇七25　寄賛上人〉の詩に次のように歌っている。

茅屋買兼土、　茅屋は買うに土を兼ぬれば
斯焉心所求。　斯(すなわ)ち焉(ここ)ぞ心の求むる所なり

秦州で探していた、隠遁して農事に務めることのできる田園付きの場所が、いまこうやって気候温暖な成都の地

で実現しているのである。そのことを思えば彼の愁いは消えずとも、少しは良しとしなければならなかったのではなかろうか。

第四節　田園の所有の形

浣花草堂での生活も三年目に入った年の春、前年の冬から雪が降らず旱害が心配されていた。ところがある日ひどく蒸し暑くなったかと思うと雷まじりの大雨が降り注ぎ、旱魃の恐れは一気に解消した。その雨で村はきれいに掃除され、自分の長患いも癒えたかのようで、薬を飲むのも忘れてしまうほどだった。そんなことを描いたのが〈二12　大雨〉という長い五言古詩である。

西蜀冬不雪、　西蜀　冬に雪（ゆき）ふらず
春農尚嗷嗷。　春農に尚お嗷嗷（ゴウゴウ）たり

で詩は始まり、その中ほどで、

敢辭茅葦漏、　敢えて辞せんや　わが茅葦の漏るるを
已喜黍豆高。　已に喜ぶ　黍豆（ショトウ）の高きを

という。黍（きび）や豆がこの雨で大きくなるかと思うと、自分の草堂が雨漏りするぐらいは何でもないことだという杜甫の言い方は、彼の心底からのものであろうし、感激屋の杜甫はその時の大雨がたしかにそれほど嬉しかったのである。「茅葦」という語にしろ「黍豆」という語にしろ一見何気ない普通の言葉のようであるが、実は唐詩にもそれ以前の詩にも出てこない。杜甫の造語（か当時の口語）である可能性が高い。それは杜甫が何か古典的作

品に依拠してこれらの言葉を用いているのではなく、目前の景をそのまま詩に取り込んだからであろう。だからこれは少なくともこの部分に関しては写実的な描写として読んでよいのだと思う。

ところでここで気になるのは、その穀物の黍や豆がどこの家のものか、である。上句が杜甫の家のことだから下句もそうだと思いたいが、その確証はない。杜甫の家に属するものなのか、あるいは浣花村の農作物の状況を描いているのか、截然と区別しないような書き方である。おそらくそれは、杜甫の意識自体がそのようなものであった事を示している。

詩の最後は次のように歌う。

陰色静壟畝、　陰色　壟畝（ロウホ）に静かに
勧耕自官曹。　耕を勧むるは自（おのず）から官曹なり
四鄰耒耜出、　四隣は耒耜（ライシ）もて出で
何必吾家操。　何ぞ吾家（われ）の操（と）るを必せんや　〈一一12　大雨〉

やがて雨が上がると、野良仕事に務めるようにと役人たちが勧めてまわり、それに応じて草堂の近隣から、農夫たちが農具をもって農地に出てくる。だから杜甫は自分が野良に出る必要はないというのである。この言い方はいささか不思議である。なぜ耕作に関与する必要がないと言うのか。それは成都時代の杜甫が、農夫付きの農地をまるごと預けてもらうような形になっていたからではなかろうか。農地は杜甫の個人所有ではない。しかしその農地からの収穫、収益は杜甫のものにしてよいというような形。だから穀物の黍や豆の成長を喜んで詩に詠じたときにも、杜甫家のものとも余所のものとも取れるような、どっちつかずの詠み方になっていたのではないか。そこに言葉の節約をせざるを得ない漢詩の制約があったにせよ。

叙述の都合上、ここで先に一つの仮説を提出しておこうと思う。それは、浣花草堂は当地の権力者の裁量によって与えられたもので、自由に処分できる個人の財産ではなかった。また草堂には農夫付きの農園が附属していた。杜甫はその農園を耕作する必要はなかったし、麦や黍の穀物および野菜などの商品作物の経営、管理にも直接関与しなかった。しかしその農園からの収穫物、収益は自分のものにできた。ただ家族の消費のための小規模な野菜作りなどは自ら菜園に出ておこなっていた。というような一つの状況設定である[2]。このような状況を仮に設定してみることによって、杜甫の詩を無理なく理解できるように思う。それは、いくつかの詩の中で散発的に詠じられている表現を、互いに齟齬をきたさないように総合してみたとき、おのずと浮かび上がってくるものである。したがってそれを証明をすることは難しいが、詩を読み進めることによって、杜甫の農事や農作物に対する描写の仕方から、おいおい諒解していただけるのではないかと思う。

第五節　隠遁詩三首

同じ年の晩春から初夏にかけて、五十一歳の杜甫は隠遁を題にした連作の七言律詩〈一〇69 跡を屏（しりぞ）く、三首〉を作った。三首とも隠遁生活の有り様をそれぞれ具体的にうたうが、其一では中国の隠者には欠かせない酒のことを詠じる。詩の後半に、

年荒酒價乏、　年（みのり）は荒（ふさく）にして酒の価（もとで）は乏しく
日併園蔬課。　日びに園（はたけ）の蔬（やさい）の課（しごと）を併（あわ）す
獨酌甘泉歌、　独り甘き泉を酌みて歌い

歌長撃樽破。　歌長くして樽を撃ちて破る

とある。その年の（おそらくは麦の）収穫が不作なために酒を買う元手が足りず、結局酒がわりに甘泉の水を飲まなければならないとぼやいている。前年には杜甫自身、黍を醸して酒を作ったこともあるが（「衰年に黍を醸すを催す」〈〇九64 遺意二首〉其一）、今年は酒代がないことを嘆いているのである。この部分から杜甫の草堂には生活の収入源となる農園があったらしいことが見て取れる。草堂の農園に麦が作られていたことは、後に掲げるが「細麦より軽花落つ」〈〇九25 農を為す〉や「江畔の細き麦は復た繊繊たり」〈〇九62 絶句漫興九首〉其八などとあることから十分考えられる。

「日併園蔬課」の句が読みにくいが、趙次公が「両句もて義を通ず。蓋し酒の価に乏しきの故を以て、則ち園蔬を併せ課して之を売り、以て沽うの直に充つ」（丙帙巻六）と解釈するのが参考になる。趙次公の言うとおりに解すれば、酒代の足しにするために野菜畑で取れた野菜を売っていたことになる。もしもそうだとすれば、売りに出せるほどの野菜が取れていたのであろう。夔州では野菜のほか米まで市場で売っていた可能性があるので、この趙次公の解釈は恐らく正しいであろう。杜甫が浣花草堂でも野菜作りをしていたことは後ほど述べる。もちろんこの八世紀当時、野菜はすでに商品作物として作られていたし、それを売る市場も成立していた。

次に〈一〇69 跡を屏く、三首〉其二では、その中の二聯で、

桑麻深雨露、　桑麻は雨露に深え
燕雀半生成。　燕雀は生成半ばなり
村鼓時時急、　村鼓は時時に急にして
漁舟個個輕。　漁舟は個個に軽し

のように詠う。村鼓は春の農作を農民にうながす太鼓の音であろう。時代はずっと下るが明の徐光啓『農政全書』巻三に、明の洪武二十八（一三九五）年「又た天下に命じて、郷に一鼓を置き、農月に遇えば、晨に鼓を鳴らし、衆は皆な会し、時に及んで力めて田に服せしむ」とあるのと、唐代の浣花村の状況もあまり変わらなかったであろう。せわしく打ち鳴らされる太鼓と軽やかに浮かぶ漁舟が、草堂村の農業風景であることは容易に見て取れる。また孵化して成長し始めている燕や雀が、杜甫の草堂に巣作りしたものであったことも「頻りに来たりて語る燕は新しき巣を定む」〈〇九22 堂成る〉などから十分に想像できる。しかし雨露をうけて栄えている桑と麻が、杜甫のものだと言い切ることはできない。対句のなかで考えれば杜甫の家に属するものと考えてよさそうだが、一般的な農村の風景であるかもしれない。ここでもその区別がつきにくいような書き方になっている。この曖昧さは先ほど述べたように、杜甫の農地の所有形態の曖昧さに起因していると思う。

また同じく〈一〇69 屏跡三首〉の其三では、冒頭の二句を次のように歌い出す。

晩起家何事、　晩く起きて家には何の事かあらん

無營地轉幽。　営むこと無くして地は転た幽なり

たっぷり朝寝坊をして「晩く起きる」というのはもともと隠者の特権である。仕官の身では早朝から官服に身をかためて勤めに出なければならない。隠遁生活の一コマを歌うのがこの詩のテーマだから、そういう言葉が出てくるのは当然である。が、そのことを差し引いても、時はまさに農夫らが春耕に務める農繁期ということを考え合わせると、謀り営む何事もないと言うのは不思議である。このこともやはり彼の草堂に附属する農地は、彼が積極的に関与する必要のない形態のそれであったからだと思われる。

たとえば農事以外の仕事では去年のこの時期、杜甫はまるで反対にとても忙しく立ち働いていた。後で取り上

げるが〈一〇05 早に起く〉の詩で「春より来のかた常に早に起き、幽事頗る相い関わる」と歌っている。五年後の夔州で杜甫が稲田の経営を請け負ったとき、彼は稲田への水遣りを心配し稲刈り後の収穫に夢をふくらませていた。ミカン園の経営でもミカンの成熟と収穫に一喜一憂していた。そんな時の杜甫は生きる活力に満ちているように見える。それが言い過ぎなら少なくともやるべき農事があるときには、しばし憂いが影をひそめている。しかし成都の浣花草堂には農園はあったが、彼にまかされていた農園経営の実態はなかった。なかば運命に強いられた結果の隠遁の身であるとはいえ、隠遁的生活を送りながら生業となすべき農事がなければ生きる気力がわいてこない。だからこそ彼はその詩の末で、次のように歌わざるを得なかったのではあるまいか。

〈一〇69 屏跡三首〉其三

百年渾得酔、　百年　渾て酔うを得て

一月不梳頭。　一月　頭を梳らず

ここには放縦、懶惰のふりをしてみせながら、隠遁生活に埋没してしまうこともできず、かえって憂いを胸にしずめ苦渋に顔を曇らせた杜甫の姿がにじみ出ている。

第六節　農月の勤め

この年（七六二）の七月、杜甫の年来の友人であり、成都時代の最強の支援者であった厳武が都に召されることになった。杜甫は、このたびの入朝でやがて宰相になる可能性もあった厳武を、綿州の奉済駅まで見送っていった。ところが思いがけず成都の軍閥、剣南兵馬使の徐知道が、七月十六日（〈一一20 又観打魚〉趙次公注）、成都で乱を起こし、杜甫は成都への帰り道を阻まれてしまった。ここでまたもや杜甫は放浪の生活を余儀なくされる。

結局梓州方面には一年九か月もいたことになる。その間、家族を迎えて杜甫は梓州であらたに居をかまえて生活をした。そしていったんは、成都の浣花草堂には帰らずそこを放棄して長江を下るつもりであった。そのために家族をさらに梓州から閬州へ移し、出発の準備をととのえていた。ところが七六四年の二月、ちょうどその時厳武が再び成都の長官、剣南東西川節度使として赴任するとの知らせを受けた。杜甫の一家は急遽計画を改めて成都に帰ることになった。一旦捨て去る決意はしたものの、一年数か月ぶりに浣花草堂にもどった杜甫はやはり嬉しかった。その昂揚した気持ちはそのころの多くの詩に表れて、また杜甫の名作となっている。

〈三31　贈王二十四侍御契四十韻〉の長い詩によれば、この年（七六四年）の春、草堂に帰った五十三歳の杜甫は、王契という人物と旧交をあたためため、王契が杜甫の草堂に立ち寄ったことがあった。その時杜甫は、フナ料理やジュンサイの煮付けなどあり合わせの食べ物、酒は柳こぶの杯、酔後の一眠りは藤蔓の枕でと、簡素な接待をした（王嗣奭及び仇兆鰲の解釈による）。そのことを、

網聚黏圓鯽、　網をひきて聚むれば　あみには円き鯽を粘し
絲繁煮細蓴。　糸繁くして細き蓴を煮る
長歌敲柳癭、　長歌するには柳の癭を敲き
小睡憑藤輪。　小睡するは藤の輪に憑る

と詠じている。それに続けて、この良き会も迫り来る農繁期にあっては、この朝をもってお開きにせざるを得ないとして、次のように述べている。

農月須知課、　農月は須らく課するを知るべし
田家敢忘勤。　田家は敢えて勤むるを忘れんや

浮生難去食、　浮生は食を去り難し
良會惜清晨。　この良き会は清晨を惜しむ
〈三31　贈王二十四侍御契四十韻〉

「課する」は、農夫たちに農務を督促する意味か、あるいは下句の「勤める」との対で、力を致すの意味か、そのどちらでも取れる。私はここでは後者の意味で取っておくが、仮に前者だとしても、農夫たちを指揮しながら草堂附属の農園を管理経営するというほどの大袈裟なものではないだろう。杜甫の成都時代の詩には、そのような荘園経営の形跡は見られない。あるとすれば、後で述べるが農夫の助けを借りた、小規模な自家用の野菜作りぐらいであろう。

「田家」は農民を指すが、ここはとくに杜甫自身を含めていう。農的隠遁生活を送っている知識人の隠者は、しばしば詩の中で田家の名をもってよばれる。食うことこそ現世で不可欠のものだから、暫時農民たる自分はこの農繁期に勤め励むことを忘れてはならないという。

たしかに農への覚悟は、四年前「農を為す」の詩を作り、翌年「南京に久しく客たりて南畝に耕やす」と歌った時よりは、ずいぶんと深まっている。しかし具体的な農事を言わない点ではまったく同じである。ここでもやはり一般的な書き方しかしていない。

ところが王嗣奭はここから、この時期の杜甫が農業経営によって生計を立てようとしていたと考え、次のように述べている。「公が再び草堂に帰りて、未だ幕府に入らざるの以前は、本将に躬耕せんとす。其の王侍御に贈るに『農月須知課、田家敢忘勤』の語有るを観れば見るべし。蓋し此を以て生理と為さんと欲するなり」(『杜臆増校』巻六〈四30　春日江村五首〉其一注)、また「遊興已に闌(たけなわ)にして、時は農月に当たる。公は則ち親(みずか)ら任ずるに力耕を以てし、謀食の計を為さんと思う」(『杜臆増校』巻六〈三31　贈王二十四侍御契四十韻〉注)ともいう。

王嗣奭のこの解釈はやや行きすぎではないか。確かに夔州時代には稲田の生産請負いとミカン園の経営をやり、それらの収益を旅の元手にあてようとした。しかし浣花草堂時代の詩からは杜甫がそこまで主体的に農業経営にたずさわろうとしているとは見えないし、なによりも草堂附属の農園はそれが可能となるような所有形態とはなっていなかった。成都時代、杜甫の「謀食の計」とは基本的に支援者に頼るということしかなかった。それは閬州から成都に帰ろうとするときに作った〈一三22 將赴成都草堂途中有作先寄嚴鄭公、五首〉其四に「生理は祇だ黄閣老（＝厳武）に憑る」と言うことからも明らかである。

第七節　「列に就く」の解をめぐって

ついでながらもうひとつここで王嗣奭の誤解を解いておこうと思う。〈一四06 村に到る〉の詩の解釈をめぐってである。

一年九か月ぶりに草堂に帰り、またあれこれ草堂や屋敷林・庭木の手入れに忙しくしていた杜甫は、厳武から幕府への出仕を求められ、断ることができなかった。席を温めるひまもなくその年の夏の終わりには（七六四年六月）、厳武より朝廷に推薦され節度参謀、検校工部員外郎（従六品上、賜緋魚袋）となり（員外郎の時期については異説あり）、成都で幕僚の身となった。華州司功参軍を辞めて以来五年ぶりの宮仕えである。しかし若い幕僚たちとの折り合いが悪く、幕府への出仕に嫌気がさし、結局は次の年（七六五）の正月三日、厳武に許され幕府を辞して草堂に帰ることになった。この詩はその七六四年の秋、幕府から短い休暇をもらって草堂に一時帰休したときの作である。だからこの詩は草堂に帰ったときの喜びと、厳武の幕府への去就の迷い、長江南下の願望、また望郷の念と草堂への未練、しばらく厳武（知己）へのメンツをたてたあとは最後はまた草堂（故林）に帰ってこようという決心が歌われている。冒頭二聯は略すが、次のように詠じる。

老去參戎幕、　われ老い去って戎幕に參じ
歸來散馬蹄。　いま（草堂に）帰り来たって馬蹄を散ず
稻粱須就列、　稲粱のためには須らく列に就くべくも
榛草即相迷。　（わが草堂の）榛草には即ち相い迷う
蓄積思江漢、　ねがいを蓄積して江漢にゆかんことを思うも
疏頑惑町畦。　疏頑にして町畦に惑う
暫酬知己分、　暫く知己の分に酬いしのちは
還入故林棲。　還た故林に入りて棲まん
〈一四06 到村〉

問題となるのはこのなかの一聯、幕府への出仕か草堂への帰農かの迷いを、対句で詠じた部分「稲粱には須らく列に就くべし、榛草には即ち相い迷う」である。ここは稲や粱のため、すなわち食っていくためには職に就かなければならないが、そうすると草堂に雑草がはびこってしまい、出仕と帰農、そのどちらかに迷う、というほどの意味である。ところが王嗣奭は、草堂に帰って農夫らと同じ仲間となって農事をなすことと解している。「『稲粱須就列』は須らく帰耕して農夫と伍を為すべきを謂う、而るに身は家に在らざれば、『榛草に即ち迷い』、須らく鉏墾を費やすべきなり」（巻六）と。仇兆鰲もその説を踏まえて「稲粱を謀らんと欲すれば、須らく身は農の列に就くべし、惜しむらくは田間の榛草は日び已に荒迷なるのみ」と述べている。いずれも「就列」を農夫の列に就くことと解釈しているのである。そして今日でもこの解釈は一部に継承されている。

この二人の説は、成都時代の杜甫の農業への関わりを考察しようとしている私にはよほど好都合なのだが、「就列」には農夫の列に就くという意味はない。それは位や職務に就くの意で、古くは論語・墨子・後漢書などで用いられている。韻文ではこの杜甫詩の他に三例を見いだすことができる。詩題は省くが庾信の「星漢就列」、高適の「恩榮初就列」、戴叔倫の「就列繼三事」で、いずれも職に就くの意である。

南宋の趙次公や清の浦起竜、楊倫らになると、職に就くの意味で正しく解している。そのなかで最もはっきりした解釈をあげておくと、浦起竜の「『就列』は食を謀れば則ち身は須らく職に供すべきを謂う。『相迷』は、村を離るれば則ち門径荒るるに就くを謂う」（『讀杜心解』巻五之二）である。

このように少なくともこの詩からは、王嗣奭や仇兆鰲のように、そして現今の一部の通釈書のように、杜甫が草堂に帰って生計のために農業に従事しようとしている、などとは読めないのである。

第八節　野菜作り

以上、杜甫と農事の関わりを示す詩をいくつか紹介してきたが、成都時代の農事表現は、いずれも一般的な表現にとどまっていた。それは夔州時代の具体的な農事表現と比べると大きな違いがある。

実はここまでは、杜甫が野菜作りをしていた可能性には触れなかったが、以下、杜甫と野菜の関係について少し述べてみよう。同じ農作物とはいえ、野菜作りと穀物（五穀）の生産とには微妙な違いがあるのである。

この区別は『論語』の中ですでに明確になされている。子路編には、まず「樊遅（ハンチ）、稼を学ばんと請う。子曰く『吾は老農に如（し）かず』と」とあり、続けて「圃を為（つく）るを学ばんと請う。曰く『吾は老圃に如かずと』」とある。

このように稼と圃が区別してある。稼は「禾の秀でて実るものを稼と為す」（『説文解字』巻七上・禾部）というように禾の字から構成され、五穀また穀物作りの意味であり、「圃は菜園なり」（『詩経』斉風「東方未明」毛伝）というように野菜畑である。唐の均田制でも野菜畑は穀物用とは別個に考えられていた。

また両者は労働の質的量的な面でも違う。七五七年の春、杜甫が長安で安史の賊軍に軟禁されていた時の〈〇四30 喜晴〉の詩で、男が戦地におもむいている時でも、女手で野菜作りなどの農事は何とかやっていけると、少しの楽観を見せながら次のように歌っている部分がある。

丈夫則帯甲、　丈夫は則ちそとに甲を帯ぶるも
婦女終在家。　婦女は終に家に在り
力難及黍稷、　その力は黍稷に及び難きも
得種菜與麻。　菜と麻を種うることを得

この詩から、黍や稷の穀物は男手がないと難しいが、野菜や麻は女でもできるという両者の違いが分かる。あるいは少なくとも杜甫がそう認識していたことがわかる。

穀物を作るのは組織だった重い労働で、読書人が庭先でやるには少し荷が重い。自立した自耕農民なら話は別であるが、読書人自らが所有する田畑であっても、そこには専門に従事する農夫の存在が必要である。となればどうしても雇用と被雇用、地主と小作（農奴に近い）の関係が生じ、搾取という構造が現れる。一方、人間の主食のための穀物生産は、国家から課せられた農民の逃れられない義務であり、国の税収入の基本でもある。しかし副食、商品作物としての野菜作りにはそういう重々しいイメージが無い。中唐以後の諷諭詩でも、詩人がその苛酷な労働と重税のさまを告発し、同情を寄せるのは、穀物作りをする農民たちが主な対象であり、野菜作りの

農民はまず現れない。だから当時の読書人たちがこのような穀物生産の労働に、汗を流し泥にまみれて、自ら参加することはほとんど無かったと考えてよいだろう。農事の現場に立ち会った夔州時代の杜甫でさえ、その稲作の経営管理を行ったのであり、広い水田を所有して農事を詩に歌った晩唐の陸亀蒙も、荘園経営者としてのそれであった。(3)

それに対して野菜作りには、隠遁のイメージが濃厚にあり、たとえば畑に水をそそぐ意味の「灌園」などは詩語となって、詩文の中では隠遁の代名詞のようにさえ使われている。

そういうことを一応念頭に置いた上で、野菜を摘むという行為を歌った詩を見てみると、草堂で最初の春に作った〈〇九26 客有り〉の詩がある。

有客過茅宇、　客有りてわが茅宇に過ぎり
呼兒正葛巾。　われは児を呼びてわが葛巾を正さしむ
自鋤稀菜甲、　自ら鋤きて菜の甲は稀なり
小摘為情親。　小しく摘むは情親が為なり　　〈〇九26 有客〉

この詩から、成都入りした翌春にはもう野菜作りをしていたことがわかる。ただ自ら作るとは言っても、杜甫がどの程度実際の労働に関与したかはわからない。使用人たちに作らせて杜甫は監督するだけだったかもしれないし、畑に一緒に入って作ったかもしれない。一般に士大夫が農事をするというとき、こと野菜作りに関しては、ある程度の実際の労働をともなった場合は少なくなかったであろう。杜甫の場合も、成都時代は夔州時代ほど健康を害していなかったし、後文で掲げるように、斧を持って雑木を切り払ったりもしているので、ここでも農夫らと一緒に自ら畑に入った可能性は高い。

いずれにせよこの詩から杜甫が成都時代に野菜作りをしていたことは見てとれる。杜甫の浣花草堂には農園は附属していたが、穀物作りには経営という形ででも関与することはなかった。しかし幾ばくかの野菜作りは自らもなしていたのである。ただ野菜作りといっても、それを詩に詠じるのはここ一箇所だけであるし、しかも具体的な描写がない。そのことから野菜作りにおいても、成都時代の農事への関与は薄かったと思われる。純粋な農事としての野菜作りの詩は、成都を去り夔州に滞在してからの〈一五50 萵苣を種う、并びに序〉や〈一九21 暇日小園に病を散じ、将に秋の菜を種えんとして耕牛を督勒し、兼ねて目に触るるを書す〉等を待たなければならない。そしてそれらが中国韻文史の中で、具体的な野菜作りの農事表現が出現する最初であろう。

さて〈〇九26 客有り〉の詩に戻って、客人が草堂を訪問してくれた時、杜甫はその自ら作った野菜の新芽を少しばかり摘んで、客人へのもてなしに使った。趙次公は「客有るに因りて小しく其の嫩らかなる者を摘むは、情意の親密なるが為なり」という。野菜を摘むという行為の意味を、よく言い得ていよう。杜甫はそんな親密な接待を隠者のような無官の生活を送っていた衛氏から、一度受けて感激したことがある。〈〇六48 衛八処士に贈る〉詩の「夜の雨のなかに春の韮を剪り、新たに炊くに黄の粱を間う」である。手作りの野菜を客のため摘むという情景描写が、質素な隠遁生活の中にも真心のこもったもてなしを象徴する表現として、杜甫は気に入っていたのであろう。

杜甫が梓州、閬州方面から再び成都に帰ってきた年（七六四）の夏、友人の李布に我が家に病気療養に来てはいかがと誘いかけた詩〈一三42 寄李十四員外布十二韻〉がある。[4]

悶能過小徑、　きみ悶すれば能くわが小径に過ぎりたまえ

自為摘嘉蔬。　われ自らきみが為に嘉き蔬を摘まん
渚柳元幽僻、　渚の柳は元と幽僻なり
村花不掃除。　村の花は掃除せず
宿陰繁素柰、　宿陰には素柰繁り
過雨亂紅蕖。　過雨に紅蕖乱る
寂寂夏先晩、　寂寂として夏は先ず晩れ
冷冷風有餘。　冷冷として風に余り有り
江清心可瑩、　江は清くして心は瑩くべく
竹冷髪堪梳。　竹は冷やかにして髪は梳る堪し

柳もある。花もある。白のリンゴもある。ハスもある。竹もある……。暑い夏でも自分の草堂がいかに快適な場所かを、杜甫は口を極めて並べたてる。そんな甘い誘い水の一つとして、君のためにいい野菜を摘んで食べさせようとも言っている。病気がちの友人を真心をこめてもてなす。家の畑の野菜を摘むことが、そんなことの一つに数え上げられている。浦起竜も、杜甫自ら野菜を摘むという行為について「『自』の字には親愛の極なるを見る」（巻五之四）と述べている。杜甫が友人のために摘もうと述べるこの野菜も、さきの〈〇九26 有客〉の詩にあったように、浣花草堂の野菜畑にある杜甫手作りの野菜だったのではなかろうか。

草堂時代の農事をうかがうことのできる詩はおおかた以上である。ただ杜甫はこのほか薬草畑を作っていた。そのことは、

近根開薬圃、　（楠の）根に近く　薬圃を開く　〈一〇19　高枏〉

種薬扶衰病、　薬を種えてわが衰病を扶く　〈一一58　遠遊〉

薬條薬甲潤青青、　薬の條と薬の甲は　潤いて青青たり
色過椶亭入草亭。　その色は椶亭を過ぎて　草亭に入る
苗満空山慚取譽、　苗は空山に満ちて　譽れを取るを慚じ
根居隙地怯成形。　根は隙地に居りて　形を成せるやいなやを怯る
〈一三41　絶句四首〉其四

薬許鄰人斸、　薬は隣人の斸るを許す
〈一四26　正月三日帰渓上有作簡院内諸公〉

などの句からよくわかる。(5)しかし薬草作りや薬草の採集は、野菜作りなどより、ずっと高雅な隠者的行為の雰囲気を持ち、農事のイメージから少しずれる。よってここではこれ以上立ち入らないことにする。ただ杜甫の場合、他の詩人の薬草作りの詩などよりは、ずっと描写が具体的で、より農事に近いということは、今挙げた詩句からだけでもおわかりいただけると思う。

第九節　草堂周囲の農業的景観

杜甫の草堂や農園、屋敷林には、いろいろな作物や果樹類が植えられていた。果樹や屋敷林の一部は杜甫が自ら指揮して植えつけたものもある。それらを描いた詩は、必ずしも農事にかかわるものとして描かれているわけではないし、またなかには草堂のものか、浣花村一般のものか区別しがたいものもある。しかしそれらを知ることによって、我々は杜甫の草堂生活の農的な環境や景観を、いくらかでも想像しやすくなる。すでに挙げたもの

もあるが、重複を厭わず列挙してみよう。

桑・麦

舍西柔桑葉可拈、　舍の西の柔らかき桑　葉は拈（と）るべし
江畔細麥復纖纖。　江の畔（ほとり）の細き麦は復た纖纖たり　〈〇九62 絶句漫興、九首〉其八

麻

青青屋東麻、　青青たる屋の東の麻よ
散亂牀上書。　散乱せる床の上の書よ　〈一一13 溪漲〉

桑・麻

桑麻深雨露、　桑麻は雨露に深（さか）え
燕雀半生成。　燕雀は生成半ばなり　〈一〇69 屏跡三首〉其二

黍・豆

敢辭茅葦漏、　敢えて辞せんや　茅葦の漏るるを
已喜黍豆高。　已に喜ぶ　黍豆（ショトウ）の高きを　〈一一12 大雨〉

蔗・芋

偶然存蔗芋、　偶然に蔗（シャ）と芋（ウ）とを存し
幸各對松筠。　幸いに各（おのおの）　松と筠（タケ）とに対す　〈一三31 贈王二十四侍御契四十韻〉

蔗

茗飲蔗漿攜所有、　茗飲と蔗漿は有る所を携ゆ　〈一〇22 進艇〉

荷・麦

圓荷浮小葉、　円荷は小葉を浮かべ

細麥落輕花。　細麦は軽花を落とす

〈〇九25　為農〉

藻

風含翠篠娟娟淨、　風を含み翠の篠（しのだけ）は娟娟（ケンケン）として浄く

雨裛紅蕖冉冉香。　雨に裛い（うるおい）紅の蕖（ハス）は冉冉（ゼンゼン）として香し（かんば）

〈〇九28　狂夫〉

荷・芰

蛟龍引子過、　蛟竜は子を引きて過ぎ

荷芰逐花低。　荷（ハス）と芰（ヒシ）は花を逐いて低し

〈一四06　到村〉

蓴

網聚黏圓鯽、　網をひきて聚むれ（あつ）ば　あみには円き鯽（ふな）を粘し

絲繁煮細蓴。　糸繁くして細き蓴（ぬなわ）を煮る

〈一三31　贈王二十四侍御契四十韻〉

以上から、草堂の西には桑が植えられ、東にはゴマ(6)があり、また麻も植えられていた。畑には黍や豆やサトウキビや芋が植えられ、川辺の畑には麦畑があり、水辺ではハスやヒシや蓴菜がとれたことなどがわかる。また果樹類を中心として、

桃

奉乞桃栽一百根、　……　桃の栽（なえ）一百根を乞い奉る　……

濯錦江邊未滿園。　濯錦江辺は未だ園に満たず

〈〇九16　蕭八明府實處覓桃栽〉

桃・李

手種桃李非無主、　手づから種(う)えし桃李は主無きに非ず　〈〇九62　絶句漫興、九首〉其二

桃

高秋總饋貧人實、　高秋には総じて貧人に実を饋(おく)り
來歲還舒滿眼花。　来歳には還た満眼の花を舒(の)べん　〈一三27　題桃樹〉

桃

栽桃爛熳紅。　栽(う)えし桃は爛熳として紅なり　〈一四30　春日江村五首〉其三

李・梅

草堂少花今欲栽、　草堂に花少く今栽(う)えんと欲す
不問綠李與黃梅。　問わず緑李と黄梅とを　〈〇九21　詣徐卿覓果栽〉

枇杷

枇杷對對香。　枇杷は対対に香し　〈〇九29　田舎〉

筍・椒

堂西長筍別開門、　堂の西に筍(たけのこ)長(の)びて　ためにわれは別に門を開き
塹北行椒卻背村。　塹(ほり)の北に椒(サンショウ)行(なら)びて却って村に背く　〈一三41　絶句、四首〉其一

竹・椒

竹皮寒舊翠、　竹の皮は寒に旧のままに翠なり
椒實雨新紅。　椒(サンショウ)の実は雨に新たに紅なり　〈一四11　遣悶奉呈嚴公二十韻〉

梅

南京西浦道、　南京西浦の道
四月熟黄梅。　四月黄梅熟す

〈〇九24 梅雨〉

梅

皁蓋能忘折野梅。　皁蓋（ソウガイ）は能く忘れんや野梅を折るを

〈一〇54 王十七侍御掄許攜酒至草堂……〉

梅

梅熟許同朱老喫、　梅熟すれば朱老と同（とも）に喫するを許す

〈一三41 絶句、四首〉其一

柰・蕖

宿陰繁素柰、　宿陰には素柰（ソダイ）繁り
過雨亂紅蕖。　過雨に紅蕖乱る

〈一三42 寄李十四員外布十二韻〉

黍・橙

衰年催釀黍、　衰年に黍（きび）を醸すを催し
細雨更移橙。　細雨に更に橙を移す

〈〇九64 遣意、二首〉其一

竹・橘

竹寒沙碧浣花溪、　竹寒く　沙は碧なり　浣花渓
橘刺藤梢咫尺迷。　橘の刺　藤の梢　咫尺（シセキ）に迷う

〈一三22 將赴成都草堂途中有作先寄嚴鄭公、五首〉其三

芋・栗

錦里先生烏角巾、　錦里の先生は烏の角巾
園收芋栗不全貧。　園に芋栗を収め全く貧ならず
〈〇九41　南鄰〉

などの詩句があり、草堂の小道には五本の桃が、ほかに百本ほど植わった広い桃の果樹園があった。池の北側には村に背を向けたようにサンショウが列を作って植えてあった。そのそばの草堂の西側にはタケノコも生えていた。梅は草堂にも、成都からの川沿いの道にもあった。そのほか李やビワやリンゴや橙や橘などが植えられていた。また南隣の朱山人の農園には芋畑のほかに栗園があった。

こうした農作物や果樹などを杜甫は好んで詩に描き込んでいるのだが、それらは杜甫にとって一般的な植物というより人の食料ともなるものである。人間の実生活に身近な植物をこのように詩のなかにたくさん取り入れているのは、草堂時代の杜甫の目線が低く、家長として大家族を食わせる心配をしながら、半ば農夫となった意識でこの浣花村での隠遁的生活を送っていたからであろう。

第十節　草堂の外回りの仕事

前節で多くの詩を掲げたように、そこから杜甫の草堂住まいが、単に宅地の部分だけではなく、種々の作物や果樹類が植えられた農園、果樹園、屋敷林などを備えた広大なものであったことが彷彿としてくる。そのことは、農事というわけではないが、この時期の杜甫があれこれの草堂の外回りの仕事をおこなっていることからも、いっそううなづけると思う。以下、それを順次紹介して行く。

草堂二年目の春は毎日早起きし、杜甫自ら陣頭指揮をとって為すべきことが多かった。崩れかけた川辺の土手

を石垣で組んだり、茂った木を切り開いて見晴らしをよくしたりした。おかげで川辺にあった杜甫の花畑（注の（5）を参照）もしっかりしたものになり、屋敷まわりの丘の散歩も変化ができて楽しくなったかのようである。杜甫はそうした仕事を「幽事」と呼んで次のように歌っている。

春來常早起、　春より来のかた常に早（つと）に起き
幽事頗相關。　幽事　頗（すこぶ）る相い関わる
帖石防隤岸、　石を帖（つ）みては隤（くず）るる岸を防ぎ
開林出遠山。　林を開きては遠き山を出だす
一丘藏曲折、　一つの丘に曲折するを蔵すれば
緩歩有躋攀。　歩を緩めて躋（のぼ）り攀（よ）ずること有り

〈一〇05　早起〉

この詩を作ってから三年目、梓州方面から再び成都に帰ってきたときの五言絶句の連作詩では、あらたに井戸を掘ったり、クリークを拡張したりしたことを次のように詠じている。

鑿井交棕葉、　井を鑿（うが）ちては棕（シュロ）の葉と交わり
開渠斷竹根。　渠（みぞ）を開きては竹の根を断つ

〈一三40　絶句六首〉其三

シュロや竹など自分の愛着のある植物たちが、そうした土木的な作業の邪魔にはなるのだけれども、それらと身近に触れあいながら作業が出来ることを、杜甫はどこか嬉しがっている風さえある。それはともかく浦起竜が「此れ幽事を述ぶ、是れ空景ならず」（巻六之上）というように、この井戸掘り、溝掘りは、久々に帰ってきた荒れた草堂で、井戸や溝を浚えなおす必要が実際にあったのであろう。

さらに草堂二年目の〈一〇20　悪樹〉の詩では、草堂周辺の小道を小さい斧を持ち歩きながら、雑多な木々を切

り払っていったことを描いている。そうした雑木に感情をあらわにして「悪い樹木」と決めつけているあたりには、いかにも感情の振幅が激しい杜甫らしさが出ていて面白い。

獨繞虚齋徑、　われ独り虚斎の径を繞るとき
常持小斧柯。　常に小さき斧柯を持つ
幽陰成頗雜、　幽陰は成ること頗る雑なり
惡木剪還多。　悪しき木は剪ること還た多し

草木に対して好悪の感情をあらわにする態度は、草堂六年目の〈四29 除草〉の詩では、もっと顕著に表れている。草堂前方の道ぎわに生えた毒草を取り除くために、杜甫は子供らを引き連れ、みずから鋤を担って朝早くから日没後まで、終日草取りをしたことがある。根こそぎ刈り取った草を川の真ん中まで舟で運んで、徹底的に根絶やしにしようとした。

草有害於人、　草のなかに　人に害あるもの有り
………　………
其多彌道周。　其の多きこと道の周りに彌る
清晨歩前林、　清き晨に前林に歩み
………　………
荷鋤先童稚、　鋤を荷いてわが童稚らに先んじ
日入仍討求。　日入りても仍おさがし討求む
轉致水中央、　水の中央に転致するに

豈無雙釣舟。　豈に双つの釣舟無からんや
頑根易滋蔓、　頑根は滋蔓し易ければ
敢使依舊丘。　なんぞ敢えて旧(もと)の丘に依らしめんや

こうした、草堂の住まいや環境をより快適にするための作業とは別に、家禽を飼ったり川魚をとったりもした。夔州時代、杜甫はニワトリを自宅に飼っていた。それを描いた〈一五30 催宗文樹雞柵〉〈一八16 縛雞行〉などは夔州時代の生活詩の重要な詩である。しかし浣花草堂では鶏は飼っていなかった。この時期に出てくる鶏は、

吾村靄暝姿、　吾が村は　ひぐれの暝(くら)き姿に靄(おお)われ
異舍雞亦棲。　異舎には鶏も亦た棲む
〈〇九47 泛溪〉
鄰雞還過短牆來。　隣の鶏は還た短(ひく)き牆(かき)を過ぎりて来たる
〈一〇54 王十七侍御掄許攜酒至草堂奉寄此詩便請邀高三十五使君同到〉

のように、みな余所の家の鶏である。しかしガチョウやアヒルを飼っていたことは、〈一三78 舎弟の占が草堂に帰りて検校す、聊(いささ)か此の詩を示す〉の詩から明らかである。

熟知江路近、　江路の近きを熟知して
頻為草堂迴。　頻りに草堂の為に迴(かえ)れり
鵝鴨宜長數、　鵝鴨(ガオウ)は宜しく長(つね)に数うべし
柴荊莫浪開。　柴荊(サイケイ)は浪(みだ)りに開く莫(な)かれ
東林竹影薄、　東林に竹影の薄ければ
臘月更須栽。　臘月(ロウゲツ)には更に須らく栽(う)うべし

徐知道の乱後、翌年（七六三）も成都に帰れず梓州方面に滞在を長引かせていたとき、杜甫は弟の杜占に何度か草堂の様子を見に行かせていた。そのとき弟（または弟を通して草堂の管理人）に、ガチョウやアヒルはしょっちゅう数を数えよとか、門戸をみだりに開け放つなとか、草堂の東の竹が少なければ年末には植え増しせよなどと言いつけている。王嗣奭は「草堂に人無ければ、安くんぞ鵝鴨を得ん」（巻五）といい、鍾氏の「草堂に代わりて看守を為す者有るを想う」の言を引くが、草堂には世話人か使用人をおいていたのであろう。留守中の草堂を心配するとき、農作物を気にかけるふうでもなく、むしろ家禽の世話や草堂の管理や屋敷の竹林などを気にしていることが私には注目される。それはともかく、その詩の翌年（七六四）梓州方面からいよいよ草堂に帰る直前でも、

　不教鵝鴨惱比鄰。　鵝鴨をして比隣を悩まさしめず

〈三22　將赴成都草堂途中有作先寄嚴鄭公、五首〉其二

といって、自分のガチョウやアヒルが近隣に迷惑をかけるのを防がなければならないと述べている。実は杜甫は〈三31　舟の前の小さき鵝の児〉の詩にもあるようにガチョウが大好きなのである。「鵝鴨」の語は実用的な散文では普通に使われるが、詩語としてみた場合は非常に少なく、唐代まで四例ほどしか見出しえない。そのうち杜甫が上記のように二例を占める。しかも具体的にこのように農村で飼われている生きた家禽の鵝鴨を描くのはおそらく杜甫が最初であろう。こんなところにも杜甫詩の生活詩としての特徴が出ていると思う。

このころの杜甫には、綿州での大規模な網打ちによる漁撈の様子を描いた〈二19　打魚するを観る歌〉〈二20　又打魚するを観る〉[7]がある。しかし次にかかげる〈三41　絶句四首〉其二の詩では、杜甫自ら浣花渓に「やな」のような仕掛けを作って川魚を捕ろうとしたことが描かれている。だがその時はあいにく大雨が来そうになって

取りやめになってしまった。

欲作魚梁雲覆湍、　魚梁（やな）を作らんと欲して　雲は湍（はやせ）を覆（おお）い
因驚四月雨聲寒。　因りて驚く　四月　雨声の寒きを
青溪先有蛟龍窟、　青渓に先より　蛟竜の窟有り
竹石如山不敢安。　竹石　山の如きも敢えて安ぜず

魚梁は趙次公が「魚梁は竹を劈（さ）き石を積み、中流を横截し以て聚魚の区と為すなり」というように、かなり大きなしかけで、詩中に「竹と石は山の如し」というのは事実であろう。もちろん杜甫一人で作れるものではない。浣花渓には魚梁はよく仕掛けられていたようである。草堂一年目の、辺鄙ながらものどかな周辺の風景を描いた詩に「鸕鷀（うのとり）は西日に照らされ、翅（つばさ）を曬（さら）して魚梁に満つ」〈〇九29　田舎〉として出てくる。しかし唐までの詩人でみずから魚梁を作るという行為を歌うのは、杜甫がはじめてで、その他には、晩唐の皮日休の「太湖詩（明月灣）」の詩だけである。あとは漁村の風景描写にすぎない。こういう所にも杜甫の、外回りの作業をも歌う生活詩人としての側面が（今後もっとこういう側面からスポットを当てると面白いのだが）出ている。なお杜甫は自分で釣船も持って魚釣りにも興じているが、それは仕事と言うより隠遁的意味合いを持つ趣味的な行為なので、ここでは取り上げないことにする。

第十一節　おわりに

以上述べたことから成都時代の草堂詩には、穀物や野菜、果樹や薬草などの栽培だけではなく、家禽の飼育や

川魚取り、家回りの土木工事や清掃作業も含めた、広い分野で営まれている仕事の数々が具体的に描かれていることがわかった。そういう中で杜甫はそうしたさまざまな作業にもあれこれ立ち働き、その日々の生活の様子を詩に詠い込んでいたのである。

成都時代の杜甫がどのように農事に関わっているかを明らかにするのが小論のねらいであったが、農事を狭義で考えた場合には、直接的な表現が意外に少なく、そのことからかえって浣花草堂の所有形態を考え直さざるを得なくなった。そして直接的ではない表現が、実は草堂およびその附属の農地の曖昧な所有形態（個人の所有ではなく耕作する必要もないが、収穫物は杜甫家のものとなるような）に根ざすのではないかという仮説を考えてみた。

杜甫は四十八歳で官を捨て、成都で本格的な隠遁的生活に入らざるを得なくなった。その成都時代は、いよいよ自分も農事を営むことになったのだという感慨、そしてそのことを、事あるごとに確認せざるを得ない段階であったように思う。杜甫は唐代随一の農業を詠う詩人であると思うのだが、杜甫の本格的な農事への関わりは、次の夔州時代を待たなければならなかった。

しかし一方、浣花草堂時代の詩にはすでに多彩な農業的景観が描き出されていたし、直接農事ではないが、生活していくためのさまざまな仕事に積極的に関わっていたことがわかった。そんな時の杜甫は農事と比べるとずいぶん張り切っているようにさえ見える。そうした詩群は「生活詩」ということばでくくった方がより適切かもしれない。杜甫の成都時代は農事詩というよりは農業景観詩、さまざまな仕事を歌う生活詩が優越した時代であったと思う。これが小論のささやかな結論である。

注

(1) 杜甫は成都時代、左拾遺の官に就いていた自分のことを「従臣」と呼んでいる。〈一三07 巴西にて京闕を収むるを聞き、班司馬が京に入るを送る、二首〉其二に「先朝にて従臣を忝のうす／先朝忝従臣」とある。またこの時期杜甫は農民に自分のことを拾遺と呼ばせている。〈一一02 田父が泥飲し厳中丞を美するに遭う〉の詩に「今年は大いに社のまつりを作す、拾遺は能く住まるや否や／今年大作社、拾遺能住否」とある。

(2) 小論のあちこちで述べたいくつかの理由以外では、次の二点が考えられる。(一) 成都方面のトップが代わったために、一時、草堂時代にも食うものにも困るような困窮した時期があった。(二) 秦州時代は、上掲の〈〇七25 寄贊上人〉詩に「茅屋は買うに土を兼ね」といい、夔州時代は〈二一27 将に巫峡に別れんとして南卿兄に瀼西の果園四十畝を贈る〉の詩が残るが、成都時代にはそのような不動産の売買・贈与のことが出てこない。

(3) 陸亀蒙の荘園経営については北田英人氏にすぐれた論考がある。「九世紀江南の陸亀蒙の荘園」(『日野開三郎博士頌寿記念／論集中国社会・制度・文化史の諸問題』、中国書店、一九八七年)

(4) 三峡を下った後の、大暦三年または四年の詩だと考えるものがある。大暦三年説は浦起竜。大暦四年説は趙次公本、草堂本、草堂本に拠る清の朱鶴齢本(『杜工部詩集』康熙九年刊本景印、中文出版社、杜詩叉叢所収)など。しかしこれは王洙本、九家集注本、銭注本なども(閬州から再び成都に帰った)成都時代の作に編年するし、仇兆鰲が朱鶴齢を「江陵以後の若きは、日び舟中に在り。安くんぞ花柳・素柰・紅蕖・冷竹の諸の佳勝有るを得んや」と反論するように、詩意から考えても成都時代のものとすべきである。むしろ三峡を下った後の作だとするには、逆にそれ相応の根拠が必要とされるであろう。

(5) 〈一三22 将赴成都草堂途中有作先寄嚴鄭公、五首〉其四「常に苦しむ　沙の崩れて薬欄を損うを」の「薬欄」は、他の唐詩の用例からも花畑であって薬草畑ではない。また花畑は川辺に作り、薬草園は楠の根本近くに作っていた。その他、薬草に関することでは、〈〇九54 西郊〉詩の「題を看て薬嚢を検す」、〈一三22 将赴成都草堂途中有作先寄嚴鄭公、五首〉其三の詩の「書籤と薬裹は蛛網封ず」があり、彼自身薬を飲んでいたことは〈一一12 大雨〉詩の「沈疴は薬餌を聚む」からわかる。

(6) 「麻」は麻類の総称とも、胡麻とも読める。ここは趙次公のやや奇抜だが「苧麻は布を為る者なり、胡麻は油を為る者なり。苧は生じて自り成るに至るまで皆な青し。胡は始め生ずれば則ち青きも、成れば則ち黄なり。六、七月の交にして色の青青たるは胡麻なり」というゴマ説を取ることにした。

（7）『中国漁業史の研究／中村治兵衛著作集二』（刀水書房、一九九五年）第二章「唐代の漁法と漁具」を参照。

第Ⅲ部　夔州期の農的生活

第一章　杜甫の詩に詠じられた夔州時代の瀼西宅

第一節　成都から雲安へ

八世紀半ば過ぎの永泰元年の春または夏五月[1]、五十四歳の杜甫は、成都の浣花草堂を後にし、家族を引き連れ、書物や生活用品などを舟に積み[2]、大江（岷江＝汶江）を三峡方面へと下っていった。一度はそこで生涯を終えようと考えたこともある成都草堂を、杜甫が急ぎ立ち去っていったのは、陳尚君説によれば、都へ上京し検校尚書工部員外郎の官に就くためであった[3]。ところが、成都から嘉州、戎州、渝州、忠州を経て、雲安まで下って病が重くなり、とうとうこの地で床に伏せることになってしまった。雲安では、永泰元（七六五）年の初秋から翌、永泰二年の暮春まで、足かけ十か月もの長期滞在を余儀なくされた。

通説では、雲安での逗留は旧暦の九月から晩春までの半年余りとなっている。しかし私の見るところ、杜甫の雲安滞在は足かけ十か月すなわち、実質八、九か月ばかりの長きにわたる。杜甫の雲安到着の時期は、宋代の諸年譜から清朝の仇兆鰲「杜工部年譜」あたりまでは、「秋に雲安に至る」となっている。ところが近代になって聞一多著『少陵先生年譜会箋』（一九三〇）が晩秋の旧暦九月と言明した。雲安半年説はそこに端を発しているようである。近現代の杜甫詩研究はほとんど聞一多の説を襲う。

いまここで雲安滞在時期を少しく検証してみよう。

雲安には初秋から滞在したことは、冬の初めに雲安で作った詩〈一四54 常徴君に別る〉の首聯で、

兒扶猶杖策、　わが児　おのれを扶(たす)くれども　猶(なお)策に杖(よ)り
臥病一秋強。　病に臥すこと　一秋強(あま)り
白髮少新洗、　白髪は　少なくして新たに洗い
寒衣寛總長。　寒衣(ふゆごろも)は　寛(ゆるやか)にして総(すべ)て長し

と述べていることからわかる。詩題に言う常徴君、つまりまだ官に就いていなかった常氏とは雲安で知り合い、まもなく彼は開州の役人となって赴任していった。杜甫は雲安二年目の春の終わりごろ詩を送り、雑事の多いわりには薄給の下役人の位に甘んじている常氏を慰めている。

白水青山空復春、　白き水と青き山　空しく復た春となり
……　……
萬事糾紛猶絶粒、　きみのしごとは万事糾紛して　猶(なお)粒を絶つがごとくまずしく
一官羈絆實藏身。　きみが一官に羈絆(キハン)されしは　実に身を蔵するがごとし
開州入夏知涼冷、　開州は夏に入らば　涼冷なるを知らん
不似雲安毒熱新。　雲安の毒熱の新たなるに似ず　〈一四73 寄常徴君〉

さて常徴君に与えた最初の詩に戻って、杜甫は「一秋強を病に臥せた」というが、一秋とは「ひとあき」つまり秋いっぱいの意味である。杜甫は「一秋」という語をもう一箇所用いているが、そこでもやはり「秋じゅう」の意味である。また杜甫が使う「一冬」の用例も「冬じゅう」の意味である。つまり秋の三か月余りを雲安で病に

臥せていたことがわかる。となれば、雲安には初秋から滞在していたことになる。ところがここで「一秋」を、このように文字通り三か月と解していいのか、なにか句作りの制約があって杜甫は「一秋」と書いているのではないかという疑問が起こる。以下、それについて検討する。

この詩は標準的な五言律詩（下平声七陽韻の平起式）で、特に問題となっている首聯は「平平平仄仄、仄仄仄平平」で平仄上は完璧な律句となっている。「一秋（仄平）」の「一（仄）」は三字目で、そこは平仄の縛りがゆるやかな部分だから、平声に拗しても構わない。だから例えば「三秋（平平）」であってもいっこうに構わないのである。従って「一秋」の「一」が、平仄上の縛りからやむなくそうなってしまったとは考えにくい。ということは杜甫は「一秋」とすべき内容上の理由があってそう書いたと考えてよいのではないか。以上のような理由から「一秋強」は字面通りに解釈するほうがむしろ妥当である。だとすれば、杜甫は一秋強、つまりひと秋三か月あまりを雲安で臥せっていたことになる。そうなれば、旧暦の初秋七月中には雲安に到着していたことになるのである。

このように初秋に雲安に到着していたことになると、雲安のすぐ手前、忠州に滞在したのは初秋の頃となるはずである。忠州では龍興寺に仮寓したが、その時の詩〈四48　忠州の竜興寺の居する所の院の壁に題す〉には、

小市常争米、　小市は　常に米を争い
孤城早閉門。　孤城は　早に門を閉ざす

とある。米を争うというのは、米の端境期にさしかかっていて、忠州の市場に出る米が少なくなっているからであろう。とすればこの詩は稲の収穫の前、初秋前後の時期と考えられる。

また忠州にいたとき、その臨江県の禹祠を詠じた〈四47　禹廟〉の詩に、

禹廟空山裏、　禹廟は　空山の裏
秋風落日斜。　秋風　落日斜めなり
荒庭垂橘柚、　荒れし庭には　橘柚の垂れ
古屋畫龍蛇。　古びし屋には　竜蛇の画(えが)かる
雲氣噓青壁、　雲気は　青き壁より噓(は)きだされ
江聲走白沙。　江声は　白き沙に走る

とあり、たしかに秋の詩となっている。ただ秋風とあるだけで秋のいつかはわからないが、青い山壁などから少なくとも晩秋とは考えられないし、長江も波音を立てて流れ、水量も減じておらず、まだ晩秋には遠い。荒れ果てた禹廟の庭には、暮れゆくなかに蜜柑がぶら下がり、秋風に吹かれている。この時期、おそらくこの蜜柑はまだ黄色に色づいていないであろう。以上から、杜甫が初秋に雲安に到着したことは、その直前の忠州期の詩とも無理なくつながっていくことがわかる。

次に晩秋の旧暦九月九日に雲安にいたことは、次のような題の詩を作っていることから確実である。〈一四52 雲安の九日に鄭十八が酒を携え、われも諸公の宴に陪す〉の詩に、

寒花開已盡、　寒花は　開きて已に尽き
菊蕊獨盈枝。　菊の蕊(はな)は　独り枝に盈(み)つ

とある。雲安時代の冬を示す詩には〈一四62 十二月一日三首〉其一があり、

今朝臘月春意動、　今朝　臘月　春意動き
雲安縣前江可憐。　雲安　県前　江は憐れむべし

という。歳を越して晩春まで雲安にいたことを示す詩には〈一四67 杜鵑〉があり、

雲安有杜鵑。　雲安に　杜鵑有り

……

杜鵑暮春至、　杜鵑は　暮春に至り

……

今忽暮春間、　今　忽ち　暮春の間

値我病經年。　我が病みて年を経るに値う

と詠じている。以上から、「臥病一秋強」の「一秋」を手がかりに考えれば、雲安には旧暦で秋の七、八、九月から、冬の十、十一、十二月、そして翌春の一、二、三月までいたことになる。しかも永泰元年十月は閏月で、大月の十月（三十日）と小月の十月（二十九日）があるので、足かけ十か月となる。かりに七月下旬から三月中旬まで雲安に滞在したとすれば、少なく見積もっても実質八か月余りとなる。

八、九か月にもわたるこの思いがけない長逗留は、杜甫にどのような影響を与えたのだろうか。仇兆鰲の『杜詩詳注』（後印本一七一三年）の編年によれば、雲安時の詩は、巻十四の五十二番目の詩〈一四52 雲安九日鄭十八攜酒陪諸公宴〉から巻末の詩〈一四74 寄岑嘉州〉までの、わずか二十三首である。浦起竜の『読杜心解』（一七二四－二五年）の編年では二十六首、楊倫の『杜詩鏡銓』（一七五二年）もほぼ同じだが、趙次公注本（一一三六－四八年頃）の編年によれば、十九首とさらに少なくなる。いずれにしろ、月に二、三首しか作っていないことになる。これほど長い間ひとつの町に留まりながら、わずか二十首余りの詩しか残していないのである。こんなことは、四十四歳ではじめて職を得て以来、あったためしがない。秦州行から同谷をへて成都入りするまでの半年間

は約九十首。成都時代は梓州、閬州などの滞在期を含めて五年半で四百数十首。夔州期は二年足らずで四百首余り。夔州を出てから晩年までの三年弱で約百五十首である。とくに、夔州に到着するや否や二年足らずで四百首余りも作ったことと比べると、その直前の八、九か月間の二十首余りという数は、ほとんど沈黙というに近い。

この八、九か月は杜甫の伝記上における一大空白期と言ってよいが、従来そういった観点から杜甫の雲安期を位置づけるものはない。雲安でのまるで沈黙状態、そして夔州に到着してからの爆発的な詩作、この大きな段差の裏には、何か凝縮された情念のエネルギーを感じる。それが何に由来するのか定かでないが、雲安、夔州で何か重大なこと、たとえば期限内に検校尚書工部員外郎への赴任が不可能になったことが確実になったことや、旅費を使い果たしたことなどがあったのかもしれない。詩から見る限りいくばくかの社交活動がなされているから、雲安期が詩も作れないほどの重い病気で、ひたすら床に伏せっていたとは考えにくい。何かゆえあって雲安期の詩が残されなかったのかもしれない。いずれにせよ、本章では論旨から外れるのでこの問題は暫時保留としておくこととする。

第二節　雲安から夔州へ

雲安を出立できたのは、ようやく永泰二（七六六）年の晩春であった。（この年の十一月に改元して大暦元年となった。よってここでは夔州期全体を便宜的に大暦の年号で通すことにする。）雲安を去る日の朝、ちょっとしたハプニングがあった。昨晩まで月夜だったのに、夜中から突然風混じりの激しい雨になったのだ。杜甫は春の嵐のような雨音を聞きながら、いよいよ旅立ちかと思うと、船上で一晩中眠れなかった。翌朝、雨は上がったものの、辺りはまだもやったままで、どこもかしこもしっとりと湿っている。王氏への挨拶もできないまま、船は一路夔州へ向けて漕ぎ出した（〈一五02 船、夔州の郭に下らんとし、宿雨に湿りて岸に上るを得ず、王十二判官に別る〉）。

雲安から夔州までは水路でほぼ百六十里なので、(4) 杜甫の一家を乗せた船は、一両日のうちに到着したであろう。杜甫が到着した夔州は、新旧唐書の地理志によれば、山南道に属し、奉節県、雲安県、巫山県、大昌県の四県を領していた。さらに一時期は都督府（下）が置かれていたこともあり、三峡の小さな町に、夔州都督府、夔州、奉節県の三つの役所があったことになる。(5) 政治的軍事的には一地方の重鎮であり、唐代にはそれ相応の人口もあり繁華でもあった。

まず確認しておかなければならないのは、それらの役所の場所である。従来多く考えられてきたように、それは梅渓河（西瀼水）の西岸ではなかった。あとでも触れるが、いずれも今の子陽山（後掲の簡錦松氏によれば唐代の赤甲山）から白帝山方面にあった。(6) 夔州に上陸した杜甫は、梅渓河西岸ではなく、赤甲山、白帝山方面にある役所で夔州入りの手続きを済ませた違いない。ここからいよいよ杜甫の夔州時代が始まる。

ほとんどの編年系のテキストで夔州詩の最初に置かれているのは、〈一五01 移居夔州作〉の詩である。夔州詩は、仇注本では巻十五から、巻二十一の真ん中まで、六巻半の分量である。夔州には七六六（大暦元）年の晩春から、七六八（大暦三）年正月の中頃まで滞在した。夔州に到着したのを仮に晩春の三月の真ん中だとして数えると、二十二か月である。数えで杜甫の五十五歳から五十七歳までにあたる。

足かけ三年、実質一年十か月の夔州滞在ではあるが、この間に何度か居所を変えた。その詳細についてはあまり分かっていない。いろいろな意見が出されており、多いものでは、客堂→草閣（江辺閣）→西閣→赤甲→瀼西→東屯の六か所を想定している人もいる。(7) そういう中で、一年目の客堂、草閣、赤甲への移居説はひとまず置くとしても、二年目晩春の瀼西と秋の東屯への移居はおおかたの一致するところである。

杜甫が（西閣または赤甲から）瀼西へ引っ越したことは、いろいろな詩から総合的に判断できることであるが、より直接的には以下の詩からわかる。それは〈一六13 瀼西寒望〉の詩に、瀼西への引っ越し計画を、

　瞿唐春欲至、　瞿唐には春に至らんと欲し
　定卜瀼西居。　定ず瀼西の居を卜さん

と述べており、そして実際に〈一八50 暮春に、瀼西の新たに賃せし草屋に題す〉の五首連作の詩を作っているからである。瀼西の住まいはこの段階ではまだ賃借りの状態であるが、その後間もなく杜甫によって買い上げられ、その住宅には果園も付属していたと考えられる。その証拠となる詩は、次の四首である。大暦二年の秋、その住宅を杜甫の娘婿の呉郎に、貸し与えることを述べた〈二〇22 呉郎司法に簡す〉の詩に、

　古堂本買藉疏豁、　古堂　本買いしは　疏豁に藉る
　借汝遷居停宴遊。　汝に借して居を遷さしめ　宴遊を停めしめん

と述べ、その年の晩秋の〈二〇37 小園〉の詩には、

　客病留因藥、　客に病んで　留まるは薬に因る
　春深買為花。　春深くして　買うは花の為なり

とあって、詩題にいう小園を晩春に買ったと述べているからである。この小園については浦起竜も「瀼西の果園なり」「買うとは園を買うにして、花を買うには非ざるなり」（巻三之六）というように、瀼西の四十畝のそれであったろう。そしてその果園が瀼西宅に附属していたものであることは、〈二〇38 寒雨に朝行きて園の樹を視る〉の詩に「わが柴門は樹を擁して千株に向んとす」とあることからわかる。千株は「千橘」の典故を意識した千本

にも近い蜜柑の木を意味する。さらに翌年正月、夔州を去るに当たって、その家屋と果園の不動産を南卿兄という人物に贈ることを詩題にした〈二27 将に巫峡に別れんとして南卿兄に瀼西の果園四十畝を贈る〉の詩が作られている。果園が何か所でどこにあったかなどについては異説があるが、全体としてこの通説は正しいであろう。「瀼西宅」（〈一九16 阻雨不得歸瀼西甘林〉による）に住んだのは、東屯に一時移り住み呉郎に貸し与えた時期を考慮外とし、多く見積もったとしても大暦二年の暮春三月から翌年正月まで十か月足らずである。

大暦二（七六七）年、五十六歳の杜甫が、野菜作りや稲田・蜜柑園の管理経営に力を入れるのが、この瀼西（東屯）に住んでいた一時期である。杜甫と農業の関わりを明らかにする上での基本作業として、その舞台となる瀼西の住まいがどこにあったのかをはっきりさせたい。そして杜甫はそれをどのように詩に詠じているのか。そうしたことを明らかにするのが小論の目的である。

第三節　瀼西の地理的位置

瀼西宅の場所については、南宋以来、近年の厳耕望氏や多くの杜甫伝までもふくめて、ほとんどが梅渓河（西瀼水）西岸にあったと考えている。しかし近年、簡錦松氏『杜甫夔州詩現地研究』（台湾学生書局、一九九九年）によって草堂河（東瀼水）西岸説が提出された。草堂河は白帝山の東北方面から流れてきて、瞿塘峡口と白帝山南端部で長江に流入する川である。これによって瀼西宅が白帝山の西側にあるのか、東側にあるのか、大きく異なることになった。以下、小論では簡氏の説を支持する立場から論じていきたい。

草堂河は白帝山の南端で長江に合流するが、そこから遡るかたちで杜甫の瀼西宅を説明してみよう。草堂河は、白帝山の東側を半周するとほぼ真っ直ぐな水路となり、左手に子陽山（唐代の赤甲山）、右手に今の赤甲山（唐代の白塩山）に挟まれた一段が続く（唐代の赤甲山、白塩山についても簡氏の詳しい考証がある）[8]。この部分の左岸が瀼西区で右岸が瀼東区である。その一段を過ぎると草堂河は「∧」の字型に流れを転じて上流へ向かうが、そのカーブする箇所の左岸下部に杜甫の瀼西宅はあったとされる。そこは赤甲山の東側の山裾でもあり、その南面である。従って瀼西宅を陸路で出発し、その赤甲山の東麓を真北に越えて行けば、方向を転じてきた草堂河に再び出会うことになる。ちょうどそのあたりで、草堂河は石馬河と合流する。その合流地点はあたかもYの字型で、その合流点の北岸に杜甫の東屯の住まいがあった。東屯は瀼西宅からすると、北の方角にある。

巻末の概略図は、現在の奉節一帯の衛星写真（Google Maps Hybrid 版）から地形の輪郭を取り（草堂河に水が入っていないから恐らく乾期であろう）、その上に簡氏上掲書の図と写真を参考にして地名を書き込んだものである。なお唐代の役所の所在地については厳耕望氏『唐代交通図考』第四巻（注（4）（6）参照）を参考にした。

簡氏の説はもとより一つの仮説に過ぎず、いまだ広く認められているわけではない[9]。しかし簡氏の説に拠って杜甫の詩を無理なく説明できるのであれば、それは簡氏の正しさを（間接的にではあるが）証明する一つの材料となる。簡氏は歴史的な文献考証と実地検証に重きを置くが、小論は氏とは少し違った角度から、杜甫が瀼西宅の位置や周辺の環境をどのように詠じているかに重点を置きつつ論じてみたい。ただし氏がすでに言及している詩もあることをご了承願いたい。

第四節　瀼、赤甲山、白塩山

瀼西宅のそばを流れる草堂河は、杜甫のころはまだ固有の名前がついていなかったと思われる。[10] 長江にはたくさんの支流が注ぎ込むが、三峡一帯ではその険しい山谷から長江に流入する渓谷の流れを「瀼」と呼んでいたようである。そのことは、杜甫の（恐らくは）自注に「江水の山谷を横通する処、方人は之を瀼と謂う」と記されていることからわかる（王洙本巻十五〈一九39 秋日夔府詠懐……〉詩「市暨瀼西巓」への原注）。杜甫もそうした当地のならわしによって、瀼西宅の前を流れて長江に流入するその川を「瀼」とよんだのであろう。

瀼西宅のもう一つ奥の東屯宅での作とされる〈一九36 奉酬薛十二丈判官見贈〉の詩では、その瀼水が滄溟（海原）のように大きい長江に流れ込むさまを、

東西兩岸坼、　東西は両岸坼け

横水注滄溟。　横水は滄溟に注ぐ

と詠じている。

杜甫は詩の中でその「瀼」という言葉を何度も用いている。ただ「瀼西」というのがほとんどで、他は「瀼東」「瀼は滑らか」（その異文で「瀼は闊し」）「瀼の岸」「瀼の上」などである。

ところで、瀼という字はあまり見慣れない。杜甫以前で、夔州の西または東の瀼に言及したものは、四庫全書（電子版）の範囲内では『水経注』が最初である。巻三三に「白帝山城は周迴二百八十歩、北は馬嶺に縁り、赤岬山に接し、其の間の平処は、南北相去ること八十五丈、東西七十丈。又東は東瀼渓に傍い、即ち以て隍と為

す」とあり、この東瀼渓が今の梅渓河ではなく草堂河を指すことは、馬嶺、赤岬山、白帝城との位置関係から明らかである。その東瀼渓が白帝城の「隍」すなわち水の無い城濠の役割を果たすと言っているのは、冬場に水位が下がったときのことである。

唐以前の詩及び全唐詩で、地理に関する名詞として瀼の字が使われているのは十六首あるが、そのうち杜甫が十三例を占め、あとは中唐の劉禹錫の竹枝詞に「瀼西春水縠紋生」とあるのが一例、九江のことを述べた盛唐の元結が二例あるに過ぎない。つまり夔州の草堂河を詩の中に歌ったのは杜甫が最初で、しかもそのほとんどが杜甫で、瀼は杜甫の詩と強く結びついているということである。浣花（渓）が成都草堂時代を代表する詩語だったように、瀼は杜甫の夔州詩を代表する一つの言葉だと言ってよい。

草堂河（東瀼水）両岸の地区を杜甫は瀼東、瀼西という言い方をしている。夔州に着いてまもないころの詩〈一五27 夔州歌十絶句〉其五で、

　瀼東瀼西一萬家、　瀼東と瀼西は　一万家
　江北江南春冬花。　江の北と江の南は　春も冬も花あり

と詠じ、草堂河の東岸、西岸に広がる民家が一万戸と述べている。『新唐書』巻四十、地理志によれば、夔州は奉節、雲安、巫山、大昌の四県全体で、戸数は一万五千六百二十、人口は七万五千（『通典』や『太平寰宇記』の記述も大同小異）である。これからすると草堂河両岸だけで民家一万戸というのは、多すぎるかもしれない。だが句作りの関係から誇張されている分を差し引いたとしても、この地区の人口が相当多かったことを、杜甫は驚きつつ詩の中で詠じているのである。

次の〈一八52 江雨に鄭典設を懐う有り〉の詩は大暦二年、瀼西に引っ越してきたころの作だが、草堂河両岸に

対して西東という言い方もしている。

谷口子真正憶汝、　谷口の子真たるきみよ　われは正に汝を憶う

岸高瀼滑限西東。　岸は高く　瀼は滑らかにして　西と東とを限つ

詩の中で杜甫は、鄭典設を漢代の清浄な隠者の鄭子真（長安の谷口の人）とみなしている。雨で草堂河がみなぎり、瀼西にいる杜甫は瀼東に住む鄭子真と隔てられたように感じているのである。下句の「瀼は滑らか」の部分は、王洙本他のテキストに「瀼は闊く」と作る異文が伝わる。趙次公注本は、本文をわざわざその異文の方に改めているが、それだといっそう対岸との隔絶感が強まる（戊帙巻之一）。

対岸の瀼東地区は他の詩にも描かれている。瀼東の背後には、白塩山（今の赤甲山）が衝立のように立ちふさがっていた。瀼西に引っ越す前に作った〈一五53 白塩山〉の詩では、瀼東地区には千戸の民家があったと述べている。

白牓千家邑、　白き牓のごときやまには　千家の邑

清秋萬估船。　清秋に　万の估の船

もちろんこの千戸は実数ではないが、戸数が比較的多いことがわかる。増水期の秋、草堂河にはさまざまな商人の船が碇泊している。草堂河を挟んだ瀼西区と瀼東区は唐代は栄えており人家が多かったので、増水期には船の往来が少なくなかったようである。明の王嗣奭が「(白塩) 山を繞りて上り、千家、邑を成す。積水の中、万の估の船来たる。又た蜀中の一都会なり」（曹樹銘『杜臆増校』巻十一）と解するように杜甫の当時はそれなりににぎやかだった。その繁華さの背景には、長江を通じて長江の上流域と下流域、蜀と呉の盛んな物資の流通があり、夔州がその中間に位置していたからであろう。夔州の特徴を風物詩風に連作詩で詠じた〈一五27 夔州歌十絶句〉

の其七で、杜甫はそのことを、

蜀麻呉鹽自古通、　蜀の麻と呉の塩は古（いにしえ）自り通じ
萬斛之舟行若風。　万斛の舟は行くこと風の若し

と詠じている。

狭い地にこれだけ戸数が多いと、民家はおのずと山の上まで続かざるを得ない。そのことを〈一五27　夔州歌十絶句〉其四（大暦元年夏）で、

赤甲白鹽倶刺天、　赤甲と白塩は　倶に天を刺し
闤闠繚繞接山巓。　闤闠（むらざと）は繚（めぐ）り繞（めぐ）りて　山の巓（いただき）に接す

と詠じる。仇兆鰲が「居する人の密なるを言う」と注するように、瀼西の赤甲山も瀼東の白塩山もその斜面には、集落が山の高いところまでくねくねと続いていることを詠じている。

瀼西だけに限らないだろうが、そういう住まいの様子が杜甫にはよほど珍しかったのだろう、その後も詩の中で二度言及している。〈一五49　贈李十五丈別〉（大暦元年秋）の詩では、重なる山々の頂上に貼りつくように家がある様子を、鳥獣の住みかのようだと述べている。

峡人鳥獣居、　峡の人は　鳥獣のごとく居り
其室附層巓。　其の室は　層なす巓（いただき）に附す
下臨不測江、　下は不測の江に臨み
中有萬里船。　中には万里よりきたる船有り

さらに〈一五36　雨二首〉其一になると、もっとはっきりまるで樹上に巣を作る鳥のような住居をしていると詠じ

ている。

殊俗狀巣居、　ここの殊俗は　巣居を状(かたど)り
層臺俯風渚。　層台より　風ふく渚を俯(ふ)す

実は以前にも、山地の民が斜面に柱を立てかけて住む様子を、巣居のような住みかたをしていると感じたことがある。六年前、秦州から成都入りする途中で険しい五盤嶺を詠じた〈〇九06 五盤〉の詩に「野人は半ばは巣居す」と詠じるのがそれである。

また瀼西宅の南面、つまり対岸の瀼東には白塩山が高くたちはだかっていたことは、先に述べたとおりだが、瀼西宅の北側が赤甲山の東側の山麓にあたることは、〈二〇08 瀼西の荊扉(あばらや)自(よ)り、且(しばら)く東屯の茅屋に移居す、四首〉其一に、

白鹽危嶠北、　ここは白塩の危嶠(キキョウ)の北の
赤甲古城東。　赤甲やまの古城の東なり

とあることからもわかる。[11] さらに、その赤甲山に続く西側は険しい崖になっていた。そのことは、〈一九07 課伐木〉（大暦二年夏）の詩に、

虎穴連里閭、　虎の穴は　里閭(むらざと)に連なり
隄防舊風俗。　隄防(テイボウ)するは　旧風俗なり
泊舟滄江岸、　舟を泊す　滄江の岸
久客愼所觸。　久しき客のわれは　（虎の）触るる所を慎しむ
舍西崖嶠壯、　舎の西は　崖嶠(ガイキョウ)　壮なり

雷雨蔚含蓄。　雷雨には　蔚として含蓄す

とあり、草木がこんもり茂って雷雨の時には、虎や何かが隠れていそうな場所として描かれている。

以上のように、瀼西宅と草堂河、瀼東区と瀼西区、白塩山と赤甲山などの景観や位置を、容易に杜甫の詩から読み取ることができる。そしてそれらは草堂河西岸説でこそ、無理なくすっきりと説明することができるのである。

第五節　瀼西宅と白帝城

瀼西宅が通説のように梅渓河の方なら、白帝山（城）は東の方向にあってやや遠い。簡氏の新説のように草堂河の方なら、西方向で比較的近く、地続きだから陸路でも行けるし、視界にも入る。ただし杜甫が詠じる白帝城は、夔州城とは、つまり州の役所とは別物であったろう。[12]そのことは杜甫自身が「白帝と夔州は各おのおの城を異にす」（〈一五27　夔州歌十絶句〉其二）と述べていることから明らかである。とはいえ厳耕望氏によれば、夔州城は白帝城と連接していた。そしてそれは白帝城の北にあり、白帝城よりはずっと大きく、旧赤甲城の場所にあった（注（6）参照）。もちろん唐代の夔州城は梅渓河の方にはなかった。一方、白帝城には旧都督府の役所があったのではないかと思う。杜甫が夔州に滞在していたとき、夔州都督府はすでに廃されていたが、白帝城は州より一つ上位の都督府的な役所（防禦使など）として、一部機能していたのではなかろうか。杜甫は白帝山の西閣に住んだことがあり、白帝城をひどく気に入って何度も詩に描いたが、夔州城にはあまり心惹かれていないようだ。

さて、大暦二年の冬は、成都を去り三峡を下り始めてから数えると三年目になる。それなのに、いまだ夔州に滞っている。杜甫はそんな自分を隠遁生活者のように見立て、現世の栄辱を達観し是非曲直を没却しようとしている。〈二〇65 寫懷二首〉其一に、

鄙夫到巫峽、　鄙夫のわれは　巫峡に到り
三歳如轉燭。　この三歳は　あたかも燭を転ずるが如し
全命甘留滯、　命を全うして　留滞に甘んじ
忘情任榮辱。　情を忘れて　栄辱に任す
………　………
編蓬石城東、　蓬（むかしよもぎ）を編みてすまう　石城の東
采藥山北谷。　薬を采（と）る　山北の谷
………　………
曲直吾不知、　曲直は　吾は知（あずか）らず
負暄候樵牧。　暄（ひだまりのぬくもり）を負（せ）にして　樵牧を候（ま）つ

という。石城がどれを指すか確定できないが、漢の旧赤甲城、六朝の旧巴東城、唐の夔州城、白帝城などは歴代いずれも梅渓河以東、赤甲山、白帝山の周辺にあった。ただいずれの地であるにせよ「石城の東」といえば草堂河の方になり、決して梅渓河の方にはならない。だからこの詩で、「石城の東に蓬を編む」というのは、白帝城の西ではなく、東方面の粗末な瀼西宅で生活を営むことを指すことになる。(13)

だから同じ年の秋〈一九39 秋日夔府詠懷奉寄鄭監李賓客一百韻〉の冒頭で、瀼西宅の居所を、

絶塞烏蠻北、　絶塞　烏蛮の北

孤城白帝邊。　孤城　白帝の辺

と概括して述べているのである。

次の詩からは、日没の方角から瀼西宅が白帝城の東にあることがわかる。杜甫の母方のおじ筋にあたる親戚で侍御四なる人物が使者として夔州に来ていたが、彼がいよいよ夔州を出発するとき杜甫の家を訪れた。それを送別したのが〈一九33 巫峡の敝廬（あばらや）にて、侍御の四舅が別れて澧朗（レイロウ）に之（ゆ）くに、贈り奉る〉の詩である。

江城秋日落、　江城に　秋の日は落ち
山鬼閉門中。　山鬼のごときわれは　閉じし門の中にあり
行李淹吾舅、　行李（使者）として　吾が舅はここに淹（ひさ）しかり
誅茅問老翁。　茅（かや）を誅（き）りてすまう　この老翁のわれを　おとずれ問う

一句目の「江城」は〈一五08 白帝城に上る二首〉其一に「江城は変態を含み、一たび上れば一回新たなり」とあるように白帝城を指している（夔州詩には江城は四度出てくるがみな白帝城とみなしてよい）。この時、瀼西宅で秋の日が暮れていったが、日が沈んでいく西の方角には、江城すなわち白帝城が見えていた。もしも瀼西宅が梅渓河西岸にあるなら、そのような現象は起こりようがない。このことから瀼西宅は白帝城の東の方向であることがわかるのである。

今度は、月の沈む方角から瀼西宅の位置を知ることができる。大暦二年の八月十五日（西暦九月十二日）、杜甫は瀼西宅で中秋の名月を三晩続けて見ていた。〈二〇10 八月十五夜月二首〉其一では、月光は草堂河にふりそそぎ、

水路疑霜雪、　水路は　霜雪かと疑い
林棲見羽毛。　林棲は　その羽毛を見る

というように、林内の鳥の羽毛まで見分けがつくように明るいが、其二では、月は西の巫山峡（ここでは瞿塘峡を指す）の方に沈んでいく。

稍下巫山峽、　稍（ようや）く巫山峡に下り
猶銜白帝城。　猶お白帝城を銜（ふく）む
氣沈全浦暗、　気は沈みて　全浦暗く
輪仄半樓明。　輪は仄（かたむ）きて　半楼明かなり

草堂河は暗くなったが白帝城はまだ月光に包まれており、楼閣の半面が明るく照らされている。このように月が白帝城の方に沈んでいることから、瀼西宅がその東にあることがわかる。もしも梅渓河の方に杜甫宅があれば、月は決して白帝城の方には沈まない。

また瀼西宅には白帝城からの音が届いている。これも白帝城が近い証拠といえる。地図上での単純な距離は三キロメートル弱であるが、瀼西宅と白帝城の間にはほぼ一直線の草堂河が流れており、しかも両岸は山になっているから、音が拡散せず伝わりやすいのであろう。

前掲の十五夜の詩其二の後半では、白帝城で巡邏する兵士たちの銅鑼の音が、瀼西宅まで聞こえてきている。

刁斗皆催曉、　刁斗（チョウト）は　皆　暁（あかつき）を催（もよお）し
蟾蜍且自傾。　蟾蜍（センジョ）は　且（まさ）に自（おのずか）ら傾く
張弓倚残魄、　弓を張りて　残魄に倚（よ）るは
不獨漢家營。　独（ひと）り漢家の営のみならず

杜甫は、その音がまるで夜明けを促すようだと感じ、白帝城の兵士たちが月明かりをたよりに、夜通し護衛につ

とめている苦労にも思いを馳せている。

翌日の十六夜の月夜には笛の音が聞こえてきて、杜甫の旅愁をいっそうかき立てている。〈二〇11 十六夜玩月〉に言う、

谷口樵歸唱、　谷口に　樵(きこり)帰りて唱い
孤城笛起愁。　孤城に　笛起こりて愁う

この孤城は白帝城である。白帝山の西閣を舞台に詠われた〈一七23 秋興八首〉其二に「夔府の孤城に落日斜め」とあり、夔州都督府の役所は白帝城にあった。また〈一九39 秋日夔府詠懐……〉にも「孤城白帝の辺」とある。

次の〈二〇13 暁に望む〉の詩では、白帝城から時を知らせる音が、朝方になってようやく尽きたという。この詩で杜甫は、野生の鹿を友とし隠遁者のように質素な住まいで暮らしていこうと沈んだ気持ちになっている。

白帝更聲盡、　白帝には　更声の尽き
陽臺曙色分。　陽台には　曙色の分たり
高峰寒上日、　高峰には　寒くして日の上り
……
荊扉對麋鹿、　荊扉(ケイヒ)に　麋鹿(ビロク)に対し
應共爾為羣。　応(まさ)に爾と共に群を為すべし

これは東屯での作とするのが一般的だが、もしそうなら瀼西宅まで聞こえた音は草堂河を伝わって、もうひとつ北の東屯まで届いたのであろう。地形から十分にあり得ることである。

次の〈二〇49 夜二首〉其二の詩は、仇注の編年に従えば瀼西宅での秋の作である。白帝城に日が暮れゆき、笳(あしぶえ)

の音が白帝城から聞こえてきている。

城郭悲笳暮、　城郭は　悲笳(ヒカ)のひびきのなかに暮れゆき
村墟過翼稀。　わが村墟は　過ぎる翼(とり)も稀(まれ)なり
……
暗樹依巌落、　暗き樹は　巌(いわお)に依(よ)りて落ち
明河繞塞微。　明河は　塞を繞(めぐ)りて微(かす)かなり

杜甫は訪れる人も少ない瀼西宅の村の中で悲しげな笳の音を耳にしている。空にやがて星が輝きはじめると、天の河が白帝の城塞の上を流れていた。だがこうした細い悲笳の音は梅渓河までは届かなかったであろう。白帝城から梅渓河までは直線距離でも四、五キロメートルはあり、その間には長江が滔滔と流れている。同じ時期の〈二〇02　秋野五首〉其五には「大江（長江）は秋は盛んとなり易く、空峡には夜は聞こゆるもの多し」というように、さまざまな秋声がざわめきを立てているのだから。

以上、ここでは白帝城との関わりから瀼西宅の位置をさぐってきた。瀼西宅が白帝城の東側にあり、太陽も月も白帝城の方角に沈み、白帝城からはいろいろな音が聞こえてきている。このことを杜甫自身が何度も詩に描き込んでおり、従って瀼西宅が草堂河辺であること、梅渓河辺ではあり得ないことが確認できたと思う。

それでは瀼西の地は、実際にはどのような村だったのだろうか。次節ではそのことを杜甫の詩から考えてみたい。

第六節　社祭もあり、市にも近い

杜甫はいくつかの詩の中では瀼西の地をひどく辺鄙な場所のように表現するが、実際にはひとっ子一人住まぬような所ではない。先にも述べたように唐代の瀼西はそれなりに人家も多く、ある程度の繁栄がみられた地区である。そのことは既に掲げた杜甫自身の詩、

瀼東と瀼西は一万家　〈一五27　夔州歌十絶句〉其五

白牓には千家の邑　〈一五53　白塩山〉

などからも知ることができる。

また瀼西宅には隣近所が近接していて、住民たちの気配もあれこれ伝わってきていた。以下は、いずれも大暦二年の秋、瀼西宅での詩である。月夜には樵夫が歌いながら帰路につく歌声が聞こえ、

谷口樵歸唱、　谷口に　樵(きこり)帰りて唱い　〈二〇11　十六夜玩月〉

現地の少数民族の山歌も耳に入り、

蠻歌犯星起、　蛮の歌　星を犯して起こり　〈二〇49　夜二首〉其一

農民が納税を済ませて帰宅する音も聞こえている。

賦斂夜深歸。　賦斂(フレン)せられて夜深に帰る　〈二〇49　夜二首〉其二

また漁民を隣人にして住んでいるとも詠じている。

俗異鄰鮫室　俗は異なりて鮫室を隣とす　〈一九39　秋日夔府詠懷奉寄鄭監李賓客一百韻〉

ところが、大暦二年の秋、瀼西での作〈一九23 渓の上〉の詩では、その第一聯に、

峡内淹留客、　峡内に　淹しく留まるの客
渓邊四五家。　渓辺に　四五の家

とある。この時期、長江が「江」で表現されるの対して、草堂河はしばしば「渓」で表現されている。例えば、

嵯峨白帝城東西、　嵯峨たる白帝城の東西
南有龍湫北虎溪。　南には竜湫（長江）有りて　北には虎のすむ渓あり　〈一八51 寄従孫崇簡〉

碧溪搖艇闊、　碧の渓は　艇を揺るがせば闊く
朱果爛枝繁。　朱果は　枝に爛として繁し　〈一九03 園〉

食新先戰士、　（柏茂琳は）新しきを食うに　戦士を先にし
共少及溪老。　少きを共にして　この渓老のわれに及ぶ　〈一九06 園人送瓜〉

東屯復瀼西、　東屯　復た瀼西
一種住清溪。　一種に　われは清き渓に住む　〈二〇08 自瀼西荊扉、且移居東屯茅屋四首〉其二

などのように。上句で瀼西に住まう自分の様子を「峡内に淹しく留まるの客」と述べているから、そのつながりで「渓辺の四五の家」が草堂河辺の瀼西宅の周辺を詠じたものだとわかる。よってこの句が根拠になり、瀼西の地は何かひどく寂しげで小さな村のように考えられていることがある。たとえば陳貽焮氏は「瀼西草堂のある村はとても小さく、四、五軒があるだけだった」と述べる（前掲書一一三〇頁）。

しかしこれは瀼西宅のある村全体をいうのではなく、杜甫の家の附近、所謂杜甫宅の向こう三軒両隣をいうと考えるべきであろう。実はこの四、五軒というのは行政の上からみても平均的な数である。「大唐令に、諸戸は

百戸を以て里と為し、五里を郷と為し、四家を隣と為し、五家を保と為す。里毎に正一人を置く」（『通典』巻三、郷党）とある。このように杜甫の住まいの周辺には四家、五家の隣保があることをこの句は伝えているのであって、決して瀼西の地全体を描写したのではあるまい[14]。

農村では年に二回、春社と秋社が行われているが、杜甫は大暦二年の春社は、瀼西では迎えなかったであろう。この年の春社は旧暦二月十八日に当たり、杜甫が瀼西宅に引っ越したのは暮春三月だからである。しかし旧暦八月二十一日の秋社は、この地で迎えることができた。年二回の社祭は、農村では一年で最もにぎやかな日である。杜甫は瀼西で迎えたこの社祭を、連作二首の詩で描いている。〈二〇09 社日兩篇〉其一で、

報效神如在、　報い効すこと　神の在すが如く
馨香舊不違。　馨香は　旧と違わず

と述べる。仇注の「報效は祭を致すの誠を言う」「馨香は祭品の潔なるを言う」を参考にすれば、昔からのようなやり方で神にお供え物をささげ、敬虔に祭が執り行われているのであろう。続けて、

南翁巴曲醉、　この南翁のわれは　巴曲に酔い
北雁塞聲微。　北雁は　塞声微かなり
尚想東方朔、　尚お想う　かの東方朔の
詼諧割肉歸。　詼諧にして　肉を割きて帰るを

と詠じ、にぎにぎしい祭りのなかで杜甫も酔っぱらっていることが分かる。

最後の一聯に、漢の東方朔が諧謔味によって天子から酒肉を賜った故事を書き込んでいるが、それは杜甫が長安を懐うているだけではなく、実際に家族に肉の分け前を持って帰ろうかと、ふと思ったりしているのではない

か。家族思いの杜甫なら十分あり得ることである。この年の春、まだ城内にいたときだが、王十五なる隣人から招待を受けたことがある。その時杜甫は、

鄰舍煩書札、　隣舎は　書札を煩わし
肩輿強老翁。　肩かつぎの輿(かご)もて　老翁のわれに強(し)う
病身虛俊味、　病身には　俊(すぐ)れし味の虚しくも
何幸飫兒童。　何ぞ幸いなるや　わが児童を飫(あ)かしむ
〈一八40　王十五前閣會〉

と述べて、病身には食べきれないご馳走の余りを子供たちに持ち帰っているからである（南宋の趙次公の解釈による）。

それはさておき〈二〇09　社日兩篇〉の詩にもどって、其二では、

歡娛看絕塞、　歓娯をば　この絶塞に看
涕淚落秋風。　涕涙　秋風に落つ

と述べる。「歓娯」の句からこの瀼西の村でも、秋社の祭りが相当にぎやかに行われていることが想像できる。ただ杜甫はそんな騒ぎのなかで、朝廷でも執り行われているこの日の行事に思いをいたし、自分の落魄した境遇に涙している。そして最後に次のように詠じる。

鴛鷺迴金闕、　かの鴛鷺(エンロ)は　金闕(キンケツ)より迴(かえ)り
誰憐病峽中。　誰か憐れまん　わが峡中に病むを

朝廷に居並ぶ官吏たち（鴛鷺）が、天子のりっぱな住まい（金闕）から帰途に就く姿を思い浮かべ、自分が一人僻遠の地に取り残されていると悲しんでいる。

このように瀼西宅のある村では、社祭が盛大に執り行われており、杜甫もその祭りに参加し、酒を飲み、いろいろな感慨を催しているのである。

実際に杜甫の瀼西宅がそんなに辺鄙な場所でなかったことは、市場にも近かったことからも言える。大暦二年の夏、杜甫は瀼西宅で、エンジュ（槐）の若葉入りという一風変わった手打ちの冷やしうどんを作ったことがある。〈一九09 槐葉の冷淘〉の詩でその作り方を述べ、天子が納涼なさる夜には一盛りお届けしたいと歌う。その冒頭で、まずは青青とした槐の葉の摺り汁と、市場からきた新しい小麦粉をしっかりこね合わせることを、

青青高槐葉、　青青たる　高槐の葉
采掇付中廚。　采掇して　中厨に付す
新麵來近市、　新麵　近市より来たり
汁滓宛相倶。　汁滓　宛も相倶にす

のように詠じている。ここに「近市」とあるように、杜甫の瀼西宅は市場に近かったことが分かる。[15] 市場に近いというのは、杜甫と同時代の王鉷が「宅を捨てて観と為すを請うの表」で、自分の旧宅を「晏嬰の近市に異なりて稍や囂塵より遠し」（『冊府元亀』巻八二二）と述べるように、一般にはほこりが多く騒がしい場所としてとらえられている。昔、晏子の家は市に近く、景公から土地が湿ってうるさいから引っ越してはどうかと勧められたことがあるくらいだ。

その後、晩秋に瀼西から東屯にしばらく移った時の詩〈二〇08 自瀼西荊扉、且移居東屯〉其二に、瀼西と東屯を比べて、

市喧宜近利、　市の喧しきは宜しく利に近かるべし

林僻此無蹊。　林は僻にして此に蹊無し

と述べ、王洙本巻十六の夾注には「西居は市に近し」とある。西居は瀼西宅を指す。これは杜甫の自注の可能性が高いとされる。(16) とすれば、これからも瀼西宅は市場に比較的近かったことがわかる。

また〈一九39 秋日夔府詠懐……〉第六段は、瀼西宅の様子を述べているが、その中で、

甘子陰涼葉、　甘子には陰涼の葉

茅齋八九椽。　茅斎は八九の椽あり

陣圖沙北岸、　陣図は沙北の岸

市暨瀼西巔。　市暨は瀼西の巓

と言う。これも王洙本巻十五の夾注に「八陣圖・市暨、夔人語也」とあり、おそらく杜甫の自注であろう。ただこの聯は意味が通じにくいためか、その九字の自注以外にも昔から色々な「原注」「自注」が附加されている。例えば『集千家註杜工部詩集』巻十四には「公自注、市暨夔人語也。市井泊船處、謂之市暨。江水横通、止公處居、人謂之瀼。」(『四庫全書薈要』本、二〇〇五年、吉林出版集団影印)とある。おそらくその附加部分は、杜甫の自注の形そのままではあるまい。そうした中でも仇注に「原注、峽人目市井泊船處、曰市暨。」というのが一番読みやすい。但しこれは仇兆鰲なりの整理と解釈が入っていると考えた方が無難である。当地は冬期と増水期で水位の差が激しく、船着き場が高い場所にあり、そこが市場にもなっていたのであろう。「市暨」の意味ははっきり分からないが、瀼西宅の遠くないところに、人の集まる市のようなものがあったのであろう。

以上から分かるように瀼西の地は、客観的には人里離れた荒涼とした場所ではなく、市場にもそう遠くないし、村祭りも盛んに行われ、増水期には舟の往来も多く、漢族や現地の少数民族が入り交じり、人の気配が思ったよ

りは色濃くただよっていると言える。このほかにも、ここでは述べないことにするが瀼西宅への来客も少なくなかったし、士人階層との社交は城内だけではなく、杜甫の家でもしばしば行われていた。もちろん問題は、瀼西の地が客観的にどういう土地かということではない。その地を杜甫がどのように感じてどのように詩に描いているかである。ただそのことをより深く知るためにも、主観と客観のこうした段差を踏まえておくことが有効であろう。

それでは最後に、杜甫はそうした瀼西宅のある地を、城内からどのような場所だと思っていたかについて述べることにする。

第七節　城内から見た瀼西

大暦二年の晩春、城内を離れて瀼西に居を定めた後も、杜甫はしばしば城内にもどり、あれこれの社交活動に従事していた。そして用事が済んだ時にはたいてい社交に疲れきって、瀼西宅に早く帰りたいと思うことが多かった。

瀼西で、ひと夏過ごし秋を迎えたころ、病が少し癒えた。秋野菜を植え付けるため牛で畑地を耕やす必要があり、杜甫はその監督をした。次の〈一九21　暇日、小園に病を散じ、将に秋菜を種えんとして耕牛を督勒し、兼ねて目に触るるを書す〉の詩は、その時の思いを綴ったものである。詩の冒頭で次のように言う。

不愛入州府、　州府に入るを　愛せざるは
畏人嫌我真。　人の我が真なるを嫌うを畏るればなり

及乎歸茅宇、　茅宇に　帰るに及んで
旁舍未曾嗔。　旁舍は　未だ曾て嗔らず
老病忌拘束、　老病なれば　拘束せらるるを忌み
應接喪精神。　応接するは　精神を喪う
江村意自放、　江村は　意は自ら放たれ
林木心所欣。　林木は　心の欣ぶ所

城内での社交活動に疲れ切って、林木に囲まれた江村の茅屋に帰ってくると、気が休まり心底救われるとある。城内から瀼西に帰って来るという状況設定の中で、城内での緊張に対置させながら、瀼西宅での解放感を述べるという構図。実はこれと同じような構図を持った詩が何首か作られている。例えば、〈一九20 甘林〉の詩があげられる。その冒頭に、

舍舟越西岡、　舟を舎てて　西岡を越え
入林解我衣。　林に入りて　我が衣を解く

とあるように、これは、城内から舟で瀼西にもどってきたときの詩である。城内と瀼西地区は陸路も通じているが、険しい崖道が多く、途中虎の出そうな場所もある。簡錦松氏によると秋が終わると水位が下がり、冬場は船が航行しなくなり馬で渡れるようになるという。しかし草堂河に船が通じている増水期は、やはり水路が便利である。この〈一九20 甘林〉では舟で瀼西宅（蜜柑園）に帰ってきたときの心境を、城内での心境と対比しながら、

青芻適馬性、　青き芻は　馬の性に適い
好鳥知人歸。　好き鳥は　人の帰るを知る

……

經過倦俗態、　経過して　俗態に倦むも

在野無所違。　野に在れば　違う所無し

……

喧靜不同科、　喧と静とは　科を同じうせず

出處各天機。　出と処とは　各の天機なり

〈一九20　甘林〉

と詠じる。城内を「俗態」「喧」というのに対して、こちら側を「性に適う」「違う所無し」「静」だと詠じている。

また〈一九04　歸〉の詩も、東の城内から西の瀼西に船で渡ってくる時の詩である（注（18）参照）。その詩に、

東帶還騎馬、　束帯して　還た馬に騎るも

東西卻渡船。　東西するは　却って渡船す

林中才有地、　林中に　才に地有り

峽外絶無天。　峡外に　絶えて天無し

虚白高人靜、　虚白は　高人静かに

喧卑俗累牽。　喧卑は　俗累に牽かる

という。束帯するのは城内に出かけるときで、我が家に帰ればその礼装を解くのである。ここでもやはり、質素でガランとした瀼西宅こそ高尚な人の住まいにふさわしいと述べつつ、それと対比させながら、城内を俗事に邪魔され喧騒に満ちた卑しい人間界と見なしている。

また、次の〈一九16 雨に阻まれ瀼西の甘林に帰るを得ず〉の詩は、同じ年の七月中旬に作られている(17)。先日来の暴雨で水かさが増して船も壊れたため船頭もあきらめてしまい、かといって険しい陸路を行くのもぬかるんで危険な状態で、瀼西宅に帰ろうにも帰れなくなっている。このとき杜甫は城内で高く飛ぶ鳥をただうらやましく見上げるしかなかった。

三伏適已過、　三伏は　適に已に過ぎ
驕陽化為霖。　驕れる陽は　化して霖と為る
欲歸瀼西宅、　瀼西宅に　帰らんと欲するも
阻此江浦深。　此の江浦の深きに　阻まる
壞舟百板坼、　壊れし舟は　百板の坼け
峻岸復萬尋。　峻き岸は　復た万尋のたかさ
篙工初一棄、　篙工（＝船頭）は　初より一にふねを棄め
恐泥勞寸心。　われは泥むを恐れて　寸心を労す
佇立東城隅、　東城の隅に　佇立し
悵望高飛禽。　高飛の禽を　悵望す

城内と対比する部分はないものの、杜甫はいま城内にいて、瀼西宅、蜜柑園に早く帰りたいと切望し、家に帰り着いたら何をしようかと想像をめぐらす。

安得輟雨足、　安ぞ得ん　雨足を輟めしめ
杖藜出嶇嶔。　藜に杖きて　嶇嶔を出で

條流數翠實、　條流（えだ）に　翠の実を数え
偃息歸碧潯。　碧の潯（きしべ）に帰り　偃（ふ）せて息（いこ）い
拂拭烏皮几、　烏皮の几を　払い拭（ぬぐ）い
喜聞樵牧音。　喜びて　樵牧の音を聞き
令兒快搔背、　児をして　快く背を搔（か）かしめ
脱我頭上簪。　我が頭上の簪（かんざし）を　脱せしめんことを

〈一九16　阻雨不得歸瀼西甘林〉

やはりここでも、かんざしを取り外し礼服を脱ぎ捨て、くつろいでは児童に背中をかかせよう、蜜柑園を散歩しては蜜柑の実を数えよう、あれもしたいこれもしたいと楽しいことを思い浮かべている。

このようにいずれの詩も城内から瀼西宅への帰宅が、束縛から解放、緊張からくつろぎ、喧から静という図式で捉えられていることがわかる。このような構図に導かれると、〈一九03　園〉の詩も同じようなものとして読むことができる(18)。この詩で杜甫は、ある夏の朝、城内から舟に乗って草堂河を遡り瀼西宅に向かっている。

仲夏流多水、　仲夏は　流れに水多く
清晨向小園。　清き晨に　小園に向かう
碧溪搖艇闊、　碧の渓は　艇（こぶね）を揺るがせば闊（ひろ）く
朱果爛枝繁。　朱果は　枝に爛として繁（しげ）し

碧の渓というのは草堂河のことであり、増水期は水がみなぎっている。小舟で漕ぎ出すと目の位置が低いせいか、小さな草堂河もいっそう大きな川のように感じるのである。詩の後半には、

始為江山靜、　始めは江山の静かなるが為なるも

終防市井喧。　終には市井の喧（かまびす）しきを防ぐ
畦蔬繞茅屋、　畦（はたけ）の蔬（やさい）は　茅屋を繞（めぐ）り
自足媚盤飧。　自（おのずか）ら足りて　盤飧を媚（び）す

とあり、瀼西の地が初めこそ江山の静けさを得るためであったのが、幾月も経たないうちに、城内の喧騒から逃避する意味あいを持ってきたと述べる。やはりここでも、城内と瀼西宅は喧と静の対比の文脈の中で描かれている。

以上紹介してきたように、杜甫にとって、瀼西宅やその回りの畑や果樹園、そして瀼西宅のある江村は、衣冠を脱ぎ捨てることのできる休息の地であり、本来の自分を取り戻せる地、心安まる静かな場所である。城内に居てそこを思うと、早く駆けつけたくて心うきうきする場所であった。

しかし瀼西の地は一方ではまた、さきの〈一九20 甘林〉の詩に「喧と静とは科を同じうせず、出と処とは各の天機なり」と述べていたように、そこは「出」すなわち出仕や仕官に対する「処」の場所、すなわち隠遁的世界でもあった。瀼西宅を隠遁地と見なした詩句はたくさん挙げることができる。ここに引きこもって長安や故郷を思うとき、気分は落ち込み、孤独感におそわれ、無為のままに老いが迫ってくるという焦燥感に駆られたりもしたのである。だがこれについてはここでは触れないことにする。

第八節　おわりに

二年弱ほど住んだ夔州の地で杜甫は農田を請け負い蜜柑園を管理し、野菜をうえたり鶏を飼ったりした。その

中でも農的生活を行った主なる舞台が瀼西宅である。その農的生活の舞台がどこにあったのかを、そして実際にどのような場所で、そこをどのように感じていたのかを、杜甫の詩の中から確認しておきたいというのが小論の目的であった[19]。

瀼西宅は、三峡の一段を流れる長江の一支流の、狭隘な河谷に開けた小さな空間にあった。それに対して成都の浣花草堂は、広大な成都平原のなかを、蛇行しながら流れる錦江の流域にあった。

成都の浣花草堂は、本体の二階建ての家屋だけでなく、亭などの建築物や川辺のデッキなどもあり、そばには穀物を作る農園や野菜畑、そして植栽した庭や広い屋敷林などを備えた、まさに屋敷と呼ぶにふさわしい規模を持つ大きな生活空間であった。

成都の浣花草堂における近隣との交流は、士人階層のいわゆる読書人が中心であった。農民との交流もあったが、成都詩に描かれる農民は富裕な上流層の農民であった。彼らは朝廷に戸籍を把握され田地を貸与され、兵役の義務も負った農民で、唐代の身分制からすると、いわゆる「賤民」に対する「良民」に属するものであった。

一方、瀼西宅の周辺は、その対岸の瀼東地区ほどには民家が密集していないが、瀼西の地そのものが狭いこともあり近隣との距離はかなり近かった。瀼西宅では杜甫のすぐ近辺に住まう農夫や漁夫や樵夫たちの生活の息吹が聞こえ、彼らと関わりを持ちながら生活していた。また次節で取り上げるが、この時期の杜甫は、現地の少数民族の賤民階層の使用人を雇用し、彼らに生活を助けられながら、彼らと極めて密着した生活をおくっていた。

成都の浣花草堂では、農民との直接の触れあいが多くないのに対して、瀼西宅では良民階層である農民よりももう一つ下の、賤民階層の人々とも直接触れあうようになった。住居空間及びその周辺の広狭の違いに加え、このようにより下層の人々と密着して生活するようになったことが、浣花草堂と瀼西宅の住まい方の大きな違いである。

この違いは杜甫の詩にどのように影響を与えたか。そのことの一端は次節以下で述べることになるが、その住まい方の変化によって、杜甫の詩がよりリアルに社会の現実を反映するようになり、より深刻に生活の真実を写し出すようになったと思われる。これは夔州における杜甫詩の成長であり、深化であり、発展である。

本章では、瀼西の地での杜甫の住まい方の根底にある瀼西宅の地理的状況を、杜甫の詩表現のなかから確かめる作業を主として行ったのだが、現地の具体的な地理的空間や景物を、その時々の感情を込めて、いろいろな角度、季節、時間帯から、それぞれ極めて正確且つ情感豊かに描写しうる杜甫詩の力量というものを、あらためて確認する作業ともなったことを、最後に付け加えておきたいと思う。

注

（1）永泰元年の夏五月に浣花草堂を去ったというのは、聞一多「少陵先生年譜会箋」の説である。しかし下に掲げる注（3）の陳尚君の説に従って厳武の死ぬ前に成都を去ったとすれば、遅くとも三月暮春でなければならない。胡可先氏の「唐以後杜甫研究的熱点問題」（「三、重要行踪」の「其三　離蜀為郎」）（『杜甫研究学刊』二〇〇五年第三期、一一－三〇頁）も参照。

（2）そのように考えられるのは、夔州二年目の〈一九39 秋日夔府詠懐……〉の詩で、夔州を去る準備はできているとして「雄剣は鳴りて匣を開き、群書は満ちて船に繋ぐ。雄劍鳴開匣、羣書滿繫船。」と詠じ、さらに翌年〈二一31 大暦三年春、白帝城より船を放ちて瞿塘峡を出づ。久しく夔府に居り、将に江陵に適かんとして漂泊し詩有り、凡そ四十韻〉の詩で、三峡の難所を下るとき船が傾き行李が濡れる様子を「書史は全て傾き撓み、装う嚢は半ば圧されて濡る。書史全傾撓、裝囊半壓濡。」と詠じているからである。

（3）陳尚君氏の新説は「杜甫為郎離蜀考」（『復旦学報（社会科学版）』一九八四年第一期）、「杜甫離蜀後之行止原因新考－杜甫為郎離蜀考続編」（『草堂（杜甫研究学刊）』一九八五年第一期）など。それぞれ『唐代文学叢考』二六八－八七頁、二八八－三

○五頁に再録（中国社会科学出版社、一九九七年）。私はこの新説を齋藤茂氏の書評「中国学の本流を受け継ぐ研究／陳尚君『唐代文学叢考』書評」（『東方』二〇八号、一九九八年六月、東方書店）によって知ることができた。その後、この新説は松原朗氏によってよりきめ細かに発展させられている。同氏の「杜甫夔州詩考序論——尚書郎就任を巡って」（『中国文学研究』二九、二〇〇三年十二月）を参照。

（4）『唐代交通図考（第四巻）山剣滇黔区』（台湾中央研究院歴史語言研究所、一九八六年）篇貳玖「成都江陵間蜀江水陸道」一一〇九頁の試算による。〈一九39 秋日夔府詠懐……〉の詩の冒頭に「絶塞烏蠻北、孤城白帝邊。飄零仍百里、消渇已三年。」とあり、黄氏補注本では黄鶴の題下注に「詩云『飄零仍百里』謂雲安至夔百三十里。今又自雲安飄零至夔也。」とあり、この厳耕望氏の試算にほぼ近い。

（5）都督府が置かれたのは、『旧唐書』地理志によれば貞観十四（七二六）年から乾元元（七五八）年の間で、杜甫が夔州に来る八年前までである。都督府が廃止された後は、夔州が復活し、しばらく夔州防禦使の名が称されていたようだ（劉禹錫「夔州刺史廳壁記」『劉夢得文集』巻二七に「乾元初（七五八）復為州。偃節於有司。第以防禦使為稱。」とある）。その後、広徳二（七六四）年には、「夔忠涪都防禦使」が置かれている（『新唐書』方鎮年表による）。

（ただ『新唐書』地理志の夔州の項にはこういう詳しい経緯は書かれていない。「夔州雲安郡、下都督府。本信州巴東郡、武徳二年更州名、天寶元年更郡名」とあるだけで、夔州雲安郡の州名や郡名は変更があったが、都督府であるのはずっと変わらなかったかのように読める。）

従って夔州都督府は、杜甫が夔州にいた時（七六六―七六九）には存在しなかったことになる。しかし杜甫には〈二五02 為夔府柏都督謝上表〉の文があり、柏茂琳のことを夔府柏都督と称しているし、〈一九39 秋日夔府詠懐……〉第三段の杜甫の自注と思われる原注には「都督柏中丞筵、梨園弟子李仙奴歌」（王洙本巻十五）とあり、やはり都督栢（柏）中丞の呼称を用いている。これは杜甫の夔州期に一時都督府が復活していたのではないかという疑念を抱かせる。しかし常袞が書いた「授栢貞節夔忠等州防禦使制」（『文苑英華』巻四〇九）ではこの柏貞節は柏茂琳を指す。この制で柏茂琳に授けられたのは正式には「可使持節都督夔州諸軍事・兼夔州刺史・依前兼御史中丞・充夔忠萬歸涪等州都防禦使」である。柏茂琳は夔州に着任してから、天子にたてまつる感謝の表〈二五02 為夔府柏都督謝上表〉を杜甫に代作させている。

また柏茂琳が防禦使の任を受けたことは、杜甫も〈一八23 蜀州の柏二別駕が中丞の命を将て江陵に赴き、衛尚書太夫人に起居

するを、送り奉る。因りて従弟の行軍司馬の位に示す〉の詩の中で、

　遷轉五州防禦使、（中丞の柏茂琳は）五州防禦使に遷り転じ

　起居八座太夫人。（その弟の柏二別駕は）八座太夫人に起居す

と述べている。

　都督府ではない普通の州の刺史に任命される場合、後魏、北齊の習慣に従って「有名無實」の肩書きである「使持節都督」が与えられる（『旧唐書』巻四四、職官志）。だから夔州が都督府でない場合は、この制の「使持節都督夔州諸軍事」は単なる肩書きに過ぎないことになる。そうであれば杜甫が柏茂琳（柏茂林）を称するとき、州の刺史より格が上で、古雅な都督の呼称を用いたことになる。実際、杜甫の用例では刺史の尊称として都督の名を用いたことがある。〈二43 陪章留後恵義寺餞嘉州崔都督赴州〉では嘉州は都督府になっていないが崔刺史を崔都督と呼んでいるように。よって一部の杜甫の伝記類で、柏茂琳が夔州都督と呼ばれていることがあるが、正確には夔州刺史である。

　なお杜甫が夔州入りしたときには夔州刺史は王崟であった。王崟は杜甫をずいぶんと礼遇したが、夏には都へ帰っていった（〈一九18 奉送王信州崟北歸〉）。王崟のあと夔州の長官としてやってきたのは崔卿（名は未詳）である。ただし崔卿は江陵の荊南節度使から仮の刺史としてやって来たに過ぎない。冬には柏茂琳と交替し、江陵に戻っていった（〈二〇56 上卿翁請修武侯廟遺像缺落、時崔卿權夔州〉〈二〇57 奉送卿二翁統節度鎮軍還江陵〉）。いずれにしろ夔州時代の杜甫はその地の長官から手厚くもてなされていた。（〈一九18〉〈二〇56〉〈二〇57〉の詩は大暦二年の作とされるが、元年に改めるべきであろう。）

（6）以下、厳耕望氏の説を要約する。〈夔州の州の役所と奉節県の県の役所は違う場所にあった。夔州の役所は旧赤甲城で旧白帝城ではない。奉節県の役所は旧赤甲城の西または西南の四里の所にあった。赤甲城は白帝城と南北に連なっており、白帝城の北にあり、白帝城よりもずっと大きかった。唐代の夔州城は住民が非常に多く、闤闠がぐるぐると続きながら山頂まで達していたし、赤甲城と白帝城は連接しているから、住宅区も商店区も連結して一体となり二つに分けられなかった。なお瞿唐駅は奉節県の役所の左近にあった。〉

（7）王大椿・李江「杜甫夔州高斎歴代考察述評」（『杜甫研究学刊』二〇〇五年第二期、四二－四八頁）を参照。

（8）簡錦松氏とは別に、藍勇氏は現存する宋代の画巻から、そのことを述べている。「宋『蜀川勝概図』考」（『文物』一九九九年第四期、五四－五八頁）を参照。

(9) 例えば最新刊の宋開玉氏の『杜詩釈地』（山東大学文史哲研究院専刊、上海古籍出版社、二〇〇四年十二月）では、前言や巻末の「主要引用書目」には簡錦松の著書が引かれるが、四五五－五六頁の「瀼」、四六八頁の「瀼西草堂」、四七八頁の「瀼」の説明などでは、簡錦松説は取り上げられないか、または否定されている。

そのほか管見の限りでは例えば次のようなものがある。譚文興「東屯、瀼西及其他——読『杜甫夔州詩現地研究』」（『杜甫研究学刊』二〇〇〇年第四期）、譚文興「（札記）夔府瀼西草堂在西瀼水之西」（『文学遺産』二〇〇二年第六期、七八頁）、譚光武「杜甫『白塩山』与『暁望白帝城塩山』中之白塩山所指不是一个地方」（『杜甫研究学刊』二〇〇四年第三期）は反対の立場。李江「談杜甫夔州詩中的『赤甲白塩』」（『杜甫研究学刊』二〇〇四年第三期）は賛成の立場。

(10) 以下がそう判断できる材料である。『水経注』にいう「東瀼渓」は四庫全書内の用例分布から見る限り、まだ固有名詞として熟していない。「東瀼水」も宋以後の文献にはじめて出てくる。一方、四庫全書の範囲内では「西瀼」（水・渓）という語も、みな宋以降の文献である。杜甫以後では、中唐の劉禹錫「夔州刺史庁壁記」（『劉賓客文集』巻九）に「初城於瀼西」と、晩唐の李貽孫「夔州都督府記」（『全蜀芸文志』巻三四）に「州初在瀼西之平上」というのがある。しかしその瀼西はいずれも梅渓河（西瀼水）の西岸を指している。なお、劉不朽「『山海経』与三峡－試釈『山海経』中有関三峡古地理之記載」によれば、三峡の長江両岸で瀼の名が付く河川は十余本もあるということである（『中国三峡建設』二〇〇四年第二期、中国長江三峡工程開発総公司発行）。また東瀼水は雲陽県にも奉節県にもあり、巴東県には東瀼渓がある。

(11) これとよく似た表現をなすものに、五言律詩の〈八47 入宅三首〉其一の、

奔峭背赤甲、　奔峭　赤甲を背となし
斷崖當白鹽。　断崖　白塩に当たる

がある。この詩は普通、仇注はじめ、赤甲に引っ越したときの作で、赤甲宅の状況を詠んだものとされる。しかしもしも瀼西宅の位置を歌ったのであれば、拙論には都合のいい、またもう一つの根拠となる。以下は仮にそうだとした場合の考察である。……この句は主語が明示されていないが、詩題に言う「入宅」した新居についての説明である。仇兆鰲は清の顧宸『杜律注解』に「赤甲の奔峭を背にし、白塩の断崖に当たる」とあるのを引き「二山の形勢を以て、宅の向背を明らかにす」と注する。入宅した新居の瀼西宅が、赤甲山の駈け下るような地勢を背にし、立ちふさがる白塩山の断崖を目の前にすると詠じているのである。もしも瀼西宅が梅渓河の西岸にあったとすれば、この詩は解釈が困難になる。……

以上の考察は、その句が赤甲宅のことを描写しているのであれば、もちろん瀼西宅の位置とは何の関係もない。

（12）拙論発表後、簡錦松氏より恵贈された「杜詩白帝城之現地研究」（『杜甫与唐宋詩学』二〇〇三年、里仁書局、一三九－六七頁）によって、簡氏は白帝城と夔州城は同一のものを指すと考えておられることを知った。

（13）杜甫の夔州詩で「石城」というのは他に二首ある。〈三64 観公孫大娘弟子舞剣器行〉の詩に、

臨潁美人在白帝、　臨潁の美人　白帝に在り
妙舞此曲神揚揚。　此の曲を妙舞し　神揚揚たり
……
金粟堆南木已拱、　金粟堆の南は　木は已に拱（ひとかかえ）あり
瞿塘石城草蕭瑟。　瞿塘の石城は　草は蕭瑟たり

とあり、臨潁の美人（題の公孫大娘弟子＝詩序の李十二娘）が白帝城で剣舞を演じたことを詠じている。そしてその場所を「瞿塘石城」とも言っている。このことから瞿塘石城＝白帝城だとわかる。

また詩序によれば、杜甫が大暦二年十月十九日に李十二娘の剣舞を見たのは、夔府別駕の元持の宅である。剣舞は瞿塘石城の別駕の家で行われたのである。夔府別駕は都督府（下）の官名で、長官である都督の次に位置するナンバーツーの位である。その別駕の家宅は、恐らく役所内または近接する所にあったであろう。都督府の役所は白帝城にあったはずだから、別駕の家宅も白帝城にあったと考えてよい。このことからも瞿塘石城＝白帝城だと言える。よってほぼ同時期に作られた〈三65 寫懷二首〉に言う「石城」も、白帝城を指すと考えてよい。

ちなみに〈一九39 秋日夔府詠懷……〉の第三段「南内開元曲、當時弟子傳。法歌聲變轉、滿座涕潺湲。」の原注に「都督栢中丞筵、（聞）梨園弟子李仙奴歌」（王洙本巻十五。「聞」の字は他本により補う）とあり、梨園の弟子の歌を聞いた場所を、夔州都督府の長官だった柏（栢）茂琳が開いた宴席だと述べている。都督府のあった白帝城内ではこうした歌舞の宴が何度か開かれたのだろう。

ところで「夔府別駕」と作るのは王洙本、文苑英華などで、補注杜詩、郭知達本、仇注本などは「夔州別駕」と作る。しかも別駕の官名は州にも存在し、やはり刺史の下位でナンバーツーである。州の別駕の家も州の役所内または近接する所にあったであろう。州の役所なら上掲注の厳耕望氏によれば夔州城は旧赤甲城にあった。（白帝山と鶏公山の間の平地にあったという

発掘報道もある。新華網／二〇〇二年一月二〇日による）。剣舞が州の別駕の家宅、すなわち赤甲城で行われ、石城＝赤甲城だったにしても、〈三〇65 寫懷二首〉に「蓬を編む石城の東」というのは、草堂河方面を指し、決して梅渓河方面とはなりえない。

(14) 詩句の「溪邊四五家」の四五の数を、実際の状況を反映した数としてまともにとってよいものかどうか、不安が残る。以下、平仄上と使用例から若干検討してみることにする。この詩は下平声六麻韻を踏んだ仄起式の五言律詩で第一聯は「仄仄平平仄、平平仄仄平。」の綺麗な律句で作られている。「四五」の部分は仄仄が来るのが理想であるが、三字目を拗して平仄となっても構わない。四字目は仄が来るのが望ましい。ところでここに数字が来るとして、一から九の数字で平声は三のみで、後はみな仄声である。だから「四五」の部分は「……三」という形にさえならなければ、どの数字が来てもよい。自由度はかなり高い。「四五」に一番近い数値は三四か五六か三五の言い方であろう。全唐詩では、そのいずれの用例も数十例以上は使われており、実際の使用例から見ても、どれが来てもおかしくない状況である。以上のことから、ここは句作り上の規則に制限されて「四五」になったというよりは、杜甫が実際の景色を見てそのとおりに書き込んだと考えるのが自然であろう（この際詩作の虚構の問題は考慮外とする）。しかもなおそれが本文で述べたような行政の平均的な数にたまたま一致していたのである。ちなみに「四五家」とする例は、劉威の「宿漁家」の詩に「竹屋清江上、風煙四五家」（『全唐詩』巻五六二）、張喬の「臺城」の詩に「雲屯雉堞依然在、空繞漁樵四五家」（『全唐詩』巻六三九）がある。

(15) 『太平広記』巻三七四に、夔州刺史となって現地に赴任したことのある劉禹錫の『劉賓客嘉話録』の逸文に「夔州西市、俯臨江岸、沙石下有諸葛亮八陣圖。」のようにある。これから夔州に西市があったことが分かるが、八陣図の北で白帝城より西側となるから、これは杜甫の瀼西宅の近くにあった市場ではあるまい。

(16) この原注は仇注本には無い。長谷部剛氏「『宋本杜工部集』をめぐる諸問題―附、『銭注杜詩』と呉若本について」（『中国詩文論叢』第十六集、一九九七年、八九－一〇四頁）に依拠するならば、王洙本の巻十五、十六は「第一本」に相当するから、原注は杜甫の自注と言えるであろう。

(17) 一句目に三伏がちょうど過ぎたという。三伏の末伏は立秋後の最初の庚の日だから、大暦二年では旧暦の七月十三日にあたる。その日は新暦では七六七年八月十三日、日本で言えばお盆の頃である。ちなみにこの詩は一般に水路が不通になるとしか解釈されていないが、簡氏は暴雨の時には陸路も歩きにくくなるという現地の人の声にヒントを得て、陸路（六、八句目）と水路の両方が不通になったと解している（二九二－九三頁）。私もここでは氏の解釈に従った。

(18)　仇兆鰲は杜臆にもとづいて〈一九03 園〉と〈一九04 歸〉の詩をセットで考え、前者を瀼西宅から園に行き、後者を園から瀼西宅に帰ってくる詩とみなしている。さらに前者に「畦蔬は茅屋を繞る」の句があることから、瀼西宅の他にも、瀼西の渓水を隔てて別に茅舎があると考える（陳貽焮氏も仇注を襲う。上掲書一一一一頁。）。しかし簡錦松氏は礼装訪問時の表現である「東帯」と「騎馬」が後者にあることに着目して、後者を城内から船で瀼西に帰ってくる時の詩と解した（二九六頁）。私も簡氏の解釈に賛成である。それらを踏まえると、前者も、朝に城内から瀼西宅に向かう詩と理解することができる。そうすればわざわざ別に茅舎があると考えなくてよくなる。一方、茅舎が別にあると考えずに、これこそが東屯だという人もいる。

(19)　必ずしも杜甫が瀼西の場所を説明しようとして作ったわけではないのに、たまたまその場所の状況が地理的に描かれていることがある。小論ではそうした詩句の断片から、瀼西宅の位置や実際の様子を探ろうとしたのだが、こうした方法の問題点についてここで若干卑見を述べておきたい。

詩から住居の位置を確認しようとする作業がなぜ必要なのか、韻文である詩を対象にそのような作業をやることに妥当性があるのか、という疑問がある。杜甫の場合、その詩の研究とその人の研究は切り離せない（これは杜甫の詩を読み進めていけば自ずとわかることである）。また読者の興味が詩の文学的世界だけにとどまらず、その詩人の生き方、その生活にまで及んで行く。それはたとえば欧米での詩のあり方などと違って、杜甫自身が具体的な状況の中で感じたことを、具体的な事柄なども詩に書き記しながら、詩を歌っていこうという詩作態度を持っていたからであろう。一方、読者の立場から言えば、作品を言語学的に読もうと、社会科学的、自然科学的に読もうと鑑賞の可能性は無限にある。あれこれの禁じ手でせっかくの作品をしばるべきではあるまい。人は自分の関心とその身丈に応じてその詩を理解し楽しめばいいのである。いろいろな視点からの読解の積み重ねが、結果としては杜甫の詩の理解を深め鑑賞を豊かにしていく。杜甫詩の鑑賞から時代状況や伝記的要素への関心を排除してしまえば、かえって作品の幅をせばめてしまうであろう。作品に感動した人が、次にはそれを創造した作者の生活や人生に関心が向かうのは自然な成り行きである。やはり人は人に興味があるのだから。

第二章　杜甫の農的生活を支えた使用人と夔州時代の生活詩

第一節　はじめに

杜甫はその流浪の生涯を終える三、四年前の時期を、長江三峡の入り口の要鎮、夔州（奉節）で過ごしていた。それ以前、住み慣れた成都の草堂を去って、長江を下り始めたのは、厳武の推薦によって検校工部員外郎の職を授けられ、その官につくためであったと思われる（陳尚君説による）。杜甫が夔州入りしたのは、大暦元（七六六）年、五十五歳の暮春の頃である。大暦三（七六八）年の春正月、元宵節（陰暦一月十五日）前後に夔州を離れるまで、結局夔州の地で二年弱の旅寓生活を過ごすことになった。このように長逗留となってしまったのは、病を癒すためであり、また旅費を工面する必要があったためとも考えられる。

杜甫はわずかこの二年弱の夔州時代に、四百首あまりの詩を作っている。これは単純に計算しても三日に二首ほどのペースであり、千四百余首あるなかで、その占める分量を考えると、夔州時代が杜甫の詩作のきわめて旺盛な時期であったことを示している。杜甫の夔州時代といえば、七言律詩の完成期という面に注意が向きがちであるが、この活発な詩作時期が包含するものはただそれだけではない。この時期にはもう一つ、日常生活に題材をとった大量の生活詩が存在する。

その主要な部分は、夔州という慣れない土地に移り住んで、役人たちとの社交生活にも気を使いながら、大家族の生活を病身の身に一身に背負い、自宅では鶏を飼ったり、薬草を採集したり、野菜をうえたり、蜜柑園を経営したり、米作りを請け負ったりしたことなどを述べた、一連の生活詩、農業詩である。そしてそういう農的生活を杜甫の身辺で支えたのが、杜甫が現地で私的に雇用したと思われる数名の使用人たちである。本章では夔州における杜甫の農的生活が、どういう人たちによって支えられていたかを明らかにし、杜甫が彼らを賞賛している事実に着目する。そしてそのような詩が作られたことの持つ意味について、初歩的な考察を試みるつもりである。

第二節　阿段

山から湧泉の水を引いてくるために、竹筒を次々に連結して樋(とい)を作って、それで水を導いてくることがあるが、杜甫は夔州に来て初めて、その大がかりな仕掛けを見たらしい。長江三峡のこの瞿塘峡あたりでは井戸というものがなく、雲安では水の確保のために使用人たちはひどく難儀していた。ところが夔州に到着してみると、ここには便利な竹の樋によって長々とつながれた導水設備があった。杜甫はそれを見いだしてとても喜び、雲安での使用人たちの嘗ての苦労を気の毒がった。夔州到着後に作った〈一五05 水を引く〉の詩で、杜甫はそのことを次のように詠じている。

月峽瞿唐雲作頂、　月峡　瞿唐は　雲　頂を作(な)し
亂石崢嶸俗無井。　乱石は崢嶸(ソウコウ)として　ここの俗には井(い)無し

雲安沽水奴僕悲、　雲安には水を沽(か)いて　奴僕悲しむも
魚復移居心力省。　魚復に居を移しては　心力省かる
白帝城西萬竹蟠、　白帝城の西には　万竹の蟠(めぐ)り
接筒引水喉不乾。　筒を接(つな)ぎ水を引いて　喉は乾かず
人生留滞生理難、　わが人生はここに留滞して　生理(くらし)は難し
斗水何直百憂寛。　斗の水は何ぞ直(た)だ　わが百憂をして寛(ゆる)からしむるのみならんや　〈一五05 引水〉

この詩の三句目に出てくる雲安の奴僕は、杜甫がまだ雲安に滞在していたとき、（それは結局は重い病のために実質八、九か月に及ぶ長逗留となったのだが）、現地で雇った杜甫の使用人と思われる。他家の奴僕たちが水を買出しに行っている有様を、自分とは関係のない風景のように詠じているというのではあるまい。そうだとすれば、この詩は杜甫が自分の身近な使用人に対して、私的な感情を吐露した最初の例である。

もちろん杜甫の家族にも、昔からずっと一家に付き従っていた家内の使用人たちがいたはずである。杜甫の詩の中では、樸夫・僮僕・婢・（走使）などとして、それらしき者が何度か登場する。彼（女）らは、唐代の身分制では実質的には「家内奴隷」と呼んでいいのかもしれないが、しかし杜甫は彼らを、隷人階層に属する客観的な第三者的な存在として特別に意識したことはない。杜甫にとって常に家族とともにいる家内の使用人は、いわば空気のような存在で、特に彼らの存在が何か特別なものとして意識にのぼることも、詩に描かれることもなかった。しかし夔州に来てからは、彼らとは別に現地で雇った使用人が、杜甫の生活、詩のなかで大きな存在を占めるようになる。そしてその萌しは、この雲安あたりから始まる。

さきの詩にもどって、雲安の状況を振り返った箇所では、杜甫が使用人に対して「奴僕悲しみ」と感情移入し、

同情の念を抱いているのが注目される。しかしその奴僕が杜甫とどういう関わりを持っていたのか、或いはどういう人間だったのかはまだ見えてこない。いずれにしろこの奴僕には、まだ顔も個性も見えていない。杜甫にとって雲安時代の奴僕は、まだ身近な人としての個別性は与えられず、奴僕一般の中に解消されていると言える。

夔州あたりのこの竹製の樋は、山腹をくねくねと掛け渡されて、長いものになると数百丈（一丈は約三メートル）にも達したという（南宋の魯訔の注）。そういうこともあってか、この樋は時々壊れて、水が流れてこなくなることがあったようである。実は、杜甫も一、二度そういう事態に出くわしたことがある。

夔州に着いた最初の年のある暮れ方、樋から水がだんだん流れてこなくなり、夜には村人たちが滴る水を争うほどまでになった。糖尿病を患っていた杜甫にはこれは大きな痛手で、夜中に彼は水が欲しくてたまらなかった。ちょうどその時、使用人の阿段と呼ばれる少年が(1)、水源まで山を登っていって修理してくれた。そのおかげで、杜甫は水を得ることができ、ひどく感激したのだった。そこで杜甫は彼のために、以下のような七言律詩〈一五06奴の阿段に示す〉を作った。

山木蒼蒼落日曛、　山の木は蒼蒼として　落日は曛（く）れゆき
竹竿裊裊細泉分。　竹の竿（さお）は裊裊（なよなよ）として　細泉分かる
郡人入夜争餘瀝、　郡人は夜に入って　余瀝（ヨレキ）を争う
豎子尋源獨不聞。　豎子（ジュシ）は源を尋ねて　独り聞せず
病渇三更迴白首、　われは渇（糖尿病）を病みて　三更のよなかに　白首を迴（めぐ）らせば
傳聲一注濕青雲。　声を伝えて一たび注ぎ　青雲を湿（うるお）したる
曾驚陶侃胡奴異、　曾（かつ）て驚く　陶侃の胡奴の異なるに

　怪爾常穿虎豹羣。　爾が常に虎豹の群れを穿（うが）つを　怪しむ　〈一五06 示獠奴阿段〉

四句目で、少年の阿段が山上の泉源まで誰にも言わず一人登って行ったと、杜甫は詠じている。そんな言い方に対して清初の黄生は、その真意をさぐって、次のように、

　大いに郡人を鄙薄するの意有り。既に余瀝を争うを屑（いさぎよ）しとせず、又た能く険を冒して源を尋ぬ。世の、小利を狃（むさぼ）りて遠図を忽（ゆるがせ）にし、独り労するを避けて公事を諉（おしつ）くる者を視れば、其の賢なること遠きなり。故に特に詩もて之を表す。阿段を表して、当事を譏（そし）る所以なり。

『杜詩説』巻九

と述べている。また清の浦起竜も「他人の、利を眼前に争うを見て、此の子は遠く泉脈を尋ぬ、所以（ゆえ）にその績を表するなり」（『読杜心解』巻四之二）と言う。黄生も浦起竜も、杜甫が阿段の品性、行為を褒め、とくにそれを顕彰するためにこの詩を書いたのだと考えている。

　詩意全体から感じ取れるのは、たしかにそうである。さらに言葉の上からも杜甫の阿段への思い入れが感じられる。それは末句の「爾が常に虎豹の群れを穿つを怪しむ」の「怪しむ」という言葉である。「怪」は不思議がるとか、責めるの意味でよく用いられ、杜甫詩の用例でも少なくない。その中でも例えば〈一九05 園官が菜を送る〉の「園吏は未だ怪しむに足りず」と言うのは、とがめるの意であろう。だがここでは、その意味でとれば、阿段を顕彰するという詩全体の主旨と反してしまう。浦起竜がそれを「七・八は之を賛し、亦た之を誡むるなり」と解釈するのが、この「怪」の意をよくとらえている。七、八句目を、この詩で用いられている陶峴の故事[2]と重ね合わせて解すると、泳ぎがうまかった陶峴の胡奴はついに蛟竜のために死んだ、お前が山に入るときも慎重にしたほうがよいぞ、となろう。このように、ここでの「怪」は戒めるの意味を兼ね備えていると解する方が、

杜甫の気持ちにぴったりする。

この詩の詩題は「阿段に示す」となっているが、詩題で「誰々に示す」と書く場合、杜甫はどういう使い方をしているのだろうか。杜甫の用例を検討してみると、たとえば〈〇三18 我が従孫の済に示す〉や〈〇八13 姪の佐に示す〉の場合と同じような意味で用いられている。いずれも一族の目下のものに直接教訓を垂れるか、眼前で褒めたりしている意味と考えてよいであろう。

たしかに杜甫は、詩の中で直接感謝の情を述べているわけではない。しかし以上見てきたように、詩題の「示す」という表現や、詩を作って阿段に示したという行為、また詩の行間などから、阿段への杜甫の賛嘆や感謝やいとおしむ気持ちを、充分感じとることができる。冒頭に掲げた〈一五05 引水〉の詩では、雲安時代の「奴僕」にはまだ個人性が賦与されていなかったが、夔州時代の使用人にはもう飛躍的に杜甫自身の個人的な親密さが表明されている。こういった最下層の人を特定して詩に取り上げるというのは、当時にあっては異例のことであった。

第三節　信行

泉の水を引いてくる樋がまた壊れてしまった。今度は使用人の信行に修理してもらった。暑い夏、彼は往復二十キロの危険な山道をものともせず、みごと樋をなおして帰ってきた。杜甫は彼のまじめな働きぶりに感激して次の詩を作った。これは訳文を全文かかげることにしよう。

〈一五29 信行遠修水筒〉　信行が遠く水筒を修む

汝性不茹葷、　汝(なんじ)は性として　葷(クン)なるものを茹(くら)わず
清淨僕夫內。　僕夫の内にては清浄たり
秉心識本源、　心を秉(と)ることは　本源を識り
於事少凝滯。　事に於いて　凝(こ)り滞(とどこお)ること少なし
雲端水筒坼、　雲端に水の筒の坼(さ)け
林表山石碎。　林表に山石の砕かる
觸熱藉子修、　熱に触れ　子(なんじ)に藉(よ)りて修めしめ
通流與廚會。　なんじは流れを通して　厨(くりや)と会せしむ
往來四十里、　往来すること四十里
荒險崖谷大。　荒れて険(けわ)しく　崖のごとき谷は大なり
日曛驚未餐、　日は曛(くら)くして　なんじの未だ餐せざるに　われは驚く
貌赤愧相對。　なんじが貌(かお)は赤くして　相い対するを　われは愧(は)ず
浮瓜供老病、　瓜を浮かぶるは　わが老病に供するがためなり
裂餅嘗所愛。　餅を裂きて　わが愛する所(もの)を　なんじに嘗めしむ
於斯答恭謹、　斯(ここ)に於いて　なんじが恭謹なるに答え
足以殊殿最。　以て殿(しんがり)と最(かしら)とを殊にするに足らん
詎要方士符、　詎(なん)ぞ方士の符を要せんや
何假將軍佩。　何ぞ将軍の佩を假(か)らんや

行諸直如筆、　行や　直なること筆の如し
用意崎嶇外。　意を崎嶇の外に用う

おまえは性としてなまぐさものを食べず、使用人たちのなかでは清浄な男に属する／心の持ちようは事柄の本質をわきまえ、何事においてもぐずぐずすることがない／高い山の雲のたなびくあたりで水を引いてくる竹筒が裂けてしまった。山の斜面で土石が崩れ落ちたのだ／暑さのきびしい中をお前が修理して、竹筒の流れを台所まで通じさせてくれた／お前は往復すること二十キロ、その道は険難で高い崖や深い谷があるところだった／もう日暮れ時だというのに、まだお前が食事をしていないのに私はびっくりした。一日で赤くなったお前の顔、そんなお前に向かい合うのがこの私は申し訳ない／瓜を浮かべているのは私の老病の薬にするものだったが、それをお前にあげよう。また私の大好きな餅を分けてお前に食べさせよう／こうやってお前の恭謹なる働きぶりにこたえることにしよう。こうやってこそお前の功績を特別なものとして顕彰することになるのだ／お前がいれば、方術で大雨を降らせたという方士のまじない札も必要無いし、地面を突き刺して泉を噴出させたという将軍の刀もいらない／信行よ。お前の真正直さときたらほんとうに筆のようにまっすぐだ。そしてお前の心の用い方はねじけた俗世間の埒外にあるのだ。

詩題に言う信行という人物は、後に紹介する〈九07 課伐木〉の詩でも、「隷人の伯夷・辛秀・信行等に課して、谷に入り陰木を斬らしむ」というように、杜甫の使用人の一人である。

この詩は直接には、信行が樋を修理してくれた功績を称えるために作られているのだが、詩の内容はそれだけにとどまらず、彼の人となりや人品の賞賛にまで及んでいる。冒頭の三、四句目の「心を秉るに本源を識り、事に於いて凝滞すること少なし」では、ことがらの核心をつかんで機敏に実行する人となりを称え、末尾の「行や直なること筆の如し、意を崎嶇の外に用う」では、その真っ正直な人柄をほめている。これは使用人にすぎない信行という人物を、その人柄にまでわたってよく観察していると言える。

また感謝のしるしに大事な食べ物を与えるというところが、杜甫らしい感謝の仕方でおもしろい。杜甫はよく食べ物を詩に描き込む。老病を癒すに必要な瓜を分け与えると言うからには、幾分かの自己犠牲の痛みも伴っていたろう。仇兆鰲が明末清初の申涵光の「(杜甫が) 下情を体恤すること是の如し、真に仁者の用心なり」(『説杜』)という解釈を引いているが、仇兆鰲も申涵光もこうした慈しみあふれる情の厚さを、杜甫の詩に感じ取っているのであろう。

この詩で注目されるのは、社会の底辺層にいる使用人の名前を詩題に掲げていることである。そのことだけでも杜甫が最初の例であろうと思われるのだが、さらにこの詩はすべてがそんな人間への賞賛でできている。もっぱら使用人のために詩を書き、使用人の人格にまで立ち入ってその人物の人となりを絶賛するなどというのは、きわめて希なことだった。

第四節　伯夷・辛秀・信行

今の世に虎と言えば、絶滅を危惧される希少な動物となってしまったが、以前はもっと人間の身近に虎がいた。杜甫が夔州に滞在していたころ、虎がよく人家の近くに出没した。もともと杜甫の詩に虎はよく出てくる。とくに夔州時代の詩には、虎が人間の住居の身近にいる状況を描くものが多い。あるいはその虎は、アモイトラという種だったのかもしれない(3)。

夔州に来て二年目の夏、杜甫は虎の防御用の垣根が壊れているのを修理しようとして、三人の使用人に仕事を与えた。朝早くから遠く山越えをして、谷間から一日一人四株の木を切って、担ぎ出してくるのをノルマとした。彼らはその仕事を誠実にこなした。ほかにも竹を切り出したりしながら、垣根そして恐らくは壁や屋根などもきれいに修繕してくれたのである。暑い中、細かな注文を聞きながら、よく辛抱して働いてくれたことに杜甫は感激して、〈一九07 伐木を課す〉という詩を作った。

この詩には難解と評される「序」があり詩もきわめて長い。そこで関係する部分だけを節略して、次に掲げる。

序に言う、

課隷人伯夷・辛秀・信行等、　隷人（レイジン）の伯夷・辛秀・信行等に課して
入谷斬陰木、人日四根止。　谷に入り陰木を斬らしめ、人ごとに日に四根にして止（や）む
維條伊枚、正直挺然。　維（こ）れ條（えだ）　伊（こ）れ枚（みき）は、正に直くして挺然（テイゼン）たり
晨征暮返、委積庭内。　晨（あした）に征（ゆ）きて暮に返り、庭の内に委（つ）み積（つ）む
我有藩籬、是缺是補、　我に藩籬（まがき）有り、是（ここ）に缺（か）けて是に補う
載伐篠簜、伊仗支持、　載（すなわ）ち篠（しのだけ）　簜（おおだけ）を伐（き）り、伊（こ）れ仗（よ）りて支持すれば
則旅次小安。……　則ち旅の次（やどり）は小（すこ）しく安んぜん　……

詩に言う、

長夏無所為、　長き夏に為す所無く
客居課童僕。　われは客居（たびずまい）して童僕に課す
清晨飯其腹、　清き晨（あさ）に其の腹に飯し
持斧入白谷。　斧を持って白谷に入り

青冥曾巓後、　青冥（あおぞら）の　曾（かさ）なれる巓（いただき）の後（しりえ）
十里斬陰木。　十里のかなた陰木を斬り
人肩四根已、　人の肩には四根のみ
亭午下山麓。　亭午に山麓より下るべし　と
尚聞丁丁聲、　いまも尚お丁丁（トウトウ）の声を聞くも
功課日各足。　功の課（しごと）は（わりあて）　日（ひび）に各（おのおの）足れり
………　………
爾曹輕執熱、　爾曹（なんじら）は　熱きを執（と）るを軽んじ
為我忍煩促。　我が為に　煩促（ハンソク）せらるるを忍べり
秋光近青岑、　秋の光　青き岑（みね）に近づき
季月當泛菊。　季月とならば　当（まさ）に菊を泛（うか）ぶべし
報之以微寒、　之に報（むく）ゆるに　微寒のときを以て
共給酒一斛。　酒の一斛（イッコク）を　なんじらに共給せん

〈一九07 課伐木〉

この詩から杜甫が使用人を使うときには、それなりの節度を持っていたことがわかる。そこに彼の人道的な精神が見て取れるようである。例えば、「早朝から彼らに腹一杯食べさせ」「ノルマは一人四本かついでくるだけ、昼どきには山麓に下ってくる」という三、七八句目の言い方。王嗣奭も、それについては「其の人の力を用うるを見るに、労して節有り」（『杜臆増校』巻七）という。

この詩はそもそも、使用人たちの働きぶりに杜甫が感謝し、その功績を顕彰したものである。それがよく表現

されているのは、例えば第九、十句目。「昼時にはもう下山してよいことになっているのに、なおカーンカーンと聞こえてくるが、それは一日のノルマは終わっているのに、追加で彼らはさらに勤勉にやっているのだ」という部分であろう。これについては、すでに浦起竜が「蓋し其の僕の勤むるを賛(たた)う」（巻一之四）と言い、黄生が「其の事に趨(おもむ)くに勤なるを見るなり」（巻二）と指摘している。

詩の末尾で、「秋の気配が近づけばやがて菊酒を飲む時節だ。ひんやりと寒さを感じる時期ともなれば、お前たちにねぎらいとして一斛の酒を進ぜよう」と言う。重陽の節句には、酒を与えて彼らを慰労することを約束しているのである。

使用人に仕事を課すという詩の結句で、たっぷりとした酒で報酬を約束するという構造がおもしろい。楊倫が「末に功を隷人に帰す」（『杜詩鏡銓』巻十六）と評するのがよく当たっている。王嗣奭はこれについて「僕人を犒労（＝慰労）するは、世俗は套事（＝外交辞令）と作(な)すも、公（＝杜甫）は却って以て実事と為し、而して之を詩に入れたり。具(つぶさ)に真懇の意を見る」と述べる。たしかにこんなところにも、使用人に対する杜甫の誠実な応対を見ることができる。

ねぎらいの「酒一斛」というのは十斗で、唐代なら大升で約六十リットル、一升びんだと三十本強になろうか（小升ならその三分の一）。この数量は、仮に詩を文字通り解したとすれば、数人の使用人に対してはやや多すぎはしないか。これについて王嗣奭は「三、四人にして、酒一斛を給すれば、則ち之を犒(ねぎら)うに厚きを加えて、一酔するに止(とど)まらず。其の労に報ずる所以なり」と言う。王嗣奭の解釈によれば、この量の多さも杜甫の感謝の表れということになろう。

前漢時代の王褒(オウホウ)には、使用人との間に交わした労働の契約文という体裁を取った、滑稽味たっぷりの「僮約」

という作品がある。そこでは使用人は酒は飲んではならないことになっており、次のように述べてある。

　奴は但だ当に豆を飯い水を飲むべし。酒を嗜むを得ず。
　美酒を飲まんと欲すれば、唯だ脣を染め口を漬くるを得るのみ。
　盃を傾け斗を覆すを得ず。
『芸文類聚』巻三五

この戯文の表現は確かにひどくユーモラスだが、当時の労働契約の本質は、実際にこのように厳しいものだったのかもしれない。この契約文は『芸文類聚』や『初学記』にも収録されており、成都を舞台にした話しということもあり、杜甫はこの比較的有名な文章を恐らく知っていたと思われる。そしてそういうことを承知で、使用人にこの「酒一斛」を与えようなどと表現したのかもしれない。

ところでこの詩の序文に、「詩を作りて宗武に示して誦せしむ」とある。なぜこんな詩をわざわざ次男の宗武に朗唱させたのであろうか。楊倫は「殆らくは客と作るの甘苦を知らしめんと欲するなり」（巻十六）と推測する。だがそれだけではないのではないか。この詩は、異境の地に客人となることの苦労を述べるよりは、使用人のきまじめな仕事ぶり、そしてそれへの感謝が詩の中心である。子供にはそういったことの人間教育、つまり最下層の人々にもまじめな人間がいて、杜甫がその人たちにどのように接しているかを身をもって知らせる、そういうことを教育したかったのではなかろうか。

私がこの詩から読みとりたい部分はおおよそ以上のとおりであるが、この詩でも今まで紹介してきた詩同様、使用人の名前を作品中に書き込み、彼らの仕事ぶりをつぶさに詠じて、感謝したり賞賛したりしている。何度も繰り返すが、こういったことは当時としては極めてまれなことであった。

第五節　阿段・阿稽

大暦元年の春、夔州入りした当初の杜甫の生活状況はあまりよくなかったようである。だが、その年の秋から冬にかけてのころ、柏茂琳が夔州の長官として赴任してきてからは、状況はずいぶんと好転した。柏茂琳は、園官に命じて不足しがちな野菜を杜甫に送らせたり、月俸を分け与えたりして杜甫を援助している。杜甫は恐らくはその柏茂琳を介して、瀼西の地に家屋と四十畝の蜜柑園を取得し、さらに東屯の稲田の一部の経営を許された。そして、これらの蜜柑園の管理や稲田の経営をめぐる雑事のためにも、杜甫は現地で使用人たちを私的に雇用したのだと思われる。

大暦二年、春から始まった東屯での米作りが、夏の除草、灌漑など幾多の農作業の過程をへて、秋に入り最後の除草が終わろうとしていた。米作りには、干害や水害や虫害などの天災がつきものであるが、この年の東屯での米作は大きな災害にも見舞われず、うまくいきつつあった。この取り入れが首尾よく行けば、杜甫にとっては南下する旅費の一部が工面できることになる。秋の収穫は目前であり、杜甫はこの詩で、「西の成り(あき)(みの)は　聚まれ(あつ)ば必ず散じて、独り我が倉を陵(おか)のごとくたかくするのみならず」などと、もう秋の豊作を夢見てその後の計画をたてている。杜甫の今次の稲作への期待が想像できるというものである。

だから彼は、いっそう最後の除草の仕事を好い加減にはしなかった。もともと農作業の管理を一部代行してもらっている行官の張望という州の役人がいるのだが、杜甫は彼に対して今ひとつ信頼が置けなかった。そこで使用人の阿稽と阿段に言伝てを持たせて、わざわざ行官の張望のところまで行かせたのである。そのことをきっかけに作ったのが〈一九15 秋に行官の張望、東渚の耗稲を督促し、畢るに向とす。清晨に女奴の阿稽と豎子の阿段を遣わして往きて問わしむ〉という長編の五言古詩である。その詩の中ごろに次のように詠じている。

有生固蔓延、　生有るものは固より蔓延すれば
静一資隄防。　静一に隄防するを資る
督領不無人、　督い領むることは　人無きにあらず（して行官張望なるものあり）
提攜頗在綱。　かれと提携することは　頗る綱に在り
荊揚風土暖、　荊揚は風土暖かく
肅肅候微霜。　粛粛として微霜（の降りる収穫のとき）を候たん
尚恐主守疏、　尚お恐る　（行官張望の）主り守ることの疏にして
用心未甚臧。　心を用いること　未だ甚だしくは臧からざらんことを
清朝遣婢僕、　ゆえにわれは清朝に婢と僕とを遣わして
寄語踰崇岡。　語を寄せて崇き岡を踰えさす

〈一九15 秋行官張望督促東渚耗稲向畢清晨遣女奴阿稽豎子阿段往問〉

この詩は農業詩としてみた場合さまざまな興味深い事柄を含んでいるのだが、それについては次章に譲ることにして、ここでは二つの点のみを指摘しておきたい。

この詩もまた今までの詩と同様、詩題の中に使用人の名前が書き込んである。豎子の阿段というのは、〈一五06 獠奴の阿段に示す〉に出てきた獠族の少年阿段である。女奴の阿稽というのは、この詩でしか登場しないが、阿夷、阿等などの言い方との類似性を考えれば[4]、阿段と同じ獠族の女性であったろう。行官の張望という人物はこ

の詩より少し前の、〈一九14　行官の張望、稲畦の水を補いて帰る〉の詩に登場する。張望という人物も、行官という官も、どれほどのものか具体的にはわからないが（次章第三節の行官の注を参照）、いずれにしろ「婢僕」の身分の阿稽と阿段が、行官の張望と同じレベルで並べてあるのである。杜甫はこのことに関しては何の抵抗も感じていない。

杜甫がこの詩を書くに当たっての動機は、先にも述べたように、最後の除草を前に、役人の張望が好い加減で、配慮があまり行き届かないのを心配して、使用人の阿稽と阿段に言い付けを託す、ということであった。この婢僕の二人は単なる杜甫の走り使いということではあるまい。張望がちゃんと除草の仕事をなし終えるかどうかは、杜甫にとってはその後の旅程にも影響するきわめて重要な事であった。杜甫は張望の仕事をきちんと見極めることのできる人間として、阿稽と阿段を使いに送ったものと思われる。行官の張望に対してよりは、むしろ現地の異民族の二人の「婢僕」に信頼を置いていたと言ってもいいくらいである。

黄生はこの詩と、前出の〈五29　信行が遠く水筒を修む〉の詩とをくらべて「『信行修水筒（ママ）』の詩は其の奨賞を極め、此の詩には乃ち『尚恐主守疏、用心未甚臧』の語有り。則ち二人の賢否見えたり」（巻二）と述べている。黄生は、使用人の信行と行官の張望とを比較して、おのずと賢なる信行と、賢にあらざる張望とが見えてくると言っているのだが、これはそのまま阿稽・阿段と張望との関係にも当てはまるであろう。

このように杜甫が、詩題の中に社会の最下層の人たちの呼び名を書き込み、その人たちへの信頼を示す一方、それとは対照的に、役人への不信をあらわにしているという詩の書き方も、やはり当時としては異例のことであった。

第六節　豎子の阿段

杜甫は大暦二（七六七）年の春、瀼西の草堂に引っ越し、そのあと果樹園も購入している。果樹園は四十畝ばかりあって、主に瀼西の家宅の後ろで、この中には土盛りして育成した蜜柑園だけではなく、ナシやウメやアンズやリンゴなどのいろいろな果物がうえてあった。

その年の夏、瀼西の果樹園から、豎子（ジュシ）の阿段がもぎ取ってきたばかりのリンゴを持ってきてくれた。病床に伏せることの多かった杜甫は、この利発な少年が思いがけずもたらしてくれた、新鮮なリンゴがとてもうれしかった。そこで次のような五言律詩〈一九02　豎子至る〉の詩を作った。

樝梨纔綴碧、　樝（しどみ）と梨は　纔（わず）かに碧を綴（つづ）りあわせ
梅杏半傳黃。　梅と杏は　半ばそとに黄となれるを伝えあらわす
小子幽園至、　小子は幽園より至り
輕籠熟柰香。　軽き籠（かご）には　熟せし柰（りんご）の香（かんば）し
山風猶滿把、　山風は　猶（なお）　かごの把（にぎり）に満ち
野露及新嘗。　野露は　新たなるものを嘗（な）むるに及ぶ
欹枕江湖客、　わがみをば枕に欹（そばだ）つる　江湖の客（われ）
提攜日月長。　なんじと提携すること　日月に長からん

〈一九02　豎子至〉

詩題に言う豎子は獠族の少年の阿段である。前掲の〈一五06　示獠奴阿段〉の詩では、阿段を豎子と言い換えてお

り、〈一九15 秋、行官張望、督促東渚耗稲、向畢。清晨遣女奴阿稽・豎子阿段、往問〉では、詩題に豎子の阿段とも述べている。

さて詩に戻って、結聯の上句の「攲枕」を「欲寄」に作るテキストがある。(5) それで読めば「江湖の客に寄せんと欲す」となる。このリンゴを遠くにいる友人たちにプレゼントしたい、の意味となろう。そう読めば結句もおのずと、その果物籠を携え行けば、ずいぶん時間もかかるであろう、「提げ携えゆかば日月長からん」となる。例えば南宋の趙次公が「豎子の摘み来たる所の熟柰は、正に遠きに寄せんと欲す。而るに道路は長阻なりて時日を費やすなり。此れ其の恨みを為す所なり」(『杜詩趙次公先後解輯校』戊帙巻之二)と解するのがそれである。

しかしここは、そうは読みたくないところである。豎子の阿段は、以前は虎の出没する山をかけ登って、泉の水を引いて杜甫を感激させたが、今度は果樹園から新鮮な果物を持ってきてくれた。この詩はそのことに感激し、その感激がきっかけで作られている。そして病がちの自分はこの先も、ずっとこうした彼の手助けが必要なんだろうなと、しみじみと感じ入っているのである。

明末清初の金聖嘆の解釈を紹介しよう。彼は「豎子至る」という詩題から、次のような杜甫の心理を読みとる。

蓋し先生、枕を江河に攲て、日に人の至るをまち望む。乃ち今望む者は至らずして、而して至る者は乃ち一豎子なり。心の熱き人、門を叩く声を聞けば、覚えずして口を失して遽やかに問う。門を開きて看るに至るに及びて、自ら亦た一笑す。此れ、豎子至るなり。至るの字、之れ妙なり。

『才子杜詩解』巻之四(張国光校点、中州古籍、一九八六年)

劇の一場面を見るようなこの金聖嘆の解釈は、杜甫の心理をうまく想像し得て、よき詩の鑑賞となっている。

一方、清の黄生は金聖嘆とは正反対の解釈である。最初から杜甫が、豎子を果樹園に取りに行かせたのだという。そしたらほかの果物はまだで、リンゴだけが熟していたという。案外それが事実に近いのかもしれないが、しかしそれでは、詩の感動が伝わりにくい。金聖嘆には深読みの嫌いがないわけではないが、「豎子至る」という言い方に、ある種の杜甫の驚きなり感動なりが込められている、とする見方には賛成できる。だから結句で「提携する」というのは、当然阿段と杜甫の関係を述べていることになる。ただ「提携」、すなわち助け合うと言っても、詩の中で杜甫が表明しているのは、杜甫から阿段に対する一方的な感激や協力関係の呼びかけではあるが。

それはともかく、この軽やかな愛すべき五言律詩は、現地で使用人として雇用した異民族の一人の少年のために作った詩なのであり、杜甫がここでもそんな詩の作り方をしていることを確認しておきたいと思う。

第七節　ニワトリ籠と柵づくり

今まで紹介してきたものは、杜甫が詩に使用人の呼び名や個人名を書き入れたり、彼らの働きぶりや人柄を描写して感謝や慰労の意を表したり、また彼らへの信頼の様子が自ずと表れているものなどであった。このほかにも実は、杜甫やその家族が日常生活の中で彼らと身近に接していた、あるいは農作業や労働体験を共にしていたことを、我々に教えてくれる詩がある。

夔州に来た最初の春から、杜甫は病気を癒すためにニワトリを飼い始めたようで、夏には親鳥や雛鳥やら合わせて五十羽にもなろうとしていた。それらが家屋の中にまで入り込んで、あまりにも狼藉を働くので杜甫は柵を作って制止したり、ニワトリ籠を作ったりしなければならなかった。

まず青竹を火で焼いて殺青して強くした。その竹でニワトリが入ってくる小道をふさぎ、垣根の東の空き地には高い柵を作った。また竹かごを編んでその中にニワトリをひとまとめごとに入れ、飛び出していかないようにした。一方、柵や竹かごの目が荒いと、すり抜けて来るものがいるから、このことにも注意しなければならなかった。杜甫はこうしたこまごまとした仕事を、長男の宗文にあてがった。そのことを詠じた詩が五言古詩の〈一五30 宗文を催して鶏の柵を樹てしむ〉である。これも長いので関係する部分だけを引用する。

自春生成者、　春自り生成する者は
隨母向百翮。　母に随いて　百の翮(つばさ)に向(なんな)んとす
驅趁制不禁、　駆(か)り趁(お)うも　われは制し禁(た)えずして
喧呼山腰宅。　ニワトリは山腰の宅に　喧呼(ケンコ)す
踏藉盤案翻、　踏み藉(ふ)みて盤や案をば翻(ひるがえ)せば
終日憎赤幘。　終日われは　赤き幘(かんむり)のニワトリを憎む
課奴殺青竹、　奴(やっこ)に課して　青き竹を殺せしめ
塞蹊使之隔。　蹊(みち)を塞(ふさ)ぎて　之をして隔たしめんとす
牆東有隙地、　牆(かき)の東に隙地有り
可以樹高柵。　以て高き柵を樹(た)つべし
織籠曹其內、　また籠(かご)を織りて　其の内に曹(むらが)らしめ
令入不得擲。　なかに入れて擲(とびあが)るを得ざらしむ
稀間苦突過、　稀(まばら)なる間なれば　苦(しきり)に突きて過(とびだ)さん

觜距還汚席。　觜(くちばし)と距(つめ)は　還(ま)た席を汚さん　〈一五30 催宗文樹鶏柵〉

宗文が杜甫から柵作りの仕事をまかせられたと言っても、もちろん宗文一人でやるわけではない。それは「奴に課して青竹を殺せしめる」と言っていることからも明らかである。この「奴」というのは、いままで出てきた杜甫の使用人の阿段、信行、伯夷、辛秀らであろう。だから宗文が実際に柵作りや竹籠作りの仕事をしたかどうかを疑う人もいる。浦起竜は「宗文を催すとは、必ず宗文自ら之を為すに非ざるなり。但だ奴に課して其の事を領するなり」（巻一之四）と言い、楊倫は「柵を樹て籠を織るは、本は奴僕の事なり。而して課して之を督(み)る者は、則ち宗文なり」（巻十三）と言う。たしかに宗文がどこまでその仕事に加わり、或いは加わらなかったかを見極めるのはむずかしい。

杜甫は、しばらく熱さを避けていた所から帰ってくると、子供たちにどのように仕事をしたかを尋ね、上の引用部分に続けて次のように詠じている。

避熱時來歸、　われは熱を避けしところより　時に来たり帰り
問兒所為跡。　児に為せる所の跡を問う
我寬螻蟻遭、　我は螻蟻(ロウギ)がニワトリに遭(であ)うを寛(ゆる)くし
彼免狐貉厄。　彼(ニワトリ)は狐や貉(むじな)の厄(わざわい)を免れん
應宜各長幼、　ニワトリは応(まさ)に宜(よろ)しく　各(おのおの)長また幼たらしめ
自此均勍敵。　此れ自(よ)りのちは　勍(つよ)き敵を均(ひと)しくすべし
籠柵念有修、　籠と柵は修むること有るを念(おも)い
近身見損益。　身に近づけてその損と益とを見よ

明明領處分、　明明におのが処分すべきを領(すべおさ)め

一一當剖析。　一一に当(まさ)に剖析(ボウセキ)すべし　〈一五30 催宗文樹雞柵〉

こうした言い方の行間から、宗文が使用人たちと一緒になって、あれこれ注文や教訓話の多い父親の下で、柵作りや籠作りに苦労している様子が容易に想像できるのではないか。

さらに〈二〇02 秋野、五首〉其五には、「児童は蛮語を解するも、必ずしも参軍と作らず」という句があるが、こうした使用人たちとの密着した生活の中で、子供らが、おそらくは阿段などの獠族の言葉などまで理解するようになったと述べている。

この他、〈一九19 豎子を駆りて蒼耳を摘ましむ〉や〈二〇03 小豎に課して舎北の果林の枝蔓を鋤斫(ジョシャク)せしめ、荒穢(コウアイ)は浄め訖(おわ)りて牀を移す、三首〉などの詩は、個人名は無いものの使用人のことを題中にあげ、彼らに何の仕事をさせたかをわざわざ書き込んでいる。これらもやはり、夔州における杜甫の生活が使用人たちに支えられ、彼らと密接な関係にあったことを示している。

第八節　良民と賤民

さて、ここで今まで取り上げてきた詩の特徴を列挙してみよう。

まず、詩題または詩句の中に、現地で雇用した異族の使用人の呼び名や個人の名前が書かれている。また、彼ら使用人の働きぶりに感嘆したことがきっかけとなって詩を作り、使用人を賞賛したり感謝を表明したりしている（その使用人に捧げた詩もある）。あるいは、杜甫が使用人のひとがらや人としての品格の高さをみとめている。

ほかには、杜甫や子供が使用人と一緒に仕事をしたり、使用人に何の仕事をさせたかを書いたりしている。

こうした一連の詩から、夔州、とくに瀼西に引っ越したあとの生活で、我々は杜甫と使用人の距離が非常に近くなっていることを知ることができる。この地では使用人たちの働き無しには生活できないことを、杜甫が単に知っているだけではなく、使用人が機転が利くかどうかや、その能力、働きぶり、誠実さなどが杜甫の生活に直接関わってくることに気づいている。そして使用人の力量の大きさ、実力に気づいている。

こうした使用人たちを、今までは単に「使用人」としか呼んでこなかったが、この人たちは、社会的にはどのような階層の人たちなのだろうか。

そこで、ここでもう一度、杜甫詩の中で使用人たちがどう呼ばれていたかを思い出してみよう。二人称での呼び方も含めて記せば、阿段に対しては獠奴、豎子、爾、小子、小奴・奴人（〈一八16 縛雞行〉）、童児（〈一九19 驅豎子摘蒼耳〉）、小豎など。信行に対しては僕夫、汝、子、行など。また伯夷・辛秀・信行らに対して隷人、僮僕、人、爾曹。阿稽に対しては女奴。阿段とともに併称して、婢僕。その他にも奴、童、童児などがある。

こういう呼び方は、実は唐詩の中で農民を指す「農父、農夫、耕夫、耕叟、田父、田翁、田叟、田家、老圃、老農、農人、野人……」などとははっきり言葉が違う。だから彼らが農民以外の階層の人たちであることは明らかである。

唐代は良と賤の身分制があったので、すべての人間が良民か賤民かの二つの身分に分かれていた。良民には（天子も含め）官吏から農民までが入り、賤民は私賤民と官賤民とに分かれていた。良民と賤民の間には、通婚できないなどの大きな且つ厳しい身分差があった。実は本論で取り上げている使用人たちは、この賤民の身分に入る。賤民の身分をさらに細かく分類すると、私賤民には私奴婢と部曲・客女があり、その中で男が奴と部曲で、女が婢と客女である。官賤民には、太常音声人、雑戸、工戸、楽戸、官戸、官奴婢があった[6]。このなかで杜甫の使用人たちは、どの身分に属するのであろうか。強いて当てはめれば、私賤民の中の私奴婢にあたる可能性が高いように見えるが、はっきりしたことは分からない。ここでは賤民階層に属する使用人ということにとどめておいても、本論の主旨に支障は来たさないと思う。

一方、これらの使用人を「官丁」だと考える見方がある。王嗣奭が「伯夷、辛秀等をば、称して隷人と為すは、柏公が官丁を発して、以て使令に充てし者に似たり」（巻七）というのがそれである。「官丁」という言葉の意味がはっきりしないが、字義から推して或いは官奴婢のような身分を指しているのかもしれない。しかし私は「官丁」ではないと思う。杜甫の使用人たちは、夔州刺史の柏茂琳が差し向けた「官」に所属するようなものではなく、杜甫ともっと私的な関係にあるものだったと思う。だからこそ、前段で縷々述べきたったような私的な感情（感謝や心配や称讃など）が生じ得たのではなかったか。

またこれらの使用人に対して、大半は現地の彝族だったという説がある。「僕人には、既に言及した阿段と信行のほかに、伯夷と辛秀、および女僕の阿稽がいた。この数人は大半は現地の彝族に属し、おもな仕事は瀼西の果園での野菜作りであり、東屯の田地は行官の張望に管理させた」（『杜甫年譜』四川省文史研究館、四川人民出版社、一九五八年初版、八一年第二版、百十一頁裏）というのがそうである。しかしこれは何か根拠が示されているわけではない。阿段が獠奴と呼ばれていることから推測されたものであろう。

四川省の獠という民族について、川本芳昭氏の研究[7]によって、漢族王朝との関係を概観すれば、獠は五胡十六国時代に四川へ大量に流入し、広範囲に拡大、分布して、一時期は当地の漢族の王朝支配をゆるがしたが、南朝後半から次第に王朝支配が回復していく。唐代にはほぼ王朝側が勝利したが、一部の地域では五代頃まで軍事的

緊張が出現したという。さらに杜甫とほぼ同時代の『通典』巻一八七、邊防三、南蠻上、獠に、

其の華人と雑居する者は、亦た頗る賦役に従う。然るに天性は暴乱にして、旋（つい）で擾動するを致す。毎歳、随近の州鎮に命じ、兵を出して之を討たしめ、其の生口を獲りて以て賤隷に充（あ）て、之を圧獠と謂う。後に商旅往来する者有りて、亦た資して貨と為す。公卿より人庶の家に達するまで、獠口を有する者多し。其の種類は滋蔓して、巌壑に保拠し、林に依り険を走ること、平地を履（ふ）むが若し。性は又た無知にして、殆ど禽獣に同じ。諸夷の中、最も道義を以て招懐し難きなり。

とある。ここに記載されているように「公卿より人庶の家に達するまで、獠口を有する者多し」というのは、杜甫が獠の使用人をかかえていたことを納得させるし、「林に依り嶮を走ること平地を履むが若し」というのは、険しい山を登って竹筒を修理してきた阿段や信行の活躍を彷彿とさせる。それにしても獠に対する杜甫の態度が、「禽獣と同じ」と記述する編纂者の態度、すなわち官の側と、如何にかけ離れているかがよくわかる史料ではある。

いずれにしろ、本論で問題にしてきた使用人たちが、農民などとは違った階層に属し、社会の底辺層にいる隷属の民たちであることがわかったと思う。

それでは夔州時代以外に、杜甫がこのような使用人たちと身近に接し、彼らのことを詩に詠ったことがあるだろうか。乾元二（七五九）年の暮れ、成都にたどり着いた杜甫は、翌年の春から浣花渓のほとりに草堂を作り始める。〈〇九14 卜居（浣花）〉以降の詩には、この時あちこち詩を送って、桃の苗百株（〈〇九16 蕭八明府實處覓桃栽〉）をはじめ、綿竹（〈〇九17 從韋二明府續處覓綿竹〉）や榿木（〈〇九18 憑何十一少府邕覓榿木栽〉）や松（〈〇九19 憑韋

少府班覓松樹子栽〉）や李・梅の苗木（〈〇九21 詣徐卿覓果栽〉）などを無心したことが述べられている。そして（〈〇九22 堂成る〉）では、榿木や竹に囲まれた屋敷が完成したことが、やや得意げに詠われている。こうした草堂作りには何人もの仕事人の手が必要であったろうが、しかしこの前後の杜甫の詩には使用人たちは登場しない[8]。杜甫詩全巻を通覧しても結局、この夔州期以外には、使用人が杜甫の生活を支え、杜甫がそれをかけがえのないものとして感じ取っているというような状況は、存在しないのである。

　実は杜甫は夔州に来てはじめて、そして特に瀼西に引っ越して、こんなに社会の底辺層の人たちと身近に接したのである。成都草堂時代は隠遁的な生活を送り、無位無冠の士人や農民ともよく接したが、彼らはみな良民階層である。例えば、北隣はもと県令だったし（〈〇九40 北鄰〉）、南隣は朱山人（〈〇九41 南鄰〉）で士人層である。また〈一〇10 寒食〉では田父、すなわち農民である。さらにこの時期杜甫は、酔っ払った田父と親しく接したことがあり、それを詩に詠っている（〈一一02 遭田父泥飲美嚴中丞〉）。そしてその詩こそが、唐代において本物の農民と接触していると確認できるほぼ最初期の詩である。その詩に描かれているのは、詩人によって隠者的存在として理想化された田父などではないし、また隠遁田園詩の雰囲気を創り出すために持ち出された舞台装置としての農夫でもない。しかしながらその農民は、やはり均田制下の農民（良民）であって、賤民ではない。成都草堂時代から夔州時代への違いは、杜甫の接触した民が、良民だけではなく賤民階層の人々とも接するようになったことである。

第九節　詩の題材としての使用人

元来、詩や文章を作るために編纂された類書に、使用人の項目を立てるものがある。『芸文類聚』人部「婢、奴、傭保」や『初学記』人部「奴婢」や『白孔六帖』巻二〇「奴婢」「僕隷」（『太平広記』巻二七五「僮僕／奴婢附」『太平御覧』巻五百「人事部／傭保奴婢」）などである。このことは、奴婢・僮僕などの使用人が十分に詩文の題材になることを物語っている。しかし本章で問題にしている杜甫のような作品は見あたらない。確かに中には密着度の濃さを言うものもあるが、それらは主人と性愛関係にあるものや、長らく家族の一員のようにして慣れ親しんできた家奴、家僕の類であって、杜甫の場合のように現地で一時雇用した、社会的なあるいは客観的な雇用関係ではない。

ここでは比較のために杜甫にやや近い陶淵明と李白の例をあげてみよう。そこでは自分の子供と使用人とが同時に描かれている。陶淵明の「帰去来の辞」の第二段に、故郷に帰ってきたときの様子を、

僮僕歓迎、　僮僕は歓び迎え
稚子候門。　稚子は門に候つ　　　『箋註陶淵明集』巻五

と詠じ、李白の「南陵にて児童に別れ、京に入る」の詩には、姉の平陽と弟の伯禽との別れを、

呼童烹雞酌白酒、　われは童を呼びて鶏を烹て白酒を酌ましめ
児女嬉笑牽人衣。　わが児と女は嬉笑して人の衣を牽く　　『分類補注李太白詩』巻一五

と描いている。実は夔州以前の杜甫にも〈一四66　水閣、朝に霽れ、雲安の厳明府に簡し奉る〉の詩に、

呼婢取酒壺、　婢を呼びて酒壷を取らしめ
續兒誦文選。　児に続けて文選を誦せしむ

とある。

これらは、詩の一聯の中で自分の子供と使用人とが対として出てきている。使用人と子供が同列に描かれるということ自体が、すでに特殊なことではある。しかしそこで描かれる家庭内の使用人たちは、主人側にとってはあたかも空気のような存在で、何の疑問もなく主人の家族たちに奉仕するだけのものであって、ニワトリの柵作りのように一緒に仕事をしたりするものではないし、ましてや彼らの仕事ぶりを称讃したり、感謝したりするものなどではない。

また梁の昭明太子の「陶淵明伝」によれば、陶渕明が彭沢令となって赴任した時、家に残した子供に一人の使用人をおくり、その子供に手紙で次のようにさとした。

汝が旦夕の費は、自ら給すること難しと為す。今、此の力を遣し、汝が薪水の労を助けしむ。
此も亦た人の子なり。善く之を遇す可し。　『箋註陶淵明集』巻十

これも陶淵明のヒューマンな側面が出ており、それはそれとして価値あるものなのだが、使用人を人らしく扱え、酷使するなという憐憫の情の段階にとどまり、杜甫のように称讃や感謝にいたるものではない。

以上から、使用人を詠う夔州時代の杜甫の詩が、それまでの詩の歴史の中にあって、あるいは杜甫自身の中にあっても、いかに特殊なものであるかがわかったかと思う。

第十節　おわりに

それではこのような事実を、我々はどのように考えたらよいのであろうか。最後にこの事実の持つ意味を、以下の三点にしぼって述べてみたい。

まず詩題（または詩中）に使用人の呼び名や個人の名前が記されていたが、これは杜甫が使用人を個人として認知しはじめていたことを示すであろう。それ以前、使用人は賤民階層一般の中に埋没していたと思われる。つまり詩人の目の前に使用人がいたとしても、それは個人としての使用人ではなく、賤民としての使用人一般としてしか見られていなかったのである。それが夔州以後の杜甫の場合、仕事への誠実さや能動性や思いやりやらをあわせもつ、一個人の使用人として見られるようになったのである。そしてさらにはそうした一個人（使用人）の資質を称讃し信頼するにまで至っているのである。

それはもう一つの社会の底辺層の人々である妓女たちの名前が、この時期、ちょうど同じように詩題に書き込まれるようになった、という現象とも軌を一にしている。斎藤茂氏の『妓女と中国文人』（東方書店、二〇〇〇年）第四章第一節「妓女を描く詩歌」に言う。

妓女を具体的な個人として捉えようとする態度が明瞭になっている点である。その端的な例は、李白の『段七娘に贈る』詩のように、詩題に妓の名を記す作品が現れることである。（一〇九頁）

南北朝期……、そこでは妓女はおおむね描写の対象に止まっており、その歌舞や容姿には着目しても、個別性や内面の精神性にはほとんど注意を払っていなかった。しかし唐代になると、妓女が個人として具体的に

描かれ、しかも精神的な交流の可能な相手として認識されているといえる。（一一七―一一八頁）

齋藤氏がこのように唐代の妓女の詩の変化について考察されていることと、ほとんどそっくりのことが、そのまま夔州時代の杜甫の使用人を詠じる詩についても言えるのである。さらに同氏が、「唐代は人間性復活の時代といわれることがあるが、そういってよければ、人間性を備える存在として妓女を見るようになったということではなかろうか」（一一九頁）と言われている点についても、妓女をそのまま使用人に置き換えてもいいと思う。ただあえて妓女と使用人の違いを考えてみれば、妓女の場合はそこに、性愛という甘美な本能が介在するので、一部の詩人たちが妓女を個人として認めることには、あまり大きな抵抗は無かったかもしれない。しかし妓女と使用人、いずれにせよ、詩の詠じ方という小さなレンズにも、底辺層の台頭という大きな時代のうねりが映し出されていると言えそうである。

二つ目には、杜甫の使用人を詠う一連の詩群を、杜甫の万物博愛の精神の表れだと考えることができるであろう。ここでいう博愛精神とは、曖昧さを承知で言えば、仏教的慈愛(9)や儒教的な愛民、民本の思想や東洋的生命観などをひろく含んだ、いのちあるものを差別無く愛(いと)おしむ心の持ちよう、とでもいうものである。もっと平たく言えば杜甫を読めば誰しもが、その人なりに感じる杜甫の万物への慈愛の眼差し、ということで差し支えないと思う。

一例を挙げれば、家で飼っていた鶏についての詩〈一八16 鶏を縛るの行(うた)〉で、

家中厭雞食蟲蟻、　家中は鶏が虫や蟻を食するを厭(いと)うも
不知雞賣還遭烹。　鶏の売らるれば還(ま)た烹(に)らるるに遭(あ)うを知らず
蟲雞於人何厚薄、　虫と鶏は人に於(お)けるや何(いず)れか厚くいずれか薄き

　吾叱奴人解其縛。　吾は奴人を叱って其の縛れるを解かしむ

のように詠じて、鶏に食われる虫と、売られて人に食われる鶏に同情を寄せていること。また米作りの詩〈一九15 秋に行官の張望、東渚の耗稲を督促し、畢るに向(なんなん)とす。清晨に女奴の阿稽と豎子の阿段を遣わして往きて問わしむ〉では、水田の雑草にたいしても、

　上天無偏頗、　上天は偏頗(かたよ)ること無ければ
　蒲稗各自長。　蒲(がま)と稗(ひえ)は各(おのおの)自ら長ず

のように、お天道様は米だけに依怙贔屓することなく、雑草にも育つ力を与えていると歌っていること。またその米作りが収穫に及んだときには、ロールをかけて脱穀場を作れば、蟻の巣がつぶされると心配し、

　築場憐穴蟻、　（脱穀の）場を築きては穴の蟻を憐み
　拾穂許村童　穂を拾うことは村の童(わらべ)に許さん　〈二〇31 暫往白帝復還東屯〉

さらに落ち穂は、村の貧家の子供に拾わせようと詠じていること。そして瀼西の草堂に住んでいたとき、その隣家の寄る辺ない貧しい未亡人が、杜甫の家の棗を盗むのを、

　堂前撲棗任西鄰、　堂前に棗(なつめ)を撲(う)つは西隣に任(まか)す
　無食無兒一婦人。　食も無く児も無き一婦人　〈二〇23 又呈呉郎〉

のように、見て見ぬふりをしていることなどである。このように杜甫は、それぞれ小動物、雑草から弱者にいたるまで分け隔てなく、その存在を愛おしむまなざしを向けている。こうした慈愛の目が使用人に対しても注がれた、と考えることができるのではないか。杜甫のこの慈愛の目は夔州時代では、さらに芸人や船頭や農村婦人や園人などの下層の人々に対しても向けられている。

三つ目には、使用人を詠じた詩群を杜甫の夔州における「生活詩」の一部としてみることができ、そう位置づけることによって、夔州時代の杜甫の創作態度の新たな側面が見えてくるのではないか、ということである。大暦元年以降の杜甫詩を読めば誰しも気づくことであるが、そこには日常生活の諸相を題材とした大量の詩群が存在する。ただそれを意義あるものとして取り上げるかどうかは、人によって異なってくる。

宋詩の生活詩が現れる前に杜甫の生活詩があったという認識は、近年ほとんど定説となりつつあると思うが、そのなかでも呂正恵氏の「杜詩と日常生活」という論文が、生活詩とはどういうものかを詳しく論じている(10)。同氏によれば、杜甫以前の盛唐詩のほとんどが、送別や寄贈の詩、人と宴会したり、寺や廟や道館や山水の名勝地や別荘地などに遊んだことを描いた詩、自己の不遇感や山林田園の興趣を述べたもの、或いは大砂漠や大草原などの非日常的景観を描写したもの等々であるという。そしてこうした詩こそが、所謂日常生活の詩に対立するものであるという。そして日常生活詩は、日常的な景物、日常的な人情（つまり特殊な感情の記録でないもの）、話をしているような言葉使い、の三点に特徴を見いだせるという。

使用人たちのことをいろいろ詠じた杜甫の詩も、歴史的なことでも大事件でもないし、杜甫の身辺で起こった杜甫個人にしか関係のないことを題材にしたものである。だからこれらの詩も生活詩の典型的な作品であると言うことができる。ただ杜甫の場合、それが私小説のような閉鎖性にも陥いらず、小さな自己満足にも終わっていないところに、古典として生き続ける生命があるのだと思う。それはともかく、次の言い方、

凡そ人の能く道わず、敢えて道わず、経に道わず、甚だしきに至りては道うを屑しとせざる所の者、口に矢いて之を出せば、必ず人の常に道う所を道わざるなり。

王嗣奭「杜詩箋選旧序」

これは王嗣奭の言葉であるが、これゆえに杜甫は使用人までをも主人公として詩に登場させ、その結果、詩の題材、詩的世界を広げることになったのではなかろうか。夔州時代は創作活動が旺盛な時期であり、詩律を追究し七律の芸術的完成に至った時期と言われるが、杜甫の詩創作への執心は、このような方面にも向かっていたのではなかろうか。私は「人民詩人」という称号よりは、「生活詩人」という言い方のほうが、少なくとも夔州時代の杜甫にはふさわしいと思う。もちろん杜甫の生活詩は、宋詩の先駆けだから意義があるというわけではない。しかし夔州の生活詩がもっと多くの人に注意され、宋詩との影響関係がもっと研究されてもいいと思う。

本章では、杜甫の夔州時代の生活詩に、使用人たちをたたえる一連の詩が存在する、その事実の指摘に重点を置き、この事実が持つ意義については、初歩的な見解を示したにすぎない。八世紀後半、僻遠の地で、落魄した一詩人の身の上に、なぜこのようなことが起こり得たのか、これは歴史の必然かそれとも偶然か、宋代以降の詩人ではどうなのか、まだまだ考えるべき問題は多い。さらに掘り下げて行かねばならない課題もあるが、とりあえずここで本論を結びたいと思う。

注

（1）『通典』巻一八七、邊防三、南蠻上、獠に「俗多不辨姓氏、又無名字、所生男女、長幼次第呼之。其丈夫稱阿謩・阿段、婦人阿夷・阿等之類、皆其語之次第稱謂也。」とあるように、獠族では成人男子を「阿謩」（『魏書』『周書』『北史』等では阿謨）「阿段」などと呼ぶので、「阿段」は一人一人を識別するためのいわゆる個人の名前であるかどうかは疑わしい。しかし『通典』に「無名字、所生男女、長幼次第呼之」とあるのを踏まえると、個人の名前でないにしても、それに相当するものだと考えてよいであろう。もともと個人名がないのだから、杜甫は阿段と呼んだと考えられるからである。よって本論では、阿段や阿稽を個人名に準じる呼び名として考察することにする。

（2）　詩中の陶侃の故事は、このままでは意味が通じないので、仇兆鰲の附注によって、仮に陶淵明の子孫で杜甫と同時代の陶峴だと考えておく。陶峴の故事は唐の袁郊の『甘澤謡』に見える。なおこの陶峴説はすでに浦起竜が唱えており（巻四之二）、施鴻保も賛意を表している（『読杜詩説』巻一五）。しかし楊倫（巻一二）や陳貽焮氏（『杜甫評伝』下巻、一〇八五頁）のように、保留とする立場も多い。

（3）　上田信『森と緑の中国史／エコロジカル・ヒストリーの試み』（岩波書店、一九九九年）には、虎が人間に身近だった具体例を述べて参考になる（一九二―九三頁）。

（4）　上掲の注（1）の「婦人阿夷・阿等之類」とあるのが参考になる。

（5）　「欲寄江湖客」と作るのは、王洙本、銭注本、全唐詩本、九家集注本、草堂詩箋本など。「敧枕江湖客」と作るのは、四部叢刊本、王状元本、四庫全書本の補注杜詩本と集千家注本など。

（6）　本来なら浜口重国『唐王朝の賤人制度』（東洋史研究会、一九六六年）などの専著に拠るべきであろうが、門外漢の私には荷が重いので、ここでは入門的な通説のレベルで考えた。本論の当該箇所は『中国史　二』山川出版、一九九六年、三九七―四〇〇頁の金子修一氏の執筆部分によるものである。（補・森安孝夫著『シルクロードと唐帝国』第五章「奴隷売買文書を読む」（講談社、二〇〇七年二月）が、明解な叙述で、奴隷の本質が理解しやすい。）また金子氏の説明には「部曲・客女は姓名ともに主人の戸籍に付載され、財産権も一部認められて私奴婢にたいして上級賤民の位置にあった」とある。旅寓の身の杜甫には、部曲・客女身分の賤民をかかえることは難しかったかもしれない。彼のような状況では一時的に現地で私奴婢を雇用した、と考える方が現実的であろう。しかしこれだけの材料で即断するのは控えておきたい。

（7）　『中国六朝期における人の移動、及びそれにともなう内外の政治的社会的変容について』（課題番号09610367、平成九年度―十一年度科学研究費補助金・基盤研究（c）（2）研究成果報告書、二〇〇〇年三月）。総題は六朝期となっているが、四川省の獠族については、五胡十六国南北朝から、隋唐および五代、宋までを展望されている。

（補）拙論発表後、川本芳昭氏より佐竹靖彦氏『唐宋変革の地域的研究』第Ⅳ部「四川地域の変革」（同朋舎、一九九〇年）の研究を御教示をいただいた。ここに謹んで補記する。）

（8）　同じ成都時代であるとすれば〈1005　早起〉の詩の「童僕は城市より来たる、瓶中に酒を得て還る」ぐらいだが、これは使用人の働きぶりを取り立てて詠じているなどと言えるものではない。

（9）　仏教的慈愛については、黒川洋一氏の説を参照した。『杜甫の研究』（創文社、一九七七／八四年）の第二章。特にその第一節「杜甫の仏教的側面」。なお黒川氏は、〈三五29 信行遠修水筒〉の詩の冒頭「汝が性は葷を茹わず、僕夫の内に清浄たり」は、使用人の信行が仏教徒であることを言うようだと見ておられ、信行という名前も仏教徒であることを示唆するという。

〔補注〕　杜甫の博愛精神に影響を与えたと思われる人に、父方の叔母がいる。彼女は、幼少の頃に実母を亡くした杜甫の、育ての母とも言うべきひとである。彼女が亡くなってから、杜甫は自ら撰述した墓誌の中で、彼女の育ての恩に対して心から感謝している。その中で叔母の人柄を、

　周給不礙於親疎、　周(あまね)く給しては親疎に礙(さまた)げられず
　汎愛無擇於良賤。　汎(あまね)く愛しては良賤に択ぶこと無し　〈三五17 唐故萬年縣君京兆杜氏墓誌〉

と述べ、親疎や良賤の別に対して、分け隔てすることのなかった彼女の博愛の態度を褒め称えているのである。

（10）「杜詩与日常生活」（呂正恵編『唐詩論文選集』長安出版社、一九八五年、二八五－九八頁）。また呂正恵著『杜甫与六朝詩人』（大安出版社、一九八九年、一九九－二一三頁）所収。同氏は、杜甫の生活詩というものを広く取り、それは夔州時代に限られるものではなく、安史の乱の直前から、死に至るまで見いだすことができると言われる。一方、黒川洋一氏は「杜甫夔州詩考」で「（中略）こうしたきわめて日常的なことがらを題材として詩を作るということは、従来の詩にはなかったことである。夔州以前の杜甫の詩にもまた見ることができない。この詩はそうした題材の点においても画期的に新しいということができる」（四九四頁）「（中略）杜甫の夔州の詩の存在は、文学史の上においてきわめて貴重である。それは、こうした詩が発展して、やがて宋詩が生まれてくるからである」（四九六頁）と述べておられる。（『日本中国学会創立五十年記念論文集』汲古書院、一九九八年十月）黒川氏の意見は、杜甫の夔州の生活詩から宋詩へという影響関係を厳密に述べておられる。

　なお杜甫の生活詩という観点は近年になって現れてきたものである。例えば王達津「試論杜甫夔州詩」は第七節の見出しで「夔州の生活を描くこと、それこそまさに杜甫の夔州詩を代表する主要な特色である」と述べる（『草堂』一九八四年、第二期、二二頁）。そうしたなかで、陳貽焮氏の『杜甫評伝』上中下巻（上海古籍出版社、一九八二、八二、八八年）が果たした役割は大きいであろう。同書は、詩中から杜甫の具体的な生活を掘り起こし、長大な杜甫伝の中で、それを生き生きと描き出している。私も同書から非常に多くの恩恵を得た。葛暁音氏は同書下巻の跋文で、陳貽焮氏の評伝が、杜甫の生活の息吹を具体的に描き出しているという側面を、高く評価しておられる。陳貽焮氏自身そのことを「……私が思うにこれは、杜甫の詩歌芸術の

領域に対する、日常生活を表現する上での、また別の一つの開拓であり、とても意義があるものだ」と述べておられる（下巻一二一五頁）。

〔附記〕 拙論発表後、鮮于煌氏の論文「三峡少数民族『僚人』和杜甫詩歌創作之波瀾」を目睹した。『民族文学研究』一九九八年、第三期、七八－八四頁、また『復印報刊資料／J2／中国古代、近代文学研究』一九九八年第一一期一七七－八三頁に所収。杜甫が現地の「僚人」とどのように関わり、彼らをどのように認識していたかについては、拙論の考察と重なる部分が多い。ただ同じ現象に注目しても、そこから何を導き出し、どのように位置づけるかで、自ずと違うものが出てきている。鮮氏の高論も、拙論と合わせて読んでいただければ幸いである。

第三章　生活の底辺から思いをめぐらす
――杜甫夔州の瀼西宅――

第一節　はじめに

従来にない杜甫詩の新しさは、その形式や言葉づかい、思想や内容、テーマや題材など色々な面で指摘されている。そして長安から秦州、成都、夔(キ)州、最後は両湖一帯へと、杜甫が居所を換えていくに従って、その詩も変容している。小論では杜甫晩期の夔州時代、とくに瀼西(ジョウセイ)に移居してからの杜甫の詩を取り上げ、その中で、杜甫以前の詩人がなし得なかったであろう杜甫独特の詩表現を三点に絞って取り出し、なぜそのような表現が可能になったのかについて考察する。なお瀼西とはいえ、一時的に往来した東屯での作も一部含めることにする。[1]

第二節　全生、全身、全命

大暦二（七六七）年の三月、五十六歳の杜甫は、白帝城を離れ今の草堂河西岸の瀼西に移り住んだ。それ以後瀼西ではしばしば隠遁的雰囲気の濃厚な詩を作っている。〈一九42　秋峡〉の詩ではその前半で次のように言う。

（ここでは仇注が鶴注によって東屯での作とするのには従わない。）

江濤萬古峡、　江濤の万古にわたるこの峡
肺氣久衰翁。　肺気の久しく衰えしこの翁
不寐防巴虎、　寐(い)ねずして巴の虎を防ぎ
全生狎楚童。　生を全うして楚の童に狎(な)る

杜甫は四十代から肺を病んでおり、「高秋に肺気蘇(よみがえ)る」〈一九41 秋清〉とあるように、瀼西宅でも一進一退を繰り返していた。また三峡地帯は虎が多く「虎穴は里閭に連り、隄防するは旧より風俗なり」〈一九07 課伐木〉というように、虎が人間に身近にいて、実際に村里に頻繁に出没していたので、虎を防ぐことがこの地での重要事となっていた。虎は杜甫の夔州詩にしばしば出現する。

詩の後半では、瀼西宅の門前には紅葉が落ちている。それが掃かれていないのは人が訪れていない証拠で、隠遁的住まいであることをほのめかしている。

衣裳垂素髪、　衣裳には素(しろ)き髪の垂れ
門巷落丹楓。　門巷には丹(あか)き楓の落つ
常怪商山老、　常に怪しむ　商山の老の
兼存翊賛功。　兼ねて翊賛(ヨクサン)の功を存するを

とあり、最後は、八十余歳の商山の隠士たちが山から出てきて、漢の高祖の太子を翼賛した四皓(シコウ)の故事を引き、自分にはそんな気力も体力もないほど弱っていると述べている。このようにこの詩は、瀼西宅で隠者のようなわび住まいをしつつ、病の身を養いながらなんとか日々の生活と格闘して生きているのだと述べている。

しかしわたしが注目したいのは前半の「全生狎楚童」の句である。「狎楚童」はあとで検討するように、柴刈

りやたきぎ拾いをする現地の童児たちと近づき接するの意である。「全生」はこの句のほかにもう一箇所、また似たような「全身」「全命」などの表現も用いている。以下、それらを関連させながら、その背景にある老荘の生活哲学と当時の杜甫の生活実態の二つの面から、この句の意味を考えてみたい。

まず「全生」について。それは自分の天性を保全するという意味であるが、杜甫の場合にはさらに生計を立て生活または生命を全うするという、より実際的な意味合いも含んでいると思う。この「全生」は、少しあとの〈二〇03 小豎(ショウジュ)に課して舎北の果林を鋤斫(ジョシャク)せしめ、枝蔓の荒穢(コウアイ)は浄(きよ)め訖(おわ)りて床を移す、三首〉其二の詩で、

薄俗防人面、　薄き俗には　人面を防ぎ
全身學馬蹄。　身を全うするには　馬蹄(バテイ)を学ぶ

という「全身」と同じ意味であろう。杜甫が学ぼうとしている「馬蹄」とは『莊子』の馬蹄篇を指す。馬蹄篇の主旨は、人為を加えることが万物の生命をちぢめる原因だから、人為を廃し無為自然に生きてこそ生命を全うすることができるということである。だから杜甫はこの二句で、情の薄い当地の風俗にあっては、人面獣心のごとき人々から身を守り（清の黄生の注解）、生命を全うするために人為を廃して自然体で生きて行かなくてはならないと述べているのである。

このように瀼西の地で生きていくには、思想的には老荘の無為自然の哲学をよりどころにせねばという思いが杜甫にはあるのだが、杜甫が学ぼうとする、或いは学(まね)ようとする『莊子』の馬蹄篇には次のようにある。

故に至徳の世は、……是の時に当たるや、……万物は群生し、其の郷に連属す。禽獣は群を成し、草木は遂げ長ず。

故至徳之世、……當是時也、……萬物羣生、連屬其鄉。禽獸成羣、草木遂長。

夫れ至徳の世は、同じく禽獣と居り、族まりて万物と並にす。悪くんぞ君子と小人をしらんや。

　夫至徳之世、同與禽獸居、族與萬物並、惡乎知君子小人哉。

無為自然が実現された理想の世では、万物は差別が無くなって禽獣も一緒に住みあい、人も君子や小人の区別がなくなる状態が現出するのである。同じような考え方は盗跖篇にも、

　神農之世、臥則居居、起則于于。民知其母、不知其父。

與麋鹿共處、耕而食、織而衣、無有相害之心。此至徳之隆也。

神農の世は、臥すれば則ち居居として、起くれば則ち于于たり。民はその母を知りて、その父を知らず。

麋鹿と共に処り、耕して食らい、織りて衣し、相い害するの心有る無し。此れ至徳の隆なり。

のように見える。神農の世の「至徳」の時代には、民は無欲で、己の衣食は己でまかない、互いに害しあうことなく、麋鹿などの動物と差別なく一緒に住んでいたというのである。

このほか「全生」は、この年の春に〈一八50 暮春に瀼西の新賃の草堂に題す、五首〉其二の詩でも、

養拙干戈際、　干戈の際に　拙を養い

全生麋鹿羣。　麋鹿の群に　生を全うす

のように用いていた。麋鹿と一緒に群れを成すという言い方は、その年の晩秋に作った〈二〇13 晩に望む〉の詩でも繰り返し、

荊扉對麋鹿、　わがやの荊の扉は　麋鹿に対し

應共爾為羣。　応に爾らと共に　群を為すべし

と詠じている。もちろん麋鹿と群を同じくするという言い方は、唐詩などでは隠遁や無位無官の状態の代名詞の

ように用いられもする。しかしそれはさておいて、ここで「全生麋鹿羣」つまり麋鹿のような禽獣と群居し生命を全うしながら生きているというのは、先の馬蹄篇、盗跖篇の思想に学んだものであろう。これはまた瀼西で、鶏と一緒に住んでいると詠じた〈二〇05 向夕〉の詩の、

鶴下雲汀近、　鶴は雲汀に下りて　わがすまいに近く
雞棲草屋同。　鶏は草屋に棲みて　わがすまいと同じ

も同じように、禽獣と群居する一つの形だと見なせる。ただ鶏とともに住むというのは珍しい表現で、自分を戯画化したおかしみをどことなく漂わせている。

またこの「全生」「全身」は、「全命」という言い方とも同じであろう。〈二〇65 懐いを写す、二首〉其一の詩に、

全命甘留滞、　命を全うして　留まり滞ることに甘んじ
忘情任榮辱。　情を忘れて　栄と辱とに任せん

と詠じている。この時期杜甫は、故郷へ帰る願いもかなわず、都で官に就く希望もついえ、こんな僻遠の地に病んで零落していると、絶望感と焦燥感にさいなまれてもいた。我が子の誕生日に「『文選』の理に熟精せよ」〈七18 宗武生日〉と戒めたことのある杜甫である。「栄辱に任せん」と詠じたとき、杜甫はその『文選』にも載せる、

われは又、荘・老を読み、重ねて其の放(きまま)さを増せり。
故に栄進せんとする心を日びに頽(くず)れしめ、
実に任せんとする情を転(うた)た篤(あつ)くならしむ。

又讀莊老、重增其放。故使榮進之心日頽、任實之情轉篤。　『文選』巻四三「與山巨源絶交書」

という嵇康の一文を意識していたのではないかと思う。老荘の無為自然の境地にあって、自分の今ある現実を運

命としてあるがままに甘んじて受け入れれば、個人的な好悪や喜怒哀楽の情は忘却され、栄と辱の差別もなくなる。杜甫はこの詩でそうあろうとしている。

ここまで検討してきたように、瀼西で作られた「全生狎楚童」〈一九42〉「全身学馬蹄」〈二〇03〉「全生麋鹿群」〈一八50〉「全命甘留滞」〈二〇65〉などで表明されていることは、『荘子』に述べられている生活哲学に学んだもので、無為自然によって現実を受け入れ、小人も禽獣も差別なく住まい、(2) 我が身を養い心の平穏を保っていこうとする生き方である。隠遁的生活をおくろうとする時、中国の士大夫はみな老荘思想の無為自然、万物斉同、運命随順などを精神的な拠り所とする。だから特に取り立てて言うべきほどのことではないのかもしれない。しかし杜甫の場合には、本当に馬蹄篇、盗跖篇に近い生活の実態があった。善意に欠ける当地の一部の人間たちとなれ合い、虎や鹿や鶏などの禽獣と群居する生活、あるいはそう感じている生活が、実際に瀼西にはあった。瀼西草屋での夏の詩の序文に、

為與虎近、混淪乎無良。　虎と近く、良無きもののなかに　混じり淪(しず)むが為に
賓客憂害馬之徒、　賓客(われ)は害馬の徒を憂えつつ
苟活為幸。　苟(かりそめ)に活(い)くるを幸いと為す　〈一九07　課伐木〉

と言うとおりである。自分の住まいの環境を、危害を与える虎や無良の徒輩と混じり合って住んでいるのだと述べ、そんな用心しながらのかりそめの生き方でも、現状を受け入れてなんとか幸いだと感じようとしている。そこが隠遁願望を口にするだけの他の詩人たちとの違いでもある。

杜甫の場合は生活の実際の必要性から、そうした人々となれ合わなければならなかったし、現にそれほどの生活をしていた。以下、そのことをもう少し具体的に述べてみよう。

第三節　楚童に狎る

冒頭の詩に戻ろう。「生を全うして楚童に狎る」の句だが、「生を全うす」は今まで述べたとおりである。「楚童に狎る」がわかりにくいが、仇注の引く楊徳周の注に「『楚童に狎る』は樵採を謂うなり」とあるのがヒントになる。樵採は柴刈り、たきぎ拾いの意で、だとすれば「楚童」は杜甫の詩語を借りれば楚の「樵童」のこととなろう。「樵童」は「童」でなければ普通は「樵夫」であろう。「樵童」も「樵夫」もいずれも杜甫は用いている。夔州の地を杜甫は楚と呼ぶことがあるから、「楚童」は柴刈りを生業とする当地の少年たちを意味していることになる。当然ながら少年たちも、農事はもちろんそれ以外でもこうした生業に従事していた。唐詩には、樵童のほか、漁童、漁児、牧童、牧豎などの言葉が見え、労働するさまざまな少年が点描されている。

柴刈り、薪拾いは、自家消費のためだけではなく、それを売って現金収入を得るためでもあった。そしてそれを賦税にも充てるのである。もちろんその生業は少年だけが受け持ったわけではない。夔州では、男が戦争に駆り出されるため盛りを過ぎても嫁に行けない女性が多く、さらに当地の（恐らくは少数民族の）特異な風俗として、男が家にいて女が外で柴刈りの力仕事をしたり、塩井の危険な労働に従事しなければならなかった。杜甫はそんな夔州の婦人に同情を禁じ得ない。そのことを〈一五17 薪を負うの行(うた)〉で、

夔州處女髮半華、　夔州の処女　髪は半ば華(しろ)く
四十五十無夫家。　四十五十にして　夫家無し
更遭喪亂嫁不售、　更に喪乱に遭いて　嫁には售(う)れず

一生抱恨長咨嗟。　一生恨みを抱きて　長く咨嗟く
土風坐男使女立、　ここの土風は男を坐せしめて　女を立たしめ
男當門戸女出入。　男は門戸に当たり　女は出入す
十有八九負薪歸、　おんなの十のうち八九は　薪を負いて帰る有り
賣薪得錢應供給。　薪を売り銭を得て　供給に応ず
……　……
筋力登危集市門、　おんなは筋力もて危きに登り　市門に集まり
死生射利兼鹽井。　死生のうちに利を射て　塩井を兼ぬ

のように詠じている。単なる薪拾いなら女児にもできるが、柴刈りとなると、斧を打ち下ろして枝を断ち切る必要もあり、女なら成人でないと無理であろう。「筋力もて危きに登り」とあるように、夔州のような山あいの地では、あるときには急な斜面に登り、枝を引き寄せながら斧を使わなければならなかった。ただし次の〈一四11遣悶奉呈嚴公二十韻〉の詩は成都時代のもので、やくざな樵の少年が斧で切っているのは杜甫の草堂の大事な生け垣である。

藩籬生野徑、　藩籬には　野径の生じ
斤斧任樵童。　斤斧は　樵童に任せん

また「市門に集まり」というように薪は町の市場まで担いで行って売り、町の住民が買う。荊州に下ってゆく知人を見送った杜甫の〈一八33王十六判官を送る〉の詩では「（きみは）薪を買うに猶お白帝」などとある。このように当時夔州の地で、杜甫の身辺に柴刈りの仕事が有り、薪を売るものがおり、そして薪を買うものがいたこ

とを、杜甫の詩はよく伝えている。(3)

杜甫が瀼西に住んでいたとき、杜甫の家まで薪を担いで売りにくる樵童がいたであろう。杜甫が彼らから薪を買っていたことは十分に考えられる。「生を全うし楚童に狎る」というのは、生活を全うしていくにはこうした樵童らと近づかなければならないことを言っている。しかも彼らのなかには「牧豎と樵童は亦た無頼」〈一八51 従孫の崇簡に寄せる〉というように、信用のおけないやくざな連中もいた。もともと「楚童に狎る」の対になる句が「巴虎を防ぐ」で、虎と対置されているような存在ではあった。この地でなんとか生活していくためには、やくざな彼らと近づきなれ合うことも必要だと、杜甫は考えているのである。

杜甫がこの地で「狎れ」なければならなかったのは樵童だけではない。漁樵や樵牧の言葉が熟するように（杜甫はいずれも使う）、樵のほか漁や牧を生業とする下層社会の人々とも身近に接して生きなければならなかった。もちろん彼らは士人階層ではないし、律令制下で良民に分類される均田農民でもない。農民は土地に縛り付けられているが、彼らにはその土地さえない。士人階層からすると、土地に縛られない自由さを持っているように見えるが、彼らにも税の負担はのしかかっていた。もちろん農民が樵や漁や牧を副業とすることはあったろうが、ここで問題にしているのはあくまでそれらと区別して考えた場合である。第三節で述べたように、夔州一帯には少なからぬ非漢族（獠）がいたが、(4)漁樵の民の多くは獠人だったに違いない。そのことは杜甫自身の次のような詩句から十分に考えられる。いずれも夔州の作である。

夷歌負樵客　　夷歌するは　樵を負うの客　　〈一五36 雨二首〉其二
夷歌幾處起漁樵　　夷歌は幾処か　漁樵より起こる　　〈一八12 閣夜〉
蠻歌犯星起　　蛮歌は　あかつきの星を犯して起こる　　〈二〇49 夜二首〉其一

この夷歌は蛮歌と同じで、現地の少数民族の獠族たちのうたう山歌（民歌）である。これらの詩句は彼らが漁樵の民であることを伝えている。

たしかに獠族の使用人の阿段に対しては、前節で述べたように、

提攜日月長　なんじと提携せんこと日月は長からむ　〈一九02 豎子至〉

のように、君と「提携」しようと歌った。「狎れる」のではないのである。しかしそんな善良な人々ばかりではなかった。むしろ阿段とのような親密な関係を持てることが稀だったであろう。その人たちとの付き合いには、

異俗吁可怪、　異俗は　吁(ああ)怪しむべし
斯人難並居。　斯(こ)の人びとは　並びて居り難し　〈二〇51 戯作俳諧體遣悶二首〉其一

と、投げやりな気持ちになることもあった。

杜甫が普通に官にある人としての生活を送っていれば、そういう階層の人間または非漢族の民と混じり合い、なれ合って生活する必要はなかった。しかし今この瀼西の地で杜甫はそういう生活を送らざるを得なかった。そして送る羽目になっている自分を発見し、そんな境遇の変化に驚いている。悲嘆というよりは詠嘆である。だからそんな事実を、杜甫は何度も詩に描き込んでいる。同じ時期の〈二〇06 天池〉の詩では、

九秋驚雁序、　九秋(あきのおわり)に　雁の序(れつ)に驚き
萬里狎漁翁。　この万里のかなたに　漁翁に狎る

のように、自分の姿を詠じている。これ以後杜甫には、自分の人生が今後もそうなっていくだろうとの予感があり、夔州をいよいよ出発するときにも、〈二一27 将に巫峡に別れんとし……瀼西の果園四十畝を贈る〉の詩で、

残生逗江漢、　残んの生は　江漢に逗(とど)まらん

何處狎樵漁。　何(いず)れの処にか　樵(きこり)と漁(すなどり)に狎れん

と詠じ、また夔州を下った江陵でも〈三58 秋日荊南にて、石首の薛明府が満を辞して告別するを送り……三十韻〉の詩で自分の人生を、

十年嬰藥餌、　この十年は　薬餌に嬰(かか)り
萬里狎樵漁。　みやこより万里のはてにて　樵漁に狎(な)る

と詠じている。

樵漁に狎れるというのは、ほかにも樵童・漁翁・釣翁・釣童などの言い方を含めて、唐詩では時々使われている。ただこうした用例の三分の一は杜甫が占めているから、杜甫の特徴の一つだと考えられる(5)。一、二、例を挙げれば、杜甫に身近な人としては友人の高適の「淇(キ)自(よ)り黄河を渉(わた)る途中の作、十三首」其十一の詩に、

臨水狎漁樵、　水に臨みては　漁樵に狎れ
望山懷隱淪。　山を望みては　隠淪を懐う　『高常侍集』巻二

とあり、中唐の劉禹錫の「董評事の思帰の什を覧て因りて詩を以て贈る」の詩に、

幾年油幕佐征東、　幾年か油幕にて　征東に佐たり
卻泛滄浪狎釣童。　却って滄浪に泛(うか)びて　釣童に狎る　『劉夢得文集』巻四

などである。ただこれらの詩人は、隠遁的生活を比喩的に表現したものだったり、単なる願望を述べたり、因襲的な使い方をしているだけだが、杜甫には実際にそういう生活の実態があった。他の詩人の隠逸詩や田園詩の系列のなかに置いても、杜甫の詩が一頭抜きん出ているのは、そうした底辺層の人々と接する生活を送り、その生活の実際に根ざした詩を作っていたからであろう。杜甫の詩が空虚に感じられないのはまさにその点にこそある。

第四節　賦斂から帰る音を聞く

大暦二年の秋、〈三〇49 夜二首〉の詩では、夕暮れから次の日の明け方まで浅い眠りのなかにあって、あれこれ物音を聞きながら、遠く都より離れた地に落魄している自分の心境を歌っている。其の一では、

號山無定鹿、　山に号ぶに　定まりし鹿は無く
落樹有驚蟬。　樹より落つるに　驚きし蟬の有り
……　……
蠻歌犯星起、　蛮の歌　あかつきの星を犯して起こり
重覺在天邊。　重ねて覚ゆ　天辺に在るを　〈王洙本作「重覺」、仇本等作「空覺」〉

とあり、鹿の鳴く声、蟬の落ちる音、当地の少数民族の山歌などを聞いている。其の二では、

城郭悲笳暮、　城郭（白帝城）は　悲笳のひびきのなかに暮れゆき
村墟過翼稀。　わが村墟には　過ぎる翼も稀なり
甲兵年數久、　甲兵は　年数久しく
賦斂夜深歸。　賦斂せられて　夜深に帰る
〈三〇49 夜二首〉其二

とあり、農民が納税して夜遅く帰ってくるざわめきを聞いている。其の一では、この地の少数民族の山歌を聞いて、自分が天の最果てにいると思い知らされているが、其の二では、農民たちの帰宅の物音を聞いており、杜甫の住まいが農民たちと近接していることが分かる。〈三〇23 又呈呉郎〉の詩によると、西隣には、はっきりした垣

根もない状態で困窮した一人の婦人が住んでいた。

　堂前撲棗任西鄰、　堂前に棗（なつめ）を撲（う）つは　西隣に任（まか）す
　無食無兒一婦人。　食も無く児も無き　一婦人
　………　………
　便插疏籬卻甚真。　便ち疏籬（かきね）を挿さば　却って甚だ真なり　（王洙本作「甚」、仇本作「任」）
　已訴徵求貧到骨…、　已に訴う　徴求せられて貧の骨に到るを　…

男の子の無い婦人で、徴税で骨まで搾り取られているなどの表現から、この婦人が平民の寡婦（恐らく農婦）だとわかる。また〈一九39 秋日夔府詠懐……〉の詩には、

　俗異鄰鮫室　俗は異なりて　鮫室を隣とす

とあって漁民と隣同士に住んでいる。[6] また同じ年の秋、〈一九20 甘林〉では、城内から蜜柑園のある瀼西へ帰り、瀼西宅で一夜を明かした。翌日、

　明朝歩鄰里、　明朝　隣里に歩み
　長老可以依。　長老は以て依るべし
　………　………
　相攜行豆田…、　相い携えて豆田に行き　…

とあるように、同じ村の長老と手を携え合って豆田の見回りに行っている。晩秋には瀼西から東屯に一時引っ越しているが、引っ越し先の東屯ではなおさらのこと、農民と隣り合って住んでいた。〈二〇30 駅従り草堂に次し、復た東屯の茅屋に至る、二首〉其二の詩に、

牧童斯在眼、　牧童は斯(ここ)に眼に在り
田父實為鄰。　田父は実に隣と為る

とある。このように瀼西では、非漢族と混じり合い、農民たちと住んでいる距離が極めて近い。これは前節、前節で述べたように成都草堂との違いでもある。

賦斂の句では、もしも杜甫が当地の地方官だったら彼の住まいは城内の役所の方にあっただろう。だから賦斂の作業が終わると、農民たちが帰り去る音しか聞こえなかったはずである。しかしここは逆に、農民たちが杜甫の住まいの方に帰って来ている。だから農民たちが家路に急ぐ音を杜甫は聞くことができている。もちろん聞こえたからといって詩に取り上げるとは限らない。普通の詩人ならそうであろう。

「賦斂」は先秦の文献から使われる見慣れた言葉である。にもかかわらず韻文にはいささか固い言葉である。今日現存する韻文で見るかぎり、杜甫以前にそれを詩に用いた詩人はいない。全唐詩に十三例残るが、最初に用いたのは杜甫で、そのうち杜甫が四例を占める。あとは韋応物、白居易、李渉、薛能、李頻、杜荀鶴などだが、そんな語を使うのは、やはり社会派的要素を持つ詩人たちである。杜甫について言えば、下に列挙するようにみな夔州期の詩である。〈一五08 上白帝城二首〉其一は、大暦元年、夔州に着いて間もないころの作、

兵戈猶擁蜀、　兵戈(いくさ)は猶お蜀を擁し
賦斂強輸秦。　賦斂して強いて秦に輸(いた)す

〈一六03 夔府書懐四十韻〉（第四段）は、大暦元年秋の作、

恐乖均賦斂、　恐らくは乖(そむ)かん　賦斂を均(ひと)しくするに
不似問瘡痍。　たみの瘡痍(きず)を問うに似ず

萬里煩供給、　とおく万里まで供給を煩わし
孤城最怨思。　この孤城は最も怨思す

〈一九20　甘林〉は大暦二年秋、瀼西宅での作、

時危賦斂數、　時危くして賦斂数なり
脱粟為爾揮。　脱粟は　爾が為に揮う

いずれも農民が賦斂によって苦しんでいるという立場から使われている。

およそ五十年後のことであるが、白居易は四十八歳のとき同じ三峡の忠州にいたことがある。杜甫も忠州には二年前の永泰元年に少しだけ滞在したことがある。そこでは冷たい仕打ちを受けたと見えて「主人の恩を覓むる莫かれ」〈一四48　題忠州龍興寺所居院壁〉の詩句を残している。白居易の方は、そのとき州の長官で「秋税を徴し畢りて、郡の南亭に題す」（『白居易箋校』巻十二）の詩を残している。州のトップに立つものとして最も重要な職務の一つである徴税の仕事をやり終えてほっとしている。

安可施政教、　安ぞ政教を施すべけんや
尚不通語言。　尚お語言通ぜず
且喜賦斂畢、　且く喜ぶ　賦斂の畢るを
幸聞閭井安。　幸いに聞く　閭井の安らかなるを
豈伊循良化、　豈に伊れ　わが循良の化ならんや
頼此豊登年。　此の豊かなる登の年に頼るなり

白居易に言わせれば、治下の忠州は民衆は安らかであるという。ただこの認識はあくまで為政者からのものであ

って、下にいる農民たちがどう感じていたかはわからない。だがそれは問わないことにして、実際に民生は安定していたとしよう。そのことを白居易は豊年のためだと言うが、それは謙遜であり、善良な地方官であった白居易の手腕に負う所も大きかったであろうし、そのことをいくぶん自慢したげでもある。ただ白居易はこんな辺鄙なところに飛ばされていて、言葉も通じない現地の人間をどのように感化すればよいのかと、ほとんどお手上げ状態でもある。

その点、杜甫は農民たちと隣合わせの状態で住んでいたから、前述したように生活のためには直接樵の少年たちと交渉を持たねばならず、二人の息子たちに至っては、現地の少数民族の言葉さえ話せるようになっていた（「児童は蛮語を解す」〈二〇02 秋野五首〉其五）。このような杜甫と白居易の違いは、思想の違いと言うよりは、生活の立場の違いによるものであろう。

杜甫は賦斂の制度をなくせとか、長官は農民から賦斂を取り立ててはならないなどと言っているのではない。国家が農民に土地を与えて安堵し、農民は相応の租税を均等に負担し、役人が管理を行うというのは、当時にあっては疑いようのない根本の原則である。ただその制度を安定的に機能させるためには国家は平和な環境を整えなければならず、官吏は横暴な重税で農民を搾り取ってはならない。事は非常に簡単なのである。しかし国には戦争が絶えず、ために重税が農民にかけられ、さらに官吏は私腹を肥やすためにいっそうの負担を、取りやすい農民の方に押しつける。杜甫はそうした逸脱した状況を、農民側の低い目線から見ているのである。(7)

〈二〇49 夜二首〉の詩にもどると、浅い眠りの中でいろいろな物音が聞こえ、役所から夜遅く帰っている農民たちの動きにも思いが及んでしまう。そしてわざわざそういうことを、自分の人生の悲哀と同一化して詩の中に書き込まざるを得ない。そこが杜甫の杜甫たる所以であるのだが、それを可能にしたのは、農民と隣り合わせた杜甫の住まい方だった。そしてそれこそが当時の士人階層の詩人がなしえなかったことの一つである。

第五節　きぬたのある風景

次の詩〈二〇15 瞑〉は、大暦二年の秋、瀼西草屋での作である。委細は省くがここでは仇注が東屯での作とするのには従わない。詩の前半は日暮れになって、牛羊、鳥雀それぞれがねぐらに帰る場面を置くことによって、作者も我が家に帰ることを導き出している。

日下四山陰、　日下りて　四山は陰り（くも）
山庭嵐氣侵。　山庭には　嵐気の侵す（おか）
牛羊歸徑險、　牛羊は　径（こみち）の険なるより帰り
鳥雀聚枝深。　鳥雀は　枝の深きに聚る（あつま）

普通は家路に急ぐ状況を言うために、『詩経』国風・王風の「日之夕矣、羊牛下来」を持ち出すのが詩の常套だが、杜甫の夔州詩の場合は、〈二〇04 返照〉にも「牛羊は僮僕を識り、既に夕にして伝呼に応ず」とか、〈二〇14 日暮〉でも「牛羊の下り来たること久しく、各已に柴門を閉ず」などと何度も描くので、案外実際の景色だったのかもしれない。後半は、部屋の中に視線が移る。

正枕當星劍、　枕を正さんとして星剣に当たり
收書動玉琴。　書を収めんとして玉琴を動かす
半扉開燭影、　半扉　燭影を開き

欲掩見清砧。　掩（おお）わんと欲して清砧（セイチン）を見る

枕元を整えようとして剣に手が触れ、書を片づけようとして琴に手がぶつかる。いかにも暗闇の中で起こりそうな日常の情景である。明の王嗣奭が「亦た常事なり、但だ人の道（い）いて及ばざるのみ」（曹樹銘『杜臆増校』巻九）というが、こんな描写にも杜甫らしさが見えている。杜甫はこの詩で秋の日のつるべ落としのような突然の暗がりを、生活のディーテールの中で起こったとぼけた動作を取り上げることによって、面白がっているのである。ただ私がここで注目したいのは、清砧の句である。ある一段の時間が過ぎ去ったあと、扉が半開きになっていて、ともしびの光が漏れている。そこを閉めようと起き出して、砧（きぬた）が置いてあるのが目に入ったと詠じる。この句の尋常ならざる所は、王嗣奭が「清砧は聞くと曰わずに、見ると曰うは亦た妙なり」（同上）というように、砧を打つ音を「聞」かずに「見」ている所である(8)。

男が田を耕し女が布を織るのが伝統中国での農民の務めであったから、布や衣を石の台（砧）にのせ木槌で打って柔らかくする砧打ちの作業は、もっぱら女性の仕事であった。それは、決して軽いとは言えない木槌で、何時間も打ち続けなければならない辛い労働であった。しかしその作業は中国古典詩の中では、男性詩人によって詩情を誘うかっこうの詩材として取り上げられることとなる。女性の行為を男性が歌う、ここに一種のねじれ現象が起こり、事の本質が隠れ一面的な描かれ方のみが通行するようになる。中国古典詩では作者は九分がた読書人階層の男性であるから、こういう奇形の現象は致し方のないことである。砧打ちの労働は、どうしても外から見た風物のように描かれてしまい、男性詩人は労働婦人の内面に密着できない。

女性からすれば辛い労働であるが、詩人からすれば聴くものである。だから古来「聴砧」「聞砧」「聴擣衣」などの詩題が多く作られた。しかも読書人階層の詩人からすれば、砧打ちの作業は自分たちの生活圏の外にあるも

ので、一つ下の階層に属するものである。富裕な育ちの詩人のなかには砧打ちの現場を見たこともなければ、実物の砧に触ったこともない者もいたかもしれない。砧の音を聞くのは夜である。だから「暮砧」「夜砧」などの詩語がある。それは昼間は聞こえても、詩人たちの耳に入らないというよりは、機織りが女に課せられた仕事だとはいえ、昼間は夫とともに野良に出なければならず、ほとんどが女の夜なべの仕事だったからである。

　伝統的な詩語としての「砧」は、冬の迫り来る秋の夜長に、婦人が、旅の途上、あるいは辺塞の戦にある夫の冬衣の準備をするというイメージに固定されている。砧を詠じた詩は多いが、その中で典型的な李白の「子夜呉歌」其三を挙げてみよう。

　長安一片月、　長安　一片の月
　萬戸擣衣聲。　万戸　衣を擣(う)つの声
　秋風吹不盡、　秋風　吹きて尽きず
　總是玉關情。　総(すべ)て是れ　玉関の情
　何日平胡虜、　何れの日か　胡虜を平らげ
　良人罷遠征。　良人　遠征を罷(や)めん
　　　　　　　　　　　　　　　『分類補注李太白詩』巻六

ここには、定型化された砧打ちのイメージが、一流の詩人によって美しく凝縮されている。

　杜甫には砧にまつわる詩が七首ある。四十八歳になる杜甫が秦州で作った〈〇七35　衣を擣(う)つ〉の詩は、こうした従来の砧のイメージから、明らかに抜け出している。

　亦知戍不返、　亦た知る　戍(まも)りて返らざるを
　秋至拭清砧。　秋の至りて清砧(セイチン)を拭(ぬぐ)う

已近苦寒月、　已に苦寒の月に近し
況經長別心。　況(いわん)や長別の心を経(へ)たるをや
寧辭擣衣倦、　寧(いず)くんぞ辞せんや　衣を擣(う)ちて倦(つか)るるを
一寄塞垣深。　一に寄す　塞垣(サイエン)の深きところに
用盡閨中力、　用い尽くす　閨中の力
君聽空外音。　君よ聴きたまえ　わがこの空外の音を

国境守備に駆り出されて今年の冬も帰還できない夫、そんな夫を恋しく思いながらひたすら砧を打って夫の冬着を準備している妻。この詩は、そんな女性に成り替わって男性詩人が歌うという、伝統的な閨情詩の枠内にある。そして砧も音を聞くものという伝統的なイメージを下敷きにしている。しかし二句目の清砧の取り上げ方は、拭うという動作が描かれており、より女性の立場に立って具体的である。五句目・七句目には、砧打ちが疲労をともなう行為で、細腕の女の力を使い果たすと詠じており、杜甫は、重い労働という砧打ちの本質をしっかり見据えている。さらに杜甫は砧の音を聞いている時、なぜかくも多くの女性が孤閨を守らなければならないのか、その政治的社会的背景まで理解していたはずである。

再び〈二〇15 瞑〉の詩に戻ろう。末句の「清砧を見る」は、南宋の趙次公が「末句の、扉、掩(おお)わんと欲して清砧を見るとは、則ち更に其の半扉を掩わんと欲する時に、己の家の清砧を見るなり」(『杜詩趙次公先後解輯校』戊帙巻八)と言い、明末の王嗣奭が「此の砧は蓋し家に在る者なり」(同上)というように、杜甫の住まいの中にあった砧である。杜甫のこの句が、従来の表現から一頭抜きん出ているのは、清砧を聞いているのではなく見ていること、しかもその清砧が杜甫の生活の身辺にあってそれを取り上げていることである。

なぜ杜甫に至って、従来ほとんど聴くものとしてしかイメージされなかった砧が、このような新しい表現の中で用いられるようになったのか。恐らく普通の読書人層の生活圏内には、砧という女性労働の工具はそれほど身近には存在しなかったであろう。ところが杜甫の場合、そういう謂わば野暮ったい道具が、瀼西草屋の生活の身辺にあったのである。それほどの生活を夔州では送っていたのである。そのことが身辺にある生産道具を、詩の中に持ち込ませるようになった根本での原因であろう。杜甫の目は、砧という事物に対する固定観念から解放されている。瀼西での生活のあり方が、杜甫の詩を変えたのである。そういうふうに見てくると、夔州期の杜甫がしばしば砧の声を耳にして、

天清小城擣練急　天は清くして小城に練（ぬりぎぬ）を擣（う）つこと急なり　〈一七21 秋風二首〉其二
白帝城高急暮砧　白帝の城は高くして暮れの砧は急なり　〈一七23 秋興八首〉其一
砧響家家發、　砧の響きは家家より発し
樵聲箇箇同。　樵の声は箇箇に同じ　〈二〇02 秋野五首〉其四

と詠じていたとき、当地の女に課せられた賦税の性急さ、労働の辛さにも、杜甫は思いを寄せていたに違いないのである。

第六節　おわりに

以上、楚童に狎れる、賦斂から帰る音を聞く、砧を見るという三つの言い方に絞って、それが従来にはない杜甫独自の新しい表現であることを指摘した。事実にもとづいてそれをそのまま描写しながら、それがいままで誰

も意識に上せなかった事柄の描写となり、結果としてそれが杜甫の詩の新しさの一つとなっていた。

杜甫がそのような新しい表現をなし得た理由には、一般的に言えばなによりも詩人としての資質、家柄や育ちや経歴、そして思想・詩学上の影響などが関わっていよう。しかしここではその理由の一つとして、瀼西における底辺層の人々との接近した生活、住まいのあり方がその根底にあったからではないかと考えてみた。そしてそういう杜甫の生活、住まいかたは大暦初めの当時にあっては、従来の士階層の詩人では未だあり得なかった。

存在が意識を決定する、使い古された言葉だがその言い方を援用すれば、ここでも杜甫の生活のあり方がその詩表現を変えたといえるのではないか。

注

（1）杜甫は瀼西（東屯）に十か月も住まなかった思われるが、そこでの住まいを草屋、草亭、草堂、茅棟、茅齋、茅屋、茅宇、誅茅、白屋、編蓬、古堂、高齋、（南軒、曾軒）などいろいろな呼び方をしている。小論では瀼西宅や瀼西草屋の言い方を用いる。また稲の収穫のために瀼西からさらに奥地の東屯に引っ越したのは、旧暦で晩秋の九月のころである。それ以後、翌年正月に夔州を旅立つまでの四か月あまりは、恐らく瀼西～東屯～城内を行き来していたと思われる。次章第三節を参照。

（2）成都期の〈〇九30 江村〉の詩についてであるが、加藤国安氏がその「相親相近水中鷗。」の句について「ここに人と禽獣が境界を無みして『相狎れ相近づく』という、あの神話的楽園の現象が瞬間的に生ずるのだ、と考えられる」と説いておられるのが参考になる。一方、夔州期になると、あまり喜ばしくもない現実の底辺的な生活状況を生き抜くため、その精神的拠り所として、荘子の馬蹄篇や盗跖篇などの世界を持ち出しているのであろう。あるいはその時の自分をそんなにひどい状況下にあるとして、客観化し戯画化している面も感じられる。それとて現実解脱の一方法ではあるのだが。加藤氏の論文は「杜甫の『物我合一』の意境とその詩表現――成都期の「江村」詩を中心に」（『愛媛大学教育学部紀要・第Ⅱ部／人文・社会科学』第二五巻第一号、一九九二年九月、一―二二頁）。

（3）そうした生業をなす者を『太平広記』の中から、唐代のことだと思われる事例にしぼってさがしてみると次のようなものがある。「唐豫章民有熊慎者、其父以販魚為業。……後鬻薪于石頭、窮苦至甚。」（巻一一八『報応録』）、「唐天祐初、有李甲、本常山人。逢歳饑饉、徙家邢臺西南山谷中、樵採鬻薪、以給朝夕。」（巻一五八『劉氏耳目記』）、「侯元者、……山村之樵夫也。……唯以鬻薪為事。唐乾符己亥歳、於縣西北山中伐薪、……」（巻二八七『三水小牘』）「安陸人姓毛、……嘗遊齊安、遂至豫章、恒弄蛇於市、以乞丐為事。……有賣薪者、自鄱陽來、宿黄倍山下。……乃至豫章觀歩門賣薪將盡、……」（巻四五九、徐鉉(916-991)の『稽神録』）

（4）獠については本章第三節で述べたことの他に、祁和暉・譚継和氏の「杜甫夔州詩中的巴蜀民族問題」（『草堂』一九八四年、第二期。『巴蜀文化辨思集』一二五－四九頁に収載、四川人民出版社、二〇〇四年）も参照。

（5）杜甫の詩語「漁翁」の特徴については、安藤信廣氏の「漁翁・漁父」（『詩語のイメージ／唐詩を読むために』松本肇・後藤秋正編、東方書店、二〇〇〇年、三〇三－三一三頁）に考察がある。

（6）〈〇六41 閬郷姜七少府設鱠戯贈長歌〉「饔人受魚鮫人手」では、杜甫は鮫人を漁夫の意で用いる。よってここでは鮫室を漁夫の家と解した。なお「俗異鄰鮫室」とするのは仇注本だけで、宋本系はみな「兒去看魚笱」に作る。仇注は王洙本系に「一云『俗異鄰鮫室』」とあるのを取ったのであろう。その理由は、この段は本来居室を言うのだから、そこに魚を捕らえる笱（やな）を入れるべきでないし、この句は左思の呉都賦の、鮫人が泉室で綃（うすぎぬ）を織るという言い方を踏まえているという（『文選』巻五「泉室潛織而巻綃」）。ここでは仇注に拠るが、宋本系が正しかったにせよ本章の主旨には差し支えない。

（7）大暦元年冬、柏茂琳が夔州刺史として着任した。杜甫は柏茂琳に替わって感謝の表を天子に奉ったが、そこでも同じような考えを〈三五02 為夔府柏都督謝上表〉で「伏揚陛下之聖德、愛惜陛下之百姓、先之以簡易、間之以樂業、均之以賦斂、終之以敦勸、然後畢禁將士之暴、弘洽主客之宜、示以刑典難犯之科、寛以困窮計無所出、哀今之人、庶古之道。内救惸獨、外攘師寇。」と述べている。なお、賦役を公平にせよという主張自体は政府公認のもので、少なからぬ人が主張し、「均賦」は熟語にさえなっている。

（8）「見」には「聞こえる」の意味があるので、「清砧見ゆ（きこゆ）」と解するものもある。例えば黄生は、洪方舟の「『見』は、即ち『聞こゆ』なり。砧は声を以って著（あらわ）るれば、『見』と言う可からず」（『杜詩説』巻五）という解を引いている。これは洪方舟が「砧は聞くものだ」という固定観念にとらわれて、「砧を見る」とした杜甫の斬新な表現の意図が読めなかったのではなかろうか。

第Ⅳ部　夔州期の農事

第一章　杜甫の蜜柑の詩と蜜柑園経営

第一節　はじめに

唐代の農業詩を考える上で、杜甫の存在は意外に重要である。杜甫は唐代三百年を通じて、ある程度の農業の実践をともないながら農業詩を書いたはじめての詩人ということができる。さらにそれを行った場所や年代や規模を具体的に知ることができるかどうかという物差しを加えれば、かの陶淵明を含めても、中国最初の農業詩人ということができるであろう。

杜甫の農業への取り組みは、成都期の浣花草堂と夔州期の瀼西（東屯）草堂の二つで行われ、成都期は自家用菜園での野菜作り、夔州期は、野菜や雑穀、根菜類の作物やいくつかの果樹類の栽培、そして一年には満たなかったが水田経営と蜜柑園経営、そしてその他の雑多な農事に関する営為などである。本章ではその中でも、とくに蜜柑経営を取り上げる。

ただ、ここで経営という言葉を使いはしたものの、杜甫の場合にはいささか大げさすぎる表現かもしれない。なぜなら晩春に果樹園（蜜柑園）を丸ごと買い入れて、収穫を終えた翌春早々には、もう他人に譲渡しているからである。ワン・サイクルの収穫を終えただけでは、経営と呼ぶには値しないかもしれない。しかし、収穫作業の他にも除草や施肥や土寄せなどの作業、また除虫や防寒対策（さらに蜜柑泥棒からの防護策）などの若干の必要な農事は行われたであろうし、この時期に突出して現れる蜜柑に対する並々ならぬ杜甫の関心などを考えると、杜甫の農的営為の一つとして蜜柑園経営をあげてもよいのではないかと思う。

とはいえ、さして具体的な農作業が歌われているわけではないので、杜甫の蜜柑関連の詩の中で、どのように蜜柑が登場し、どのように詠じられているかを、時代順に追記していくだけの作業になるかもしれない。そのことを、ここであらかじめ断っておかなければならない。

第二節　年代別蜜柑詩

まず杜甫が何らかの形で蜜柑に言及した詩を、時代順に並べてみると次のようになる。

Ⅰ．成都以前

〈〇四06　京自り奉先県に赴き懐いを詠ず、五百字〉
〈〇八18　彭州の高三十五使君適と虢州の岑二十七長史参に寄す、三十韻〉

Ⅱ．成都草堂時代（梓州・閬州なども含める）

〈〇九64　意を遣る、二首〉其一
〈一〇47　病橘〉
〈一二16　甘園〉
〈一二46　章梓州の橘亭にて成都の竇少尹を餞す〉

〈一二59 船を放つ（送客）〉

〈一三22 将に成都の草堂に赴かんとして途中に作有り、先ず厳鄭公に寄す、五首〉其三

Ⅲ．成都草堂を去る～夔州時代以前（忠州・雲安なども含める）

〈一四47 禹廟〉

Ⅳ．夔州時代

（一）夔州入り～西閣・赤甲

〈一五27 夔州歌、十絶句〉其四

（二）瀼西（東屯を含める）

①春～夏

〈一八50 暮春に瀼西の新たに賃せる草屋に題す、五首〉其二

②秋

〈一九16 雨に阻まれ瀼西の甘林に帰るを得ず〉

〈二〇40 即事〉

〈一九24 樹間〉

〈一九25 白露〉

〈二〇12 十七夜に月に対す〉

〈一九20 甘林〉

〈一九39 秋日に夔府にて懐いを詠じ鄭監と李賓客に寄せ奉る、一百韻〉第六段

〈一九44　峡隘〉
〈二〇38　寒雨に朝に行きて園樹を視る〉
〈二〇36　季秋の江村〉
〈二〇30　駅従りきたりて草堂に次り、復た東屯の茅屋に至る、二首〉其一

③冬～正月

〈二〇46　孟冬〉
〈二一27　将に巫峡に別れんとして南卿兄に瀼西の果園四十畝を贈る〉

Ⅴ．夔州以後

〈二一58　秋日、荊南にて石首の薛明府が満を辞して告別するを送り、薛尚書に寄せ奉り徳を頌し懐を敘す、斐然の作、三十韻〉

以上、このように詩題を時間順に並べてみただけでも、杜甫の蜜柑詩が夔州時代、その中でも瀼西に引っ越してから、しかもとりわけその秋に集中していることが分かる。これは、瀼西で果樹園を購入しており、その中で蜜柑園を管理して収穫するという大事な仕事があったからであろう。巴蜀地方の代表的な商品作物は、古来より蜜柑であったから、杜甫が成都入りしてからは、彼は到るところで蜜柑を目にしていたはずである。それなのにあまり詩に登場せず、瀼西に引っ越してから突如として蜜柑の詩が多くなり、瀼西を去ってからは、また忽然と消えて無くなる。もちろん夔州を去ってより晩年に到るまで、杜甫が漂泊の三年を過ごした湖北湖南一帯も、これまた著名な柑橘類の産地なのにである。この顕著な現象から、瀼西における蜜柑経営が、杜甫の詩に与えた大きな影響を見て取ることができる。

第三節　成都期の蜜柑詩

夔州時代以前の杜甫の詩で蜜柑が登場するのは、おおむねおいしい食べ物か、四川の風物詩として詠じたものである。ただその中で一つだけ農業詩の観点から見て、注目すべき詩がある。上元二（七六一）年春、五十歳の時の〈〇九64 意を遣る、二首〉其一の詩である。それに、

衰年催釀黍、　衰年に黍（きび）を醸（かも）すを催し
細雨更移橙。　細雨に更に橙を移す

という。春雨のそぼふる中で、橙（あまだいだい）(1)を移植しているのである。

実は杜甫は、その二年前の暮れに秦州（今の甘粛省）から家族を引き連れ、大変な苦労をしながら、四川入りして成都に落ち着き、翌年の春から草堂作りを始めていた。草堂作りの一環として杜甫は、草堂またはその周辺にさまざまな樹木を植えている。まず、桃の産地で県令をしている蕭実という人に、桃の苗木百株を所望して桃の木を植えた（〈〇九16 蕭八明府實處覓桃栽〉）。また綿竹の産地の綿竹県の県令の韋続という人に、綿竹をねだって綿竹を植えた（〈〇九17 従韋二明府續處覓綿竹〉）。さらに綿谷県の県尉の何邕という人からハンノキの苗木をもらって植えた（〈〇九18 憑何十一少府邕覓榿木栽〉）。こんどは涪江（フウコウ）県の県尉の韋班という人に松の苗木（子栽）を所望して植えた（〈〇九19 憑韋少府班覓松樹子栽〉）。このほかにも徐卿という人の所に出向いて、李と梅の苗木を依頼して植えたりもしている（〈〇九21 詣徐卿覓果栽〉「草堂少花今欲栽、不問綠李與黃梅」）。かくてその年の上元元（七六〇）年の春の暮れに、草堂がいちおう完成したのだった（〈〇九22 堂成〉）。

桃や榿（カバノキ科ハンノキ属）などを植えたのは、すぐ効果が現れるのを期待してのことだったのかもしれない。桃は我が国の俗諺でも「桃栗三年柿八年」と言われているし、榿木は右の〈〇九18〉の詩に「聞くに飽く榿木は三年にして大なりと」も言うように三年で大きくなるからである。綿竹や松や李や梅などを植えたのも、実用に供するという側面が大きかったであろう。

橙の苗木を移植したのはこれらの苗木を植えた翌年の春である。苗木の移植は普通春に行われる。杜甫が橙を移植したのも、観賞用の庭木というよりは、食用の果樹という実用性のためであったろう。

四川から長江中下流の蜜柑類が、商品作物として重要な位置を占めていたのは、今に始まったことではなく、[2]ずいぶん昔からのことである。『史記』巻一二九、貨殖列伝には「蜀漢・江陵の千樹の橘」は「此れ其の人は皆な千戸侯と等し」とあり、「橘」の大規模な栽培によって相当な富豪になれたことが紹介してある。三国の時、呉の李衡はこの『史記』の言い方を実践して柑橘を植え、その子孫は毎年絹数千匹の上がりを得たという（『三国志』巻四八『呉書』孫休伝、裴松之注引『襄陽記』）。また西晋の嵆含（ケイガン）の『南方草木状』巻下果類「橘」の項には、「漢の武帝自（よ）り、交趾（コウシ）に橘官有り、長一人、秩二百石、橘を貢御するを主（つかさど）る」とあり、蜜柑の入貢を専門に管理する官吏が置かれており、朝廷からも蜜柑がずいぶん重視されていたことがわかる。その制度は唐代にも引き継がれていたようであり、四川の綿州巴西郡には、当地の貢ぎ物に関するもので、「橘官」なるものがあった（『新唐書』地理志六、剣南道）。また江南の越の話だが、南朝の梁の任昉（ジンボウ）の『述異記』によれば、越の地ではとくに蜜柑類に対する税金があり、蜜柑畑を持つ農民を橘橙戸または橘籍などと呼んで登録して、毎年税金を出させていた。これからすると、蜜柑栽培が、商品作物として朝廷から目を付けられるほどに利を得ていたらしい。

柑橘類に高い商品価値があったことは、柑橘類があちこちの産地で朝廷への貢ぎ物に指定されていたことからもわかる。いま、『新唐書』地理志六、剣南道で、蜜柑類が貢ぎ物となっているところを捜してみると、つぎのように多くの郡が挙げられる。柑が眉州通義郡、簡州陽安郡、資州資陽郡、悉州帰誠郡、梓州梓潼郡、普州安岳郡、栄州和義郡。橙が合州巴川郡。地理志五、淮南道では柑と橘が蘇州呉郡、温州永嘉郡。乳柑（味が乳酪に似る）が湖州呉興郡、台州臨海郡、洪州豫章郡。橘が杭州余杭郡、越州会稽郡。朱橘が撫州臨川郡、などである。

朝廷からこのように重視されていたのだから、民の方でも蜜柑作りは当然盛んだった。西晋の左思の「蜀都賦」には「家ごとに塩泉の井有り、戸ごとに橘柚の園有り」とある。(3) 民間では蜜柑売りの個人経営もあった。唐の龔播（キョウハ）という人物はかつて野菜と果物の小売業をやっており、唐の薛漁思の『河東記』に「龔播は、峡中の雲安の塩賈を監するなり。其の初めは甚だ窮せり。蔬・果を販鬻（ハンイク）するを以て自ら業とす」（『太平広記』巻四〇一）とある。峡中の雲安とは、夔州入りする前に杜甫がしばらく滞留した所で、雲安の果物といえば蜜柑を中心としたものであったはずである。杜甫が成都草堂で、二度目の春を迎えたときに移植したという蜜柑は、このように個人経営の商品作物としても極めて有用価値の高い四川の代表的な果樹だったのである。

ところが、清の黄生は「『黍を醸す』『橙を移す』は、皆な借りて以て老を送るが為なり。然れども酒を飲むには尚お惟だ日の足らざるを恐れ、樹を種（う）うるには又た安くんぞ能く其の長成するを待たんや。自ら悲しみ自ら笑い、婉転として曲尽たり」（『杜詩説』巻六）と述べて、杜甫が蜜柑を収穫することをどれくらい現実のものとして考えていたかを怪しんでいる。しかし蜜柑は翌年からでも果実がなるから、杜甫としては、やはり収穫を期待していたのではないかと思う。黄生は、成都入りして草堂作りをはじめた杜甫が、なぜこの地で蜜柑を移植しているのかということ、すなわち商品作物としての蜜柑の特殊性に、気が付いていなかったのではないかと思われる。

成都の浣花草堂から、難を避けて梓（シ）州にいたことがある。そのころの七六三年春の作とされるものに、〈三16甘園（みかん）〉の詩がある。

春日清江岸、　春の日の　清き江の岸べに
千甘二頃園。　千の甘（みかん）の　ひろさ二頃（ケイ）の園あり
青雲羞葉密、　青雲も　みかんの葉の密なるには羞（は）じ
白雪避花繁。　白雪も　その花の繁きを避けたり
結子隨邊使、　やがて子（み）を結べば　辺使に随って　みやこにのぼり
開籠近至尊。　籠の開かるれば　至尊（みかど）に近づく
後於桃李熟、　桃李の熟するよりは後（おく）るれども
終得獻金門。　終には金門に献ぜらるるを得たるならん

四川は蜜柑栽培が盛んで、各地に多くの蜜柑園があったであろう。その中でも千株の蜜柑がある二頃の園というのは、ゆうに十ヘクタールはある蜜柑園である。三年ちょっと前までは、杜甫はまだ陝西・甘粛の地にいたので、こんなに広大な蜜柑園はまだ見たことがなかったに違いない（三十年も前の青年時代に数年間、呉越の地方を漫遊した時に見たことがあるかもしれないが）。その広大な蜜柑園を埋め尽くす白い小さな蜜柑の花、敷き詰めた濃い緑の葉、そんなものに杜甫は感激している。熟するのが遅れても、最終的には天子のおそば近くに献上されることを考えれば、決して桃李にひけを取るものではないのだ、という言い方に、杜甫は自分自身の晩成の境遇を重ね合わせている。そこには確かに寓意や、蜜柑を花木として美的に観賞する態度があるのだが、杜甫はまたこの蜜柑園が、生育良好な貢物を生産していることにも感嘆しており、おのずと蜜柑を農業面・経済面からも見て

いる視線が感じられる。

このように杜甫は、梓州で見たりっぱな蜜柑園をいろいろな気持ちを込めて好意的に描いているのだが、四年後の春、やがて自分も夔州で蜜柑園を所有するようになることを、はたして予想していただろうか。

第四節　瀼西草堂、春の蜜柑

永泰元（七六五）年、杜甫は成都を去り長江を下っていった。戎州、渝州、忠州を経て雲安に至り、ここで年を越して、翌大暦元（七六六）年の暮春、三峡の入り口、夔州に到着した。杜甫はこの夔州の地で思いがけず一年十か月もの長逗留を余儀なくされ、その間たびたび居を移した。

夔州の地に着いて二年目の春、瀼西に引っ越してから蜜柑の詩が突如として多くなる。その最初の詩は五言律詩の〈一八50　暮春に瀼西の新たに賃せる草屋に題す、五首〉其二である。七六七（大暦二）年、作者五十六歳の作。

此邦千樹橘、　此の邦の千樹の橘は
不見比封君。　封君に比せらるるを見ず
養拙干戈際、　拙を養う　干戈の際
全生麋鹿羣。　生を全うす　麋鹿の群
畏人江北草、　人を畏る　江北の草
旅食瀼西雲。　旅食す　瀼西の雲

萬里巴渝曲、　みやこより万里のかなたのこの巴渝の曲
三年實飽聞。　三年　実に聞くに飽く
〈一八50 暮春題瀼西新賃草屋五首〉其二

清の浦起竜が其の二は「瀼西を拈り出し、此に居する所以の故は、身計の為なるを明らかにす」（『読杜心解』巻三之五）というように、この詩は、瀼西に引っ越した経済的理由を明らかにしたものである。しかも南宋の趙次公が「首の両句は、蓋し草屋の地に千株の橘の有るを喜ぶなり」（『杜詩趙次公先後解輯校』戊帙巻之二）と言うように、引っ越した理由の一つは蜜柑園の経営のためであったようである。……司馬遷も言うように本来なら、千株の蜜柑園があれば大富豪になれるのだが、たとえそれぐらい所有していたとしても、この地ではとてもそうはなれない。せいぜい生計を維持していけるぐらいだ……と、杜甫は言いたげである。

杜甫は瀼西に移ってから、或いは移ると同時に、どういう経緯によってかはよくわからないが、四十畝の果樹園を所有した。後で取り上げるが〈二〇38 寒雨に朝行きて園の樹を視る〉の詩には「わが柴門は樹を擁して千株に向んとす」とあり、千本にも近い蜜柑の木（千橘）が、瀼西の草堂に具わっていたとはっきり述べている。またこの年の、まだいくばくかの暑さが残る初秋の頃の五言排律〈一九39 秋の日、夔府にて懐いを詠じ鄭監と李賓客に寄せ奉る、一百韻〉に、この瀼西の居宅を概括して、

甘子陰涼葉、　甘子には陰涼の葉あり
茅齋八九椽。　茅斎は八九の椽のみ

と詠じている。このことも、瀼西の草堂と蜜柑園がワン・セットになっていたらしいことを思わせる。また〈一八50 暮春題瀼西新賃草屋五首〉其三の詩に「乾坤の一草亭」、すなわちこの草屋にあって「細雨に鋤を荷って立つ」とあるから、畑なども同時に付属していたらしいことがわかる。

この詩の詠じ方からすると、瀼西に移り住んでからの、杜甫の蜜柑に対する関心は、果木の美しさを観賞するという立場ではなく、あきらかに経済的、経営的な立場からのそれである。それについては簡錦松氏も、この詩と〈一九16　雨に阻まれ瀼西の甘林に帰るを得ず〉の詩について「よって蜜柑を植えることが杜甫の瀼西における重要な仕事となった」、「この二首の詩からみて、彼の蜜柑園もまた商品作物であり、また即ちいわゆる封殖（土寄して栽培）することである。どのように言おうとも、彼は蜜柑園をとても重視していた」（『杜甫夔州詩現地研究』二八六頁。第Ⅲ部第一章参照）と述べているとおりである。蜜柑が商品作物だから当然お金で売り買いされる。杜甫もそのことはよく承知していた。この年の秋、こんな狭い夔州を離れてさっさと江陵へ行きたいと願った詩〈一九44　峡は隘し〉の詩に、

聞説江陵府、　聞説くならく　江陵府
雲沙静眇然。　雲沙は　静かにして眇然たり
白魚如切玉、　白魚は　しろき玉を切るが如く
朱橘不論銭。　朱橘は　銭を論ぜずがごとくやすしと

とあり、夔州と違って江陵の蜜柑が安いことを歌っている。そのことからも、蜜柑に関してこの地での杜甫の経済観念は、相当に敏感になっていたと思われる。

その後、夏になって蜜柑を詠じた詩は見当たらない。夏には、〈一九03　園〉の詩や〈一九10　後園の山脚に上る〉の詩が作られているが、蜜柑そのものの描写がないので、ここでは取り上げないことにする。

第五節　三寸の黄柑

秋になると、急に蜜柑を詠じた詩が多くなる。まず初秋七月に、秋雨で水かさが増して、白帝城から戻ることができず、瀼西の蜜柑園のことをあれこれ心配している詩がある。〈一九16　雨に阻まれ瀼西の甘林に帰るを得ず〉の詩で、

三伏適已過、　三伏は適（まさ）に已に過ぎ
驕陽化為霖。　驕（おご）れる陽（あつさ）は　化して霖（ながあめ）と為る
欲歸瀼西宅、　瀼西の宅に帰らんと欲するも
阻此江浦深。　此の江浦の深きに阻（はば）まる

から始まる三十二句の長い五言古詩である。その第三段に次のように言う。

園甘長成時、　園の甘（みかん）の長成せる時
三寸如黄金。　三寸となりて黄金の如し
諸侯舊上計、　諸侯の　旧（もと）みやこに上計するは
厥貢傾千林。　厥（そ）の貢（みつぎもの）は　千林のみかんを傾きつくせり
邦人不足重、　しかるにここの邦人は　重んずるに足らずとす
所迫豪吏侵。　そは　豪吏の侵すに迫らるる所なればなり
客居暫封殖、　客居せるわれは　暫く封殖し

日夜偶瑤琴。　そは　日夜に瑤(たま)の琴を偶(つれあい)とするがごとし
虛徐五株態、　いましも虛徐す　五株のみかんの態(ありさま)を
側塞煩胸襟。　側塞せんかと　わが胸襟(こころ)を煩わす

第三聯の「封殖」とは、文字通りの意味では蜜柑の株の根本に土を寄せて盛ることであるが、ここで言うのは、肥料をやったり、雑草をとったり、雑木を切ったりして、きちんと手を入れたということであろう。杜甫が購入した蜜柑園の木はもちろん成木であったはずだが、手入れがなされずに放置されていたのであろう。そのままでは蜜柑は期待できない。かなり手を入れないと良い蜜柑の実はならないのである（宋の韓彦直『（永嘉）橘録』以下の農書などを参照）。

最後の行が分かりにくいが、仇注では「虛徐」はあれこれ疑い心配するの意。「側塞」は清の張遠が「甘樹は風雨の為に掩塞さる。故に胸襟は之に因りて煩悶す」（仇注引『杜詩會粹』）と注するのに従い、五株の蜜柑が風雨で倒れていないかと心配している……の意で取っておく。最後の第四段では、雨が止んで瀼西に帰れたならば、ああしたい、こうしたいと述べるが、その中に、

條流數翠實、　われは條流(えだ)に翠のみかんの実を数え
偃息歸碧潯。　碧の潯(きしべ)に帰りて　偃(ふ)せ息(いこ)わん

とある。蜜柑の木の枝の先になっているまだ青い蜜柑の実を、一個一個と数えることを想像しているのである。

この〈九16〉の詩から、杜甫の蜜柑園には三寸の大きさにまでなる蜜柑の品種があり、その商品価値も「黄金の如し」というように極めて高かったことがわかる。嘗てこの土地では貢ぎ物として大量の蜜柑を献上していたことがあり、ここの蜜柑には価値があるにもかかわらず、土地の人々が豪吏の横暴を恐れて、いまは作ろうとし

ていないという事情もあった。だから杜甫は自分の蜜柑園の稀少価値、経済的価値がいっそう高いことを十分に知っていたであろう。この詩では、そういうことを踏まえて、蜜柑園の管理に気をつかい、蜜柑の成長ぶりに関心を抱き、今、この雨で帰れない自分の蜜柑園がどうなっているかをひどく心配しているのである。この詩からは、杜甫の蜜柑への焦りにも似た愛惜の思いがよく伝わってくる。

雨や三寸の蜜柑などの点で、この詩とよく似た作品に〈二〇40 即事〉の七言律詩がある。

天畔羣山孤草亭、　天の畔（ほとり）の群山のなか　わが草亭は孤たり
江中風浪雨冥冥。　江の中には風ふき浪たちて　雨は冥冥たり
一雙白魚不受釣、　一双の白魚も　すでにうせさって　釣（つりばり）を受けず
三寸黄甘猶自青。　三寸の黄甘は　いま猶（な）自お青し
多病馬卿無日起、　病多き馬卿のごとく　起（た）てる日は無く
窮途阮籍幾時醒。　途に窮まれる阮籍（ゲンセキ）のごとく　われは幾時にか醒めん
未聞細柳散金甲、　未だ聞かず　みやこの細柳に金の甲（よろい）をすて散じ　いくさのおわれるを
腸斷秦川流濁涇。　わが腸（はらわた）は断たれかなしむ　秦川に濁れる涇（ケイ）の流るるを

この詩の編年は、先の初秋の詩からはずいぶん遅い。白魚が釣れないという三句目を手がかりに、仲秋八月の秋社の祭りの後、晩秋の九月ではないかとされている（仇注の引く張綖）。四句目の「三寸の黄甘は猶（な）自お青し」という言い方から、黄甘が早く熟して欲しいと思っている杜甫の願いがうかがえるので、その晩秋という編年は首肯できる。『（今注本）杜詩全集』が一歩踏み込んで、さらに稲の収穫の後というのも、詩全体の情調から納得で

きる（巻三、一七二九頁）。

この詩には、晩秋となって帰郷の念やみがたきも、いまだその展望が見いだせない状況のなかで、焦りやら失望やらがないまぜになった悲観的な気分が描き出されている。王嗣奭が「前四句は皆な目前の蕭条の景を写して以て興を起こす」（『杜臆増校』巻九）と言うように、そんな心象風景を示す物の一つとして、なおまだ青い三寸の黄甘が杜甫の目には映っているのだと思う。米の他にも、旅の元手となる蜜柑が収穫されないと、三峡を脱出する計画は現実のものとはならない。蜜柑への思いが深いゆえにかえって蜜柑を恨めしくも感じてしまう、そんな杜甫の気持ちがこの詩には込められている。

第六節　月と夜露のなかの蜜柑

時期は前後するが、仲秋八月、白露の時節に蜜柑が立て続けに登場する。(4) 五言律詩の〈一九24 樹の間〉に次のように歌う。

岑寂雙柑樹、　岑（たか）くして寂たり　双（ふた）つの柑（みかん）の樹
婆娑一院香。　婆娑（ゆらゆら）として　一院（なかにわじゅう）に香し
交柯低几杖、　交われる柯（えだ）は　几杖より低く
垂實礙衣裳。　垂れし実は　わが衣裳を礙（さまた）ぐ
滿歳如松碧、　満歳（ねんじゅう）　松の如く碧（みどり）にして
同時待菊黃。　時を同じくして　菊を待ちて黄とならん

幾回霑葉露、　幾回なるぞ　葉を霑(うるお)す露のように
乘月坐胡床。　月に乗じて　わが胡床に坐せるは

大きな二本の蜜柑の木が、瀼西宅の庭せましと地面近くまでも枝葉を茂らせ、人にもぶつかりそうになるほど身近なところに、豊かに育った蜜柑が重そうに垂れ下がっている。庭中に蜜柑の香りが芳しく、常緑の蜜柑の葉をしめらす夜露が明るい月夜の中で輝いている。そんな中に腰掛けを持ち出して物思いにふけり、晩秋九月の菊花の時分にはすっかり実るであろう蜜柑を、私は何度待ち遠しく思ったことか……。

杜甫は、この蜜柑べた褒めの詩の中で、たっぷりと蜜柑の情調にひたっている。だがそれは芸術的な鑑賞眼というよりは、蜜柑が目前に実るのを待っているもっと実際的な意識から生じていると思う。杜甫はいい意味での食いしん坊だが、目前の蜜柑にもう食指を動かしている。蜜柑が愛(いと)おしくてたまらないというような蜜柑への愛情が描き出されているのだが、この感情はもう一方では、蜜柑園の経営をしていることから生じており、普通の士大夫の趣味的な花や果樹への愛好とは違うだろう。収穫して旅の元手を作るという、実用の面からの潜在意識に突き動かされて、日常生活の身近なところで、こんなに親身な情愛のこもった蜜柑の詩を作った詩人は、杜甫以外にはいないと思う。

この詩とよく似るものに、〈二〇12　十七夜に月に対す〉の五言律詩がある。やはり瀼西草堂での作とされる。月をテーマにした十五夜、十六夜、十七夜の三部作の一つであり、蜜柑はここにだけ登場する。

秋月仍圓夜、　秋月の　仍(な)お円(まど)かなる夜
江村獨老身。　江村に独り老ゆる　身ひとつ

捲簾還照客、　簾（すだれ）を捲けば　つきは還（ま）た客（われ）を照らし
倚杖更随人。　杖に倚（よ）れば　更に人（われ）に随う
光射潜虯動、　光は潜める虯（みずち）を射（い）て動かし
明翻宿鳥頻。　明（つきあ）かりは宿る鳥を翻（ひるがえ）すこと頻（しき）りなり
茅齋依橘柚、　わが茅斎は　橘柚（キツユウ）に依りそい
清切露華新。　清切にして　露の華（はな）は新たなり

よく似ると言ったのは、秋の月があり、夜露が降り、草屋の間近に蜜柑がある、という三点である。ただ、前の詩は蜜柑が主題であったが、ここでは十七夜の月である。しかも、前のうきうきした気分はすっかり影をひそめ、二句目の「江村に独り老ゆ」のように、孤独にして寂寥の感が表れている。七句目に「茅斎、橘柚に依る」というのは、瀼西の茅屋が蜜柑の木に寄り添うていると解するよりは、瀼西の茅屋で、私は蜜柑の木に寄り添うていると理解する方がよいかもしれない。もちろんこの蜜柑は経営中の蜜柑である。寄る辺のない杜甫を、あたかも抱き助けるがごとく杜甫の身に寄り添ってくれているのは、他ならぬこの蜜柑の木なのである。やがて蜜柑が収穫されれば多少の現金は入る、杜甫にとってはなんとも頼もしい木ではある。「茅斎、橘柚に依る」には、そんな気持ちが、無意識のうちに働いていたのではなかろうか。

第七節　収穫前の蜜柑園

次の詩でも同じく蜜柑と露が配されているが、今度は月夜ではなく杜甫は早朝から馬に乗っている。〈一九25　白

露〉の五言律詩に、次のようにうたう。

白露團甘子、　白き露は甘の子（みかんのみ）に団たり
清晨散馬蹄。　われは清き晨（あさ）に　馬の蹄（ひづめ）を散らす
圃開連石樹、　圃（はたけ）には開く　石に連なるの樹
船渡入江溪。　船は渡りゆく　江に入るの渓
憑几看魚樂、　几（ひじかけ）に憑（よ）りて　魚の楽しむを看んと
回鞭急鳥棲。　鞭を回（かえ）せば　鳥も　ねぐらにかえり棲（す）むこと急なり
漸知秋實美、　漸く知る　秋の実の美なるを
幽徑恐多蹊。　幽径に　蹊（こみち）の多からんことを恐る

白露の時節、つまり旧暦八月の中ごろ、作者は瀼西の草堂にいて、朝早くから馬に乗って散歩を兼ねて、裏山に開けている蜜柑園を上っていった。南面を眺めると、長江に流入する草堂河には船が往来している。終日蜜柑園を見回って、瀼西の我が家に帰ってくる。家には池があって魚もすみ、愛用の肘掛けに寄りかかって魚を見ることができた。[5] この白露の時節、蜜柑の収穫が間近にせまっていて、蜜柑の美しさにみとれつつ、蜜柑泥棒のことなどが気になっている……。

蜜柑がだんだんと成熟していくこの時期、杜甫は蜜柑園を見て回るのが楽しくてたまらない様子である。「馬蹄を散らす」の句に、そのはずんだ気持ちがよく表れている。しかし一方で、蜜柑泥棒が心配になってくる。そこには蜜柑園を経営する者としての意識が見えかくれしている。

末句の「幽径に蹊の多からんことを恐る」は、『史記』李将軍列伝に載せる諺「桃李言（ものい）わざれども、下自（おのずか）ら

蹊を成す」を下敷きにしている。自分の蜜柑園に美味しい蜜柑がなるころには、きっとそれをめがけてこっそり人が忍び込んでくるのだろうなという懸念、あるいは苦笑を、雅な表現でオブラートに包んでいるのである。そのことを楊倫は「人の竊み取る有るを恐るるを言う」（『杜詩鏡銓』巻十六）と、杜甫が蜜柑泥棒を心配しているのだとはっきり言う。しかし杜甫がそんなげすな事を考えるはずがないとでも言うように、弁護するかのような意見もある。仇注は「『幽径』『多蹊』は、竊み取る有るを恐る。亦た甘を愛して、而る故に戯れの詞を為すのみ」と述べて、蜜柑を愛するが故の冗談なのだと話をはぐらかしている。浦起竜は「『蹊の多きを恐る』は、往きて視る所以の故を収めたり。籬の缺くれば須らく補うべきなり」（巻三之五）と述べて、むしろ話の重点を、実際的な泥棒よけの垣根作りの方に持っていこうとしている。趙次公になれば「末句は公は亦た、其の美なる実を自私せずして、人の之を採摘するを許す」（戊帙巻之四）と、まったく反対の意味に取り、博愛主義の杜甫の方へと話を発展させている。しかし杜甫がここで蜜柑泥棒を心配しているからと言って、杜甫の人間像を傷つけるものなどではなかろう。むしろ杜甫の蜜柑の収穫への切なる思いが表れていると見るべきであろう。

　この詩と相い前後して作られた詩に、その名もまさに「みかん林」と題する詩〈一九20 甘林〉がある。蜜柑と露と馬の取り合わせが、さきの詩とよく似ている。ある用事で城内に出かけていた杜甫は、白帝城方面から船に乗って草堂河をさかのぼり、瀼西へ帰っていった。船着き場で船を下り、馬に乗って岡を超えていくと、もうそこは自分の蜜柑園で、ここまで来ると、杜甫はほんとうに我が家に帰り着いたような解放された気分になった。詩はそこから始まる。

　捨舟越西岡、　舟を捨てて西の岡を越え

入林解我衣。　林に入りて我が衣を解く
青芻適馬性、　青き芻は　馬の性に適い
好鳥知人歸。　好き鳥は　人の帰るを知る
晨光映遠岫、　晨の光は　遠き岫を映し
夕露見日晞。　夕の露は　日を見て晞く
遲暮少寢食、　遅暮となれば　寝ることも食することも少く
清曠喜荊扉。　されば清く曠くして　この荊扉を喜ぶ

（王洙本に拠り「稀」を「晞」に改める）

城内へ出かける時は、いつも衣冠装束を整えて行った。交際の相手は官僚層の人間であり、杜甫も検校工部員外郎という中央官庁の郎官の肩書きを持っていたので（どれほど有効であったかわからないが）、まさか隠者風の布衣の服装で行くわけにはいかなかった。相手からの尊敬とさまざまな援助を引き出すためには、こうした格式と威厳作りは必要であった。漂泊の身の杜甫にとってはこのことは死活問題でもあった。「林に入りて我が衣を解く」の句には、格式張った服装とともに、官人達との駆け引きのあれこれの忌まわしい記憶を投げ捨てている杜甫の姿が髣髴とする。それだけではない。騒がしい城中から（仇注）、蜜柑園に取り巻かれた閑静な瀼西の草堂に帰って来て、ああやっぱりここが一番いいと感激を新たにしている。

不思議なことに「みかん林」と題しながら、蜜柑の果実のことはひと言も詩に出てこない。この時の杜甫は蜜柑園に帰ってきたことで精神が落ち着き、心に余裕をもてるほどになった。この時期の杜甫にはめずらしいこうした情緒の安定に、収穫前の蜜柑林が大きな役割を果たしていたことがわかる。

第八節　東屯詩のなかの蜜柑

晩秋の九月になると、稲の取り入れや蜜柑の収穫やらで急に忙しくなる。この時期もまた蜜柑がしばしば詩に登場する。五言律詩の連作、〈二〇30 駅従りきたりて草堂に次り、復た東屯の茅屋に至る、二首〉其一に次のように歌う。

峽内歸田客、　峡内の田に帰る客
江邊借馬騎。　江辺に馬を借りて騎る
非尋戴安道、　(晋の王徽之が舟にて) 戴安道を尋ねしには非ず
似向習家池。　(晋の山簡が馬にて) 習家の池に向かいしに似たり
山險風煙僻、　山は険しくして風煙は僻なり
天寒橘柚垂。　天は寒くして橘柚は垂る
築場看斂積、　場を築きて斂め積むを看
一學楚人為。　一に学ばん　楚人の為すを

実は仲秋の八月ごろ杜甫は、稲田の管理のために、瀼西草堂から東屯の茅屋へと移り住んでいた。だがしばらくは東屯と瀼西の間を行ったり来たりしていた。この詩もそんな時に作られたひとつである。

晩秋のある日、城内に出かけていた杜甫は瀼西(東屯)に帰ってきた。その時、白帝城方面の江辺の駅で馬を借りて、まず瀼西の草堂で一度泊まってから(詩題にいう)、東屯の茅屋に戻っていった。杜甫がわざわざこの詩

で、「古人が戴安道を船で尋ねて行った」という典故とは違うと言っているほどであるから、東屯へは船ではなく、渇水期に入った瀼渓を馬で行ったと思われる(6)。

瀼西の草堂から東屯の茅屋に至る途中の景色は鄙びており、城内から帰ってきたばかりの杜甫の目にはいっそう僻遠の地と映ったに違いない。その景色の中に、蜜柑が熟しつつ重そうに垂れているのを、杜甫は認めている。たとえこの詩の橘柚の風景が瀼西の草堂を取り巻く彼自身の蜜柑園でなかったにしても、夔州では蜜柑の植栽に適した地がいたるところにあるから、途中の景色で蜜柑が杜甫の目に入っても何も不思議なことはない。しかしよく実った蜜柑が杜甫の目に飛び込んできたのは、蜜柑の収穫の時期であることをどこかで意識していたからでもあっただろう。この詩の最後の聯には稲の収穫のことを言うが、気になっていたのは稲の取り入れのことだけではなかったのである。そういうふうに見てくれば、「天は寒くして橘柚は垂る」というのは、単に目に触れた一般的な風景としてだけ歌っているのではあるまい。そこには蜜柑園所有者としての目もあったに違いないのである。

第九節　蜜柑の収穫

晩秋のある雨上がりの朝、いよいよ収穫が始まっている。そのことを描いたのが、〈二〇38　寒雨に朝に行きて園樹を視る〉の七言排律である。

浦起竜は「大暦二年の秋冬の交わりに瀼西にて作る」（巻五之末）という。確かに詩中には「寒雨」「清霜」などの語があり、それからすれば晩秋から初冬にかけての時期がふさわしい。旧暦の分け方に従えば、晩秋が九月、初冬が十月である。杜甫の詩を編年する場合、そこに難しさがあるように思う。というのも、杜甫の詩には、まさにこの晩秋から初冬にかけて作られた稲と蜜柑の詩と同時に、日付の入った詩が存在するからである。以下に紹介するように、稲の収穫と蜜柑の収穫のどちらを早くするか、しかもそれらを日付のどちらに入れるかで、いろいろな編年の仕方がある。

まず小論が底本とする仇兆鰲の編年を紹介すれば、

〈三〇32　茅堂にて収稲を検校(ケンコウ)す、二首〉（「香稲は三秋の末」の句がある）

〈三〇33　稲を刈り了(おわ)りて懐(おも)いを詠ず〉

〈三〇36　季秋の江村〉

（「俎(おそなえだい)に登りて黄甘は重く」の句があり、蜜柑の収穫がもう終わっている）

〈三〇38　寒雨に朝に行きて園樹を視る〉

（「林の香(かんば)しきは実より出でて垂れて将に尽きんとし」の句があり、蜜柑が収穫されつつある）

〈三〇44　大暦二年九月三十日〉

〈三〇45　十月一日〉

〈三〇46　孟冬〉

（「甘を破れば霜のごときもの爪に落ち、稲を嘗むれば雪のごときもの匙より翻る」とあり、蜜柑と稲がすでに収穫されている）

仇注の編年は合理的で、まず稲の収穫が終わってから蜜柑の収穫が終わり、九月三十日に、暦の上での晩秋もおわる。そして十月一日から冬に入る。仇注の編年が合理的だと思われる理由は、前にも掲げた〈三〇30　従驛次草堂復至東屯茅屋二首〉其一に「山險風煙僻、天寒橘柚垂。築場看斂積、一學楚人為。」とあり、稲の収穫の時期にもまだ橘柚がなっているからである。（杜甫の蜜柑園にも早生種や晩生種があったのかもしれないが、ここはそれは考慮外とする。）

しかし宋本系の王洙本、郭知達本、草堂詩箋本、趙次公本、王状元本などは、

〈二〇38 寒雨に朝に行きて園樹を視る〉
〈二〇36 季秋の江村〉
〈二〇32 茅堂にて収稲を検校（ケンコウ）す、二首〉
〈二〇44 大暦二年九月三十日〉
〈二〇45 十月一日〉
〈二〇33 稲を刈り了（おわ）りて懐（おも）いを詠ず〉
〈二〇46 孟冬〉

の順序に編年する。(7) この立場は、蜜柑の収穫の後に米の収穫が来て、米の収穫は初冬中に終わることになっている。

一方、元の高崇蘭の『集千家註批点杜工部詩集』は、

〈二〇46 孟冬〉（瀼西・東屯期には編せず、前年の西閣期に編す）
〈二〇36 季秋の江村〉
〈二〇32 茅堂にて収稲を検校（ケンコウ）す、二首〉
〈二〇44 大暦二年九月三十日〉

〈二〇45　十月一日〉
〈二〇33　稲を刈り了(おわ)りて懐(おも)いを詠ず〉
〈二〇38　寒雨に朝に行きて園樹を視る〉

であり、蜜柑と稲が入り交じっている。これはまさに晩秋と初冬の交わりに、稲と蜜柑が、前になったり後になったりしながら収穫されるということを言いたげでもある。

また、仇注も参照する清の朱鶴齢輯注の『杜工部詩集』は、

〈二〇36　季秋の江村〉
〈二〇38　寒雨に朝に行きて園樹を視る〉
〈二〇32　茅堂にて収稲を検校(ケンコウ)す、二首〉
〈二〇33　稲を刈り了(おわ)りて懐(おも)いを詠ず〉
〈二〇44　大暦二年九月三十日〉
〈二〇45　十月一日〉
〈二〇46　孟冬〉

となり、まず蜜柑の収穫があって、その後に稲の収穫がきて、晩秋が終わって初冬が来るとなっている。蜜柑と稲の順序が仇注と正反対になっている。私は仇注の編年に左袒するものであるが、ただ、わずかに手を加えて、この七言排律の〈二〇38　寒雨に朝に行きて園樹を視る〉を〈二〇36　季秋の江村〉よりも先に読みたいと思う。全詩を掲げる。

柴門擁樹向千株、　わが柴門は樹を擁して　千株に向(なんな)んとす

丹橘黄甘此地無。
江上今朝寒雨歇、
籬中秀色畫屏舒。
桃蹊李徑年雖古、
梔子紅椒艶復殊。
鎖石藤梢元自落、
倚天松骨見來枯。
林香出實垂將盡、
葉蔕辭枝不重蘇。
愛日恩光蒙借貸、
清霜殺氣得憂虞。
衰顔動覓藜床坐、
緩歩仍須竹杖扶。
散騎未知雲閣處、
啼猿僻在楚山隅。

丹橘と黄甘は　此の地には無けれど　われにはあり
江上に今朝は　寒雨歇み
籬の中の秀でし色は　画屏の舒ぶるがごとし
桃の蹊と李の径は　年は古りたりと雖も
梔子と紅き椒は　艶にして復た殊なり
石を鎖す藤の梢は　元自り落ち
天に倚る松の骨は　見来は枯れたり
林の香しきは　みかんの実より出で　垂れて将に尽きんとし
葉蔕は枝より辞せば　重ねては蘇らず
みかんは愛日の恩光に　借貸せるを蒙るも
清霜の殺気には　憂え虞うるを得たり
わが衰えし顔は動もすれば藜の床に坐するを覓め
緩き歩みは仍お竹の杖に扶けらるるを須う
われは（晋の潘岳の）散騎のごとく（省郎なりしも）未だ雲閣の処を知らずして
啼く猿のごとく　みやこよりとおく僻りて　この楚山の隅に在り

〈二〇38　寒雨朝行視園樹〉

第一聯の「千株」は、千樹の橘を所有すれば千戸侯に同じ富と述べた『史記』にもとづく蜜柑のことで、草堂を取り巻く果樹園には千株近くものたくさんの蜜柑があることを言う。しかもその蜜柑畑の丹橘と黄甘は、当地にもあまり植えられていないことをいくらか自慢げに言う。その「此の地に無し」の句で、「此地」を「北地」に作るテキストがある。たとえば南宋の趙次公が「……甘橘は自ずから是れ（南方の＝筆者補）楚地の有する所なるのみ、故に『北の地には無し』と曰う」（戊帙巻之八）というのがそれで、趙次公はその理由までも述べている（他には四部叢刊本）。たしかに柑橘類は中国の北地（長安など）にはないから、この解釈は非常に合理的ではある。しかしこの場合、杜甫の蜜柑詩に限って言えば、「此の地には無い」のほうが適当であろう。なぜなら、蜜柑は本来この地の特産品として経済価値が高いはずなのに、植えたら豪吏に不法に搾取されてしまうといって、農民たちが栽培していないことを、杜甫がすでに〈一九16　雨に阻まれ瀼西の甘林に帰るを得ず〉で述べていたからである。だからこの詩の第一聯で、杜甫の誇らしげな物言いを読みとるのは、そう牽強付会な解釈ではないと思う。

この果樹園には蜜柑だけが植えられているというわけではない。雨の後、真垣がまるで錦屏風のように鮮やかに匂い立ち、その奥には桃や李の古木、黄色いクチナシ、サンショウの赤い実、地まで垂れた藤、天を衝くほどに高い枯れ松などがある。杜甫はこの日、あらためて自分の果樹園の多彩な様子をほれぼれとした気持ちで見つめ直している。

しかしこの日の杜甫の主な関心事は、詩題に「園樹を行視する」と言うように、蜜柑を点検して見回ることである。「行視」は巡視、巡察する意で、韻文ではまず使われないやや格式張った言葉である。園内に芳香を漂わせるその蜜柑はいましも摘果されつくそうとしている。稲の取り入れも終わって、蜜柑の収穫も最後の段階にきているのである。だがある種の蜜柑類は霜害を受けやすい(8)。蜜柑園を見回るのは「清霜の殺気を憂える」とあるように、霜の害を受けはしないかなどの心配のためでもあったろう。ここでも杜甫は蜜柑園経営者の立場として見回っている。この詩は、収穫の喜びを直截に歌うというようなものではない。李白ならそういう詩を作ったかもしれない。末句には杜甫特有の憂愁が表白されている。とはいえ、七言排律という詩体からくる華麗な軽快さはこの詩からもうかがえる。こんな詩体の選択にも、蜜柑の収穫を前にした杜甫の精神の昂揚をみることができる。

次の詩ではもう蜜柑は収穫されている。五言律詩の〈二〇36 季秋の江村〉に歌う。

喬木村墟古、　喬(たか)き木ありて村墟(むら)は古く
疏籬野蔓懸。　疏(まばら)なる籬(まがき)には野の蔓の懸(か)かる
素琴將暇日、　素琴もて暇なる日を将(おく)り
白首望霜天。　白き首(こうべ)にて霜天を望む
登俎黄甘重、　俎(おそなえだい)に登りて黄甘は重く
支牀錦石圓。　牀を支えて錦石は円(まろ)し
遠遊雖寂寞、　みやこより遠く遊べるは　寂寞たりと雖も
難見此山川。　見難きかな　此の山川のすばらしきは

多忙だった収穫期を終えて、晩秋のこの時期、杜甫にはひとときのゆったりした時間が訪れたようである。次の冬期の仕事が始まるまでは、もう少し時間がある。いくらか暇になった杜甫は、琴などを引いて時間を過ごしている。川辺の小さな村で晩秋が過ぎゆくのを見送り、漂泊の我が身に一抹の寂寥を感じないわけではないが、この詩の中ではそんな憂鬱よりは、この山川の風景の中にいる自分にすっかり満足している。その充足感の一半

は、今秋収穫できた蜜柑からきている。実がつまって汁気が多くてどっしりと重い蜜柑が、いましも供物台の上に置いてあるのを見ていると、ふつふつと楽しげな気持ちがわき上がってくるのである。

第十節　蜜柑園を譲る

次の五言律詩〈二〇46 孟冬〉は、大暦二（七六七）年十月初冬の作である。

殊俗還多事、　俗を殊にすれば還たなすべき事多く
方冬變所為。　冬に方りて　われは為す所を変ず
破甘霜落爪、　甘を破れば霜のごときもの爪に落ち
嘗稻雪翻匙。　稲を嘗むれば雪のごときもの匙より翻る
巫峡寒都薄、　ここ巫峡は寒さ都て薄く
黔溪瘴遠隨。　黔渓のみなみより瘴も遠く随いきたる
終然減灘瀬、　終然には灘瀬の　みず減じ
暫喜息蛟螭。　暫く喜ぶ　あらぶる蛟螭の息みてひそむを

とうとう暦の上でも秋が終わり冬に入った。いったん冬になると農事もまた秋とは違ってやるべき事が多いと詩にあるが、それはたとえば〈二〇37 小園〉の詩で「俗に問いて寒事を営む」という時の「寒事」のようなものを指すであろう。具体的にどのようなものか、王嗣奭がその寒事について「園中の事は、寒にも亦た之有り、云う所の如きは、秋菜、冬菁是れなり。素より慣習せざれば、則ち俗に問いて寒を営むなり」（巻九）などという

のが参考になる。冬でも温かいこの三峡の地では、冬野菜を植え付けたりの農事も少なくないのである。この部分を仇注が「殊俗に在りて猶お事多しとは、此れより前に田園を課督するなり」と述べて、稲作の管理経営の事に限定するのは当たらないと思う。

峡内では冬でもまた違った農事が多いことを、杜甫は決して嫌がってはいない。むしろ新鮮な思いで楽しんでいるふうでさえある。稲も蜜柑も無事に収穫を終えて気力にあふれている。第二聯は、今秋収穫できた米と蜜柑をいかに喜んでいるか、細部を克明に写し取るなかにその新物を味わうことの出来る喜びを表し得て名句となっている。ただ杜甫がここですべて実際から遊離した詩的な表現を用いているというわけではない。「甘を破る」という表現を用いているのは「柑と橘の明らかな区別は、二者の果実の違いにある。柑の果皮は厚く、剥離しがたく、食べるときは常に刀でこれを破る必要がある」その一方で「橘の皮は薄くて軟らかく、はぎやすい」[9]という事情があったからである。また唐代ごろは粟や米は匙で食べる習慣があった。「稲……匙より翻る」といって、さらさら或いはぽろぽろした米を匙ですくって食べているのは、その米がねちねちとした下等な米ではなく、上質の米であることを示している[10]。

こうしたおいしいものをたらふく食べることができれば、何もかもが幸福に見えてくる。貴州あたりからの熱気が長江を遡ってくるおかげで冬暖かいのもありがたいし、冬の渇水期になって長江の荒れ狂う波濤が静まり船旅が安全になるのも喜ばしい……、と詩は結ばれる。この詩全体が活気と喜びに満ちあふれ、杜甫の興奮がこちらにも伝わってくるようだ。それが、蜜柑も米もうまく収穫が終わったという安心感から発していることは、容易に見て取れる。たかが蜜柑なれども、この時期の杜甫の精神のありように蜜柑が与えた効果は、絶大なものがあったと言えよう。

年が明けて、翌、大暦三（七六八）年正月、杜甫はいよいよ夔州を去って江陵へと長江を下ることにした。長年の計画がやっと実現することになる。この年、杜甫は数えで五十七歳になる。晩年の時間はあと三年も残されていなかった。出発に際しては、長逗留になってしまった夔州での、不動産の整理をしなければならなかった。思い入れの深かった果樹園を手放すに当たって、杜甫は気が高ぶっている。そんな中で作ったのが、五言排律の〈三27 将に巫峡に別れんとして南卿兄に瀼西の果園四十畝を贈る〉の詩である。これも全詩を掲げる。

苔竹素所好、　苔と竹は素より好む所なるも
萍蓬無定居。　われは萍と蓬のごとく　定まれる居は無し
遠遊長兒子、　遠遊して　わが児子長じ
幾地別林廬。　幾つの地にか　林の廬に別れたる
雜蕊紅相對、　雑じれる蕊に紅の相い対せしとき
他時錦不如。　他の時には錦も如かざりき
具舟將出峽、　舟を具して将に峡を出でんとして
巡圃念攜鋤。　圃を巡りて鋤を携えしことを念う
正月喧鶯末、　正月の鶯の喧しきこと未だし　（王洙本に拠り「末」を「未」に改める）
茲辰放鷁初。　茲の辰ぞ鷁を放つの初めなり
雪籬梅可折、　雪つもれる籬に　梅は折るべく
風榭柳微舒。　風ふきつくる榭に　柳は微かに　めを舒ぶ
託贈卿家有、　託し贈りて卿が家に有せしめん

因歌野興疏。　因りて歌うて野興を疏べん
殘生逗江漢、　残んの生は江漢に逗まらん
何處狎樵漁。　何れの処にか樵と漁に狎れん

詩題に「瀼西の果園の四十畝」と書いてあるが、実は蜜柑のことはどこにも書かれていない。しかし、この果園が蜜柑園を主としたものであることは、今まで掲げてきた詩やその周辺の詩を見れば自ずと浮かび上がってこよう。四十畝の果園といってもそれが何処にどのような形で存在していたのか等については、論者の間でも微妙な違いがある。(11) 仇兆鰲の説明を紹介すると、左のようになる。

……豈に甘林は又た果園の外に在ると云うべけんや。大抵分けて之を言えば、則ち甘林は另に一区を為すも、合わせて之を言えば、甘林は包まれて果園の内に在り。蓋し四十畝の中、自ずから兼ねて諸果を有するなり。
〈三〇38　寒雨朝行視園樹〉注

果樹園にはその他の果樹もいろいろあるが、果樹園と蜜柑園がばらばらに存在しているのではなく、蜜柑園の区画が果樹園に包まれたようにして存在しているのだという、彼の見解は妥当なところであろう。

唐代の四十畝は約二ヘクタールであるが、それは当時にあってはどれぐらいの規模だろうか。宋の蘇軾の「楚頌帖」に「吾が性、種植するを好み、能く手自から果木を接し、尤も橘を栽うるを好む。陽羨は洞庭の上りに在り、柑橘の栽は至りて得易し、当に一小園を買いて、柑橘三百本を種うべし」(『広群芳譜』巻六四・果譜・橘)とあり、蘇軾は蜜柑三百本を植えられる果樹園を買いたいと述べている。その広さだが、簡錦松氏が上掲書に現代の奉節県の植え付けの実例を紹介しており、それによれば十平米に蜜柑一株、卑近な例でたとえれば六畳の広さに蜜柑一本である。(12) その基準で行けば、蜜柑三百本なら三千平米で六畝弱、もしも半分弱の密度で植えたとすれ

ば、十畝近くになる（この数字は、四十畝の果樹園に千本近くの蜜柑を有するという杜甫自身の言い方「柴門擁樹向千株」〈三〇38 寒雨朝行視園樹〉とも齟齬しない）。この蘇軾の例を参考に考えて、もしも十畝前後が果樹園の手頃な売買の対象とすれば、四十畝というのは、比較的大きな面積ということになる。以上はあくまで一つの目安にすぎないが、杜甫は、そういう規模の果樹園を一度購入し、今度はそれをある人に贈与しようとしているのである。趙次公が「果園四十畝にして公は直だ挙げて以て人に贈るのみ。此れ一段の美事なるも古今未だ嘗て揄揚せず」（己帙巻之二）とか、黄生が「若し俗人に在れば、菓園四十畝は、必ず将に襟府に塞ぎ満ちん。公に在りては挙げて以て人に贈る。只だ『桃を餽る』『棗を撲つ』と観を同じうす」（巻十）などと評して、杜甫の贈与が大変な美事、無償の行為であったことを顕彰しようとするのも、それなりの根拠があったと言えよう。

王嗣奭が「贈りて託すと曰うは、猶お割くに忍びざるの意有り」（巻九）と言い、浦起竜が「前半は皆な恋恋の語なり、自爾と情長し」（巻五之四）という。たしかにこの詩からは、果園を手放すに際して杜甫の気持ちが相当に高ぶっていることが見て取れる。杜甫はこの果樹園に対しては、かなりの思い入れがあったと言えよう。杜甫は「さまざまな果物の花に赤い花が取り合わせられたときには、錦も及ばない美しさになる」[13]と、果樹園の美しさを強調するのみだが、実際には蜜柑の収穫という経済的な理由が、裏では大きなウェイトを占めていたはずに違いない。

第十一　おわりに

あれほどしばしば歌われていた蜜柑が、夔州を去ってからはさっぱり詩に登場しなくなる。はじめにも述べたように、蜜柑はこの夔州瀼西の地で、秋から冬にかけて集中して歌われているのであり、それ以外には成都草堂時代に若干有るのを除いては、千四百余首の杜甫詩にとってはほとんど無きに等しい。瀼西であんなに蜜柑を歌っていたからといって、杜甫が最初から最後まで一貫して蜜柑を歌うのが好きだったというのでは決してないのである。まずこれが杜甫の蜜柑詩の一つの特徴である。

杜甫の詩に登場する蜜柑は、或いは蜜柑を歌う杜甫の詩は、中唐から宋代以降に見られるような、趣味として花木を鑑賞する態度ではない。杜甫の場合はもっと実践的であり、蜜柑を収穫し経営するものの立場からの描き方である。これまで見てきたように、杜甫の蜜柑詩は当時の彼自身の農的な生活に密着したものであった。杜甫は瀼西草堂の農的な生活の中で、いつも蜜柑の様子を気にかけ、蜜柑の順調な生育を願い、晩秋の豊作を心に描いていた。そのような生活の最も身近なところで、大きな関心を寄せて蜜柑の詩を詠じた詩人はあまりいないと思う。

蜜柑園の経営は杜甫に希望を与え、精神にゆとりを持たせた。だから杜甫の蜜柑の詩は概して明るく、高揚した気分を表していることが多い。杜甫の蜜柑の詩に古体詩が少なく、近体詩が多いのもそれを反映していよう。杜甫と言えば誰もが、世を憂え民を思い、沈鬱、深刻というイメージを思い浮かべてしまう。しかしこの蜜柑詩の中では、杜甫は少しばかりそんなイメージから抜け出している。杜甫にとって蜜柑の詩は、杜甫の詩風の広がりに一役かっている。蜜柑の農業詩のおかげで詩風が多彩になったのである。杜甫にとっての夔州時代の農業詩はそんな役割をも持っていたと言えよう。

杜甫にとって蜜柑は善なる存在であった。蜜柑は杜甫の人生にも詩にも大きなプラスであった。杜甫によって蜜柑の詩が書き残されたことは、蜜柑にとってもラッキーなことであったろう。(14) もしも収穫がうまくいっていなかったなら、蜜柑は杜甫に暗い影を落とすことになったであろう。しかし幸い、天災にも人災にも遭わず、どっしりと重い蜜柑が収穫できた。夔州という杜甫最後の定住の地で、運よくも蜜柑と米がうまく収穫できたのは、杜甫の人生でも一つの快哉事だったといえるのではなかろうか。杜甫の人生にも詩にも大きな影響を与えた蜜柑、そんな蜜柑と杜甫の出会いの意味を発見することも小論の一つの目的であった。

注

(1) 橙については、『カンキツ総論』（岩堀修一・門屋一臣編、養賢堂発行、一九九九年）に「二世紀に編纂された説文や爾雅郭注に橙の語が現われ、いずれも柚は橙よりも酸っぱいことを述べている。橙は後にスイートオレンジのことを指すようになるが、この当時は明らかにダイダイのことである。（中略）ダイダイはインド原産である。中国へはおそらく紀元前二世紀頃に西方の国から導入されたと思われる」（九頁）とある。その場合は現代中国語名でいう酸橙・代代のようなものであろう。ただし杜甫がここで言う橙は、『カンキツ総論』が言うような後のスイートオレンジを指しているかもしれない。その時には、和名ではアマダイダイ、現代中国語名でいう、甜橙・広柑・黄果・広橘のようなものが、それにあたるであろう。小論では一応アマダイダイのルビを振っておいた。なおこれについては以下の書を参照した。『中国高等植物図鑑／全五冊／補編一－二』（中国科学院植物研究所主編、科学出版社、一九九五年）。『中国花経』（陳俊愉・程緒珂主編、上海文化出版社、一九九〇年）。『日本中国植物名比較対照辞典』（増淵法之、東方書店、一九八八年）。『中日植物名称対照表・増訂版』伊東知恵子編、中国語友の会発行、内山書店発売、二〇〇〇年）。

　杜甫はこの橙類のほかに、柑類と橘類とを区別して用いている。柑類については、甘・甘樹・甘子・黄甘・三寸の黄甘などと用い、橘類については、朱橘・橘柚・丹橘などと用いる。蜜柑園については橘園、橘林という言葉は用いていないが、甘園（柑園）・甘林・千甘・園甘などと言う。しかし本章では、まとめて蜜柑と称することにした。

　柑については、上掲書『カンキツ総論』に「したがって柑には多数の種類があった。後漢の桓帝（一四七－六八）の頃に崔寔が著した書に黄柑の名が出てくる。この黄柑はスイートオレンジのことである。前述のように湖南省で二二〇〇年前の墓からスイートオレンジの種子が発掘されているから、本種が雲南から四川に伝わり、揚子江を降って湖南、湖北に広がったのはかなり昔のことだったはずである」（九－十頁）とある。よって杜甫の言う柑はスイートオレンジと考えてよいであろう。

なお柑と橘の違いについては、『広群芳譜』巻六十五、柑に、柑は「樹は橘に似るも、刺少なし、実は亦た橘に似るも、円くして大。霜の後に始めて熟し、味は甘甜なり。皮の色は生は青、熟すれば黄、橘に比べて稍や厚く、理は稍や粗なり。……橘の実は久しく留むべきも、柑の実は腐敗し易し。柑の樹は氷雪を畏るるも、橘の樹は略ぼ耐うべきなり。此れ柑と橘の異なり」という。

橘についても同じく『広群芳譜』巻六十四では、「四月に小さき白き花を生じて、清き香りは人に可し。実を結べば柚の如くして而も小さく、冬に至りて黄に熟し、大いさは杯の如し。包中に瓣有り、瓣中に核有り。実は柑より小さく、味は甘く微かに酸し」という。

さらに柑については同じく『広群芳譜』巻六十五に、「柑は未だ霜を経ざるの時は猶お酸しなるも、霜の後に甚だ甜し。故に柑子と名づく」（原『群芳譜』の引く『開宝本草』）とある。（『授時通考』、『本草綱目』、『農政全書』、『植物名実図考長編』などもよく似る）

また『本草綱目』巻三十橘の項には、それらの違いを「夫れ橘・柚・柑の三者は、相い類するも同じからず。橘は実は小さく、其の瓣は味は微かに酢し。其の皮は薄くして紅。味は辛にして苦し。柑は橘より大きく、其の瓣は味は酢し。其の皮は稍や厚くして黄。味は辛にして甘し。柚は……。此くの如く之を分くれば即ち誤らざるなり」とある。

（2）特に現代の夔州あたりの盛んな蜜柑栽培について、上掲書『カンキツ総論』には、中国の現在のカンキツの主産地は四地区に大別できるとして、「第一地区は湖北省の宜昌から揚子江を西に遡行し四川省を含む地区で、オレンジの産地である。重慶から宜昌に至る三峡下りの沿岸には見事なオレンジ園が広がる。主品種は錦橙の選抜系で、ネーブルやバレンシアオレンジも栽培され、ブンタンもある」とある（四四－四五頁）。

また『長江流域』（内山幸久編、大明堂、二〇〇一年）第四部第一章「長江三峡地域の土地利用」第二節「土地利用区分と類型」に、果樹園の項目で次のように言う、「果樹園を見ると、三峡地域の気候・土壌・排水条件が柑橘類の栽培に適しているので、柑橘園は広い面積を占めている。農家の周辺でも零細的に柑橘類が栽培されている。柑橘類は一般に海抜六百m以下の地域に分布している。ほかにモモ・アンズ・ウメ・スモモ・ブドウなどの暖温帯性果樹も栽培されている」（一八〇－八一頁）。

同じく第四節「耕作形態と自然植生」には「三峡地域において経済的に有用な樹種は柑橘類・オオアブラギリ・櫨・漆・茶などである」とある（二八三頁）。さらに第五節「柑橘類生産地域」では、柑橘類のためにわざわざ一節をもうけてあり、「長江三峡地域は柑橘類の栽培に適した地域である。……三峡地域で生産可能な柑橘類の品種は豊富で、優良品種が多数存在する」（二八四－八五頁）とある。

（3）柳州での話しだが、中唐の柳宗元も蜜柑を植えたことがある。「柳州城西北隅種柑樹」の詩に「手種黄甘二百株」の句がある（『柳河東集』巻四二）。

（4）仇注は、南宋の黄鶴は成都詩に編年するが清の朱鶴齢本によって夔州詩に編年した、という。また仇注は、成都時代に厳武の幕府内にいた時の作とする顧宸注を引いて反論している。このようにこの詩は編年に関して異説が多い。宋本の時からすでに成都説を取るものと、夔州説を取るものとに別れていたようである。成都の厳武の幕府内の詩とみなすものには、そのほか重要なものでは、元の高崇蘭の『集千家註批点杜工部詩集』、『杜臆』などがある。その根拠は、二句目の「院」という場所が、厳武の幕府内にふさわしいと考えるのである。確かに杜甫にはその時代の〈四04　院中にて晩に晴れ西郭の茅舎を懐う〉詩がある。夔州説では、南宋の『王状元集百家註編年杜陵詩史』も大暦二年秋、夔州での作とし、そのほか重要なものとしては『読杜心解』、『杜詩鏡銓』、『杜臆増校』の曹樹銘、『杜甫評伝』などがある。とくに曹樹銘は厳武幕府説を批判して詳しい。夔州説のなかでも大暦二年の秋または瀼西での作としぼりこむのは、『王状元集百家註編年杜陵詩史』、『読杜心解』、（『杜詩鏡銓』）、（『曹樹銘』）である。議論は省くが、私も瀼西説に与するものである。

（5）どこからどこへ何に乗って何をしに行くという、具体的なことが何も書かれておらず、果樹園、蜜柑園、野菜畑、東屯の家、瀼西の家、（瀼西の対岸）などの位置関係もはっきりわかっていないので、従来からさまざまな解釈があった。代表的な意見を二つに分けると、次のようになる。①瀼西から蜜柑園に行き、また帰ってくる（浦起竜、楊倫）。とくに陳貽焮は蜜柑園や野菜畑が対岸にもあるとする。②瀼西から東屯に行き、また帰ってくる（仇兆鰲）。……などである。ここでは第Ⅲ部、第一章で紹介した簡錦松氏の『夔州現地研究』（二九四頁）の「作者は瀼岸を馬に乗って散歩しているに違いなく、蜜柑園を巡視するのに、船に乗る必要はない。第四句の渡船は眼で見た景色である」にヒントを得て理解した。

（6）簡錦松の上掲書の第五章第三節の第三「季節性船馬輪替之交通特徴」（二八九－九五頁）の部分がヒントになる。

（7）王洙本は古体、近体の詩体別に編集してあるが、その中はおおよそ年代順に並べてある。ここで問題にしている七首は巻

十五、十六に収められている。郭知達本でも事情は同じで、巻三十から巻三二に収められている。四部叢刊本は、テーマ、題材別分類なので、ここでは除外する。

(8) 清の『授時通考』巻六十五農余・果三・橘に、『文昌雑録』の「南方柑橘多しと雖も、然るに亦た霜を畏る」などと引くのが参考になる(『授時通考校注』第四冊』馬宗申校注、農業出版社、一九九五年、七七頁)

(9) 上掲書の『授時通考校注』(第四冊)巻六五・果三・柑の注の⑰の部分(八八頁)。

(10) 青木正児「用匙喫飯考」を参照。全集本の他には、『華国風味』(ワイド版岩波文庫、二〇〇一年)所収のものなどが簡便。

(11) 杜詩鏡銓は、瀼西草堂の蜜柑園とは他に果樹園を購入していたと考える。(〈一九03 園〉詩で「蓋し瀼西の居は市に近し、故に別に果園を買い以て偃息に資す」と注している)

聞一多は、瀼西の草堂に四十畝の果樹園と数畝の野菜畑を持っていたと考え、その果樹園に関しては、仇注を採って、そのなかに蜜柑園があり、雑多な果樹も植えられていた、とする。(九一頁)

陳貽焮の説は、あちこちに述べられている意見をまとめると、次のようになる。四十畝の果園は、瀼西草堂にある蜜柑園と果樹園のほかに、さらに瀼西の対岸の果樹園も含まれている。瀼西の蜜柑園は草堂を取り巻くようにして存在しており、蜜柑園の中に草堂があると言ってもよい。瀼渓の対岸(東岸)にある果樹園は瀼西草堂から遠くなく、船で行き、梨・梅・杏子・リンゴなど種々の果樹があり、その回りには野菜も植えてある。(一一二三—二四頁、一一六八頁など)

簡錦松氏は、四十畝の果樹園は瀼西に一か所しかなく、川辺から草堂を広く取り巻いて存在している。果樹園のほとんどが蜜柑園であるが、梅、李、桃、棗、梨、栗などのたくさんの果樹もまた、草堂の周囲を取り巻いていた、とする。(二八四—八八頁)上掲の(5)の注を参照。小論では簡錦松説の立場で考えている。

(12) 上掲書二八八頁。また清の呉其濬の『植物名実図考長編』巻十五・果類・橘・種治には、「株毎相い去ること七、八尺」との間隔での植栽を勧めてある(世界書局/中国学術名著第五輯・中国科学名著第二集、民国五一年(六四年再版)、八二五頁)。

(13) 果園の詩なのに、果物について何も述べるところがないのは物足りない気がする。黄生が「蕊の字は当に菓の字に作るべし」というのは心情的に支持したいところである。ただ王洙本をはじめ、王状元本、郭知達本、草堂詩箋本、四部叢刊本、(呉若本)などの宋刻本系のテキストにも、そのような文字の異同は記さず、版本上での裏付けがないから採用できない。ここでは黄生の意見をヒントにして雑蕊を雑果の蕊と解しておいた。

(14) 上掲の『カンキツ総論』に、「漢王朝から三国時代、晋、南北朝、隋、唐、宋の時代に至る一〇〇〇年以上の間、湖南や湖北ではスイートオレンジが栽培され、特に唐代には隆昌を極めた。当時オレンジを称えた詩が沢山作られている。杜甫（七一〇-七〇）、韓退之（七六八-八二四）、司馬光（一〇一九-八六）、などの高名な詩人も詠じており、特に蘇東坡（一〇三六-一一〇一）の黄甘陸吉伝は有名である」（九-十頁）とある。

第二章　杜甫の野菜作りの詩

第一節　はじめに

夔州時代の杜甫は、農事にどのように関わっていたか、それはどのように詩に詠じられているか、そこから杜甫詩の何が明らかになるか、そうしたことをできるだけ具体的な描写にそって読み解いていくこと、それが小論の立場である。

成都時代の杜甫は、ある有力者の後ろ盾により、成都郊外に比較的広い土地を供与されて浣花草堂を営んだ。草堂では野菜作りなどの農事にも関わったが、農事以外の草堂の外回りの仕事などのほうにむしろ熱心であった。それは成都時代の杜甫には杜甫自身の所有となった田地がなく、農業経営に関与する余地があまりなかったからだと考えられる。

しかし夔州では事情が異なる。夔州では畑地付きの屋敷と果樹園を購入し、みずから農事の現場におもむいて耕作や収穫を監督した。成都とは農事への関与の度合いが異なるのである。そうした夔州での農的生活を描く詩は、内容によって分けるなら、稲田と蜜柑園の管理経営を描くもの、野菜作りなどの畑仕事を歌うもの、その他の雑多な外回りの仕事等を詠じるものなどがある。その中でも小論ではとくに畑作を取り上げる。杜甫の場合は畑作の中でも野菜作りが主なものである。

中国の詩人が田園に隠遁した場合、いくばくかの農事を為し、それを詩に描く。いろいろな農事や農的景観は、詩化された隠遁生活を歌う主題や題材として不可欠のものである。詩人はそれらを歌うことなしに、隠遁生活を送ることはできないほどである。

しかし杜甫の場合は、もっと現実的な動機に駆られた生活の実態が背景にある。いわゆる隠逸詩人と称される詩人たちによって空想的あるいは浪漫的に作られた田園詩、農業詩などよりは、生々しさの点で、ある線を一歩越え出て、別の次元に踏み込んでいるようにさえ見える。

杜甫の農業詩は、杜甫の生活詩のなかでも重要な一部分である。生活詩は、大ざっぱには陶淵明にきざし、杜甫に成長し、中唐の白居易等を経て、宋代の詩で開花すると考えられているが、杜甫の農業詩ほど充実した内容の生活詩は、後世かえって見出しがたいほどである。

杜甫の詩は、情景がありありと目に浮かぶ具体的な描写、その迫真性、読者を飽かせないストーリー性、予測不能と言ってもいいほどの話題転換の巧みさ、詩に込められた豊かな情感と実生活に根ざした感情の真実性、秘められた寓意、時として表れる諧謔味、背景にある思想の重み、それらが厳密に設計された形式の上に一首の詩として構築されている。杜甫の詩のこうした特徴が、小論で取り上げる野菜づくりの詩でも存分に発揮されている。なお小論の最後には、杜甫が如何に野菜好きであったかを明らかにした。

第二節　夔州入りと農事の計画

朝廷で員外郎の官に就くため、成都の浣花草堂を去った杜甫は、三峡の町雲安で長い病の床に臥せった。ために雲安滞在は実質八、九か月にも及び、ようやく雲安を出ることができたのは永泰二（七六六）年（以下便宜上大暦元年の年号を用いる）の暮春であった。成都を去ってからもう一年近くたつ。杜甫五十五歳の春も終わろうとしていた。

ほどなく夔州に着いた杜甫は、だからといって旅先を急いでいる風にも見えない。〈一五01 居を夔州に移して作る〉の詩は夔州到着後の最初の作だが、杜甫はすでにこの中で、三峡でもいくらか平地の多いこの夔州にしばらく落ち着こうと述べている。

　禹功饒斷石、　禹の功は石を断つこと饒く
　且就土微平。　且く就かん　土の微かに平らかなるに

旅程を急げば雲安から真っ直ぐ夔州を通過して江陵に下ってもよかったはずなのに、むしろ当初から夔州にしばらく滞在するつもりだったのである[1]。

しかも、夔州入りの初めから杜甫は農事への関心を示している。今掲げた句の直前で、

　農事聞人說、　農事は人の説くを聞き
　山光見鳥情。　山光に鳥の情を見る

と述べており、明末の王嗣奭はそれを敷衍して、

「農事は人の説くを聞く」は、蓋し已に農を為すの意(おもい)有り。後来、瀼西に耕を督(み)るは、此に本づく。……「土の微かに平らか」なれば、正に農に便なり。　（『杜臆増校』巻七）

と解している。

杜甫は雲安での予想外の長患いのため、お金がなくなったのではないかと思われる。路用を作り出すため夔州にしばらく滞在する必要が生じ、そこで蜜柑と稲作の農業経営に手を出したのではないか。たしかに二年弱の夔州滞在の結果から見ればそう考えられるのだが、農業について当初からどれぐらい具体的な計画を持っていたかはわからない。ただ家計の経済状態が当地での農業経営と密接に関連していたことは、以下の詩句から想像できる。

夔州二年目ではあるが、懐具合が寂しくなって妻の装飾品を質に出さざるを得なくなったことがある。杜甫はそのことを友人の高官鄭審・李之芳に次のように訴えている。

嚢虚把釵釧、　嚢(ふくろ)は虚しくして釵(かんざし)と釧(くしろ)を把(と)り
米盡拆花鈿。　米尽きては花の鈿(かんざし)を拆(さ)く　〈一九39　秋日夔府詠懐奉寄鄭監李賓客一百韻〉

また旅の身の上ではお金に頼らざるをえないことを、

久客藉黄金。　久しき客は黄金に藉(よ)る　〈一九10　上後園山脚〉

と述べる。さらに翌春の夔州出発を目前にして、路銀の用意があってこそ旅立つことができるのだと、

春歸待一金。　春に帰らんには一金を待つ　〈二一10　白帝楼〉

と詠じている。これらの詩句から、杜甫が夔州ではいささか手元不如意になっており、旅の身空では日々お金を使わざるを得ず、ひとまとまりの旅費がないため夔州を旅立てずにいることが分かる。

さらに旅の途上にある杜甫にとって夔州での稲の収穫は、生計の基本としてきわめて重要であった。そのことは、以下の詩句から見てとれる。夔州二年目の夏の〈一九14　行官の張望が稲畦（いなだ）の水を補いて帰る〉の詩では、夏の間からこうやって稲田に水やりを怠らず努力しているのは、旅住まいの身に食料を補填することだと述べている。

終然添旅食、　　終然として旅食に添え
作苦期壮観。　　こめ作りは苦しきも壮観なるを期さん

また秋の詩の〈一九15　秋に行官の張望が東渚の秏稲（コウトウ）を督促して畢（おわ）るに向（なんな）んとす。清晨に女奴の阿稽と豎子の阿段を遣（つか）わして往きて問わしむ〉では、主食の米を確保しておくことの大事さを、

穀者命之本、　　穀（こめ）は命の本なり
客居安可忘。　　客居（カッキョ）には安くんぞ忘るべけんや

と述べている。さらにその主食の米が倉いっぱいあるのは旅の愁いを慰めてくれるとして、

倉廩慰飄蓬。　　こめの倉廩（ソウリン）は　飄（さすら）うこと　蓬（むかしよもぎ）のごときわれを慰む　〈二〇31　暫往白帝復還東屯〉

のように詠じている。

これらはいずれも夔州二年目の稲田経営に関する詩だが、夔州期の杜甫が旅の身の上にあるものとして、いかに稲の収穫や食料としての米の確保に心を砕いていたかがわかる。夔州に於ける農業への強い関心は、第一義的にはこうした生活上の必要に迫られたものであったろう。従って杜甫が夔州入りの当初から農事に関する何らかの目当てを持っていたのは、十分に考えられることであった。

ただ根本のところでは、このように余儀なくされた農事であることには違いないのだが、杜甫が農事を詩に歌

うとき、それらはまったく異なる色彩をもって読者の眼にあらわれ、我々を楽しませてくれるのである。

第三節　夔州一年目、夏の旱魃

いま述べたように夔州入りしたときから、杜甫はある程度農事への考えを持っていたはずだが、夔州一年目の農事は野菜作りが中心であった。

あれこれの詩の中から野菜作りに関する断片的な言及をつなぎ合わせると、次のように考えることができる。杜甫は夔州到着後まもなく、ある畑を確保して自家用のための野菜を作ろうとした。しかしその夏は日照りが続き、当初の思惑ははずれてしまった。秋になると豪雨が襲ったりもしたが、いい雨も降り、野菜はある程度順調にそだった。そういう中で住家の軒先にチシャを作ったりもしたが、それはみごと失敗に終わった。夔州一年目についてはそういった流れを想定することができる。

夔州一年目、大暦元年の夏は異常な旱魃続きだった。そのことは杜甫の〈一五24　雷〉〈一五25　火〉〈一五26　熱三首〉〈一五28　毒熱のとき簡を崔評事十六弟に寄す〉などの詩に連続して描かれている。雨乞いのため当地独特の風習も行われたが、旱魃は三か月あまりの長きに及んだ。そのことは〈一五32　七月三日、亭午已後、校熱退き、晩に小涼を加え、穏やかに睡る。……〉の詩に、

閉目踰十旬、　目を閉ずること十旬を踰ゆるも
大江不止渇。　大江もこの渇るるを止めず

とあることからわかる。目も開けられぬほどの旱天が十旬、つまり百日も続き、長江の大河の流れでさえ、この

天気枯渇の状態は止めることができなかったという。

一年目の夏の〈二五24 雷〉の詩によれば、そんな思いがけない大旱のなかで、杜甫の野菜作りの目論見はすっかり当てが外れてしまった。その詩の冒頭で、

大旱山嶽焦、　大旱に山岳は焦げ
密雲復無雨。　密雲なるも復た雨無し
南方瘴癘地、　南方は瘴癘（ショウレイ）の地にして
罹此農事苦。　此れに罹（かか）れば農事苦しむ

と詠じて、旱天が続けば農業こそ真っ先にその被害をこうむるのだと述べている。この詩を作った前日、雷が鳴って風が吹き、ひと雨来るかと大いに期待させられたのだが、結局雨雲は吹き散らされて雨は一滴も降らなかった。

昨宵殷其雷、　昨宵　殷たる其の雷
風過齊萬弩。　風の過ぎること　万の弩（いしゆみ）に斉（ひと）し
復吹霾翳散、　復た霾翳（バイエイ）を吹き散らし
虚覺神靈聚。　虚しく覚ゆ　神霊の聚（あつ）まると

それで杜甫はひどく落胆してこの〈二五24 雷〉の詩を作ったに違いないのだが、末尾で自分の不運さをかこちて、

吾衰尤拙計、　吾衰えて尤（もっと）も計に拙（つたな）く
失望築場圃。　望みを失う　場圃を築くに

と詩を結んでいる。

場圃を築くというのは、厳密に言えば『詩経』国風・豳風「七月」の詩の

　九月築場圃、　九月は場を圃に築き
　十月納禾稼。　十月は禾稼を納る

を踏まえた言い方である。その毛伝に「春夏は圃と為し、秋冬は場と為す」とあり、鄭箋に「場と圃は地を同じくするのみ。物生ずるの時、之を耕やし治めて以て菜茹を種え、物の尽く成熟するに至りて、築き堅めて以て場と為す」という。これからすると場圃は一つの土地を二度利用するやり方で、春夏は耕して畑にして野菜を作り、秋冬には土を固めて穀類などの収穫の作業場として用いるのである。以上から杜甫がこの夏（旧暦で四－六月）に作った詩のなかで、日照りのため場圃を築く望みを失ったと述べているのは、一般的な農事というより夏の野菜作りが水の泡と帰したことを嘆いていると考えてよいであろう。ということは、杜甫は夔州一年目にすでに何らかの野菜畑を持っていたのである。

　この長い旱魃でいっそう暑かった夏も、さすがに暦の上で秋になるといくらか涼しさがおとずれた。しかしまだ雨は降らない。そのため畑の野菜はとても貴重で、食卓用に摘み取ってくるなど、とてもできるものではなかった。ということを、杜甫は前に掲げた〈一五32　七月三日、亭午已後、校熱退き、晩に小涼を加え、穏やかに睡る。……〉の詩で、続けて歌っている。

　退藏恨雨師、　雨師の退き蔵るるを恨み
　健歩聞旱魃。　旱魃の健歩するを聞く
　園蔬抱金玉、　園の蔬は金玉を抱くがごとく
　無以供採掇。　以て採掇るに供する無し

密雲雖聚散、　密雲は聚(あつ)まり散じて　あめふらずと雖も
徂暑終衰歇。　暑さ　さり徂(ゆ)きて　終に衰え歇(や)みたり

ここでいう「園の蔬」がどこのものかははっきりしない。杜甫の畑の野菜かもしれないし、他所の畑の野菜かもしれない。しかしこんな旱天下なら野菜が貴重になるのは、だれの畑でも同じようなもので、というより、ここはそのどちらとも取れるような、つまり両者を厳密に区別しない書き方となっている。こういう曖昧さが所謂漢詩の含蓄というものだろう。下句の「以て採掇(サイテツ)するに供する無し」の言い方も同じで、これは杜甫の家の事情でもあるし、余所の事情でもある。こう考えてくると、夔州一年目にすでに杜甫の家に野菜畑があり、それは夏の旱魃で被害を受けていたと、この詩から読み取ってもさして不当ではあるまい。

第四節　夔州一年目、秋の野菜

秋になって雨が降りはじめると、この長引いた旱魃もおさまった。杜甫はこの久旱の後の慈雨が嬉しく「雨」と題する詩を二首作っている。その中の一つ〈一五35 雨〉の詩で、一度は枯れてしまった農作物も今次の恵みの雨で生き返ったと述べる。

亢陽乗秋熱、　亢陽(コウヨウ)は秋の熱に乗じて
百穀皆已棄。　百穀は皆な已に棄てらるるも
皇天徳澤降、　このたび皇天は徳沢のあめをば降らし
燋巻有生意。　燋(こ)げてちぢれ巻きたる（葉）も　ふたたび生意を有するなり

旱魃後の雨で杜甫の野菜畑も蘇生し順調に緑の葉を伸ばしはじめた。感激のあまり杜甫の想像は勝手にふくらみ、まだ一、二か月も先だというのに、晩秋の稲の豊作の様子をもう頭に思い浮かべている。

清霜九月天、　清き霜のふる（旧暦）九月の天に
髣髴見滞穂。　髣髴（ホウフツ）として滞穂（おちぼ）を見ん
郊扉及我私、　あめは郊扉（コウヒ）に我が私に及び
我圃日蒼翠。　我が圃（はたけ）は日びに蒼翠なり　〈一五35　雨〉

「郊扉」は郊外にある住まいをいう。「我が私」は『詩経』「大田」の詩の、雨が公田をうるおしさらに自分の私田をもうるおすという句を踏まえている。

雨我公田、　我が公田に雨ふり
遂及我私。　遂に我が私に及ぶ　『詩経』小雅・甫田「大田」

このように「我が私」は、ここでは杜甫の私物となっている農地を指している。さらに「我が圃」とあることから、杜甫の「我が私」の農地は杜甫の所有になる畑だとわかる。つまり杜甫はこの時期すでに自分の野菜畑を持っていたのである。

これが稲田などではなく野菜畑であることは、先の句に続けて、

恨無抱甕力、　われは甕（かめ）を抱くの力無きを恨み
庶減臨江費。　江に臨むの費を減ぜんことを庶（こいねが）う

と詠じていることからも想定できる。「甕を抱く」という言い方は『荘子』天地篇の漢陰の丈人の故事にもとづく。子貢が漢陰を通りかかったとき一人の老人が「圃畦」づくりをしており、井戸の水をいちいち甕で抱きかか

えて汲んでは圃畦に注いでいた。

子貢……漢陰を過ぎり、一丈人を見る。方に将に圃畦を為らんとす。
隧を鑿ちて井に入り、甕を抱きて出でて灌す。

　子貢……過漢陰、見一丈人。方將為圃畦、鑿隧而入井、抱甕而出灌。

という話で始まる故事である。この話は後の詩人たちからは、野菜作りや隠遁生活を象徴する典故として用いられるようになる。この荘子の「圃畦」にはいろいろな解釈があるが、畑（圃）のあぜ又はうね（畦）という説をとっておきたい。後世は畑地、とくに野菜畑やそのうねの意味で用いられることが多い。例えば元結は杜甫が尊敬する同時期の詩人であるが、その詩には、

筑塘列圃畦、　塘を筑きて圃の畦を列ね
引流灌時蔬。　その流れを引きて時の蔬に灌ぐ　『唐元次山文集』巻四「游潓泉示泉上学者」

と歌われている。このように「圃畦」から普通に連想されるのは野菜畑である。決して稲田ではない。杜甫がこの漢陰丈人の「甕を抱く」の故事を用いていることは、ここでも杜甫が野菜畑を持っていたことを示唆するのである。

以上で杜甫は夔州一年目から自分の所有になる野菜畑を持っていたことがわかった。杜甫が二年目の瀼西で自分の畑を所有していたことはよく知られているが、すでに一年目から自分の畑を持っていたことは、ほとんど知られていない。というよりは気づかれていなかった。

では、その野菜畑はどこにあったのか。それを示唆する詩がある。杜甫は夔州に来て間もなく、山の中腹にあ

る居宅でたくさんの鶏の雛を育てはじめた。それが夏には大きくなり、皿やお膳を踏みつけ狼藉を働くので、杜甫は垣根の東側にある空き地に竹垣を作り鶏をそこに隔離しようとした。その作業を長男の宗文に監督させ、その一部始終を〈一五30 宗文を催して鶏の柵を樹てしむ〉の詩につづった。

自春生成者、　春自り生成する者は
随母向百翮。　母どりに随いて百の翮に向んとす
驅趁制不禁、　駆り趁うも　われは制し禁めえず
喧呼山腰宅。　にわとりは山腰の宅に喧呼す
……　……
牆東有隙地、　牆の東に隙地有り
可以樹高柵。　以て高き柵を樹つべし

畑地になりそうなところが、この詩に言う牆の東の「隙地」なのである。隙地は空き地ほどの意味で、成都草堂に住んでいたとき、やはり「隙地」に薬草を植えていたことがある。

藥條藥甲潤青青、　…薬の條と薬の甲は潤いて青青たり…
…根居隙地怯成形。　…根は隙地に居りて形を成せるやいなやを怯る

〈一三41 絶句四首〉其四

次の白居易の詩では「隙地」に畑が作られている。

隙地治場圃　隙地は場圃を治む

『白氏長慶集』巻十五「渭村退居、寄禮部崔侍郎、翰林銭舍人詩、一百韻」

こういう例から見ると、この詩にいう「山腰の宅」の「隙地」を杜甫の野菜畑の候補の一つに挙げていいかもし

れない。

なお簡錦松氏の新説によれば「山腰の宅」は赤甲山腹にあったらしく、一年目の杜甫は白帝山の西閣と赤甲宅とに同時に住んでおり、両処を行き来していたようである。[2]

第五節　夔州一年目、チシャの種まき

夏が過ぎると秋野菜の種まきの時期に入る。唐末五代の農書『四時纂要』には、初秋七月、中秋八月の条に芥(からしな)、蔓菁(かぶ)、蜀芥(たかな)、芸薹(うんだいあぶらな)、小蒜(こびる)、萵苣(ちしゃ)、胡荽(こえんどろ)、葱(ねぎ)、薤(らっきょう)等を植えることが記載されている。

ここ夔州も秋になり雨が降り始めると、杜甫は自分の居所の前に畑を切り開いて、チシャ[3]の種まきをした。ところが二十日ほどたっても一向にチシャの芽は出てこない。かえってイヌビユが庭中にはびこってしまった。そこで杜甫はこれに感じて〈一五50　萵苣(ワキョ)を種(う)う、并びに序〉を作った。

詩は初めに、今夏の厳しい日照りで農作物もほとんど枯死せんとしたと述べる。

陰陽一錯乱、　陰陽一たび錯乱し
驕蹇不復理。　驕蹇(キョウケン)にして復た理(おさ)まらず
枯旱于其中、　枯旱(コカン)は其の中に于(お)いてし
炎方惨如燬。　この炎方は惨たること燬(や)くが如し
植物半蹉跎、　植物は半ば蹉跎(サタ)たり
嘉生将已矣。　嘉生は将に已(や)まんとす

そこにたちまち雲が出て雷が鳴り東風が吹いて横殴りの雨となった。小さな渓流も滝のように水かさが増して長江に注ぎ込む。

雲雷欻奔命、　雲雷は欻ち命に奔り

……

雨聲先以風、　雨声は先だつに風を以てし
散足盡西靡。　足を散らして尽く西に靡く
山泉落滄江、　山の泉は滄江に落ち
霹靂猶在耳。　霹靂はいまも猶お耳に在るがごとし

雨は二晩たっぷり降り続け、雨があがると秋の気配もさっぱりとなった。

終朝紆颯沓、　終朝に紆りて颯沓たり
信宿罷瀟灑。　信宿にして罷みて瀟灑たり　〈一五50　種萵苣〉

そしていよいよ畑作りが始められた。詩の序文では、

既雨已秋、　既に雨り已に秋なり
堂下理小畦、　堂の下に小さき畦を理め
隔種一兩席許萵苣、　一両席許りの萵苣を隔て種え

と簡単に述べられるだけだが、詩ではもう少し詳しい。場所、僮僕、種、畑の広さ、仕事量などを入れて、

堂下可以畦、　堂下は以て畦すべし
呼童對經始。　童を呼びて対いて経め始めしむ(4)

苣兮蔬之常、　苣(キョ)は蔬(やさい)の常なるものなり
隨事蓺其子。　事に随って其の子(たね)を蓺(う)う
破塊數席間、　塊を破る　数席の間
荷鋤功易止。　鋤を荷う　功(しごと)は止(おわ)り易し　〈一五50　種萵苣〉

と詠じている。この詩から我々は、杜甫が自分の住まいの前に席数枚分の小さな区画の畑を作り、二人の使用人の僮僕を呼びつけて、土起こしから開始し、チシャ作りの手順通りに種まきを終えた一部始終を知ることができる。

二句目の「経始」は『詩経』大雅「霊台」の「霊台を経始し、之を経し之を営す」にもとづく言葉で、初めて土木などを起こすことをいう。畑など何もなかったところに最初から耕して作ったので、こういう重々しい言葉を使っているのであろう。南宋の趙次公も「初め畦(はたけ)無くして而して始めて之を経営するを言う」（『杜詩趙次公先後解輯校』戊帙巻之五）と注している。

このチシャ畑は、前節で畑地の可能性として挙げた「山腰の宅」の「隙地」に作られたのではない。場所を「堂下」と明記するように、おそらくはその「山腰の宅」の軒先ほどの所に作られたのであろう。序文ではそれを「小畦」と呼んでいるが、「畦」は四周にアゼを築いて区切った長方形の灌漑菜園で、そこに灌漑すれば畑面全面に水を湛えることができるようになっている[5]。さらに「童を呼びて対して経始せしむ」「一両席ばかりの萵苣を隔て種え」などから推測すれば、そのような細長い畑を二人の僮僕にそれぞれ一つずつ連結させながら作らせたのかもしれない。『斉民要術』巻三、第十七、種葵には、他の作物にも広く応用できるとして「畦」の作り方が記されている（「凡そ畦種の物は、畦を治むることはみな葵を種うる法の如くす」）。その畦の大きさは「畦は長

さ両歩、広さ一歩」である。もし杜甫がそのような大きさで作ったとすれば、二つの畦であわせて四畳半ばかりの広さになる。我々はそれぐらいのチシャ畑を想像すればよいだろう。

もちろんここでは杜甫が実際に手に鋤を握って土を掘り起こしたりしているのではない。それはたまたま夔州での杜甫の健康が許さなかったからというのではない。漢代まではともかく六朝以降はいくつかの例外はあるかもしれないが、士大夫が実際に農具を手にとって農地に入り、埃まみれの汗を流すということはほとんど無かったであろう。[6] 彼らが農事を為すというときは農業を経営しているか、せいぜい田地まで出向いて農事を監督しているのである。ただ人によって実際の農事、農民との距離がひどく近かったり、遠かったりするのである。もちろん杜甫の場合は前者である。農民との距離の近さ遠さは単なる量の問題であって、読書人階層としては両者に質的な違いはないという人がいるかもしれない。しかしある距離まで近くなると、そこに思いがけない質的な違いが生じるようになる。本人が気づいていようといまいと。[7]

それはともかく杜甫のチシャ作りは大失敗に終わった。チシャ類の発芽は微妙で、二十五－三十度以内、光を通すぐらいの薄い覆土が条件とされる。暑すぎても土をかけすぎても芽は出てこない。杜甫がそのような専門的な技術を知っていたかどうかは分からない。ただ「事に随って其の子(たね)を蓺(う)う」というあたりは、そうした専門技術を意味しているようにも見える。

チシャの小さな種は土に埋もれたまま、イヌビユだけが生い茂った。この植えもしないイヌビユはどこから来たのか。杜甫は不思議でならない。

両旬不甲拆、　両旬なるも　たねの甲(から)は　拆(さ)けて　めをださず
空惜埋泥滓。　空しく惜しむ　泥滓(ディシ)に埋(うず)るるを

野莧迷汝來、　野莧よ　われは汝の来たるに迷う
宗生實於此。　宗生して此に実つとは　〈一五50　種萵苣〉

そして杜甫はそんなイヌビユに向かって、今をときめくお前もやがて露落つる晩秋となれば、枯れはてるのだと、まるで腹いせの言葉を投げかけんばかりに、

此輩豈無秋、　此の輩にも豈に秋のおとずれんこと無からんや
亦蒙寒露委。　亦た寒露を蒙れば　委みかれん
翻然出地速、　翻然として地を出ずること速やかにして
滋蔓戸庭毀。　滋蔓して戸庭は毀る

と詠じている。面白いのはむしろ失敗談である。杜甫はイヌビユをあたかも悪党か何かのように思いなして、思いっきり罵倒している。杜甫ほどの人が、たかがイヌビユがごとき雑草に一対一で向かい合って、説教めいた言葉を投げかけている。どことなくおかしみがあるではないか。これは宋代の「俗を以て雅と為す」の先駆と言えるかもしれない。しかも経典に典故を持つような古めかしい正統的な雰囲気を漂わす古詩の文体の中でそれを行っているのだ。その意図された場違いの用法からもユーモアが表れている。

　しかしこの雑草は憎めない悪党ではある。せっかくのチシャを台無しにしたこのイヌビユの生命力にむしろ杜甫は驚いている、というかその活力にほどほど感心し脱帽しているかのようにさえ見える。イヌビユだって一生懸命生きているのだ、いや生きる権利があるのだ。杜甫の万物に対する「慈愛」の眼差しは、夔州期にはこういう雑草にまで及んでいると見なしたい(8)。植物へのこうした対等的な擬人化、植物への特殊な感情は杜甫の詩作態度としてはなはだ興味深いものがあるが、ここではこの問題には立ち入らないことにする。

次にここで問題にしたいのは、萵苣が八世紀後半、中国西南の一隅で、一読書人の手によって植えられ、その経緯が一篇の詩に仕立てられているという事実である。この事実はいったいどのように考えればいいのだろうか。チシャは中国の在来種ではなく唐以前に西方から伝わったらしい。文献上で「萵苣」の名が最初に現れるのは、陳蔵器の『本草拾遺』（七三九年）、王燾の『外台秘要方』（七五二年）あたりである。その後は唐末五代の韓鄂『四時纂要』、及び趙州従諗禅師「十二時歌」其六などに出てくる。[9] ただこれらはいずれも医書や本草書や農書や禅僧の偈の類で、特殊な文献である。つまり萵苣という野菜名は少なくとも唐代までは杜甫の詩以外に一般の詩文には出てこないのである。

このことから分かるのは、まず萵苣という渡来植物の文献史的研究にとって、杜甫の詩は貴重な資料となっていることである。だがこれについては小論の研究対象とするところではない。萵苣が文献上に最初に記載されてからまだ何十年も経っていないのに、杜甫は「苣は蔬の常なるものなり」と述べ、夔州の地で種を入手できている。それほど萵苣の普及が急速であったということもあろうが、このことから杜甫が野菜に対して強い関心を持っていたということもできよう。

唐代までは特殊な分野の文献にしか見えなかったのに、宋代以降は例えば王之道の「追いて老杜の萵苣を種うる詩に和す」など普通の詩文でも現れるようになる。このことから、杜甫の詩が萵苣の名を一般の詩文のなかで広める功績があったとも言える。唐代までは萵苣は一般の読書人が詩文のなかに持ち込むような雅な言葉ではなかったであろう。普及はしていても新来の野菜である故に、古典にはその用例が無い。そういうものを詩の題材にすることを普通の詩人ならば躊躇する。だとすれば萵苣という一つの野菜を、わざわざ一篇の独立した作品に仕上げたという杜甫の創作態度が問題になってくる。こんなところにも杜甫の詩の作り方の革新性をうかがうことができる。

第六節　夔州二年目、農事への関心

前節まで述べてきたように、杜甫は夔州入りした当初から農事への関心を持っていた。そして一年目からすでに自分自身の野菜畑があって、住まいの軒先にはチシャを植えたりもしていた。

夔州二年目の晩春、白帝山の西閣または赤甲山腹から草堂河西岸の瀼西へ引っ越すと、八、九部屋もある広い家屋と四十畝の果樹園及び畑地があった。そう考えられるのは、〈一八13 瀼西寒望〉の詩に翌春の引っ越しの計画を、

瞿唐春欲至、　瞿唐(クトウ)には春に至らんと欲し
定卜瀼西居。　定(かなら)ず瀼西(ジョウセイ)の居を卜(ボク)さん

と述べ、実際に暮春になると、

〈一八50 暮春に、瀼西の新たに賃せし草屋に題す、五首〉

と題する詩があり、自分の果樹園を歌う〈一九03 園〉の詩には、

畦蔬繞茅屋　畦(はたけ)の蔬(やさい)は茅屋を繞(めぐ)り

と述べられ、秋に自分の住まいを友人に報告した〈一九39 秋日夔府詠懐…一百韻〉の詩には、

茅齋八九椽　茅斎は八九の椽(へや)あり

とあり、娘婿に与えた〈二〇22 簡呉郎司法〉の詩では、

古堂本買藉疏豁　古堂をば本(もと)買いしは疏豁(からりとひろき)に藉(よ)る

と述べ、瀼西宅(10)及び果樹園を買った理由を〈二〇37 小園〉の詩では、

春深買為花　春深くして買うは花の為なり

と説明し、その瀼西宅には千株近くの蜜柑の木が有ることを〈二〇38 寒雨に朝に行きて園樹を視る〉の詩で、

柴門擁樹向千株、　わが柴門は樹を擁して　千株に向(なんな)んとす

と詠じ、夔州を去るに当たって作った詩の詩題が、

〈二一27 将に巫峡に別れんとして南卿兄に瀼西の果園四十畝を贈る〉

と書かれているからである。

夔州二年目の瀼西では、杜甫はこうした家屋と土地を背景に農にたずさわり、農事に関するさまざまなことを詩に歌うようになる。そこで、ここではまず杜甫が一般的な農事への関心を示したものを紹介し、次に自分の畑地をどのように詩に詠じているかを見ていくことにする。

晩春、瀼西に引っ越す直前か直後かの詩だが、居を卜した瀼西の地について、

雲嶂寛江北、　雲嶂なるも江北に寛(ひろ)く

春耕破瀼西。　春耕は瀼西を破らん　〈一八49 卜居〉

と述べ、杜甫は瀼西での春からの農事を想定している。

次の詩は瀼西に家を新しく借りたときに作った詩で、稲と蜜柑の収穫が終わるまで、あと一年近くはここに滞留して農に従事しなければならない。自ら選んだこととはいえ、そういう事態に否応なく向かい合わなければならなくなった。そうした時の杜甫の複雑な心情を表している。

身世雙蓬鬢、　わが身世には双つの蓬鬢あるのみ
乾坤一草亭。　乾坤には一草亭あるのみ
……
細雨荷鋤立、　細雨に鋤を荷いて立てば
江猿吟翠屏。　江の猿は翠屏に吟ず
〈一八50　暮春題瀼西新賃草屋五首〉其三

とある。ここの「鋤を荷う」は言うまでもないことだが、陶淵明が用いてから農事あるいは隠遁を象徴する詩語として、後の詩人たちにしばしば歌われるようになったものである。

夏、諸葛亮の廟に詣ったときには、彼が農耕に従事し好んで梁父の歌を吟じた故事を思い出している。

欻憶吟梁父、　欻ち憶う（諸葛が）梁父を吟ぜしことを
躬耕也未遲。　われ躬ら耕すも也た未だ遅からず
〈一九26　諸葛廟〉

同じころ、瀼西宅の北側斜面の果樹園に上り、半生を振り返ったことがある。そのときも杜甫は晋の隠者の孫登のようなすばらしい長嘯はできないが、せめて諸葛亮のように梁父の歌を吟じたいと願った。

敢為蘇門嘯、　敢えて蘇門の嘯を為さんや
庶作梁父吟。　庶くは梁父の吟を作さんことを
〈一九10　上後園山脚〉

梁父の吟は諸葛亮の躬耕時代を意味しているが、このような言い方からも当時の杜甫の意識が農事に傾いていたことが分かる。

次の〈一九36　薛十二丈判官より贈らるるに酬い奉る〉の詩は、晩秋、稲の収穫のため一時東屯に移ったときの作とされる。そのなかで杜甫はずいぶん農事もやったので当地の地形に詳しくなったと詠じている。

老夫自汲澗、　老夫のわれは自ら澗（たにみず）に汲み
野水日泠泠。　野水は日びに泠泠（レイレイ）たり
………　………
臥病識山鬼、　病に臥して山鬼を識り
為農知地形。　農を為して地形を知る　〈一九36 奉酬薛十二丈判官見贈〉

また冬に入ってから〈二〇51 戯れに俳諧体を作りて悶を遣（や）る、二首〉の詩を作り、現地のなじめない風俗への不満を述べたことがある。

治生且耕鑿、　生（くらし）を治むるには且（しばら）く耕鑿（コウサク）せん
只有不關渠。　只だ渠（かれ）に関せざる有るのみ

この「耕鑿」は農耕を意味することばである。現地のいやなことは見ないで、しばし自分の農事に没頭しようと述べている。

以上紹介してきたように、この瀼西での夔州二年目は、農事一般、農事への関心を表した詩句は少なくないのである。

第七節　夔州二年目、家をとりまく野菜畑

次に瀼西の畑について述べる。瀼西での畑には、居宅の周囲にある野菜畑（おそらく果樹園と連なっていた）、牛耕してカブを植えた数畝の畑、長老と話を交えた豆畑などがあった。ただそれらが何箇所かに分散していたの

か、あるいは連続していたのか等々具体的なことはわからない。カブ畑と豆畑についてはあとで取り上げることにして、ここでは家を取り巻く野菜畑について、それが杜甫の詩の中でどのように詠じられているかを紹介してみたい。

杜甫が瀼西で購入した家屋と果樹園には、家を取り巻くように（野菜）畑が附属していた。そう考えられるのは次の〈一九03 園〉の詩による。

仲夏流多水、　仲夏は流れに水多く
清晨向小園。　清き晨(あさ)に小園に向う
……　……
畦蔬繞茅屋、　畦(はたけ)の蔬(やさい)はわが茅屋を繞(めぐ)り
自足媚盤飧。　自(おのずか)ら足りてわが盤飧(バンソン)を媚(び)す

この詩は夔州の城内から瀼西宅に帰って行くときの詩で、詩題の「園」また詩にいう「小園」は瀼西の四十畝の果樹園を意味し、「茅屋」は果樹園と一緒に購入した瀼西宅を指している。その「畦」は「畦蔬は茅屋を繞る」とあるように、家屋の周囲にめぐらされた菜園である。その菜園の野菜は自家用の需要に充分足りて、杜甫家の夕食のメニューをいっそう美味なものにすると杜甫は詠じている。杜甫はそうした住まいの身近に新鮮な野菜が作られている状況をとても好ましいものと見ている。

八年前、杜甫がまだ秦州で理想の隠遁地を探していたときのことだが、現地の隠者の阮氏からラッキョウを贈ってもらったことがある。そのとき杜甫は阮氏の住まいを（想像して）〈〇八16 秋日、阮隠居が薤(らっきょう)の三十束を致す〉の詩で、

隠者柴門内、　わが隠者は柴門の内におわし
畦蔬繞舎秋。　そが畦(はたけ)の蔬(やさい)は　舎(いえ)を繞(めぐ)りて秋なり

と詠じていた。屋敷回りに野菜畑のある住まい方に、杜甫がいかに心ひかれていたか想像できる。

杜甫にはお気に入りの折りたたみ式の椅子があった。ある秋の夕べに瀼西宅の北側に椅子を出し、その屋敷裏の畑をながめていたことがある。そのとき夕陽は右手白帝城の方角に沈んでいた。〈二〇19 孟倉曹が歩趾して新酒と醤の二物の満器なるを領(ひっさ)げ老夫に遺(おく)らる〉と題する詩に次のようにある。

楚岸通秋屐、　楚岸には秋の屐(きぐつ)のおとの通じ
胡床面夕畦。　わが胡床は夕べの畦(はたけ)に面す

じつはこのとき、孟氏が畑の向こうの草堂河の岸べから、新酒と醤油をぶら下げてわざわざ杜甫に持ってきてくれたのだが、当地の友人たちとの素朴で心あたたまる交わりの中に畑の情景が浮かんでいる。

次の〈二〇05 夕に向(なんなん)とす〉は大暦二年冬、やはり瀼西での作。まもなく夕刻が迫ろうという頃あい、杜甫はこの冬の長夜を、鶏と一緒に住まうような瀼西宅で、どうやって過ごそうかと不安になっている。

畎畝孤城外、　畎畝(ケンポ)は孤城の外
江村亂水中。　江村は乱水の中
……　……
鶴下雲汀近、　鶴の下るや　雲汀(ウンテイ)は　わがすまいに近く
雞棲草屋同。　鶏の棲むや　草屋は　われと同じ
琴書散明燭、　琴と書に明燭の散じ

　長夜始堪終。　長夜は始めて終うるに堪えたり　〈二〇05 向夕〉

初句にいう「畎畝」は水田ではなく畑地を指す。「畎」は畑に掘った溝で、「畝」は逆に泥を盛って高くした壟で、元来は漢以前から始まっていた畑作法である。(11)「畎畝」は唐代ころにはこうした畑作の方法を意味する言葉というより、農地一般を指すようになっている。ただ「畎畝」からは稲田の水田は想像しにくい。この詩の第一聯は自分の住まいの位置を概括的に描写したもので、瀼西村のなかにある畑地が白帝城の城外にあり、「∧」の字型に曲がる草堂河に挟まれて位置していることを説明している。そしてそんな場所での孤独な夜は、琴と書の慰みがあってこそはじめて過ごせるのだと、杜甫は自分に言い聞かせているのである。

　杜甫は晩秋になると、稲の収穫の監督のため一時東屯に移り住み、瀼西宅は娘婿の呉郎に貸していた。九月九日重陽の節句の前日、呉郎が東屯を訪れた。娘婿に訪問され杜甫の心ははずんでいる。杜甫はそのときの経緯を〈二〇24 晩に晴れ、呉郎に北舎に過ぎらる〉の詩で歌っている。その前半に、

　圃畦新雨潤、　圃畦は新たなる雨に潤い

　愧子廢鉏來。　われは子が鉏を廃し来たるに愧ず

　竹杖交頭拄、　竹の杖は頭を交えて拄き

　柴扉掃徑開。　（北舎の）柴扉は径を掃きてなんじがために開く　〈二〇24 晩晴呉郎見過北舎〉

と述べる。「圃畦」は第三節でも述べたように畑地である。ここは瀼西の杜甫の宅地まわりの野菜畑を指すであろう。その畑は杜甫が一時東屯に移った後はおそらく娘婿の呉郎に任されていた。娘婿もその岳父と同じように畑作りにいそしんでいたのだ。「子が鉏を廃し来たる」の句からそう読める。その畑仕事の合間をぬって呉郎が

東屯の杜甫をたずねてきた。畑作りにはいい雨の降った直後である。何かと忙しくなる。だからそんな呉郎に杜甫はいささか申し訳ないと思っている。

「圃」に注目すると、二年目の秋のなかごろ作られた〈一九25 白露〉の詩でも、瀼西宅の畑を詩の中に歌い込んでいる。ある朝馬に乗って、瀼西宅の北側斜面に広がる果樹園に出かけたときの詩である。この時期杜甫は蜜柑園の経営も行っていた。その詩の前半に、

白露團甘子、　白き露は甘子（みかん）に団たり
清晨散馬蹄。　清き晨（あさ）に馬の蹄（ひづめ）を散らす
圃開連石樹、　圃（はたけ）には開く　石に連なるの樹
船渡入江溪。　船は渡りゆく　江に入るの渓　〈一九25 白露〉

と詠じる。連石の樹がよくわからないが、杜甫の畑が果樹園に連なっていた状況が読み取れる。

この瀼西宅の畑には深い思い入れがあったとみえ、翌年夔州を離れるときには、果樹園や家屋よりもこの野菜畑のほうにむしろ愛着を寄せているかのようだ。〈二27 将に巫峡に別れんとして南卿兄に瀼西の果園四十畝を贈る〉の詩に、

具舟將出峽、　舟を具えて将に峡を出でんとして
巡圃念攜鋤。　圃（はたけ）を巡りて鋤を携えしことを念（おも）う

と詠じている。

以上はみな瀼西宅の回りを取り巻く野菜畑を詠じたもので、その畑こそが杜甫の生活のいちばん身近にあり、最も思い出に残るものだった。

最後に杜甫の詩には焼畑（畬田）も描かれていることを、ここでついでに紹介しておきたい。

もともとこの中国の南西地方は焼畑が盛んなところである。二年目の晩秋、東屯に一時住まいを移したときの詩に〈二〇08 瀼西の荊扉自り且く東屯の茅屋に移居す、四首〉其三があるが、この詩から杜甫が焼畑農業にも関与していたことがわかる。

斫畬應費日、　斫り畬すること応に日を費すなるべし
解纜不知年。　されば纜を解かんとするもいつの年なるかを知らず

この焼畑の農作では日数がかかるから、いつ自分が船で夔州を旅立つことができるかわからないと述べている。ここで「斫畬」というのは、周尚兵氏の「唐代南方畬田耕作技術的再考察」（『農業考古』二〇〇六年第一期）によれば、斧やノコギリを用いて木を倒しそのあと焼き払うやり方で、唐以後に広まった新しい焼畑農法のことらしい。杜甫が「畬」に言及する詩は三首あるが、いずれもこの夔州（瀼西）期のものである。参考までに残りの二首を挙げると、

畬田費火耕。　畬田は火耕を費す　〈二〇51 戯作俳諧體遣悶二首〉其二
焼畬度地偏。　畬を焼きて地を度ること偏なり　〈一九39 秋日夔府詠懷……一百韻〉

である。杜甫は夔州に来て現地の少数民族らの行う焼畑農業に強い関心を示していただけではなかった。いくらかは自らも焼畑にも関わっていたのである。

この瀼西ではまた「山田」が杜甫の目に入っているが、実は山田もここでは焼畑の意味である。〈一八57 晩に瀼の上りの堂に登る〉詩に、

雉堞粉如雲、　（白帝城の城壁の）雉堞は粉として雲の如くみえ

山田麥無隴。　山田には麦のうえられて隴（あぜ）無し

という。「山田」が焼畑を意味していることは、杜甫の友人だった岑参の、

山田正焼畬　山田は正に畬を焼く

『岑嘉州集』巻一「與鮮于庶子自梓州成都少尹自褒城同行至利（州）道中作」

や晩唐の温庭筠の、

山火焼山田　山火は山田を焼く

『温庭筠詩集』巻三「焼歌」

などの例からわかる。杜甫はこの詩で、麦の植えられた焼畑（山田）にあぜが作られていないことを訝っているのである。

実は焼畑では麦も作られていた。それは、中唐の元稹の「南昌灘」の詩の「畬には宿麦を余す、黄いろき山の腹」などからわかる（『元氏長慶集』巻二〇、一作武元衡）。大澤正昭氏は唐代の焼畑の主な作物として粟、麦、豆、サトイモ（芋）、火米（陸稲おかぼ）を、曾雄生氏はさらに蔗、姜などを挙げておられる[12]。次の詩にいう山田も同じ瀼西期の詩で焼畑を指していよう。〈一九23 渓の上（ほとり）〉の詩に、

塞俗人無井、　この塞俗の人には井（いど）無く

山田飯有沙。　山田の飯には沙（すな）のまじりて有り

と詠じる。ただここで飯というのは陸稲か、そうでなければ粟など雑穀の飯であると思われる。これらの「山田」は別に杜甫の管理する焼畑というわけではないが、当地の農的景観にも杜甫の関心が向いていることを示している。

以上見てきたように杜甫は詩の中で、自分の畑地にしばしば言及していることが分かった。瀼西での杜甫の隠

遁的農的生活の雰囲気を創りあげるうえでも、詩の題材としての畑地の描写は重要な役割をになっていたのである。

第八節　カブ作りと牛耕

前節では、杜甫の詩句の中から、瀼西での畑地に言及しているものをとりあげてきた。しかし、それは彼の農作を示唆するものでしかなかった。本節では実際に杜甫が畑作にたずさわっている詩を取り上げる。しかし先にも述べたように杜甫みずからが土にまみれたり牛のたづなを引いたりしているわけではない。とはいえ、ここまで農事の現場に接近した詩人もまた極めて稀である。

去年の秋はチシャを植えて大失敗に終わったが、今年は「数畝」の畑に牛を入れて耕し、カブ（冬菁）を植え付け、それを監督した。去年の席数枚分のママゴトめいたチシャ作りとは違う。

杜甫はこの時期元気を取り戻している。そんななかでカブ作りのことを〈一九21　暇日小園に病を散じ、将に秋菜を種えんとして耕牛を督勒（トクロク）し、兼ねて目に触るるを書す〉の詩で歌った。

秋耕屬地濕、　秋耕は地の湿（うるお）うに属し
山雨近甚匀。　山雨は甚だ匀（ひと）しきに近し
冬菁飯之半、　冬菁（かぶ）は飯の半ばにして
牛力晩來新。　牛の力は晩より来（このかた）　新たなり
深耕種數畝、　深く耕して種（う）うること数畝（スウホ）

未甚後四鄰。　未だ甚だしくは四隣に後れず

〈一九21 暇日、小園散病、將種秋菜、督勒耕牛、兼書觸目〉

秋になっていい雨が降り畑の土も潤った。周辺の畑では牛耕、そして秋野菜の植え付けが一斉に始まり、杜甫の畑でも、遅れじとカブが植え付けられた。この詩からはそんな情景が思い浮かぶ。

ここで使われている牛は呉の牛だったと思われる。東屯の水田の春の牛耕を詠じたとき「呉牛は力は容易なり」〈一九15 秋、行官張望、督促東渚耗稻、向畢。清晨、遣女奴阿稽・豎子阿段、往問〉と述べていたことがある。もしも呉牛なら、その牛は暑さに弱いと杜甫は思っていたに違いない。「呉牛月に喘ぐ」の諺があるように、呉牛は熱い太陽を恐れるあまり、月を見ただけであえいでしまうというから。

四句めの「牛力晩来新」、牛の力が日暮れになってから新たになったというのは、日中は暑さを避けるために牛を使わず、日没以後に牛耕を始めているのかもしれない。元の王禎の『農書』に「若し夫れ北方なれば、陸地は平遠にして、牛は皆な夜に耕し、以て昼の熱を避く」（農桑通訣五、畜養篇、養牛類）とある。

しかしこの句には無視できない文字の異同があり、十世紀半ばの官書本では「晩」を「曉」に作っていたことが伝えられている[13]。それによると「牛力曉来新」、つまり牛の力は夜明けから新た、となる。常識的にはこちらがわかりやすい。宋の『陳旉農書』巻中「牛説」には「五更の初めに至り、日未だ出でず、天気涼しきに乗じて之を用うれば、即ち力は常より倍し、……日高く熱く喘げば、便ち休息せしむ」とある[14]。

牛の力が夜明けがたに強くなるのか、日没後に力強くなるのか、テキストの異同の面でも内容の面でも、どちらとも定めがたい。ここではそういう意味のたゆたいを楽しみたい。

この詩を晩秋と解する向きもあるが、まだ暑さの残る初秋から遅くとも中秋のころの作ではないかと私は思う。

『斉民要術』巻三、蔓菁の項に「七月の初めに之を種う」とあり、『四時纂要』秋令巻四、七月の条に「蔓菁を種う、地は須らく肥良なるべし、耕すこと六、七遍、此の月の上旬に之を種う」とあって、六世紀から十世紀ころの農書にはカブの植え付けはいずれも初秋の旧暦七月上旬となっているからである。そして初秋に植えられたカブは晩秋には大きくなっている。そんな情景が中唐の劉禹錫の「歴陽書事七十韻并序」の詩に、

　場黄堆晩稲、　場は黄にして晩稲を堆み
　籬碧見冬菁。　籬は碧にして冬菁を見る
　　　　　　　　　　　　　　　　　　『劉夢得文集外集』巻八

と描かれている。晩稲種の稲刈りが終わって脱穀場に積まれるのは、晩秋の農村風景で、その中にカブが緑になって大きくなっている。とはいえこれは杜甫より五十年ほど後の事情で、しかも同じ長江流域とはいえずっと下流の和州（安徽省）での風景ではあるが。

五句目にいう「深耕」は深く耕すことで、すでに春秋戦国時代から提唱されている耕作の仕方である。牛耕もその時期から同時に始まっている。この詩では農事に熱心に取り組んでいる姿を伝えようとしている。

その畑を「数畝」というが、それはどれぐらいの広さだろうか。詩の中の数畝が果たして実質的な広さをあらわしているのだろうか。それとも慣用的な言い方に過ぎないのだろうか。数畝は実際の広さからいうと日本の二、三反、五十メートル四方の広さを想像すればよい。ただ、詩では「数畝の宅」「数畝の居」「数畝の田」などとしてよく用いられる。それは元来は、周代の井田法で定められた五畝の園宅地に根ざす言い方だろうが（『孟子』梁恵王上、尽心上、『荀子』大略篇）、唐代では、隠遁的雰囲気の濃い質素な住まいかたを象徴する言葉となっている。ここ夔州で瀼西に引っ越しているとき、杜甫は農事に従っている。だから瀼西期の詩には基本的に常に隠遁的情調が漂っている。この詩もそうした陰影をこうむっている。だから杜甫が数畝の畑を耕しカブを植えている

と歌うとき、その実質的な広さなど問題にしなくていいのかもしれない。ただそうだとしても、いま杜甫はこの自ら関与する農事を、詩題にもいうように「目に触るるところを書す」という態度で描いている。だから数畝というのは、ある程度実景的な広さとして考えてもよいと思う。それほどの畑地を杜甫は瀼西に所有していたのである。ただそれが〈三27 将に巫峡に別れんとして南卿兄に瀼西の果園四十畝を贈る〉詩の「四十畝」に含まれるのか、それ以外のものかはこの詩からはわからない。

六句目では、農作が近隣に遅れていないかどうかを杜甫は気にしている。これには、近隣に負けないようにという気持ちもあったのかもしれないが、むしろ野菜作りが失敗しはしないかと心配しているのではないかと思う。去年はチシャ作りは失敗したし、旱魃で夔州全体の野菜が被害を被った。今度の秋野菜が失敗すれば翌年の春まで野菜不足におそわれてしまうのではないか、野菜好きの杜甫の頭にはそんな不安が過ぎる。しかし今は近隣と同じ作業をしているのだから大丈夫と杜甫は自分に言い聞かせ、その不安をかき消そうとしているかのようだ。

杜甫にとってこの地での農事は素人同然だった。だから農事はこの地のやり方に学ばなければならないと杜甫は常々思っていた。そういう発言をあちこちで繰り返している。たとえば、〈一八01 偶題〉の詩に、

稼穡分詩興、　稼穡（のうぎょう）にも詩興を分かちてうたい
柴荊學土宜。　柴荊（あばらや）に　われはすみおりて　この土（とち）の宜しきものを学ぶ

と言い、〈二〇16 晩〉の詩に、

朝廷問府主、　朝廷につきて　われは府主に問い
耕稼學山村。　耕稼につきて　われは山村に学ぶ

と述べ、〈二〇30 従驛次草堂復至東屯茅屋二首〉其一の詩に、

築場看斂積、　　築場には斂め積むを看て
一學楚人為。　　一に楚人の為すを学ぶ

と詠じ、〈三〇37 小園〉の詩に、

問俗營寒事　　俗に問いて寒事を営む

と述べている。「四隣に後れず」はそういう現地のやり方に学び、農事に素人であることから来る不安の裏返し、ひいてはそれは野菜への執着をあらわしていると見たい。

さらにこの「四隣」という語から杜甫の畑の回りにも田地があり、杜甫の畑もそれらの瀼西村の一部としてあったことがわかる。次々節で取り上げる〈一九20 甘林〉の詩でも「明朝に隣里に歩み、長老は以て依るべし」とあり、杜甫は長老と一緒に豆田に歩いて行っている。

第九節　売るための野菜

数畝の畑を牛で耕して作ったカブは、売るためでもあった可能性もある。というのは、もしもカブだけを、あるいはカブを中心に植えたとしたら、この数畝（二、三反）のカブ畑は自家用としては少し大き過ぎるように思うからである。北魏の均田法では、良口三口または奴婢五口について、一畝の宅地のほか、〇・二畝の菜園が定められていた。(15) 杜甫の一家は、家族と家族にずっと従ってきた使用人を合わせても十人前後に過ぎないであろう。仮にこの北魏の均田法に照らし合わせてみれば、時代による畝の大きさに多少の差はあるにせよ、数畝のカブ畑は自家用としては大幅に超過するからである。

杜甫は四十代前後で長安で職を求めていたときから、秦州期、成都期、この夔州期、そして最晩年の湖南期にいたるまで、薬材の売買を生計の足しにしていた。だからここでのカブ作りも、自家用のほか売る目的があったとしても、少しもおかしくはない。『斉民要術』巻前の「雑説」は唐人の作と考えられているが、そこには自家用に余った野菜を町に売りに出すことが奨励されている。「如し城郭を去ること近ければ、務めて須らく多く瓜、菜、茄子等を種うべし。且つ家に供することを得、余り有れば出だし売る」とある。杜甫の瀼西の畑は夔州城のすぐ近くだから、そこで取れた野菜を城内で売るのは便利である。野菜を売って家計の足しにしよう、そんな考えが杜甫の頭に浮かばなかったとは言えない。

そしてこのとき自分より前に、野菜を売って生計の資にしていた著名な詩人たちがいたことを、杜甫は思い出していたかもしれない。西晋の潘岳は、故郷の荘園に帰ってから自分の田園生活を「園に灌ぎ蔬を鬻ぎ、朝夕の膳に供し、羊を牧い酪を酤り、以て伏臘の費を俟つ」と歌っていたし（『文選』巻十六「閑居賦」）、顔延之は陶淵明の隠遁生活を「園に灌ぎ蔬を鬻ぎ、魚菽の祭に供することを為し、絇を織り蕭を緯みて、以て糧粒の費に充つ」と描写していた（『文選』巻五七「陶徴士誄序」）。また杜甫と同時代の楊顔は「田家」の詩で「蔬を蒔うるは鬻ぐに利あり」のように、野菜を売ると利益が出るとはっきり述べている。(16)

それに何よりも小規模の野菜作りでも現金収入を得ることができた。大澤正昭氏の論文「唐代の蔬菜生産と経営」には多くの資料を挙げながら「……民間・宮廷を問わず、蔬菜の販売は活発に行われていた。このことは、蔬菜類の需要が相当に多く、また、それが安易な収入源ともなっていたことを示している」「唐代の『園圃業』では大規模な経営も零細な経営も共に成立していた……」（後掲注（20）の大澤氏同書一四三頁）とある。また張沢咸氏も『隋唐時期農業』の「巴蜀区農業」の節で、『太平広記』巻四〇一、龔播の条の「其の初めは甚だ窮す、蔬・果を販鬻するを以て業と為す」の資料を引いて、「蔬菜を販売することは、まさに当地の蔬菜生産に極めて多く出現した広く行き渡った現象だった」と述べる。[17] この話の、野菜や果物を販売して生計を立てていた龔播は雲安の人である。同じ唐代に夔州のすぐ上流の隣町で、実際にそういう人がいたのである。

以上のような点から、杜甫が売る目的でカブを作っていた蓋然性は案外高いのである。とはいえこれはあくまで一つの可能性を想像したに過ぎない。

ではこの数畝の畑には他にはどんな秋野菜をうえているのだろうか。一句目で「冬菁は飯の半ば」と詠じるので冬菁(かぶ)を植えていることは間違いない。冬菁は、張衡の南都賦「秋の韮と冬の菁」(『文選』巻四)を踏まえた言葉であり、「菁」は「蔓菁」のことである(『周礼注疏』巻六、醢人の鄭玄注)。「蔓菁」は「蕪菁」の別名でアブラナ科のカブを指す。重要な秋冬野菜の一つである。それが食料の半分を占めるというのは、[18] 杜甫が野菜中心の食事であったことを示すとともに、カブが食材としても非常に有用だったからであろう。葉は芽が出たときから、冬は根までと、いつでもすべてを食べることができる。だから杜甫が尊敬する三国魏の諸葛亮はかつて蜀地で兵士にカブを作らせ軍の食料にし、ためにカブは諸葛菜と呼ばれたほどだ(唐の韋絢の『劉賓客嘉話録』等)。杜甫がこれを植えているのは、そうした故事とともにカブの野菜としての優秀性を十分承知していたからであろう。

さらにカブのほかにはどんな野菜が植えられていたのだろうか。杜甫は、

嘉蔬既不一、　嘉蔬は既に一ならざるも
名數頗具陳。　名数は頗る具(つぶさ)に陳(の)べんや　〈一九21　暇日……將種秋菜、督勒耕牛……〉

というだけで、具体的には述べていない。しかし少なくとも一種類だけではなかった。それは、嘉き蔬菜は既に

一ならず、と言っていることから分かる。ではどんな野菜か具体的に教えてほしいと聞けば、杜甫は下句で、名前はいちいち具体的には陳述できない、と逃げる。しかし何種類かの野菜が植えられたであろうことは、続く次の聯でもわかる。

荊巫非苦寒、　荊巫は苦寒に非ざれば
采擷接青春。　采り擷みて青春に接す

苦寒の気候でないこの地では、次から次にいろいろな野菜が大きくなり、春まで絶えることはないと詠じている。この最後の言い方も、これで来春までは野菜が欠けることはないはずだと、自分で自分を安心させるような口ぶりではある。

この詩ではカブ以外に具体的な野菜名は出てこなかったが、次に取り上げる詩からは、ほかにどのような野菜があったのかを具体的に知ることができる。

第十節　野菜の種類

夔州に滞留して二年目の秋を迎えた杜甫は、遅くとも翌春には夔州を出たいと考えていた。稲と蜜柑の収穫のための準備をおこたらず、野菜作りや松の実拾い、蜂蜜集めなどあれこれの仕事にかかわり、毎日漢方薬を調合し、瀼西宅に訪問者を迎え、また城内に出かけては社交活動を行い、老いを感じては落ち込み、我が身の不遇感にさいなまれ、打ち続く戦乱と窮乏する民を思っては憤り憂え、そうした日々の出来事や懐いを詩に綴っていた。その一方では、これから下っていく江陵方面の友人や知人たちに連絡を付け、夔州出発の計画を進めていた。その中でも杜甫が尊敬し位も高く頼りがいのある二人の友人の、鄭審と李之芳に渾身の長編大作の詩を送って、自分の近況と計画を知らせていた。その二百行に及ぶ詩の〈九39 秋日、夔府にて懐いを詠じ、鄭監（審）と李賓客（之芳）に寄せ奉る、一百韻〉第六段の終わりで次のようにいう。二人が杜甫の状況を気にかけてきてくれたのである。

雕蟲蒙記憶、　わが雕虫(ぶんがく)は　あなたらの記憶を蒙(こうむ)り
烹鯉問沈緜。　あなたらの烹鯉(てがみ)は　やまいに沈緜せるわれを問えり

と、二人の問に答えるかたちで、次の第七段では瀼西宅での生活の様子をこまかく報告している。その中で自分の所ではどんな食べ物がとれているかを芋、蓮、梨、栗などを挙げ、次のように述べている。

紫收岷嶺芋、　紫なるは岷嶺(ビンレイ)の芋(さといも)を収め
白種陸池蓮。　白きは陸池の蓮を種(う)う
色好梨勝頰、　色は好くして梨はひとの頰のいろに勝り
穰多栗過拳。　穰(み)は多くして栗はひとの拳(こぶし)のおおきさを過ぐ
敕廚惟一味、　厨(くりや)に勅するは惟だ一味のみ
求飽或三鱣。　飽かんことを求むれば或いは三ひきの鱣(たうなぎ)

この詩からは杜甫の食事の質素さが分かるが、それについては後で触れることにして、ここではまず根菜類の食材として芋と蓮を挙げていることに注目したい。

この詩にいう紫色の岷嶺の芋とは、『史記』貨殖列伝で「死に至るまで飢えず」と評された四川岷山産のサトイモを指す。著名な芋の品種である。「紫芋」は唐詩でもときどき歌われている。杜甫も三年前、まだ成都方面

にいたとき「我は岷（山）の下（ふもと）の芋を恋いしたう」〈二82 贈別賀蘭銛〉と詠じたことがある。サトイモは中国では古くから普通に植えられていたので、成都で浣花草堂を営み始めたとき、南隣りの朱山人の農園でも見かけた。南のお隣さんと題する〈〇九41 南鄰〉の詩に、

錦里先生烏角巾、　錦里の先生は烏（くろ）の角巾（カッキン）
園收芋栗不全貧。　園には芋（さといも）と栗（くり）とを収め全く貧ならず

と詠じている。また王契という古い友人が杜甫の浣花草堂を訪れたとき、貧しい杜甫の台所には運良くサトイモとサトウキビが残っていて、これで客をもてなすことができたのだった。

偶然存蔗芋、　偶然に蔗（サトウキビ）と芋を存し
幸各對松筠。　幸いに各（おのおの）松と筠（たけ）に対す　〈二三31 贈王二十四侍御契四十韻〉

だからサトイモの収穫期のこの秋に、夔州瀼西宅で杜甫が畑から紫芋を収穫していたというのは、きわめてあり得る話である。

瀼西宅の蓮田には白い蓮も植えてあった。蓮は厳密には畑作物とはいいにくいが、本章では杜甫の稲作と対比する形で、主に杜甫の畑作物を論じているので、蓮も一応ここで取り扱うこととする。ハスは根や実が食用となるほか、ほとんどの部分が薬用にもなったので、杜甫にとっての使い勝手はよかったはずである。蓮も唐代には相当ひろく栽培されていた。唐の詩人は好んでこの白い蓮を詩に歌っている。(19) ただ杜甫がそれを陸池の白い蓮といっているのは、呉地方の陸家に産する白蓮を指している。これは南朝の梁の任昉の『述異記』巻上に「呉中に陸家の白蓮有り」という蓮である。やはり古典にもとづく白蓮の名品種といってよいだろう。

岷山のサトイモといいこの陸家の白蓮といい、こんなところでも杜甫の名品志向（いい意味での）の一面が表れているようで興味深い。

このほか杜甫の瀼西宅のすぐ近くには豆畑があったことがわかる。〈一九20 甘林〉の詩で、杜甫は初秋から中秋にかけてのころ、城内での社交をおえ瀼西宅に帰りついてほっとしている。翌朝、村の古老と一緒に豆畑に行ったが、そこでの会話が次のように描かれている。はじめは杜甫が古老に食料を分け与えてやると語り、あとの会話は古老が杜甫に主人とよびかけて、いくさがいつ終わるのですか、とたずねている。

明朝歩鄰里、　明朝　隣里に歩み
長老可以依。　長老は以て依るべし
時危賦斂數、　「時危くして賦斂（フレン）数（しばしば）なれば
脱粟為爾揮。　わが脱粟（げんまい）は爾（なんじ）が為に揮わん」
相攜行豆田、　相い携えて豆田に行けば
秋花靄菲菲。　秋の花は靄（たなび）きて菲菲（ヒヒ）たり
子實不得喫、　「この子実（まめ）　わしらは喫するを得ず
貨市送王畿。　市に貨（うりだ）して王畿（みやこ）に送る
盡添軍旅用、　尽（ことごと）く軍旅の用に添え
迫此公家威。　此の公家（おかみ）の威（おどし）に迫らる
主人長跪問、　主人に長跪（ひざまず）きて問わん

戎馬何時稀。　戎馬は何れの時か稀ならんと」　〈一九20 甘林〉

この豆田ではいましも秋の花が盛んに咲いている。この時期に開花している豆だから、豌豆や蚕豆ではなく、大豆か小豆であろう。大豆、小豆とも『斉民要術』、『四時纂要』に栽培法が記載される当時の代表的な豆で、杜甫の記述からだけではどちらかには決めがたい。この豆が収穫されても軍の食料として徴発されるだけだと、古老が杜甫に訴えているところからすると、この豆田は必ずしも杜甫が完全に所有できる畑ではなかったのかもしれないが、やはり豆も瀼西宅の近辺に植えられていたことが分かる。

このほか杜甫はフユアオイ（葵）を自分の畑に作っていたことが確認できる。晩秋、稲の収穫も終わったころに作られた（杜臆に拠る）連作詩では、ナツメ（棗）が熟しフユアオイが雑草にまみれている。〈二〇02 秋野五首〉其一に

　棗熟従人打、　棗は熟して　となりの人の打つに従せ
　葵荒欲自鋤。　葵は荒れて　われ自から鋤かんと欲す

と詠じられている。この棗は隣家との境にあるナツメで、貧窮のどん底にある寡婦が杜家のナツメの実を打ち落とすのを、杜甫は見ないふりをしてそっとしているのである（〈二〇23 又呈呉郎〉）。「葵荒」というのは、荒は荒蕪で草ぼうぼうで、葵が除草もされずにほったらかしにされている状態。だから杜甫はそれに鋤を入れねばと思っているのである。「田家は其の荒るるを戒む」〈一九15 秋、行官張望、督促東渚耗稲……〉という言い方を杜甫は一度している。

フユアオイも唐代はよく植えられていた。というより今でこそフユアオイが野菜だなどとは想像しにくいが、

唐代は野菜といえばフユアオイが屈指のものだった。フユアオイは元代になってもまだ「百菜の主」の位置を占めていた（『王禎農書』百穀譜・集之四・蔬属）。その栽培法は、北朝の『斉民要術』巻三「種葵第十三」にも、唐末五代の『四時纂要』春令正月「種葵」、夏令四月「剪冬葵」、六月「種秋葵」にも記載してある。杜甫もフユアオイが大好きで、杜甫の野菜詩のなかでも重要な登場物となっている。だから杜甫の畑にフユアオイが植えられていない方がむしろ不自然なぐらいである。唐人はしばしばアワやコメなどと取り合わせて食べていた。

　このとき、手入れしたフユアオイはその後うまく育ったのかもしれない。というのも稲の取り入れが終わった後、杜甫は新米の白米とフユアオイを取り合わせて食べているからである。〈三〇32　茅堂にて稲を収むるを検校す、二首〉其二の詩に、

稲米炊能白、　稲の米(こめつぶ)は炊(かし)げば能く白く
秋葵煮復新。　秋の葵(ふゆあおい)は煮れば復た新たなり
誰云滑易飽、　滑らかなるは飽き易しと誰か云う
老藉軟倶匀。　老いては軟らかなること倶に匀(ひと)しきに藉(たよ)る

〈三〇32　茅堂検校収稲二首〉其二

と詠じている。老いた身の杜甫は軟らかい食べ物をなによりも有り難がっている。

　以上見てきたように、杜甫は瀼西宅の畑にカブ、サトイモ、ハス、フユアオイ、（赤甲宅にチシャ）などを植えており、そのことを詩の中に描き込んでいた。もちろんほかの作物も植えられていたであろう。ここでは杜甫が野菜作りをしていた（厳密に言えばその農事を監督していた）ことを直接確認できる作物だけを取り上げたのである。

第十一節　杜甫の野菜好き

これまで述べてきたように杜甫は農事への関心を持ち、自分の畑を所有し、いくつかの野菜作りにも関与していた。次にここでは、どんなに杜甫が野菜に執着しているか、それはどうしてかについて考えてみたい。

杜甫の食事は質素で肉類よりも野菜が中心であった。質素であったことは、前節で挙げた鄭審と李之芳への報告の部分で、

勅厨惟一味、　厨に勅するは惟だ一味のみ
求飽或三鱣。　飽かんことを求むれば或いは三ひきの鱣〈一九39 秋日夔府詠懐……一百韻〉

と述べていたことからも分かる。たうなぎを本当に三匹かというとそうではなく、ここは一味の「一」の仄声に対して数字の平声が「三」しかないという句作りの制約から来ているのであり、文脈としてはたまの贅沢には何匹かの魚も食べることをいう。魚といってもドジョウを少し長くしたようなタウナギ（黄鱔）の類である。

野菜が中心であったことは、先に掲げた秋野菜の牛耕を監督した詩のなかで「冬の菁は飯の半ば」〈一九21〉と述べていたとおりである。同じようなことを夔州を去ったあとも繰り返し詠じている。大暦三年の秋、荊南（江陵）で、杜甫の援助者の一人であった戸部尚書の薛景仙に、自分の状況を次のように説明している。

應訝耽湖橘、　あなたは応に訝かるなるべし　この（洞庭）湖の橘にわたしが耽るを
常餐占野蔬。　わが常なる餐は野蔬の占む
十年嬰藥餌、　この十年われは薬餌に嬰り

萬里狎樵漁。　みやこより万里のはてにて樵漁に狎る

〈三58 秋日荊南、送石首薛明府辭滿告別、奉寄薛尚書頌德敍懷、斐然之作、三十韻〉

「野蔬」は食べることのできる山野草で、野菜畑で作られた「園蔬」に対する言い方である。杜甫の用例では、野草のオナモミ（蒼耳）などを指している（後掲の〈一九19 豎子を駆りて蒼耳を摘ましむ〉）。しかし広く肉類に対して言えばやはり野菜類に入る。その野菜類が江陵での普段の食事の中心だと述べているのである。杜甫は夔州を下ったあと江陵で半年ばかり過ごすが、その時は自分の家園の野菜というものは存在しない。だから野菜は買って食べなければならなかった[20]。肉食より安いとは言え当然お金がかかる。しかも菜園で商品作物として栽培された野菜は、採集された山野草よりは値段も高かったろう。ここでわざわざ「野蔬」などと言っていることを考えれば、それは例えば菜園のフユアオイやカブやチシャなどのような上等の野菜ではなく、ワラビのような山菜を買ったり（採ったり）していたのかもしれない。

当時ワラビも市場で売られていた。そのことは杜甫の詩に書いてある。大暦四年、江陵から岳陽さらに長沙へと船で下っていたとき、税金を収めるためワラビを採って売る貧しい農婦を杜甫は詩に描いている。〈三38 遺遇〉の詩に、

石間采蕨女、　石間に蕨を采るの女は
鬻市輸官曹。　市に鬻ぎて官曹に輸す

とある。

それはともかく、山野草の野菜類が日常の食卓の大半を占めると述べたあと、長安を去ってからのこの十年、漢方薬に頼って生きてきたと続けるあたりは、野菜を食べる理由が病気を癒すためでもあるような書きぶりであ

る。はっきりした証拠があるわけではないが、野菜を好んで食べていたのはそうした健康上の理由もあったのではないか。

杜甫の食事は野菜中心で、とにかく杜甫は野菜を必要としていた。夔州一年目の晩秋（初冬）、柏茂琳が夔州の長官としてやってきた。二人の関係は良好で柏茂琳は杜甫をあれこれ援助している。その援助の一つとして、杜甫が夔州の役所直属の菜園から、野菜などを提供してもらっていたことは、[21]〈一九05 園官より菜を送る〉や〈一九06 園人より瓜を送る〉の詩からわかる。前者に、

清晨蒙菜把、　清き晨に菜の把を蒙り
常荷地主恩。　常に地主の恩を荷る　〈一九05 園官送菜〉

といい、後者に、

柏公鎮夔國、　柏公は夔の国を鎮めたまい
滞務茲一掃。　滞れる務めは茲に一掃せらる
食新先戰士、　あなたは新しきを食うときは　戦士を先にし
共少及溪老。　少きを共にして　この渓にすまう老いしわれに及ぶ　〈一九06 園人送瓜〉

などとあることから、柏茂琳は食生活の面まで杜甫に恩恵を与えていたことが分かる。柏茂琳のこうしたきめ細かい配慮は、州の長官が配慮の行き届く人だったというよりは、野菜を欲していた杜甫が特別にお願いしたからのように思える。

ところがそうした恩恵も夔州二年目の秋、あまりにもの残暑の厳しさで、菜園の野菜が品不足になり役所からの供給が途絶えてしまったことがある。〈一九19 豎子を駆りて蒼耳を摘ましむ〉の詩は、そうした状況説明から始

まる。

江上秋已分、　江上は　秋　已に分なるも
林中瘴猶劇。　林中は　瘴　猶お劇(はげ)し
畦丁告勞苦、　畦(はたけ)づくりの丁(おとこ)は　われに労苦を告げ
無以供日夕。　以て日夕(ニッセキ)に供する無しと

そこで杜甫は困ったのであろう、窮余の策で、食べられる山野草（野蔬）を使用人の少年（獠族の阿段）に採ってきてもらうことにした。この雨不足でも雑草は枯れず、石清水の湧くあたりには野草のオナモミ（蒼耳＝巻耳）が栄えているという話しを耳にしたのだ。

蓬莠獨不焦、　蓬(むかしよもぎ)　や莠(はぐさ)どもは　独り焦げず
野蔬暗泉石。　野蔬は泉石を暗(おお)う
巻耳況療風、　巻耳(おなもみ)は況(いわ)んや風を療(いや)すをや
童兒且時摘。　童児は且(まさ)に時に摘(つ)まんとす

現地の少年に採って来させた野草だから成熟したものもあれば未成熟のものもある。それらをみな取り混ぜてお膳にそなえ、ウリとラッキョウに添えて食べればほのかに蜜柑の味がするのだった。

登牀半生熟、　牀(つくえ)に登らせば　生と熟とは半ばし
下筯還小益。　筯(はし)を下せば　還(ま)た小益(やや)あり
加點瓜薤間、　瓜と薤(らっきょう)の間に　加点すれば
依稀橘奴跡。　依稀(イキ)たり　橘奴(みかん)の跡

〈一九19 驅豎子、摘蒼耳〉

杜甫はこの野草に十分満足している。野菜不足という困難な中でもなんとか活路を見いだし、小さな代替物で大きな幸福を得ている。これはひとりよがりの自己満足とは違う。オナモミのありがたさ或いはその発見に、ほとんど無邪気に感動している。そんなところが如何にも杜甫らしい。

ただ一つここで注意しておきたいのは、オナモミを食べようとするとき、単に野菜の替わりとしてではなく、「風をいやす」とか「益あり」とか、健康に益する効用を挙げていることである。古来より医食同源の国であればこれは当然のことではあるが、いずれにしろこの詩からも杜甫が野菜を好んで食べる理由の一つに彼の健康上の理由があったことを思わせる。

また次の詩からも杜甫が菜食中心であったことがわかる。夔州の一年目のこと、蘇徯という後輩に五年ぶりに再会したが、彼はまだ職を得ないでいた。杜甫はその蘇徯が職を求めて湖南に旅立つのを励ました。その詩のなかで、杜甫は自分のことを次のように詠じている。

乾坤雖寛大、　乾坤は寛大なりと雖ども
所適装嚢空。　適（ゆ）く所　わが装嚢（ぜにいれ）は空し
肉食哂菜色、　肉食するものは　菜色のわれを哂（わら）い
少壮欺老翁。　少壮のものは　老翁のわれを欺（あざむ）く

〈一八03 贈蘇四徯〉

詩にいう「菜色」は、もっぱら菜食して野菜色になった顔色をいう。杜甫は自分のことを菜色、つまり野菜ばっかり食べている人間と言っているのである。菜食する理由はなにか。直前の句で旅行時に財物を入れる袋（装嚢）が空っぽだと述べていることから、お金が無くて菜食しているのだというのがわかる。また肉食者が菜食者を笑うという句作りじたいから、肉食者＝富者、菜食者＝貧者という構図が分かる。というより中国では昔から

肉食には富者の、菜食（飯蔬、嚼蔬などともいう）には貧者のイメージが存在していた。だから杜甫が自分のことを菜食と言うときには、いつも貧者のイメージがつきまとい、背景に経済的な理由があった事も示唆しているのである。

たしかにそのような消極的理由もあっただろう。しかし杜甫はやはり野菜が大好きだったのだと思う。さきに紹介した詩だが、自分の屋敷まわりの野菜が食卓にいろどりを添えるとして、

　畦蔬繞茅屋、　畦（はたけ）の蔬は茅屋を繞（めぐ）り
　自足媚盤飧。　自（おのずか）ら足りて盤飧（バンソン）を媚（び）す　〈一九03 園〉

と詠じていた。この詩のなかで杜甫は野菜に取り囲まれて住み、食卓には畑からの身近な野菜が不足することがないと喜んでいる。毎日野菜が食べられる杜甫の嬉しい気持ちが「媚」の字から伝わってくるようだ。

第一このように根っからの野菜好きでなければ、これまで縷々述べ来たったように、野菜や野菜作りをこれほどまでに詩の中に描き込みはしなかったのではないか。野菜や畑仕事にこれだけ言及していること自体が杜甫の野菜への関心の深さを示していよう。

杜甫の野菜への思いがかくも深いことは、他所の野菜畑にしばしば言及していることからも知れる。〈一九39 秋日夔府詠懐……一百韻〉の詩では、主人が戻ってこない故園の野菜を、

　露菊斑豐鎬、　露の菊は豊鎬に斑（いろとりどり）ならん
　秋蔬影澗瀍。　秋の蔬は澗瀍（カンテン）に影せん

と詠じている。この「豐鎬」は国都長安を指し「澗瀍」は洛陽を流れる洛水支流の澗水と瀍水を指す。夔州で二

年目になる秋の日、杜甫は洛陽近くにある自分の荘園の野菜が、きっとひとりで大きくなって洛水に照り映えているだろうと、故郷に思いをはせているのである。ここでは野菜が故園を代表するものとして使われている。

夔州をいつ出発するか、その後どうするか、このことについて杜甫はいろいろ考えていたようだ。夔州二年目の初め、二番目の弟の杜観が夔州下流の江陵近くの当陽に赴任してきた。そこで杜甫は杜観が結婚したあと、一家で当陽に住もうと計画を立てた。その間のいきさつは、

〈一八55 舎弟の観の書を得るに、中都自り已に江陵に達し、今茲の暮春の月末に行李は合（まさ）に夔州に到るべしと、悲喜相兼ね、団円は待つ可し、詩を賦し事に即す、情は詞に見ゆ〉
〈一八56 観の即ち到らんとするを喜び、復た短篇を題す、二首〉
〈一九30 舎弟の観が藍田に帰り、新婦を迎う、送りて示す、二首〉
〈二一13 舎弟の観が藍田に赴き、妻子を取りて、江陵に到る、喜びて寄す、三首〉
〈二一21 遠く舎弟の穎・観等を懐う〉
〈二一22 続ぎて観の書を得たり、当陽の居止に迎え就かしむ、正月中旬に定めて三峡を出でんとす〉

の詩などに詠じられている。その〈二一13〉其三は、二年目の冬の作だが、もしも一家で当陽に住めるなら、その家は漢の蒋詡のような隠者の住まいにしたい、畑を作れば秦の遺臣の邵平のようにおいしい瓜を作りたい、と夢をかたっている。

卜築應同蔣詡徑、　もし築を卜すれば応（まさ）に蒋詡（ショウク）の径（こみち）に同じかるべし
為園須似邵平瓜。　もし園（はたけ）を為（つく）れば須らく邵平（ショウヘイ）の瓜に似るべし

目前の隠遁の住まいを夢見るとき、そこには必ず家園が夢想される。隠遁して家に住まうことと、畑を作ること

はここでも切り離せない。というより隠遁を示すさまざまな表象の中で、杜甫にとっては畑作りこそが最も重要なものだったのである。

もちろん「園を為る」や「園に灌ぐ」などは単なる隠遁の代用語のようにも使われる。普通の詩人の場合、そうした実態がないか、またははっきりした事実が確認できない。しかし杜甫の場合、そのような隠遁の代用語的機能を持つと同時に、その実態も備わっていることを、ここまで論じてきた我々は十分に承知している。杜甫の詩に字面だけの空虚さというものが感じられないのは、そうした実態に裏打ちされているからである。

夔州三年目の春正月、杜甫はついに夔州を去って江陵に下った。その年は半年ほど江陵に滞在し晩秋に公安、年末に岳陽に至り、翌年は洞庭湖を下り長沙（潭州）を通過して衡陽にまで及び、また夏には長沙に戻った。長沙には夏から翌春まであしかけ四シーズン、少なく見積もっても半年以上は住むことになった。しかしその長沙も立ち去ってさらに南下し衡陽から郴(チン)州に向かったが、途中で引き返しいよいよ最後は漢陽、襄陽へ向かおうとした。その最晩年の五十九歳、大暦五（七七〇）年の秋に〈三45 舟に登りて将に漢陽に適(ゆ)かんとす〉の詩があり、半年以上住んだ長沙の家宅を次のようになつかしく思いだしている。

春宅棄汝去、　春にわかれし宅は　汝を棄て去り
秋帆催客歸。　秋の帆(ふね)は　客(われ)の帰るを催す
庭蔬尚在眼、　かの庭の蔬(やさい)は　尚おわが眼に在り
浦浪已吹衣。　いましも浦の浪(なみ)は　已にわが衣に吹きつく

春まで住んでいた家に汝と呼びかけているところに長沙の住家への深い愛着の情が現れており、その家を思い出すとき、杜甫のまぶたにいとおしく浮かぶものは家の庭に植わっている野菜であった。

故郷洛陽の野菜畑、弟と住もうと考えていた江陵の野菜畑、晩年の長沙での野菜畑、以上のように杜甫は死の直前に至るまでいつも家園の野菜を慕っている。杜甫が地を定め家族と定住すること、そしてそこに野菜畑があること、このふたつは切っても切り離せない。

杜甫は死ぬまで野菜を思いつづけていた。そして杜甫には野菜を食べる理由、食べなければならない理由が多くあった。健康上の理由、生計上の理由、そしてここでは論じなかったが宗教上の理由など。しかしどんな理由よりも杜甫はとにかく野菜が大好きだったと言えるのではないか。

注

（1） だとすれば急ぐべきはずの検校工部員外郎の期限はどうであったのか。雲安での病気中にもう期限が過ぎ去っていた可能性も考えられるが、陳尚君氏は期限は二、三年だったと考えている（第三部第一章の注の（3））。〈五04 客堂〉の詩には、

尚想趨朝廷、　尚お想う　朝廷に趨（はし）りて
毫髪裨社稷。　毫髪にも社稷を裨せんことを
形骸今若是、　形骸は今は是（かく）の若し
進退委行色。　進退は行（たび）の色（ようす）に委（まか）せん

とあり、この間の経緯を考える上で重要な詩である。しかし詩の制作時期は雲安説と夔州説で揺れており、この詩の編年を含めて私にはまだよくわからない。

（2） 簡錦松氏の新説は「我怎様爲杜甫夔州詩重訂編年」（『國科會中文學門九〇－九四研究成果発表會論文』彰化師範大学、二〇〇六年十一月二十五日）によって知ることができた。それは、杜甫は夔州一年目の早い時期から白帝城の北方面に当たる赤甲山の南麓に居を構え、同時に白帝山西斜面の西閣にもしばしば宿泊していたというものである。つまり一年目は二箇所に住んでいたと言ってもいいようなものである。この赤甲宅にも西閣にも住んでいたという説は、嘗て同氏が提出した新説（『杜甫

夔州詩現地研究』学生書局、一九九九年）、即ち瀼西は現奉節県梅渓河（西瀼水）の西岸ではなく草堂河（東瀼水）の西岸であったという説と同じように、まことに我が蒙を啓く画期的な説であった。簡氏の新説が正しいとすれば夔州一年目の農事の舞台はおおかた赤甲宅ということになる。夔州詩四百余首の編年を全面的に改編し直した同氏の『杜甫夔州詩新注』（近刊予定仮題）が出版されれば、新たな夔州詩解釈が生まれる可能性がある。

（3）詩題に言う萵苣は和名ではチシャと呼ばれ、今のレタス類の総称である。中国ではおそくとも唐代には西域から入ってきていたらしい。杜甫の場合は主として葉を食べるものだったのか茎を食べるものだったのか分からない。ただこの頃のチシャはまだ結球していなかった。

（4）『對』は『堂下』に対う（むか）を謂う」（清・楊倫『杜詩鏡銓』巻十三）のような解もあるが、ここは仇注が「『對經始』は両童相い対して畦を治る（つく）なり」というのに従う。

（5）「畦」については『（校訂譯註）斉民要術』上冊（西山武一・熊代幸雄訳、農林省農業総合研究所、上巻、一九五七年）巻三、第十七、種葵の訳注二（一三一頁）、及び『中国科学技術史／農学巻』（董愷忱・范楚玉主編、科学出版社、二〇〇〇年六月）第三節、三「農田灌漑技術及有閑問題」（二九三－九六頁）を参照した。

（6）北斉の顔之推は『顔氏家訓』（巻四、渉務篇第十一）で、南朝の士大夫（上層部と思われる）が、実際の農事に携わらなかったことを次のように述べている。「江南の朝士は晋の中興するに因りて、南のかた江を渡り、卒に羈旅と為り、今に至るまで八、九世、未だ田に力む（つと）ること有らず、悉く俸禄に資り（よ）て食するのみ。假令（たとい）（力田すること）有る者も、皆僮僕に信せ（まか）て之を為し、未だ嘗て目に一墢（ハツ）の土を起こし、一株の苗に耘る（つちも）を観ず、幾月か当に（種を）下すべく、幾月か当に収むべきかを知らず。安くんぞ世間の余の務を識らんや」（『顔氏家訓集解』王利器集解、上海古籍、一九八〇年）

（7）その一つの事例を拙論で考えたことがある。「生活の底辺から思いをめぐらす――杜甫夔州の瀼西宅」（『立命館文学（清水凱夫教授退職記念論集）』特別号、二〇〇七年二月）を参照。本書第三部第三章に収録。

（8）例えば稲田の管理経営を詠じた〈九15 秋、行官張望、督促東渚耗稲、向畢。清晨、遣女奴阿稽・豎子阿段、往問〉の詩で、雑草のガマとヒエについて次のように詠じている。

　上天無偏頗、　上天は偏頗（ヘンパ）すること無く
蒲稗各自長。　蒲（がま）と稗（ひえ）は各（おのおの） 自ら長ず

なおこれについては本書第四部第三章を参照。

(9) 呉存浩『中国農業史』(警官教育出版社、一九九六年)には、萵苣に関する記載がもっとも早く現れるのは初唐の孟詵の『食療本草』とあるが、これは正確ではない。開元年間に出版された『食療本草』(孟詵原著、張鼎増補)にあるのは白苣であって萵苣ではない(巻下)。

また六世紀中葉の『斉民要術』巻前の「雑説」にも「萵苣」が引かれるが、巻前の「雑説」は賈思勰の原作ではないと考えられているから、ここでは挙げていない。『斉民要術校釈/第二版』(後魏・賈思勰、繆啓愉校釈、中国農業出版社、一九九八年八月)二三頁、及び『(校訂譯註)斉民要術』上冊(西山武一・熊代幸雄訳、農林省農業総合研究所、上巻、一九五七年)の十四、十七頁に拠る。また専論に米田賢次郎「所謂『斉民要術巻頭雑説』について」(『中国古代農業技術史研究』同朋舎、一九八九年三月。原載は『史林』四八之一、一九六五年一月)がある。

(10) 小論では〈一九16 阻雨不得歸瀼西甘林〉詩の「瀼西の宅に帰らんと欲す」に拠って「瀼西宅」の語を用いている。「赤甲宅」の語は杜甫は用いていないが、赤甲に引っ越した時の作とされる〈一八47 入宅三首〉で「宅」の語を用いるのでそれに拠った。

(11) 例えば、郭文韜等著(渡部武訳)『中国農業の伝統と現代』第二章第二節二の一の(一)「畎畝法」(農山漁村文化協会出版、一九八九年九月)や『中国農業百科全書/農業歴史巻』(游修齢主編、農業出版社、一九九五年)と『中国農史辞典』(夏亨廉・肖克之主編、中国商業出版社、一九九四年)の畎畝法の項などを参照。

(12) 大澤正昭「唐・宋畬田行」(『論集中国社会・制度・文化史の諸問題/日野開三郎博士頌壽記念』中国書店、一九八七年)、後に『唐宋変革期農業社会史研究』第五章「唐宋時代の焼畑農業」(汲古書院、一九九六年)に収載、その一八〇頁を参照。また曾雄生「唐宋時期的畬田与畬田民族的歴史走向」(『古今農業』二〇〇五年、第四期)等を参照。

なお唐宋時代の夔州の焼畑に関しては、佐竹靖彦氏『唐宋変革の地域的研究』第Ⅳ部第六章「宋代四川夔州路の民族問題と土地所有問題」(六四七－七二九頁)に詳細な研究が展開されている。

(13) 仇注本や銭注本(巻六)には「晩」について「一作曉」と注するが、草堂詩箋本(巻二九)では「晉作曉」とする。草堂詩箋本の蔡夢弼「杜工部草堂詩箋跋」に「題して晉と曰う者は、晉の開運二(九四五)年の官書本なり」とあることからすれば、「曉來新」と作るのも簡単に無視し得ない。他にも「晩」と「曉」で相互に文字の異同がある部分が少なくなく、「晩」と「曉」の文字の入れ替わりが謂わば常習犯であったことがわかる。『銭注杜詩』附録に載せる呉若「杜工部集後記」にも「晉と称する者は開運二年の官書なり」とある。「晋本」については、黒川洋一『杜甫の研究』第四章第三節「王洙本『杜工部集』の流伝について」三二三－二四頁を参照。

(14) 大澤正昭著『陳旉農書の研究／十二世紀東アジア稲作の到達点』（農山漁村文化協会、一九九三年）を参照。ここではその一七〇頁の同氏の訓読を引用した。また一七四頁には『王禎農書』の関連する箇所が引いてあり、私も参考にさせていただいた。

(15)『魏書』巻一一〇、食貨志に「諸民有新居者、三口給地一畝、以為居室、奴婢五口給一畝。男女十五以上、因其地分、口課種菜五分畝之一。」とある。これについては曽我部静雄氏の「均田法の園宅地について」（『史林』四十巻二号、一九五七年。後に『中国律令史の研究』吉川弘文館、一九七一年に収載）を参照。

(16) 第一章第二節の注（8）を参照。

(17) 張沢咸氏の書は、一九九九年、文津出版社の出版で、その七〇頁。『太平広記』の話は唐の薛漁思の『河東記』より出たもの。そこでは「其初其窮、以販鬻蔬果自業」とある。

(18) 宋の趙次公は「飯の半ばとは、則ち冬菁を以て牛に飯らわすれば其の芻の半ばなり」のように、カブを牛の餌と考えている。たしかに『斉民要術』（巻三、蔓菁、第十八）の原注にも、牛・羊・豚に食べさせると大豆よりもよく太らせることができる（細剉和茎飼牛羊、全擲乞豬、並得充肥、亞於大豆耳）、とある。しかしカブは人間にとって重要な野菜で、古くは『後漢書』巻七桓帝紀の詔に「其令所傷郡國種蕪菁以助人食（其れ傷る所の郡国をして蕪菁を種えて以て人の食を助けしめよ）」とあるように救荒植物でもあった。『斉民要術』や『四時纂要』（秋令巻四、七月）でも植え方を説明している。また杜甫の詩を踏まえた宋の李復の「菜を種う」の詩に「蕪菁飯之半、布藝廣數區。蕪菁は飯の半ばなれば、布き藝えて数区に広ぐ」（『潏水集』巻十）とあり、李復も人間の食べる大事な食物と考えている。よってここでは杜甫が牛の飼料としてカブを植えているとは考えない。

(19) 唐詩の白蓮については市川桃子氏に考察がある。『中国古典詩における植物描写の研究／蓮の文化史』（汲古書院、二〇〇七年二月）九九－一〇七頁を参照。

(20) 大澤正昭『唐宋変革期農業社会史研究』第四章、三「蔬菜生産と農業経営」（汲古書院、一九九六年）一四二－四六頁を参照。原載は「唐代の蔬菜生産と経営」（『東洋史研究』四二巻四号、一九八四年三月）。なお唐の開元年間に九文のお金を使って野菜を買った例が、トルファンのアスターナ墓出土文書に残っている。唐長孺『吐魯番出土文書』（第八冊、文物出版社、一九八七年）阿斯塔那一八四号墓文書「唐家用帳」に「（買）菜用九文」とある（二九四頁）。なおこの資料の存在は、劉玉峰著「唐代商品性農業的発展和農産品的商品化」（『思想戦線』二〇〇四年二期）の注十九で知ることができた。劉玉峰氏の論文も、どのような作物が商品として流通していたか、その概説を知る上で有益である。

（21）大澤氏の前掲注（20）の著作に「このため、宮廷をはじめ、中書省や州・県などの官署にも菜園は附置され、日々の需要を充たしていたし、……」（一四三頁）とあり、同書注（七五）には、中書省、州府、県に関する資料が紹介されている。また陳偉明氏『唐宋飲食文化発展史』（学生書局、一九九五年）第一章、四「蔬食」にも同じような、「（以上の資料は）唐代は上は皇室・宮廷・中書省から、下は州県の官署に及ぶまでみな菜園を設置して、生活食用の需要を充実させたことを説明している」（十九頁）との見解がある。また第三章、三「追求蔬食」も参考になる。

（補記）

本書で私が取っている方法は、杜甫の詩から生活の事実を読み取って、詩と生活の在り方を考えようとするものである。このような方法は、西洋人からすれば不可解な詩の読み方かもしれない。詩は、思想や感情の表出であり虚構で成り立っている、そんなものからどうして伝記的な事実を拾い出したりできようか、詩人の詩表現を事実の描写だとみなしていいものだろうか、というわけである。(注)

たしかに西洋詩の常識からすると、その疑問にも一理ある。しかし西洋詩の在り方を中国詩に当てはめるべきではなかろう。もちろん中国詩にも具体的な事実を描かず思想、感情を優先的に歌う詩はいくらでもある。詩は情志を詠うものという古くからの主張は、中国詩の一つのすぐれた伝統となっている。

ただ中国詩にはもう一つ大きな流れがある。歴史の事実を重んじ歴史書を文明の早い時期からおびただしく残してきた中国人は、創作の場においても、また詩作品の受容と鑑賞の場においても、事実から出発し、事実を詩に描き、詩から事実を読み取ろうとする。実際そのように事実を中心に組み立てた詩で、深い文学的感動を呼び起こすものは、〈〇五23 北征〉の詩や〈〇四06 自京赴奉先詠懐五百字〉の詩をはじめいくらでもある。必ずしも叙事詩ではない韻文において、題材の事実が優越することも中国詩のもう一つの伝統なのである。ある一群の詩はむしろそういう立場で書かれており、そういう立場で読者に読まれることを前提としている。

本書で考察の対象とする杜甫の一群の詩もそういう詩である。もしも読者が、杜甫がひたすら書き込んだ農事や生活の営為をみな絵空事として読むと知ったなら、杜甫はいったいどう思うであろうか。杜甫は自分が成都や夔州のような都から遠く離れたところで、政治から疎外され老いさらばえてゆくなか、詩中に描くような具体的な農事に関わっている事実をうったえたいのである。

たとえば夔州期を例にとって考えてみよう。その時の杜甫の悲哀も孤独も憂愁も悲憤慷慨も、みな夔州という具体的な風土、そして大暦初期という政治背景下での具体的な事件、また官界で高い地位を持つ人や都から使いしてきた人、左遷されていく人などみな具体的な経歴を持つ人物と深く関わり、そういうあらゆる具体から発した感情である。もしもこうした感情を抽象的な表現だけで描いてしまえば、四百余首の杜甫夔州詩は千篇一律で退屈なものになってしまっただろう。農事に限らず、三峡の四季折々の景観や当地の民俗、夔州での人との出会いと別れ、生きていく上での社交、そうしたさまざまな事実を描き、その事実を感情と一体不可分のものとして描いているからこそ、杜甫の夔州詩は内容の豊富さと変化の多様さで、ますます読者を飽きさせないのである。

しかし、かといって自己満足だけの緊張感のない生活事実を列挙するだけでは詩は退屈になる。逆に一過性の感情でひどく高揚した或いはひどく沈鬱な詩だけでは読むものを疲れさせる。杜甫の詩はそういう詩とは違うように作られているのである。

㊟　たとえば加藤国安氏の「杜甫研究の現状と課題－中国を中心に－」（『中国－社会と文化』第七号、一九九二年六月）に「オーエンによれば、西洋人にとってワーズースの詩は、すべて比喩とフィクションの産物として映るという。……それに対し、杜甫の詩は決してフィクションではない、というのが自分たち西洋人には驚きなのだ、とオーエンはいう」「謝論文が、自伝詩という概念で中西詩の差異を捉えたのに対し、オーエンの方は日記とか経験主義というキーワードを持ち出しているといえよう」などとあるのが参考になる。加藤氏引用文中のオーエンは、Stephen Owen（漢訳名は宇文所安）の Traditional Chinese Poetry and Poetics: Omen of the World, The University of Wisconsin Press, 1985 を指す。謝論文は、謝思煒氏「論自伝詩人杜甫――兼論中国和西方的自伝詩伝統」（『文学遺産』一九九〇年第三期。後に『唐宋詩学論集／新清華文叢』商務印書館、二〇〇三年三月に収載）を指す。

ちなみに謝氏同書七頁に「こうした自伝性は中国文人作家が普通に備えているもので、杜甫はその中の最も典型的な一つの例にすぎない。こうした作家の作品から彼らの人生を読み出すことができるし、彼らの作品もまた彼らの人生の経歴と対照させることによってはじめてしっかりと理解できるのである。このことから、作家のために年譜を作り詩の事実を考証する必要が生まれ、かくて中国で最も早い詩人の年譜が、北宋の呂大防によって杜甫のために編まれたのである」ともある。

第三章　杜甫の稲作経営の詩

第一節　はじめに

杜甫という詩人は実生活の中で、農業とどのように関わっていたのか。その実態は具体的にどのようなものであったのか。それを杜甫の詩の中から読み取りたい、それが、ここ十年来私が関心を持ち続けたテーマである。また自らの農事を主題となし、題材にとる詩作は、杜甫の文学と人生に於いてどのような意味を有したのか。また中国文学のなかでどのような意義があるのか。それらもまた私が明らかにしたいテーマである。

杜甫は四十八歳で官界から身を退き、秦州の地に移り住んだ。まもなく成都に下って浣花草堂、さらに長江を下って夔州の瀼西草屋、東屯の茅屋など、半ば隠遁的農的な生活をおくってきた。そうした中で、杜甫はその時々に関わってきた農事や農的生活を、繰り返し詩のなかに描いてきた。それらの詩は杜甫詩の中でも重要な位置を占め、杜甫詩を最も特徴づける動機の一つとなっている。にもかかわらず、従来の杜甫研究ではほとんど顧みられることはなかった。

これまで私は秦州での隠遁と農業の計画、翌年からの成都草堂での農的生活、五十五、六歳の夔州での蜜柑園の経営、野菜作り等を取り上げて、杜甫の詩と農事の関係を連続的に考察してきた。しかし夔州では、もう一つ、米作りを詠じた詩を見落とすわけにはいかない。
本章では夔州での杜甫の稲作経営の詩を取り上げ、杜甫は稲作をどのように詠じているのか、その詩の分析から杜甫の何が見えてくるか、等を考察していきたい。

第二節　稲作の舞台――東屯について

白帝城の東にある東屯という土地が稲作の盛んな地域であることを、杜甫は夔州に到着して間もなく、詩のなかで詠じている。夔州の印象を歴史、民俗、景観などさまざまな方面から詠じた十首連作の詩〈一五27 夔州歌十絶句〉其六で、東屯には百頃もの水田が広がり、その水田は北から流れ来る谷川の水でゆたかに灌漑されていると歌う。

東屯稲畦一百頃、　東屯の稲畦(いなだ)は一百頃(ケイ)
北有澗水通青苗。　北に澗(たにがわ)の水有りて　イネの青き苗に通ず（青苗を地名の青苗陂とする説は取らない）

杜甫は、夔州について取り上げたい事がいろいろある中で、その一つとして東屯を挙げているのである。東屯の水田が杜甫に強く印象づけられていた証拠であろう。

三峡は狭隘な土地が多いので一般に稲田には向いていないが、夔州の東屯では昔から稲作がなされていた。東屯は、『読史方輿紀要』巻六九、夔州府大瀼水の項に引く南宋の『輿地紀勝』によれば、後漢の公孫述が東瀼水の流域に開拓した水田ということになる。(1) 杜甫詩の多くの注も、この公孫述の開墾説を引く。だが果たして、この「杜甫詩の東屯＝公孫述の開拓田」の説は正しいであろうか。これが宋人が作り出した伝説であったというのは、実は簡錦松氏がすでに詳細に論じており、(2) 私も氏の説に賛成である。

東屯という言葉を杜甫は詩の中で、東の屯（むら）ほどの意味で用いており、元来は固有名詞ではない。杜甫の詩に出てくる東屯をいくら詳しく見ても、後漢の公孫述とは何も関係づけられていない。杜甫以前の詩には東屯の語が用いられておらず、杜甫の詩にいたって突然八回も出現する。一方、夔州の白帝城に割拠したことのある公孫述に関する史料類には、公孫述が東屯を開拓した事跡は見あたらない。これらから、杜甫詩の東屯は公孫述の開拓田だったという旧解が、根拠のないものだと考えられるのである。

文学作品に描写された場所が、本物の地名の如く一人歩きしていくのは、古今東西よくある話である。杜甫の場合も、秦州の「東柯谷」、成都の「浣花渓」、夔州の「瀼西」などがその例としてあげられよう[3]。いずれも杜甫の詩に歌われたことによって、後世かえって固有名詞、地名となってしまったものである。

ただ東屯が公孫述の開墾によるものかどうかは別にして、杜甫が夔州に来たとき、すでに広大な水田があったということは、その水田が一日にして開かれたものではなく、それなりの開田の歴史があったことを意味している。夔州は古来より兵家争奪の地であり、その稲田が辺境の軍事拠点として開墾されたであろうことは想像にかたくない。杜甫が夔州に到着したとき、そうした東屯の稲田のことは知識としてはすでに持っていたであろう。だから夔州二年目の秋も終わりかけたころ、東屯に移り住んだ杜甫は、今、自分がそうした東屯にさすらっているのだという思いに耐えられず、次のような言葉が口を突いて出たのであろう。

抱病漂萍老、　病を抱きて　漂える萍（うきくさ）のごとく老いしわれ
防邊舊穀屯。　辺（こっきょう）を防ぐ　旧（ふる）きよりある穀（こめ）の屯（むら）　〈二〇28　東屯の月夜〉

そしてこの夜、杜甫は朝方まで眠れなかったのである。

日轉東方白、　日は転じて東方は白み

風來北斗昏。　風来たりて北斗は昏し
天寒不成寐、　天寒くして寐ぬるを成さず
無夢寄歸魂。　ふるさとに帰りたきわが魂を寄すべき夢は無し

さて、冒頭に掲げた〈一五27　夔州歌十絶句〉で、東屯の稲田を百頃というが、それはどれぐらいの広さだろうか。一頃は百畝だから、百頃だと一万畝で、五、六百ヘクタールもの広さになる。それは一辺が二キロメートル余の真四角な平野を思い浮かべるか、一本の川の両側にそれぞれ幅五百メートルの水田が開けた河谷平野が五、六キロメートルも続く風景を想像すればよい。しかし東屯の現地調査を踏まえた簡錦松氏によれば、唐代の東屯の稲田の広さはせいぜい二千三百〜三千五百畝程度であったろうという（簡氏上掲書一九七頁）。三十頃前後である。

もちろんこの百頃が誇張した詩的表現であることは言うまでもない。だからどうせ誇張するなら「万頃」（百頃と同じ仄字連用）を用いてもいっこうに構わない。現に宋詩では万頃を詩語として用いるのが圧倒的に多い。が、唐詩ではほとんど用いられない。これは時代の好みということもあろうが、江南の水田開発が飛躍的に発展した宋代の状況を反映した詩語なのかもしれない。

それはともかく杜甫は、東屯の稲田を言うとき何度か百頃の語を用いている。

香稻三秋末、　わが香稲は三秋の末に
平田百頃間。　平田の百頃の間にあり　〈二〇32　茅堂、檢校收稻、二首〉其一

また、

東屯大江北、　東屯は大江の北にあり
百頃平若案。　百頃にして平らかなること　案の若し　〈一九14　行宮張望、補稲畦水、帰〉

地の果て、三峡の山あいの町とばかり思っていた夔州に、思いがけなくだだっぴろい水田が広がっていた。そのことを杜甫は嬉しく、そして頼もしく思っていたに違いない。

一方、東屯の水田は長江本流から離れた北側にある。長江に突きだした白帝城の東側に東瀼水（今の草堂河）が北から流入するが、その東瀼水の中流で石馬河が合流している。この二つの支流に挟まれた部分に水田は開けている。（東屯の場所の特定は簡錦松氏による。）従って水田をうるおす水はみな北から流れてくる。前掲の「東屯は大江の北にあり」や「北には澗の水有りて、青きイネの苗に通ず」は、みな東屯の稲田のそのような位置関係を述べている。そう考えてくると、次の〈一八49　卜居〉の上句も、東屯の水田を指していると考えてよいであろう。

雲嶂寛江北、　雲嶂なるも江の北に寛し
春耕破瀼西。　春耕は瀼西を破らん　〈一八49　居を卜う〉

雲間には山々がそびえ、その山々に囲まれるようにして長江の北側に、東屯の平地が開けている。瀼西の地を根拠地に、私は春から農業にたずさわることになるだろう……。この詩は二年目の春、城内から瀼西へ引っ越す前後に作られたものである。

その半年後、さらに瀼西から東屯へ引っ越したが、その時も山間に開けた東屯の景観を、〈二〇08　瀼西の荊扉自り且く東屯の茅屋に移居す、四首〉其一で、

白鹽危嶠北、　ここは白塩（山）の危嶠の北にして

赤甲古城東。　赤甲のふもとの（白帝の）古城の東なり
平地一川穏、　平らかなる地は一川穏やかに
高山四面同。　高き山なること四面は同じ　〈二〇08 自瀼西荊扉、且移居東屯茅屋、四首〉其一

と詠じている。

このように東屯での稲作の舞台は、長江北側の一支流の川原沿いにあって、高い山に取り囲まれつつ、百頃もあるかと見えるほど広い平地に開かれた、歴史ある水田地帯として、杜甫の詩には描かれているのである。

第三節　灌漑と除草の詩

杜甫の詩に稲作の舞台がどう描かれているかについては前節で見たとおりである。次にここでは稲作の農事がどのように描かれているのかを見ていきたい。

杜甫の稲作関連の詩には、春耕から収穫までのすべての過程が描かれているわけではない。杜甫の詩に取り上げられる農事は灌漑、除草、収穫（稲刈り）の三つである。その中でも灌漑と除草を主題にした二首の詩、

〈一九14 行官張望、補稲畦水、歸〉
〈一九15 秋、行官張望、督促東渚耗稻、向畢。清晨、遣女奴阿稽・豎子阿段、往問〉

が中心である。

この二首は登場人物が同じなので、はじめに人物や背景を説明しておくほうが便利である。その際、歴代の注釈や宋以後の詩文に語られるエピソード類はすべて排除し、厳密に杜甫の詩から読み取れることだけを記すこと

にした。というのも杜甫詩のように、千年もの長い注釈の歴史があるものは、注釈が積み重ねられていくなかで、最初は一人の注者の憶測に過ぎなかったものが、次の時代にはもう既定の事実になって一人歩きする。そういうことが少なくないからである。

まず東屯の水田には公田と私田があった。杜甫はいくらかの私田を所有しており、そこからの米の収穫は、当然杜甫の私有となった。杜甫は公田を管理経営したわけではない。その形跡は詩から読み取ることはできない。(4)

この二首には、人名や人物を表すと思われる一般名詞などが出てくるが、その指すところがいかようにも取れ、歴代の注釈家によって読み方が異なる。その違いを比較列挙するとはなはだ煩瑣になるので、以下は私の読み方だけを示しておきたい。他の読み方の可能性については、各自注釈書等を参照されたい。

登場人物は行官と婢僕のみである。一人目は、〈一九14〉、〈一九15〉の詩題に出てくる「行官の張望」である。張望は人の名。行官は官名で地方政府に属する下級官吏。ここでは夔州府の属官である。古雅な言い方を用いて詩では「家臣」とも称されている。その職務は雑多で、農田を巡視することも行った。(5) とすれば当時、大暦二（七六七）年の夔州では、行官の張望は州の長官柏茂琳の下吏であったろう。行官の張望はここでは杜甫と一種の契約関係を結んで、杜甫の私田の管理も引き受けている。ちなみに当時杜甫は夔州長官の柏茂琳とは親密な関係にあった。杜甫が東屯に私田を入手したこと自体、柏茂琳の介在無しには不可能だったと思われる。二つ目は、杜甫の私的な婢僕である獠族の阿稽と阿段。〈一九15〉の詩題に「女奴の阿稽と豎子の阿段」として出てくる。

行官の張望はもちろんであるが、杜甫の婢僕らも日常的な農作業に直接たずさわっているわけではない。杜甫の私田における稲作農業の直接の従事者は、良民階層としての一般的な均田農民ではなかったろう。杜甫の私田の直接の農業従事者が、どのような制度的身分の者であったのかはよくわからない。実態としては農奴にちかい隷属民的存在であったと思われるが、ここでは農業従事者または簡単に農夫という言葉で通しておくことにする。

本論で取り上げる杜甫の稲作詩は、それら農業従事者の具体的な農事を描いたものではない。落魄した読書人階層の一詩人が、中国西南の片隅で、稲作経営に手を染めた事実が記録されているのである。以下、そうしたことを前提として灌漑の詩〈一九14〉から読んでいきたい。

一　灌漑の詩（一）　第一句－第二十句

〈一九14　行官張望、補稲畦水、歸〉　行官の張望が稲畦（いなだ）の水を補いて帰る

田植えがすんだあとは、水の管理と除草が重要な仕事となってくる。六月のある日、その行官が稲田への水やりを無事に終えて帰ってきた。水やりと言ってもこの日は、何か特別な灌漑作業を行ったようである。それがうまくいって杜甫は喜び、これで秋の収穫も手堅いと安堵の胸をなでおろしている。冒頭の四句は東屯の位置や景観や季節を述べる。

東屯大江北、　東屯は大江の北にあり
百頃平若案。　百頃にして平らかなること案（つくえ）の若し
六月青稲多、　六月には青き稲の多く
千畦碧泉亂。　千（ち）の畦（いなだ）には碧の泉の乱れたり

そしてちょうど田植えも終わり、灌漑の仕事が引き続き行われることを次のように述べる。

插秧適云已、　秧（なえ）を挿すこと適（まさ）に云（ここ）に已（や）み

引溜加漑灌。　溜（ながれ）を引きて漑灌を加う

この詩で旧暦六月の晩夏に田植えが終わっているのは、時期的に少し遅くないか。そこで杜甫が植えている品種を、晩稲だと考えている農業史の研究者もいる。李根蟠氏の「長江下游稲麦復種制的形成和発展－以唐宋時代為中心的討論」(6)は、唐代の南方は晩稲の作付けが主で、杜甫のこの詩のように田植えが相当遅いものもあったという。このように地点や時期がはっきりした杜甫の詩は、農業史研究にも一資料を提供しているのである。

つづけて杜甫は灌漑の様子を述べる。

更僕往方塘、　僕を（行官と）更えて（東屯の）方塘に往かしめ
決渠當斷岸。　渠を決するには当（まさ）に岸を断ずべし
公私各地著、　公も私も（水は）各（おのおの）地に著（つ）きて
浸潤無天旱。　浸（し）み潤（うるお）いて天旱無からん

「更僕～」の句で、杜甫の個人的な使用人の阿段らを東屯の方形の貯水池に行かせたので、代わりに行官が帰ってくることになった。そして杜甫は行官からいろいろ尋ね聞くことができた。詩題が「行官張望が稲畦の水を補って帰る」となっている所以である。「決渠～」の句は具体的に何をどのようにする作業か判然としないが、水田への水やりは杜甫の使用人が、勝手に土手を切って水路に水を流したりは出来なかったであろう。灌漑した水が公田も私田もうるおすと書かれているように、それは夔州刺史柏茂琳の属官張望が采配する職務の一つだったに違いない(7)。

杜甫は水やりの仕事から帰ってきた行官、彼は夔州刺史の「家臣」といってもいいのだが、その行官に稲田の様子を尋ねた。するともう杜甫の脳裡には、……雲たなびく高い山に囲まれて川のほとりに稲田が広がり、キラ

キラ光が反射する田中には、緑の葉先をピンと尖らせて稲がすくすく育ち、そこに真っ白いカモメが舞い降りる……、そんな田園風景がくっきりと浮かぶのであった。カモメは、杜甫にとっては官界から離脱した自由さの象徴でもある。

主守問家臣、　主り守ること　家臣に問えば
分明見溪畔。　分明に渓の畔を見るがごとし
芊芊炯翠羽、　芊芊として　翠の羽のごときイネは炯らかにして
剡剡生銀漢。　剡剡として　銀漢のごとき（水田）に生ず
鷗鳥鏡裏來、　鷗鳥は　鏡のごとき（水田の）裏にとび来たり
關山雪邊看。　関山は　雪のごとき（白雲の山の）辺りに看る

さらに杜甫のイメージはとどまることなく膨らんでいく。水田に水を張り終えたばかりなのに、もう秋の収穫に思いを馳せ、朝食に新米を炊く情景を想像している。唐詩にみるところ、唐代は香りの強い赤米がよく栽培され、好んで食べられていた。また精米すれば白くなるという菰の実（ワイルドライス）のご飯も、しばしば唐人の食卓に上る。いわゆる彫胡（雕胡）米である。

秋菰成黑米、　秋の菰は黒き米と成り
精鑿傳白粲。　精鑿すれば白き粲きを伝えん
玉粒足晨炊、　玉粒は晨に炊ぐに足り
紅鮮任霞散。　紅鮮（赤玄米）は　霞のごとく散りそまるに任せん　〈一九14　行官張望、補稻畦水、歸〉

最後の「紅鮮」の句は意味が取りにくい。清初の仇兆鰲は「紅稲の霞散するは、此れ即ち遺穂なり」と注して、

赤米の落ち穂が田に散り落ちる様子と解している。確かに現今の赤米は稲穂からして赤い色をしている。しかし落ち穂の話が出てくるのは次の段で、この段では精米、炊飯して食べることを詠じている。

「霞散」は南朝の謝朓の「餘霞散成綺」（『文選』巻二七「晩登三山還望京邑」）の句を踏まえた表現。謝朓は夕霞の赤い色が、西空から広がっていく様子を「余霞は散じて綺（あやぎぬ）と成る」と詠じた。赤玄米を炊きあげたときの薄紅色に染まった様子を表現するため、杜甫は先人の句を借りてきたのだろう。南宋の趙次公が「飯の紅（くれない）に潤（うるお）いし色」（『杜詩趙次公先後解輯校』戊帙巻之三）と注するのがふさわしい。精白した米に玄米の赤米を混ぜて炊いているのかもしれない。なお、玉粒と紅鮮の関係については第八節で述べることにする。

二　灌漑の詩（二）　第二一句－第二四句

最後の一段は、米の豊作を期待し、落ち穂は貧しき人々にゆずろうと、自戒の言葉で結んでいる。

終然添旅食、　　終然として旅食に添え
作苦期壮観。　　こめ作りは苦しきも壮観なるを期さん
遺穂及衆多、　　遺穂（おちぼ）はひろわず衆多に及ぼして
我倉戒滋漫。　　我が倉（こめぐら）は滋（ま）し漫（み）つることを戒めん
〈一九14　行官張望、補稲畦水、帰〉

「旅食に添える」の句は、旅寓先である夔州での食料に供するという意味である。杜甫は十人近くの一家を食わせなければならなかった。しかし、米の収穫には翌年の出航の準備という目的もあったはずである。翌春杜甫は一家とその家財道具を船に乗せ夔州を旅立つのであるが、その時、家族らの食料となる米も船に積んでいたと思われる。杜甫はひとまず江陵に下ったあと、さらに洞庭湖を過ぎて長沙周辺をさまようのであるが、そのとき船

載してきた米を船頭たちにも分け与えているからである。

三句目の「遺穂」は杜甫の私田に残った落ち穂だが、それを自分のものにはすまいという。同じような気持ちを、実際に稲の取り入れが始まった秋にも、

築場憐穴蟻、　（脱穀の）場を築きては穴の蟻を憐み
拾穂許村童　　穂を拾うことは村の童に許さん　〈二〇31 暫往白帝復還東屯〉

と歌っている。このように繰り返し落ち穂の処理を約束するからには、杜甫は本当に貧しい者たちに拾わせたのに違いない。稲刈りの終わったあと、約束を果たしたことを報告する詩は残っていないが、次の稲刈り後の詩では鶏や豚についばませている。〈二〇33 稲を刈り了りて懐いを詠ず〉の詩に、

稲穫空雲水、　稲は穫りおわりて雲水は空しく
川平對石門。　川は平らかにして石門に対す
寒風疏草木、　寒風に草木は疏となり
旭日散雞豚。　旭日のなかに（田には）鶏や豚の散じおり　〈二〇33 刈稲了詠懐〉

とあり、人が拾い終わったあとに家畜を放している。家畜に啄ませる落ち穂があったということは、この秋の稲作が災害にも遭わず、無事に収穫できたことを意味していよう。

落ち穂を田主の所有にせず、寡婦や貧しい者たちに拾わせるというのは、中国でも昔からしきたりのようになっていた。『詩経』小雅の大田の詩に、

彼有不穫穉、此有不斂穧、　彼に穫らざる穉有り　此に斂めざる穧有り

彼有遺秉、此有滯穗、　彼に遺秉有り　此れに滞穂有り
伊寡婦之利。　伊れ寡婦の利なり

とあり、小さくて刈り残した稲、刈ったまま束ねない稲、取り忘れられた稲束、落ち穂などが寡婦のものだと歌われている。

現実が理想的なしきたりどおりに行くとは限らない。そのことを杜甫は百も承知していたに違いない。しかも杜甫のようにその習わしを実践する者は稀であったと思われる。だからそんな小さな美徳でもすぐに評判がたってしまう。偽善と見る人もいたであろう。そんな人たちの勘繰りには耐えられない。というより杜甫は、自分の小さな行為に対しておこるであろう評判の大きさに耐えられない、と思ったのではなかろうか。だから、次に取り上げる除草の詩〈一九15〉で、

西成聚必散、　西(あき)の成(みの)りは　聚(あつ)まれば必ず散じて
不獨陵我倉。　独り我が倉を陵(おか)のごとくたかくするのみならず

と自戒の言葉を繰り返したあと、さらに次のように自分に対して起こるであろう評判から身をかわしているのだと思われる。

豈要仁里譽、　豈に　仁なるもののすむ里という誉(ほま)れを　われは要(もと)めんや
感此亂世忙。　此の乱世の忙(せわ)しきに感ずればなり　〈一九15 秋、行官張望、督促東渚耗稻……〉

よき評判を勝ち得たいからではなく、あまりにもこの乱世がいたましいためなのだ、と詠じているのである。

さて以上でこの〈一九14〉二十四句の詩全体を読み終えることになるが、稲田への水を補うと題する詩なのに、その具体的作業があまり描かれず、収穫への期待や自戒、米を食べる状景などが述べられている。これは次に紹介する除草の詩〈一九15〉をはじめ、杜甫の稲作関連の詩に共通する特徴である。それはなぜだろうか。

一つには、作者が直接現場に赴いておらず、伝聞と想像によって描かれた士大夫（読書人）の詩だからであろう。

またもう一つ、とくに収穫を独占することへの戒めが繰り返されるのは、米作りが野菜作りや蜜柑作りと違って、労働が苛酷でいかにも私田で働く農夫達を搾取しているという構造が見えやすいためだったからではないか。しかも米は人の主食で税の対象物である。安史の乱前後の荒廃した農村には、税に取られたあと主食にも事欠く農民が少なくなかった。杜甫はそのことを痛いほどよく知っていた……。このことについては次節でも考察することにする。

第四節　除草の詩

灌漑の詩に引き続き、本節では除草の詩を取り上げる。

〈一九15 秋、行官張望、督促東渚耗稲、向畢。清晨、遣女奴阿稽・豎子阿段、往問〉

秋に行官の張望が東渚の耗稲(コウトウ)を督促して畢(おわ)るに向(なんな)んとす

清晨に女奴の阿稽(アケイ)と豎子(ジュシ)の阿段(アダン)を遣(つか)わして往きて問わしむ

「東渚の耗稲(コウトウ)を督促す」の部分で、「東渚」は東屯を言い換えたもの。「耗稲」は珍しい言い方で、趙次公や仇兆鰲によれば、稲田から蒲（ガマ）や稗（ヒエ）の類を取り除くこと。その除草作業を行官が監督し促すというのは、農事の直接の従事者に対してであろう。杜甫の米作りの詩には、そういう人たちは前面には登場しない。ここはそういう人たちの気配をわずかに感じさせる部分でもある。

詩題には時節が秋と書いてあるが、秋のいつ頃だろうか。水遣りの詩が六月であることは詩中に記載があったが、この詩は恐らく仲秋八月頃の状況として書かれているのではないかと思う。かりに九月としても、稲刈りまであと一段の時間を要するほどの時期であろう。

その理由は二、三ある。おそらく最後の除草が終わったこの時点を、詩では、

　　粛粛候微霜。　粛粛として微霜を候（ま）たん

と詠じている。歳時の通念では霜が降るのは晩秋九月で、今はそれを待っている段階だから仲秋八月と考えられる。「微霜を候（ま）たん」というのは、また霜降の稲刈りの時期を待とうと言っているのでもある。

夔州の地では、杜甫の詩を見るかぎり晩秋九月は稲刈りの時期である。そのことに言及する詩句に、

　　清霜九月天、　清き霜のふる九月の天に
　　髣髴見滞穂。　髣髴として滞穂（おちぼ）を見るがごとし　〈一五35 雨（行雲）〉

とあり、東屯に引っ越したあと、収穫を監督点検している詩に、

　　香稲三秋末、　わが香稲は三秋の末に
　　平田百頃間。　平田の百頃の間にあり　〈二〇32 茅堂、検校収稲、二首〉其一

ともある。さらに同じ収穫の時期に雲を詠じた詩に、

　　収穫辞霜渚、　コメの収穫のころ　くもは霜おくあさの渚を辞しさって

分明在夕岑。　分明と夕べの岑に在り　〈二〇43 雲〉

とある。このように稲刈りが九月の霜降の時で、除草の詩はその稲刈りを待っている段階なので、この点からも一応八月と考えられるのである。

また杜甫は、

蟋蟀近中堂。　蟋蟀はわが堂の中に近づかん

とも述べているが、これは『詩経』豳風七月の詩を踏まえた言い方である。

七月は野に在り、八月は宇に在り、九月は戸に在り、十月には蟋蟀は、我が牀下に入る。

この『詩経（毛詩）』本文に対して初唐の孔穎達の『毛詩正義』は、

蟋蟀の虫は、六月は壁中に居り、七月に至れば、則ち野田の中に在り、八月は堂宇の下に在り、九月は則ち室戸の内に在り、……

と注しており、蟋蟀が堂下まで近づくのは八月と考えられていたことがわかる。これも杜甫の除草の詩が仲秋八月頃に作られていたと考えられる根拠である。この詩が八月頃を背景に作られていることは、分かる人にはすぐ分かることだろうが、わざわざ以上のような煩瑣な手続きを踏んだ理由は、杜甫の詩がこうした小さな時候の点でも、他の作品と矛盾することなく比較的厳密に、あるいは整合性を保って描かれていることを示したかったからである。

一　除草の詩（一）　第一句－第八句

まず冒頭の二句は、稲作が順調にすすみ、あとは稲の成熟を待つばかりの時期であると歌う。

東渚雨今足、　東の渚に　雨は今足りて
佇聞粳稲香。　粳(うるち)の稲の香しきを　佇(たたず)み聞くがごとし

稲の香りがするというのは、香稲と呼ばれる赤米系の品種が植えられているからである。(8) その稲の香りをたたずみきくという表現から、稲の実りを待ち望んでいる杜甫の胸の高まりが伝わってくる。

次の六句は、水田の草取りの必要性と草取りの仕方について述べる。杜甫の思想によれば、人間に有用なイネも、有害なガマやヒエも差別はなく、植物としては平等に造物主の恩恵に浴しているものである。ともに生きる権利がある。それなのになぜ人間は一方のイネのみに肩入れし、もう一方のガマやヒエを抹殺してしまおうとするのか。「抹殺する」、この世に生を受けたものにそんな言葉を使うのさえ、杜甫にはおぞましく感じられる。農家の者たちがガマやヒエを除き去ってしまうのは、稲のための水田なのにそこに、稲以外の有害な異物が生えてくるからである。

上天無偏頗、　上天は偏頗(かたよ)ること無ければ
蒲稗各自長。　蒲(がま)と稗(ひえ)は各(おのおの)　自ら長ず
人情見非類、　人の情として類に非ざるものを見れば（抹殺し除かんとす）
田家戒其荒。　田家は其の荒るるを戒むればなり
功夫競搰搰、　功夫は競いて搰搰(コツコツ)たり
除草置岸旁。　除草して岸の旁(かたわ)らに置く

なぜ水田に蒲や稗が生えるのか、なぜそれを取り除かなければならないのか、そういうことを杜甫は言葉を費やして説明しようとしている。たかが雑草の蒲や稗に対してなのに、杜甫は申し訳なく思っているのである。

同じようなことを、後段でも繰り返す。前段の、造化主が万物をえこひいきしないから蒲や稗も成長するという言い方をずらして、今度は、この世に命を授けられたものなら皆伸びていくのが道理、だからイネに害あるものなら、それを防がなくては、と述べる。

有生固蔓延、　生（いのち）有るものは固より蔓延すれば
静一資隄防。　静一に隄防するを資（と）る

相手に攻撃を仕掛けたり、根こそぎ消滅させたりするのではない。こちらに害を及ぼすからやむなく防衛するのである。杜甫の万物博愛の思想は、こんな小さな句作りにも用意周到に表されている。

元に戻って、五句目の「功夫」を、農夫と解する注釈書もあるが、そうであれば下句とのつながり上、理解しやすい。ただ唐詩に「功夫」の用例は少なくないものの、人を指すものは見あたらない。よってここは仕事ぶりというほどの意味で解しておく。とすれば、ここでも杜甫の目は農業従事者の顔に直接的には向けられていないことになる。この詩が除草の現場を目の当たりにして作られたわけではなく、東屯を想像しながら瀼西宅で作られていることが、こういう所にも反映しているのであろう。

ただ杜甫が記す雑草の処理の仕方は興味深い。水田の雑草は抜き取ったあと、泥中に埋め込んでやがて腐敗させて肥料にする方法があるが、ここではそういう方法はとられていない。大澤正昭氏が言われるように、そういう農法はまだ普及していなかったからであろう。[9]

二　除草の詩（二）　第九句－第十八句

次の段は、旅住まいの自分がなぜ米作りに関与するのか、の説明から始まる。春から手抜かりなく準備につと

め、牛耕から田植えをへて、水遣りもとどこおりなく進み、いましも最後の除草の段階に至った経緯をのべる。

穀者命之本、　穀(こめ)は命の本なり
客居安可忘。　客居(たびずまい)には安くんぞ忘るべけんや
青春具所務、　青春(はる)より務むるべき所を具え
勤墾免亂常。　墾(たがや)すに勤めたれば　常を乱すを免れたり
呉牛力容易、　呉の牛は力は容易にして
並驅紛遊場。　並駆して紛として場に遊べり
豐苗亦已概、　豊かなる苗も亦(ま)た已に概(おお)く
雲水照方塘。　雲と水は方塘に照りかがやく
有生固蔓延、　生(いのち)有るものは固より蔓延すれば
静一資隄防。　静一に隄防するを資(と)る

呉牛が頭を並べて耕すというのは、いわゆる二頭の牛に犂を引かせる耦犂で、漢代から広まった牛耕の方式である。唐代江南は、このいわゆる「二牛抬杠」の牛耕が広く行われていた。元気いっぱいの牛が軽々と犂を引いているこの春耕の状況も、杜甫が瀼西宅にいながら、収穫への期待に胸を高鳴らせ想像したもので、現実の農村は必ずしもそうではなかったかもしれない。たとえば極端な状況かもしれないが、晩唐五代の顔仁郁の「農家」の詩では、朝まだきから痩せた牛が苦しげに田を耕している。

夜半呼兒趁曉耕、　夜半にわが児を呼びおこして暁に趁(したが)って耕し
羸牛無力漸艱行。　羸(や)せし牛は力無く　漸(ようや)く行くこと艱(かた)くなりゆく

時人不識農家苦、　時人は　農家の苦しみを識らず
將謂田中穀自生。　将に謂えらく　田中に穀の自ら生ずると
（『全唐詩』巻七六二）

この顔仁郁が杜甫の詩を見たら、杜甫先生は「田中に穀物が自分から生ずる」とでも思ってらっしゃるんでは、と皮肉の一つも言ったかもしれない。

中唐以降の詩には、こうした疲弊した現実の農村描写が現れてくるが、それと比べると、杜甫の米作りの詩はずいぶんと牧歌的、あるいは浪漫的である。これには盛唐の詩人という時代的制約もあろうが、いま杜甫が置かれている状況、この詩を作っているときの気分の在り方が、影響を与えていることも考えられる。

三峡の山あいの町、雲安で予想外の長逗留となってしまい、夔州でも二年目の秋を迎えている。杜甫は早くこの地から脱け出したいと考えている。しかしそれに先立つものは何といっても旅の元手。事はすべて順調に運び、その元手の米が、間もなく手にはいろうとしているのだ。そう考えると杜甫の目には、牛がかろやかに犂を引き、苗がびっちり植わり、きらきらと光を浴びて水をたたえる水田のシーンが、次々と浮かんでくるのである。杜甫が安史の乱後の窮乏し零落した農村を知らなかったはずはない。いな、むしろ彼ほどその現実に心を痛めている詩人はいなかった。しかしこの詩を作っているいま、彼はそうした社会の現実を詩で告発する気分にはなっていなかったのである。

三　除草の詩（三）　第十九句－第二六句

次に続く八句は詩題に呼応した内容で、行官の除草の監督に信頼がおけず、使用人の阿稽と阿段をつかわして、様子を見させる次第を詠じたものである。ここから杜甫と行官が提携しあう関係にあること、それ以上でもそれ

以下でもないドライな関係にあることが見てとれる。それにたいして阿稽と阿段に対しては、身分を越えたあつい信頼の感情があった(10)。

督領不無人、　督い領むることは　人無きにあらず（して行官張望なるものあり）
提攜頗在綱。　（かれと）提携することは　頗る綱に在り
荊揚風土暖、　荊揚は風土暖かく
肅肅候微霜。　粛粛として微霜（の降りる収穫のとき）を候たん
尚恐主守疏、　尚お恐る（行官張望の）主り守ることの疏にして
用心未甚臧。　心を用いること　未だ甚だしくは臧からざらんことを
清朝遣婢僕、　ゆえにわれは清朝に婢と僕とを遣わして
寄語踰崇岡。　語を寄せて崇き岡を踰えさす

ここには行官への不信と、それへの対処の仕方が述べられているが、これこそが詩を作った主な動機であった。せっかくここまで順調に来た米作りが、行官のいい加減な仕事ぶりによって、この最後の関門で台無しになってしまいはせぬか、そんな心配が杜甫の胸をよぎったのだ。行官への不信の強さは、それだけ杜甫が米の収穫を気にかけていたことの表れでもあったろう。この行官と使用人をめぐる杜甫の人間関係には、何か小説的な面白さを感じる。だがここでもまた、行官によって監督され宰領されているのは、一人一人の顔の見えない農業従事者たちではある。

なお最後の句は、瀼西宅から東屯まで行くのに船で草堂河をさかのぼるコースではなく、瀼西宅の北側の丘を越えて行くコースを取っていることを言う。

四　除草の詩（四）　第二七句－第三四句

さて、いよいよ最後の段となった。段の前半は秋の収穫時を想像し、落ち穂まで独り占めにすまいと自戒の気持ちを述べたものである。これはすでに前節で取り上げたので省略するが、ここでは杜甫が貧者に恵もうと思っていたものは、落ち穂だけではなく米でもあったかもしれない。その可能性について、少し補っておきたい。

この段のはじめに、

西成聚必散、　西の成り（みの）は聚（あつ）まれば必ず散じて
不獨陵我倉。　独り我が倉を陵（おか）のごとくたかくするのみならず

というが、それは落ち穂を拾わせるだけか、さらに穀物自体をも恵むのか、の二つの解釈がありうる。旧注の多くははっきり書かないか、落ち穂を匂わせるかであるが、清の仇兆鰲は後者の穀物を恵むの意で考えている。

乱世の人、毎に窮促すること多し。故に粟を散じて以て隣里を周（すく）うは、即ち前章（〈一九14〉）の「遺穂は衆多に及ぼす」の意なり。

と述べて、隣里の人々に穀物を恵むと解しているのである。

さらに、後者の蓋然性を高める杜甫の詩に〈一九20　甘林〉がある。除草の詩とほぼ同じ、初秋から中秋、瀼西宅での作で、杜甫は村の古老に玄米を分け与えてやると語っている（前章第十節参照）。

明朝歩鄰里、　明朝　隣里に歩み
長老可以依。　長老は以て依るべし
時危賦斂數、　「時危くして賦斂（フレン）数（しばしば）なれば

脱粟為爾揮。　わが脱粟（げんまい）は爾（なんじ）が為に揮わん」

またこれより二年後の大暦四（七六九）年、岳陽から長沙へ旅する途中の〈三39 解憂〉の詩では、先にも触れたが、自分の船の船頭たちに食料の米を分け与えている。

減米散同舟、　わが米を減じて同舟に散ぜしは
路難思共濟。　路（みち）難くして共に済（すく）いあわんことを思えばなり

米とは限らないが、杜甫はしばしば詩の中で自分の食べ物を分け与えようと歌っている。たとえば一年前、使用人の信行が、真夏の暑い中、山道を往復して飲用水を送る竹のパイプを修理してくれたことがある。そのとき、杜甫は感激して、自分の瓜や餅を彼に食べさせようとしている。

浮瓜供老病、　瓜を浮かぶるは　老病に供するなり
裂餅嘗所愛。　餅を裂きてわが愛する所（もの）をなんじに嘗めしむ　〈一五29 信行遠修水筒〉

また、米作りと同じ年の詩だが、自分のお椀の食事を減らして、川魚に与えている。

盤飧老夫食、　盤飧（バンソン）の老夫の食をば
分減及溪魚。　分減して渓魚に及ぼす　〈二〇02 秋野五首〉其一

また大暦四年の冬、長沙でつくった寓意詩では、自分を赤い鳳の鳥になぞらえている。鳳は梧桐にしかとまらず、竹の実しか食べない。その〈三20 朱鳳行〉の詩では、自分の餌である竹の実を、ケラやアリに分け与えようと歌っている。

願分竹實及螻蟻、　願わくは　竹の実を分けて螻蟻（ロウギ）に及ぼさん

自分の食べ物に対して、こうした自己犠牲的な行動と博愛の思想を持つ杜甫からすると、この稲作の除草の詩

でも、落ち穂はもちろん、脱穀後の米まで分け与えようと考えていた可能性があるのである。もしもそうだとすれば、最後の句で、

豈要仁里譽、　豈に　仁なるもののすむ里という誉(ほま)れを　われは要(もと)めんや
感此亂世忙。　此の乱世の忙(せわ)しきに感ずればなり

と詠じるのは、単なる上辺だけの飾り言葉ではなかったことになろう。

この三十四句の長い詩も次の四句で終わる。収穫まで、杜甫はただひたすら時の過ぎ行くのを待つのみである。

北風吹蒹葭、　北風の　蒹葭(よし)のハを　吹くころともなれば
蟋蟀近中堂。　蟋蟀(こおろぎ)はわが中堂に近づかん
荏苒百工休、　ときは荏苒(じわじわ)とすすみ　百(もも)の工(しごと)は休(や)まん
鬱紆遲暮傷。　われは鬱紆(うつう)として　遅暮(バンネン)を傷(いた)む

実はこの部分の、季節の推移をあらわす北風→蒹葭、蟋蟀→堂中、百工休などは、みな『礼記』月令など古典にもとづく歳時の用語を列ねたものに過ぎない。しかし杜甫の手にかかると、ほとんどモザイクに成ったものだと感じさせない。杜甫詩の力量を示す部分であろう。

ただ最後の、自分の晩年（「歳暮」）を悲しむという言葉が気にかかる。この詩は元来、春から米作りのために用意万端、牛耕、田植え、灌漑、除草というふうに、農事がすべてうまくいき、秋の収穫まであと一歩という、期待感が最も高まった時点での作ではなかったか。それが最後の一句になって、なぜかくも悲しく侘びしい結びとなるのか。この極端な感情の段差こそ、杜甫の詩が「沈鬱頓挫」と呼ばれてきた風格の一つの事例なのかもし

れない。

清の楊倫も同じような疑問を提出している。楊倫は稲の除草も終わる頃ともなれば暇になるし、年の暮れにも近くなるから、物思うことが多くなるのだと考えている。

結の四句は、畢(おわ)りに向(なんな)んとすれば、則ち務めは閑(ひま)となり歳は暮れゆくに因りて、遂に自ら遅暮を傷むなり。

（『杜詩鏡銓』巻十六）

たしかに楊倫の言うところは当たっている。思うにこの杜甫の憂いは読書人共通のいわゆる人生一般への憂いであろう。そして杜甫の場合さらに彼特有の深い憂いが重なる。四十八歳で官界への望みを捨て、詩によってこの世界を描き、わが思いをつづる。そういう詩人として生きる決意をしたものの、朝廷への思いは棄てられず、病と生活難に明け暮れ、隠遁し、また旅に出、そしていまこのような辺鄙な三峡の小さな町に滞留しながら、五十六歳の晩秋を迎えようとしている、そんな自分の人生への悲しみが、杜甫の気持ちを鬱々として曇らせてしまうのである。

もしも杜甫が直接農事の現場におもむき、すくすくと伸びる緑の稲穂の中で、草取りにいそしむ農夫たちを目の当たりにしつつ、行官に指示を与えてこの詩を作っていたのであれば、そんな人生の憂いも影をひそめ、また違った色彩に染まった、もうすこし明るい詩になっていたかもしれない、と私は思うのだが。

第五節　東屯への転居

杜甫の米作りで水遣りと草取りの次に出てくるのは、東屯への引っ越しである。大暦二年の晩秋、杜甫は瀼西宅から東屯へ引っ越した。そのことは、〈二〇08 瀼西の荊扉自り且く東屯の茅屋に移居す、四首〉の詩によって知ることができる。

引っ越したのは、もっぱら稲作のためだった。其の二の詩に目的が、

來往皆茅屋、　来たりまた往くも皆な茅屋にして
淹留為稲畦。　淹しく留まるは稲畦が為なり　〈二〇08 自瀼西荊扉且移居東屯茅屋、四首〉

と、はっきり述べられている。

同じことがまた〈二〇31 暫く白帝に往きて復た東屯に還る〉の詩でも述べられている。このとき杜甫は東屯から、白帝城のある城内にしばらく行っていたのだが、また東屯にもどってきた。

復作歸田去、　復た　田に帰り去るを　作すは
猶殘穫稲功。　猶お　稲を穫るの功を　残せばなり　〈二〇31 暫往白帝、復還東屯〉

稲田のある地にまた帰って行くのは、やり残した収穫の仕事のためなのだと詠じている。稲の収穫は、杜甫にとっては人任せにしたり、片手間にやれるようなものではなかった。杜甫の人生にとって、引っ越しをせねばならぬほどの重みがあったと言うべきであろう。

転居の時期は、晩秋と考えられる。そのことは左の詩の其の一で、

煙霜凄野日、　煙と霜のなか野日は凄く
秔稲熟天風。　秔の稲は天風にふかれつつ熟す　〈二〇08 自瀼西荊扉、且移居東屯茅屋、四首〉

といっていることからもわかる。霜が降り、稲穂が熟しつつある時節である。稲が熟す稲刈りの時期が、杜甫の夔州詩では旧暦の晩秋九月であることは、第四節で述べたとおりである。

では移居後、東屯にはいつまで居たのか、収穫が終わったらまた瀼西宅に戻ったのか。これらについてはよくわからない。夔州期は生活上のことをよく詩に歌っているが、再び瀼西宅に戻ったなどと、はっきり述べる詩は残っていない。ただ東屯に移ったあとの瀼西宅を、杜甫の娘婿の呉郎に貸し与えていたことはよく知られている。

杜甫は翌年の正月中旬には夔州を旅立つ。城内では出航の準備をする必要もあったろう。東屯に引っ越す九月初めから一月中旬まで、その四か月余り杜甫はどのような住まい方をしていたか。それはよく分からないし、旧来の伝記類もその点については曖昧にしている。しかし残された詩からすると、東屯を中心にしつつも、収穫の点検が終わってからは東屯、瀼西、白帝城内の三か所を必要に応じて往来していた、と考えるのが無難なところではなかろうか。

東屯に移り住んだあと、杜甫はどのような農事にたずさわったのだろうか。それらを拾い上げると、みな収穫に関する詩である。すでに引いたものもあるが、煩をいとわず列挙してみると、

〈二〇30　従驛次草堂復至東屯茅屋二首〉其一

築場看斂積、　（脱穀の）場を築きて　イネを斂(おさ)め積むを看る
一學楚人為。　一に学ばん　楚人の為すを

〈二〇31　暫往白帝復還東屯〉

復作歸田去、　復た　田に帰り去るを　作(な)すは
猶殘穫稻功。　猶お　稲を穫(か)るの功(しごと)を　残せばなり
築場憐穴蟻、　場を築きては穴の蟻を憐み

拾穂許村童。　穂を拾うは村童に許さん

〈三〇33　刈稲了詠懐〉

稲穫空雲水、　稲は穫りおわりて雲水は空しく

川平對石門。　川は平らかにして石門に対す

〈三〇43　雲〉

収穫辭霜渚、　こめの収穫ののち　くもは霜おくあさの渚を辞しさって

分明在夕岑。　分明と　夕べの岑に在り

の如くである。

ここには、「収穫」「稲は穫りおわる」「稲を刈り了る」「稲を穫る功」「（脱穀の）場を築く」「イネを斂め積む」などの表現が用いられている。しかしこれらは、いずれも収穫の具体的な状況を描いたものではない。それは杜甫が初めから具体的な農事の場を写しとるつもりで、詩を作ったわけではないから当然であろう。「イネを斂め積むを看る」とあるように、杜甫は稲の取り入れを傍から見ているのである。それが杜甫が行った米作りの「農事」である。繰り返すが、実際に杜甫が田に下り、鎌を持って稲を刈ったわけではない。それは病気がちの杜甫の健康が許さなかったなどという問題ではない。もちろん例外的なケースはあるだろう。が、伝統中国の王朝体制では、読書人階層の人間が自分の肉体を酷使する、こうした穀物生産労働に直接従事することは、普通はなかった。（後世の文人趣味としての風流な花卉栽培や、隠遁的風情をもった蔬菜・薬草の栽培などは話が別であるが。）

第六節　検校について

杜甫が東屯で行った農事は「収稲を検校する」ことである。〈二〇32 茅堂にて収稲を検校す〉の詩二首は、それを詩題に掲げる。「収稲を検校する」、この「検校」はめずらしい使い方で、唐詩では杜甫が最初であり、ほとんど杜甫だけである。（中唐の王建の詩に「花を検校す」とあるのが唯一近い表現。）よって以下、「検校」とは何かについて検討してみることにしよう。

「検校」は唐詩ではほとんど使われないのだが、杜甫はそれを四年前に一度使っている。まだ四川にいたとき、成都の浣花草堂を一年以上空けていたことがある。杜甫は弟の杜占に草堂の様子を見に帰らせた。そのとき作った〈三78 舎弟の占が草堂に帰りて検校す、聊か此の詩を示す〉の詩が、詩題に「検校」を用いる。留守にしていた草堂を「検校」してもらいたい内容が、次のように詠じられている。

鵝鴨宜長數、　鵝や鴨は　宜しく長に数えよ
柴荊莫浪開。　柴荊の（そまつな門）は　浪に開けはなつ莫かれ
東林竹影薄、　東の林は　もし竹の影の薄ければ
臘月更須栽。　この臘月に更に須らくおぎない栽うべし　〈三78 舎弟占歸草堂檢校聊示此詩〉

自分の屋敷に飼っている家禽の匹数を点検し、門をきちんと戸締まりし、竹林の植栽を行う、そういう点検、管理の仕事をすることを、杜甫は「検校」と呼んでいる。

この杜甫自身の例から、「収稲を検校する」という場合も、自分の稲田の収穫作業を、点検し管理しているの

だと考えられる。「検校」という言葉に対するこのような特殊な使い方は、杜甫詩の権威の高まる宋代には、多くの模倣者を生んだ。たとえば次のような詩、

李彭の「季敵検校南村田」（おとうとの季敵が南村の田を検校す）　『日渉園集』巻八

洪適の「検校園花」（園の花を検校す）　『盤洲文集』巻三

范成大の「家人子輩往石湖検校暮歸」（家人の子輩が石湖に往きて検校し、暮れに帰る）　『石湖居士詩集』巻二五

楊万里の「立春検校牡丹」（立春に牡丹を検校す）　『誠斎集』巻三六

趙蕃の「検校竹隱竹數、三首」（竹隠の竹の数を検校す、三首）　『淳熙稿』巻二

方岳の「検校塢中」（塢中を検校す）　『秋崖集』巻七

などでは、いずれも個人的な田園や花卉類などに対しても、検校の言葉が用いられているのである。

ところで多くの伝記類で、杜甫は東屯の公田を管理したと言われている。が、果たしてそうであろうか。杜甫の伝記は詩に描かれた生活描写を材料に組み立てられており、その詩は杜甫にとって最も基本的な伝記資料である。しかし杜甫が東屯で夔州府の公田を管理したという痕跡は、彼の詩からはどこにも読み取ることができない。そうした公田管理説の臆説を生む主な要因に、おそらくこの詩題の「検校収稲」があると思われる。というのも「検校」には、もう一つの官界の専門用語としての意味があるからである。しかもこちらの方がより一般的な用い方である。それは、たとえば杜甫が成都の厳武の幕府にいるとき朝廷から「検校工部員外郎」を授けられた時のようなものである。それは官名の前に用いられ、仮りにその官に任命する、というほどの意味で

ある。

このように「検校」には、公的な雰囲気がただよっているのだが、そのことが「検校収稲」の詩題が、公田の管理と誤解されてしまいがちな原因なのではないかと思われる。

一　赤米、もみすり、精米

前節では〈二〇32 茅堂にて収稲を検校す、二首〉の詩題を検討した。本節では、その内容に入っていく。

一首目の前半は、収穫前の晩秋の九月、人家も少なくからりと広がった東屯の水田地帯に、杜甫の稲田も存在する様子を点描する。

香稲三秋末、　わが香稲は　この三秋の末に
平田百頃間。　平田の百頃の間にあり
喜無多屋宇、　（東屯には）屋宇の多きこと無きを喜び
幸不礙雲山。　雲山に礙（さまた）げられざるを幸いとす

後半では取り入れの様子など描かれず、収穫はもうとっくに終わっている。寒さが近づいてくると旅の身の上では何かと心許なくなってくるが、この新米を食べれば、そんな心配事も吹き飛んでしまうのである。

御裌侵寒氣、　裌（あわせ）を御（もち）うるは寒気の侵せばなり
嘗新破旅顏。　新たなるを嘗（な）むれば　わが旅のうれい顔は破（ほころ）ぶ

後半最後の二句は、今度の収穫で米がたくさんたくわえられた安心感、そこから来る喜びをにじませて、次のように結ぶ。

紅鮮終日有、　いまよりのちは紅鮮のコメは終日有らん
玉粒未吾慳。　その玉粒は未だ吾に慳（すく）なからずして　たんとあり　〈二〇32　茅堂検校収稲二首〉其一

さてこの句で、はっきり分からないのが紅鮮と玉粒の関係である。紅鮮と玉粒を、紅稲と白稲のように二種類の米の品種とみなす人もいる。しかし私は紅鮮は赤米の玄米の状態、玉粒はそれを精米したあとの白い状態を言い、同一の品種の二つの形状と考える。[11] 紅鮮は紅米、紅稲とも呼ばれる赤米系の米を指すであろう。南方を中心に広く植えられていた香稲（香粳、香秔、香稉）である。その色の状態を指して杜甫は紅鮮という言葉を用いたのである。ただ赤米を紅鮮と表現するのは非常にめずらしい。杜甫以前は芙蓉の花などの形容に用いられていた。

玉粒が米の品種などではなく、精米後の白い様子と考えるのは、次の宋の陸游の例にも拠る。陸游の「酔中に作る」の詩に、

名醞羔兒拆密封、　名だかき醞（サケ）の羔兒（コウジ）は　密封せるを拆（ひら）き
香粳玉粒出新舂。　香粳のコメの玉粒は　新たに舂（うすづ）くことより出ず　『剣南詩稿』巻六九

とあり、香粳、すなわち赤米の玄米を臼でついて精米したのが、玉粒となっているからである。陸游は同じ表現を「家居」の詩でも用いている。

穫稲黄雲巻、　稲を穫るは　黄雲のごとく巻けるイナホなり
舂粳玉粒新。　粳（うるちまい）を舂（うすづ）きて　玉粒は新たなり　『剣南詩稿』巻五九

とある。ここでも玉粒は精米したあとの状態を指しているのである。

一方、南宋の趙次公は、

紅鮮は魚を言うに似たり。玉粒は則ち稲を舂（うすづ）けば米と為り、其の白きこと玉の如し。（戊帙巻之八）

と注する。紅鮮を魚と解するのは同意しかねるが、玉粒を、臼でついたあとの白玉のような様子と見なすのは賛成である。

この紅鮮と玉粒は、先の水遣りの詩でも対句の形で出ていた。もう一度掲げると、

玉粒足晨炊、　玉粒は晨(あした)に炊(かし)ぐに足り
紅鮮任霞散。　紅鮮のアカマイは　霞のごとく散りそまるに任せん　〈一九14　行官張望、補稲畦水、歸〉

の如くである。清初の王嗣奭は、この玉粒と紅鮮について、下文にかかげる「落杵光輝白、除芒子粒紅。」〈二〇31〉を根拠に、

総じて是れ一つの穀にして、膚(はだえ)の紅くして米の白きなり。　『杜臆増校』巻九

という。この場合の米は、玄米の表皮を取り去ったあとの精白した米を指す。王嗣奭もここでは、玉粒と紅鮮を同一物とみなしているのである。

杜甫の水田に植えられていた赤米は香りが強く、杜甫は香粳とも呼んでいる。同じ年の晩秋から初冬の瀼西宅においてであるが、門前ではその香粳が臼づかれている。

柴扉臨野碓、　わがやの柴の扉は　野の碓(うす)に臨み
半濕擣香粳。　半ば湿りて香粳を擣(つ)く　〈二〇53　雨四首〉其一（微雨）

色は描かれていないものの、ここでつき出された米もきっと白かったであろう。

赤い玄米を白く精米する状況は、〈二〇31　暫く白帝に往きて復た東屯に還る〉の詩でも歌われている。

落杵光輝白、（精米して）杵(きね)を落とせば　その光り輝けるものは白く
除芒子粒紅。（籾摺りして）芒(のぎ)をとり除けば　その子粒(げんまい)は紅(くれない)なり

この詩句は上下句を逆に読んだがわかりやすい。まず下の句は、脱穀後の籾から籾殻を取り除けば、赤い玄米があらわれる。次に上の句で、その玄米を杵でうすづいて白く精米しているのである。

ところで杜甫詩には、これまで見てきたように精米や籾摺りまでが詠じられていた。

玄米を精米するのは、中下層の士大夫の家庭ではさして珍しくない生活風景であったろう。詩にもしばしば描かれている。杜甫も玄米は日常的に目にしていたし、「脱粟」「糲」などとしてしばしば詩に登場する。杜甫はこの夔州期も、お上から玄米を配給してもらっていたし（「朝班及暮齒、日給還脱粟。」〈二〇65 寫懷二首〉其二）、一般的な米の流通も玄米であったろう。（貯蔵は、籾のままの状態と玄米にしてからの状態との二つがあった。）

しかし籾摺りとなると、普通の詩には描かれないと思う。右の杜甫の詩のほか、その痕跡が認められるのは、元稹の次の句ぐらいではなかろうか。元稹は元和五（八一〇）年、江陵府の士曹参軍に流されたとき、白居易への詩の返事の中で、当地の受け入れがたい状況をいろいろ列挙したが、その中の一つに、

火米帯芒炊　ここの火米は　芒を帯びて炊ぐ

（元稹の自注に「火米粗糲不精　火米は粗糲にして精ならず」とある）

『元氏長慶集』巻十「酬翰林白學士代書一百韻」

と詠じている。元稹は当地の焼畑でとれる陸稲の玄米が、よく籾摺りが出来ていないため、ときどき籾殻がついたままで炊かれることを報告しているのである。

脱穀後の籾殻の付いたままの籾や、それを玄米にするための籾摺りなどを、杜甫は東屯で、初めて間近に見たのかもしれない。[12]「芒を除けば子粒は紅なり」の口吻には、初めてのものを見たときの、新鮮な心の動きが描か

れているように思う。

以上で一首目を読み終えるが、収穫の点検と題する詩なのに、収穫のことには何も触れず、東屯の稲田の遠景から始まって、新米の試食、米がたっぷり収穫できた安心感を詠じている。

二　フユアオイ、種もみ

次に其の二の詩を見てみよう。前半の四句では、新米をフユアオイ（葵）と取り合わせて食べている。新米は白くてやわらか、フユアオイは新鮮でなめらか、老いた自分にはそんな食べ物が頼りになると詠じる。

稲米炊能白、　稲米は炊げば能くのごとく白く
秋葵煮復新。　秋葵は煮れば復たさらに新たなり
誰云滑易飽、　誰か云う　滑なるは飽き易しと
老藉軟倶匀。　老いては藉る　軟らかきこと倶に匀しきに
〈二〇32　茅堂検校收稲二首〉其二

杜甫はここで、ご飯の色、食感、おかずなどに注目している。かつてはフユアオイが野菜として好まれ広く栽培されていた。杜甫も瀼西宅に植えており、米やアワに取り合わせてしばしば食べていた。唐詩にも、菜園に植えられた野菜としてのフユアオイを歌うものは少なくないが、このように具体的に御飯のおかずとして、その食感まで歌うのは、杜甫が最初である。杜甫の詩はこういう些細な点でも、いつも同時代より一線を越え出ているが、杜甫のこのフユアオイの表現をそのまま取り込んだのは白居易である。

白居易の「葵を烹る」の詩を見てみよう。元和十二（八一七）年、江州司馬に左遷されていたときの作である。

貧廚何所有、　貧しき厨には　何の有る所ぞ
炊稲烹秋葵。　稲を炊きて　秋葵を烹る
紅粒香復軟、　紅粒は　香りて復た軟らかく
緑英滑且肥。　緑英は　滑らかにして且つ肥し
朱金城『白居易集箋校』巻七

白居易は杜甫と瓜二つと言っていいほどそっくりに、紅稲の米を炊き、秋葵を煮て、米は軟らかく、フユアオイはなめらかかと歌っている。「秋葵」が『全唐詩』(13)には、杜甫と白居易の二例しかないなど、白居易が言葉使いまで、丸ごと杜甫を学んでいることは明らかである。白居易は杜甫の稲の詩の小さな表現の中に、杜甫詩の新しさを見いだし、それをテコに一篇の詩に仕立てている。白居易は中唐における杜甫の重要な発見者の一人であり、実はあちこちで杜甫を学び取ろうとしている。それは時代の先導者であった白居易だからできた発見であり、彼の詩人としてのセンスがあったゆえの応用、発展であった。

しかし宋代になると、白居易ほどの人でなくても、だれもが普通に表現できるものとなってしまう。杜甫は、自分がこういう僻遠の地で、農と為り、落魄の思いにうちひしがれながら、生活をつづる詩を書いていたのだが、それが実は、百年も二百年も時代を先取りしていることになっていたなどとは、思いもしなかったであろう。杜甫の農業詩、生活詩の歴史的意義は、こういう点にもっとも具体的に現れている。

後半は稲の品種に説きおよび、白い米の美しさに酔いしれる。

種幸房州熟、　種は房州の熟たるを幸いとし

苗同伊闕春。　苗はわがふるさとの伊闕の春に同じきをよろこぶ
無勞映渠(キョ)碗、　しろき渠の碗に映ずるを　わざわざ労することも無し
自有色如銀。　自(おの)ずから色の銀の如きコメ有ればなり
〈二〇32　茅堂檢校收稲二首〉其一

房州の熟と伊闕の春は、宋以後の旧注がみな稲の品種とするので、私もそれに従うこととする。房州は夔州の北で、唐代は夔州と同じく山南東道に属し、伊闕は伊水の竜門の別名で、杜甫の故郷の洛陽に近い。杜甫が稲の品種にまで言及しているのは、稲作に対する杜甫の知識が、薄っぺらなものではなかったことを示していよう。

また今次の米作りに関しては、杜甫は種籾(たねもみ)の選定から関与していたのではないか、とも疑わしめる。だとすれば、早ければ一年前の大暦元年の冬あたりから、稲作の計画を練っていたのではないかと考えたくなるのだが、残念ながらここはそうは読めない。一句目を「品種はさいわいだった、房州の熟だったのが」と読めば、「幸」には偶然そうであったことを喜ぶという語感があり、杜甫が所有した稲田には、たまたま「房州熟」という品種が植えられていた、ということになる。「幸(もとよ)り」或いは「幸(まさ)に」と読んだとしても、[14] 杜甫が種籾を主体的に選んだという語感は伝わってこない。いずれにしろ杜甫は、種籾の選定から関与していたのではなかろう。

なおこの年の冬も杜甫は精白した米の白さに感激している。

破甘霜落爪、　甘(みかん)を破れば霜のごときもの爪に落ち
嘗稲雪翻匙。　稲を嘗(な)むれば雪のごときもの匙より翻(ひるがえ)る
〈二〇46　孟冬〉

以上で其の二を読み終えるが、其の二も其の一と同じく収穫作業は描かれず、新米を食べること、その喜びを詠うことが中心であった。我々は必ずしも詩題にとらわれる必要はないのかもしれない。これは農業詩ではなく、食事詩とみるべきなのだろう。

第七節　米を売る

最後に一つの可能性について論じてみたい。それは杜甫がこの秋収穫した米を売っていたのではないか、ということである。

そう考えられる詩は二首ある。まず〈二〇65 懐いを写す、二首〉であるが、この詩は杜甫自身の心奥の懐いをつづった五言古詩である。一首目は冒頭に、

勞生共乾坤、　労する生の　乾坤（てんち）を共にすること

何處異風俗。　何れの処か風俗を異にせん

とあるように、世の人はみなその生に苦労しているという認識から始まって、虁州での状況を述べ、しばし隠遁的生活に埋没しようと述べる。二首目は、人間が労することの多い人生を送るのは、名利にとらわれるためだから、自分はそれらから達観、超越しようと述べる。二首とも杜甫の人生観を理解する上では大事な詩である。

問題の詩句は二首目の初めの一段にある。収穫を終えたこの年の冬、杜甫は東屯（または瀼西）にいて、ある夜とうとう朝まで眠れなかった。やがて日が昇ると、生きとし生けるものはみな連れ合いをもって、おのおのが生をはぐくんでいる。杜甫もまた家族とともに、そのような万物の一員であることを感じるのだった。

夜深坐南軒、　夜深くして南の軒に坐しおれば

明月照我膝。　明月は我が膝を照らす

驚風翻河漢、　驚風のおこりて　河漢（あまのかわ）を翻（ひるがえ）すや

梁棟日已出。　梁（うつばり）と棟（むなぎ）には　あさ日の已に出でたり
羣生各一宿、　群れなす生きものは　各（おのおの）一たび宿りしのちは
飛動自儔匹。　飛びまた動くに　自（おのずか）ら儔匹（つれあい）あり
吾亦驅其兒、　吾も亦たわが其の児（むすこ）を駆りて
營營為私實。　営営として私実を為（おさ）む

これは一首目の冒頭の「労する生」を言い換えたものでもある。

私が問題にしたいのは、最後の聯の、息子を使いに走らせて「私実」をおさむ、という言い方である。「私実」という言葉はきわめてめずらしい。杜甫が初めて用いたのではないかと思うほどである。「私実」の「実」は、清の浦起竜や楊倫らが、『国語』楚語の韋昭注「実は財なり」を根拠に考えているように、財の意味であろう。とすれば「私実」で「私財」ほどの意味になる。

浦起竜は、今掲げた四聯について、次のように解釈している。

起の四は、夜を以て暁を引き、「群生」「飛動」は、下の「駆児」「為私」を興す、即ち前篇の「采薬」等の事なり。（『読杜心解』巻一之六）

つまり、夜が明けて朝になると群生が飛動するという言い方によって、杜甫が子供を駆って私財を営んでいることを導き出しているのだと。さらに、財を営む活動とは、前篇となる一首目の詩に、

編蓬石城東、　われは（白帝城の）石城の東に　蓬（むかしよもぎ）を編んで　いえとなし
采藥山北谷。　山の北の谷に　薬（やくそう）を采（と）る

〈二〇65 寫懷二首〉其一

とあるような、薬草の採集などを指しているのだと考えている。

浦起竜が薬草の採集等をなすこと、と考えているのに対し、清初の黄生はまた違った解釈をしている。

「吾亦」の四句は、其の子に命ずるに貿易の事を以てするに似たり。（『杜詩説』巻二）

と述べ、貿易の事、つまり物の売り買いだと、考えている。

私は、もう一歩具体化して、それはこの秋に収穫した米の売り買いをしているのだと思う。私がそう考える根拠は、ほぼ同じ時期に作られた〈二〇60 錦樹行〉の詩に、杜甫が東屯（または瀼西）の居所から手紙を城内に書き送って、米の売買をしていると考えられる、次のような表現があるからである。

飛書白帝營斗粟　　書を白帝に飛ばして（一）斗の粟を営む

結論を先に述べてしまったが、以下、その理由を説明しよう。

ここで問題となる〈二〇60 錦樹行〉の詩であるが、これは安史の乱後の顛倒した世相、伝統ある身分が没落し、武力による成り上がり者が跋扈する世の中を諷刺したものである。この詩は二段に分けられるので、関係のある前半だけを掲げることにする。その前段は、歳暮にあたって時間の流れゆく速さを嘆き、

今日苦短昨日休、　今日はときの短きに苦しみ　昨日はすでに休す
歳云暮矣増離憂。　歳は云に暮れゆきて　われは離れの憂いをうた増す
霜凋碧樹作錦樹、　霜は碧の樹を凋ませて　あかやきいの錦の樹と作し
萬壑東逝無停留。　万の壑は東にながれ逝きて　停留すること無し

後段は、夔州の東屯にわび住まいしていることを、

荒戍之城石色古、　ここ（白帝城の）荒れし戍の城の石の色は古びて

東郭老人住青丘。　その郭（しろ）の東にいる老人は　青き丘に住みたり
飛書白帝營斗粟、　書（ふみ）を白帝に飛ばして　（一）斗の粟（こめ）を営み
琴瑟几杖柴門幽。　琴や瑟　几や杖にたよりて　わが柴門は幽なり
青草萋萋盡枯死、　青草の萋萋としてしげるは　尽く枯れて死し
天馬跛足隨氂牛。　天馬は足を跛（ひきず）って　氂牛（リギュウ）に随う
自古聖賢多薄命、　古（いにしえ）自り　聖や賢は多くは薄命にして
姦雄惡少皆封侯。　姦雄の悪き少（わかもの）ぞ　かえって皆な侯に封ぜらる

のように詠じている。

　前置きが長くなったが、杜甫は自分のことを、青丘に住む東郭の老人と呼んでいる。東郭といえば『史記』滑稽列伝（褚少孫補記）の東郭先生を思い浮かべるが、いくつかの旧注もそれを典故にあげる。確かにのちに郡守に出世した東郭先生も、貧困で飢えと寒さに苦しんでいた時期はあったが、ここはそれとは関係あるまい。

　直前の句に「荒戍の城は石色は古し」というが、この荒れた城郭は白帝城を指す(15)。東郭はここでは東の城郭ではなく、それをひっくり返した城郭の東の意味であろう。この詩を作っている杜甫が住んでいる東屯（瀼西）は、白帝城の東にあった。その東屯（瀼西）に住むことを青丘に住むと言うのは、東が青を表すという縁語の関係からであろう（趙次公注）。赤甲山の山麓とも言える瀼西宅の北側斜面には、四十畝の蜜柑園が広がり、冬でも青々とした葉をつけている。そんな景観ともよくマッチする。そこに住みながら、杜甫は急ぎの手紙を城内に書き送って、斗粟を営んでいるのである。

　ところで、この「斗粟を営む」の解釈が難しい。宋代以来の主な注釈書には、肝心なこの部分への言及が見ら

れない。清初の王嗣奭などは、

「書を白帝に飛ばす」は、亦た公（＝杜甫を指す）自ら謂うも、而るに指す所を知らず。

『杜臆増校』巻九

のように、私には分からないと正直に白状している。

ただ南宋の蔡夢弼は「請求する所有るを謂うなり」（『草堂詩箋』巻三四）と注する。近年の多くの注釈書が食料としての米を、城内の友人達に乞い求めているのだと考えているのは、これに拠るものだろう。だが、それにしてもこの物乞い説は、今まで見てきた杜甫の詩とずいぶんかけ離れてはいないだろうか。杜甫は収穫を喜び、落ち穂を貧しい者に拾わせ、鶏や豚を田に放って籾を啄ませ、収穫後の新米を食べる喜びを、何度も詩に歌っていたのではなかったか。そんな状況にある杜甫が、収穫後間もないというのに、米の物乞いをしていると考えるのは、はなはだ不自然である。

「（斗の）粟を営む」という表現は、杜甫のこの詩以外にほとんど用例を見出しがたい。私は、この詩が稲の収穫後まもなく東屯（または瀼西）で作られ、同時期の詩に先に挙げたように「わが子供を使わして、あわただしく物の売買に従事している」と詠じた部分があること等の状況から、「斗粟を営む」とは、杜甫が幾ばくかの余剰の収穫米を、城内で売買しているのだと考える。

もう一度その二つの表現を照合してみると、

吾亦驅其兒、營營為私實。　吾も亦たわが其の児を駆りて、営営として私実を為む　〈二〇65〉

飛書白帝營斗粟、　書を白帝に飛ばして　（一）斗の粟を営む　〈二〇60〉

の如くであり、二つの雰囲気がよく重なり合う。子供が父親の急ぎの手紙をもって城内まで馬を飛ばし、また急いでとって返し、そうやって杜甫が相場を見ながら米を売っている状景が浮かんでくるようである。このとき使い走りしている長男は十八歳、次男は十五歳になっていた。

家族を引き連れ長い旅をしてきた杜甫は、米の値段、すなわち物価には当然無関心ではいられなかった。夔州に到着した年のことだが、江南にも行きたいと考えていた杜甫は、当地の物価を気にかけて、

商胡離別下揚州、　胡の商はここより離別して揚州に下り
憶上西陵故驛樓。　われはかつて（浙江の）西陵の故の駅楼に　上りしことを憶いおこす
為問淮南米貴賤、　為に問う　淮南の米の貴きか賤きかを
老夫乗興欲東遊。　老夫もまた興に乗りて　東遊せんと欲す
〈一七26　解悶十二首〉其二

の詩句を残していた。

杜甫はいま、来春の出峡を直前に控えて旅の元手を必要としている。このことは前章の「杜甫の野菜作りの詩」でも言及したことがあるので、該当部分を掲げるだけにするが、ともにこの時期の詩に、

…春帰待一金。　…春に帰らんには一金を待つ
〈二二10　白帝楼〉

終然添旅食、　終然として旅食に添え
作苦期壮觀。　こめ作りは苦しきも壮観なるを期さん
〈一九14　行官張望、補稲畦水、歸〉

とあった。というよりもともと旅の資金を作るためにこそ、蜜柑園を経営したのだったし、稲田の経営管理もそのためだった。

また前章で述べたように、瀼西宅では余剰の野菜を売っていた可能性もあった。さらに薬草の売買に関しては、求職中の長安時代から、生活費を稼ぐために薬草を採集したり、秦州では、薬草売りでもして生計を立てようか

と考えていたり、成都時代には実際に薬草園を持っていたりした[16]。杜甫は生きていくために、このような経済活動にも早くから手を染めてきた。一方的に高官や知人等の経済的援助に、頼っていただけではない。

自活の道をさぐっていた杜甫の姿は、もっと注目されてしかるべきである。もちろん官を辞めてからの杜甫の後半生は、結局は人の援助に頼らざるを得ない生活であった。しかし薬草を採集し、野菜を種え、蜜柑園と稲作を経営して生計の足しにし、少しでも自立しようとしていたその姿勢は、杜甫の精神の有り様を考えるうえで重要である。精神の自立は杜甫詩のあり方にもかかわる大事な問題である。杜甫の農的生活の実態を明らかにする意義、つまり杜甫の農業詩研究の意義の一つは、こういうところにもある。

以上で検討してきたように、杜甫が新米を売っていたというのは一つの可能性に過ぎないが、決して根拠のないものではなく、その示唆するところも重大な意義を持つ。もちろん詩の中にこうした記録を残した詩人は、杜甫がはじめてである。

第八節　おわりに

以上、本章では、杜甫の稲作関連の詩を取り上げ、詩人杜甫の米作りがどのようであったのかを、できるだけ具体的に読み取ろうとした。

杜甫は東屯の水田地帯にいくばくかの私田を一時的に所有しており、そこには紅稲の晩稲が植えられていた。杜甫の水田の管理はおもに夔州府の張望という役人が担当していた。役人のいい加減な水田管理を信用できなかった杜甫は、いくつかの重要な局面で、信頼を寄せていた現地の少数民族の使用人に、再点検を命じた。秋の終わり、稲の収穫を監督するために、杜甫は瀼西から東屯に移り住んだ。収穫後は落ち穂を人に拾わせ、新米のおいしさを喜び、子供達を城内に使わして米を売り、旅費の工面をしていた。米作りに関して、こういう生活の様子が詩には描かれていたのである。

杜甫は、生活の事実を詩に描き、その事実から詩想をふくらませていこうとする態度が顕著である。したがって詩の詠じ方から、杜甫が米作りにどのような態度で関わっていたのかを知ることができる。

杜甫の収穫の詩の一つの特徴は、穫り入れの様子ではなく、新米を食べる状景が描かれていることであり、むしろ食事詩としてこそ精彩のある詩となっていた。それは、今次の米作りで食料と資金が工面でき、一刻も早く夔州を旅立ちたいと、収穫を祈るような気持ちで待ち望んでいたからであったろう。このときの杜甫の心の中は、収穫の喜び、それは取りも直さず新米が食べられる喜びでもあったのだが、その喜びを表現することでいっぱいだったのである。

ところで東屯での米作りは杜甫といえども、自分が稲田の所有者となっているからには、農夫を搾取している構造からは抜け出せない。もしも他の詩人なら、そのことに気づかずに呑気にしておれたかもしれない。しかし杜甫は、今自分がそのような立場に立っていることを知っている。そしてそのことが、杜甫の私田で働く農夫がリアルな形で詩に取り上げられず、収穫を独り占めにすまいという決意が、何度も繰り返されていた理由の一つと考えられる。

或いは、農作業の具体的な描写、苦しい労働と貧困にあえぐ農夫の姿などは、中唐詩以後のテーマ、題材となっていくもので、杜甫の時代には、まだそのようなものを描写するまでには至っていなかった、という背景もあろう。また灌漑や除草の詩が現地に赴かず、想像によって作られていた状況とも関係があろう。

そうだとしても、稲作経営を自ら実践する立場から、米作りにまつわる事柄を、こんなに具体的に何度も詩に描き、しかもそれを通して自己の思想や感情を表出できた詩人は、田園詩人・隠逸詩人と称される陶淵明の一部の稲作詩を含めたとしても、空前であり、そしておそらくは絶後であろう。そして何よりも杜甫の稲作詩からは、他の詩からは見えてこない、ひと味もふた味も違った杜甫の詩と人生が見えてくる。我々は中国の伝統社会における士大夫が、自ら所有する水田で稲作を経営し、それを詩に描いた、その最高の到達点と、そしてまた限界とを、杜甫の場合に見ることができるのである。

注

（1）『読史方輿紀要』巻六九、四川四、夔州府、奉節県、大瀼水に引く『輿地紀勝』には「公孫述於東瀼水濱墾稲田東屯。東屯稲田、水畦延袤、可得百許頃。前帶清溪、後枕崇岡、樹林葱蒨、氣象深秀、去白帝故城五里、而多稲米為蜀第一。……」とある。

ところで今本の『輿地紀勝』は夔州部分を欠いている。この部分が陸游の「東屯呈同遊諸公」の注の中で引かれ（錢仲聯校注『剣南詩稿校注』上海古籍出版社、一九八五年）、それについて簡錦松氏は「注者がどこからこれを持ってきたのかわからない」（二二六頁、注七七）と言われている。それはここに示したように『読史方輿紀要』の引用からであろう。

（2）簡錦松『杜甫夔州詩現地研究』（学生書局、一九九九年）の第四章「東屯茅屋」一五三－二五二頁。同著は、杜甫詩に描かれた景観を、夔州現地の実測や状況調査と照合させながら研究したもので、とくに瀼西、東屯、赤甲山等の位置の再認定は、数百年来の旧説を覆す画期的なものである。いちいち挙げることはしないが夔州各地の地理的位置や実況等について、拙論は同氏の研究に依拠している。このことをここで明らかにし、氏への学恩に謝するものである。本書第三部第一章参照。

（3）「東柯谷」、「浣花渓」、「瀼西」については、それぞれ拙論「秦州期・杜甫の隠遁計画と農業への関心」（『中唐文学会報』第十一号、二〇〇四年）、「杜甫の浣花草堂――その外的環境、地理的景観について」（『中唐文学会報』第九号、二〇〇二年）、「杜甫の詩に描かれた瀼西宅の位置について――白帝城東、草堂河西」（『中唐文学会報』第十三号、二〇〇六年）を参照。それぞれ本書第一部第一章、第二部第一章、第三部第一章に収録。

（4）　曹慕樊氏も、「杜甫の収稲詩の口ぶりから察するに、完全に私人の事柄であって、国家への現物税としての穀物の収穫を、監督している意味は少しもない」と述べて、公田監督説を否定しておられる。しかし、南宋の陸游の「東屯高齋記」と、陸游と同時期の于㮚の「修夔府東屯少陵故居記」の記述をもとに、杜甫が「十一畝」の私田を持っていた、との説明には同意できない。曹氏『杜詩雑説』（二）第五章「杜甫在夔州東屯的経済状況」（四川人民出版社、一九八一年）五八－六七頁参照。陸游と于㮚の上記二篇は『杜甫巻／古典文學研究資料彙編／上編　唐宋之部』（華文軒編、中華書局、一九六四年）の六一六－一八頁と六九三－九四頁に収録されている。

なお私は杜甫が私田を持っていたと考えているが、どのような形で私田を持っていたのか、その所有の形態はよくわからない。稲田に関しては、果樹園や瀼西宅の時のような、売買や贈与を示す詩句は残っていない。夔州刺史の采配によって、公田が一時的に私田として貸与されているような軽い所有の形態であったのかもしれない。とはいえ、杜甫がそれを私田と認識していたことは、彼の詩からはっきり読み取れる。ここでは、事実がどうであるかよりも、杜甫がどのように詩に描いているかに注目した。

（5）　孫継民氏は唐代の行官について、次のように述べている。……その職責は相当複雑で、行田、信使、伝令、送行、飼草の点検、馬等による運送の管理などがあった。地位は決して高くない。安史の乱以前はある程度の地位と官品があったが、乱後はそうではなくなった。「唐西州張無価及其相関文書」（『魏晋南北朝隋唐史資料』第九・十合期、一九八八年十二月）

凍国棟氏は、孫継民氏の研究の上に、さらにいくつかの資料研究をあわせて、次のように述べる。……唐代の節鎮・州府には行官の職があり、その職務は孫継民氏の挙げるもののほかに、さらに葡萄園などの園の巡視、押馬（馬の監視・管理か）、軍兵の部署及びその州府・使府の軍事的防備への参与などがあった。さらに役事、差徴、免放など里胥や典正の職務のごときもの、財物の収納に関することなどもあり、その職務は非常に広かった……。「旅順博物館蔵『唐建中五年（七八四）孔目司帖』管見」（『魏晋南北朝隋唐史資料』第十四輯、一九九六年六月）。

また劉安志・陳国燦両氏の「唐代安西都護府対亀茲的治理」（『歴史研究』二〇〇六年、第一期）も、その両氏の行官の職務にたいする説を支持している。

なお鄧紹基氏の「読杜随筆二則・行官考釈」（『中華文史論叢』総第十七輯、一九八一年、第一期）も杜甫詩の行官について論じる。行官は官府中の属官、小吏で、柏茂琳が行官張望に命じて、杜甫のために田事を督領させた、という点については賛成である。しかし氏は「家臣」は行官張望ではない、と考えておられる点など、私には同意できない部分も少なくない。

（6）『歴史研究』二〇〇二年、第五期に掲載。

大澤正昭氏は、唐詩の用例から、田植え（挿秧、挿田）は、唐代中期にはかなり一般化していた、と言われる。おそらくそれは正しいであろう。『唐宋変革期農業社会史研究』第Ⅲ部「稲作経営論」第六章「唐代江南の水稲作と経営」、一（3）「田植え法について」（汲古書院、一九九六年）二〇二－〇四頁を参照。

『全唐詩』で、秧、苗、插の語について見る限り、田植えが最初に記録されているのは、至徳二載（七五七）の高適の「広陵にて鄭処士に別る」の詩である。

溪水堪垂釣、　溪水はよく釣を垂らすに堪え
江田耐插秧。　江田はまさに秧を挿すに耐う

その次が、大暦元（七六六）年作の岑参の「鮮于庶子とは梓州自り、成都少尹は褒城自り、同じく行きて利州に至る道中にて作る」の詩である。

水種新插秧、　水種は新たに秧を挿し
山田正焼畬。　山田は正に畬を焼く

そして三番目に来るのが、大暦二年の杜甫のこの詩である。なお韻文で稲の苗を秧で表しはじめるのは、唐詩からのようだ。唐代以前に田植えがあったかどうか、あったとすれば根拠は何か等については、農学史家の間でも議論が分かれている。大方は唐代開始説のようであるが、米田賢次郎氏の『中国古代農業技術史研究』（同朋舎、一九八九年）は漢代開始説である。曾雄生氏によれば、田植えの技術が見える最も古い文献は、後漢の崔寔の『四民月令』で、六世紀前半の『斉民要術』にもみえ、陶淵明の「或植杖而耘耔」も田植えがなされた水田でないと無理だろうとのこと。東晋以降、江西などでは田植えが採用されていたようだが、隋唐以前は、江南ではまだ普遍的ではなかった。江南で田植えが広く行われるようになるのは、中唐以後である。（「江南稲作文化中的若干問題略論－評河野通明『江南稲作文化与日本』」『農業考古』一九九八年、第三期）

（7）大澤正昭氏は上掲書第Ⅲ部第六章の二「水利灌漑について」のなかで、以下の白居易の例などを引きながら、唐代の灌漑用水の管理権が国家にあったと指摘しておられる。

白居易は、三年間、杭州刺史として銭塘湖の水管理をしていたときの経験を、次の刺史に引き継ぐために、石に刻して残した。いわゆる「銭塘湖石記」で、長慶四（八二四）年のことである。汪家倫・張芳編著『中国農田水利史』（農業出版社、一九九〇年、二四七－四八頁）等を参照。

大澤氏は白居易の残した決まりの一つを「それによれば、水を流す時はまず軍吏二人が湖と田に立ち、胥吏と農民とが所有面積に対応して予め定めた日時・水量によって放水する、というものであった」と要約しておられる。

本文は次の如し、「凡そ放水して田に漑ぐは、一寸を減ずる毎に、十五余頃を漑ぐ可く、一復時（＝二十四時間）毎に、五十余頃を漑ぐ可し。先に須らく別に公勤の軍吏二人を選びて、一人は田の次に立たしめ、一人は湖の次に立たしむべし。本の由る所の田戸に与うるは、頃畝に拠り、日時を定め、尺寸を量り、節限して之を放つ。若し歳の旱して、百姓の水を請えば、須らく州を経て状を陳べしむべし。刺史自ら便ち帖に押せば、由る所は即日に水を与う」『白居易集箋校』巻六八

（8）この詩句と「落杵光輝白、除芒子粒紅。」〈二〇31 暫往白帝復還東屯〉の詩句において、天野元之助氏は「それが有芒の・紅粒の・香稲であったことが推測される」と述べておられる。『中国農業史研究／増補版』第一篇第三章「中国の稲考」第七節「中国の香稲」（お茶の水書房、一九八九年）一一二頁参照。また同第八節「中国の赤米」、及び第二篇第一章「水稲作技術の展開」第五節「唐代の水稲作法」も参照。

（9）大澤氏は、上掲書第Ⅲ部第六章の（4）「除草について」のなかで、杜甫詩のこの部分や、宋の『陳旉農書』の「……今の農夫、此れ有るを知らず。乃ち其の耘除せる草を以て他処に抛棄し、而して知らず、泥に和して渥く濁し、深く之を稲苗の根下に埋む。漚罨すること既に久しければ、即ち草は腐爛して泥土は肥美たり、嘉穀は蕃茂するを」などをもとに、唐代ではそのような雑草の肥料化はまだ行われていなかったのではないかと考えておられる。二〇五、二二六頁を参照。

なお『陳旉農書』の訓読は、大澤正昭著『陳旉農書の研究／十二世紀東アジア稲作の到達点』（農山漁村文化協会、一九九三年）一三四頁による。

（10）拙論「杜甫の農的生活を支えた使用人と夔州時代の生活詩」（『中唐文学会報』第七号）参照。本書第三部第二章に収録。

（11）この詩の「玉粒」を稲の品種で「斉頭白」だと考える人もいる。胡安徽「従『全唐詩』看唐代的水稲品種及分布」『古今農

業』二〇〇六年、第一期（後に盧華語主編『全唐詩』経済資料輯釈与研究』重慶出版、二〇〇六年十二月に所収）。たしかに「玉粒」を品種と考えたほうがよい例もあるが、少なくともこの杜甫詩の場合は、精白した米であろう。

(12) 脱穀作業は、湿田や遠隔地の稲田などでは、稲刈り後、その場でただちに脱穀されたりもしたが、普通は稲干しや稲積みをして乾燥させたあと、いったん脱穀場まで運び、折を見ながら年末ぐらいまでには終わらせたようである。

脱穀後は、風を利用して籾から粃（しいな）を選り分けて、ようやく籾摺（もみす）りができるようになる。とは言え、ひとまずは籾の状態で置いておき、必要に応じて籾摺りに付される。ただし脱穀せず稲藁のままで保存されることもあった。穀倉に入れて長期保存する場合は籾のままの状態か、玄米にして保存するか、の二つのやり方があった。

原始的なやり方では、籾摺りと精米を杵臼などの一つの道具で同時にやってしまうことがあり、一部の少数民族の間にも残っていた。またのちの水力碾などでも籾摺りから精米までを行うことができた。まず籾を碾いて籾殻を分離させたあと、いったん取りだして風を使ってきれいな玄米だけにし、それを再度水力碾に入れて精米するのである。

もっぱら籾摺りのための道具としては、出土遺物の石磨盤（ひきうすばん）が古く、やがてそこから遅くとも後漢には礱が出てきた。時代がずいぶん下るが、元の王禎の『農書』農器図譜集之九、杵臼門、礱には「穀を礱するの器、穀の殻を去る所以なり。……状は小さき磨（ひきうす）の如し。……穀を破るも米を損するを致さず」とある。

また『天工開物』粹精第四、攻稲によれば、籾摺りには「木礱」と「土礱」の道具が用いられた。適度に乾燥させた籾は、木礱を使っても砕けにくいので、大量に、国家に上納される軍糧や官糧、運送されたり貯蔵されたりするものには、みな木礱が用いられた。木礱は丈夫な男が戸外で使った。……とある。土礱は婦女子でも使えたので、小さな農家では屋内で作業がなされることもあった。

普通の士大夫階層の人間なら、こうした籾摺りの状況はほとんど見る機会はなかったのではなかろうか。籾摺りが戸外で為されていても、脱穀作業との区別がつかなかったかもしれない。杜甫は東屯ではじめて、そうした籾摺りの状況を、身近に目睹したのではないかと思う。

この杜甫と同じようなことが、『枕草子』第九九段に籾摺りの状況を書き込んだ清少納言にも言える。清少納言は、長徳四（九九八）年五月、京都郊外で、明順朝臣によって稲扱（いねこ）きや籾摺りの状況を再演してもらっている。河野通明氏が「平安時代の籾摺臼」で次のように述べておられるのが参考になる。「ところが稲扱き・籾摺り作業は、摺臼が土間に据えるものであることからしても基本的には屋内作業であり、通行人は屋内からの物音や歌声からそれらしい雰囲気は察することはあっても、作業を直接目にする機会は少なかったと考えられる。それだからこそ明順朝臣はこの珍しい作業を季節外れの旧暦五月の夏の時期にわざわざ演出して見せてくれたのであろう」（大阪大学文学部日本史研究室編『古代中世の社会と国家』清文堂出版、三二五–四三頁、一九九八年十二月）

なお、私の手元にある参考文献として次のようなものを参照した。『天工開物』粹精第四、攻稻。王禎『農書』農器図譜集之九、杵臼門、礱。曾雄生「江南稲作文化中的若干問題略論–評河野通明『江南稲作文化与日本』」（『農業考古』一九八三年第三期）。章楷編著『中国古代農機具』（人民出版社、一九八五年）。陳文華編著『中国古代農業科技史図譜』（農業出版社、一九九一年）。陳文華編著『中国農業考古図録』（江西科学技術出版社、一九九四年）。姜彬主編『稲作文化与江南民俗』（上海文芸出版社、一九九六年）。夏亨廉・林正同主編『漢代農業画像磚石』（中国農業出版社、一九九六年）。趙栄光『中国古代庶民飲食文化』（商務印書館国際有限公司、一九九七年）。周昕『中国農具史綱曁図譜』（中国建材工業出版社、一九九八年）。尹紹亭（李湲訳・上江洲均監訳）『雲南農耕文化の起源』（第一書房、一九九九年）。張春輝編著『中国古代農業機械発明史／補編』（精華大学出版社、一九九八年）。陳文華『農業考古』（文物出版社、二〇〇二年）。

(13)　この詩を作る二年前の元和十年に、すでに白居易が杜甫の詩集をくまなく読んでいたことは、「李および杜の詩集を読み、因りてその巻の後に題す」の詩があることから明らかである（『白居易集箋校』巻十五）。また一年前の元和十一年には、「元九に与うる書」のなかで「杜詩は最も多く、伝うべき者は千余首」とも述べている（『白居易集箋校』巻四五）。

(14)　『唐五代語言詞典』三九四頁「幸」の項による。江藍生・曹広順編著、上海教育出版社、一九九七年。

(15)　夔州期に用いられる杜甫詩の「石城」や「東城」はみな白帝城を指している。拙論「杜甫の詩に描かれた瀼西宅の位置について――白帝城東、草堂河西」（『中唐文学会報』第十三号、二〇〇六年十月）の注（十六）を参照。本書第Ⅲ部第一章に収録。

(16)　薬草の採集、栽培、販売は、生業として十分成り立ったに違いない。宮下三郎氏の「隋唐時代の医療」に、安史の乱勃発の直前ごろの、西域での薬価の例（吐魯番文書による）、五十種ほどが一覧表として紹介されている。普通の薬材の値段がどれぐらいの相場になるのかについて、氏は次のように換算しておられる。「ひとつの処方が六味で各三小両とすれば、極めて普通の生薬の場合で百文前後となり、唐代の米価は玄宗のころ豊熟のとき一斗（今の三・九升、約五・五kg）二十文前後であったといわれるから、五斗（二十七・五kg）の米に相当することになって恐ろしく高価なものである」（『中国中世科学技術史の研究』藪内清編、角川書店、一九六三年、二八五－八六頁）また真柳誠氏の「目でみる漢方史料館（八五）――唐代の薬価記録－トルファン出土物価（市估）文書」（『漢方の臨床』四二巻六号、六五八－六〇頁、一九九五年六月）も参照。

杜甫関連地図

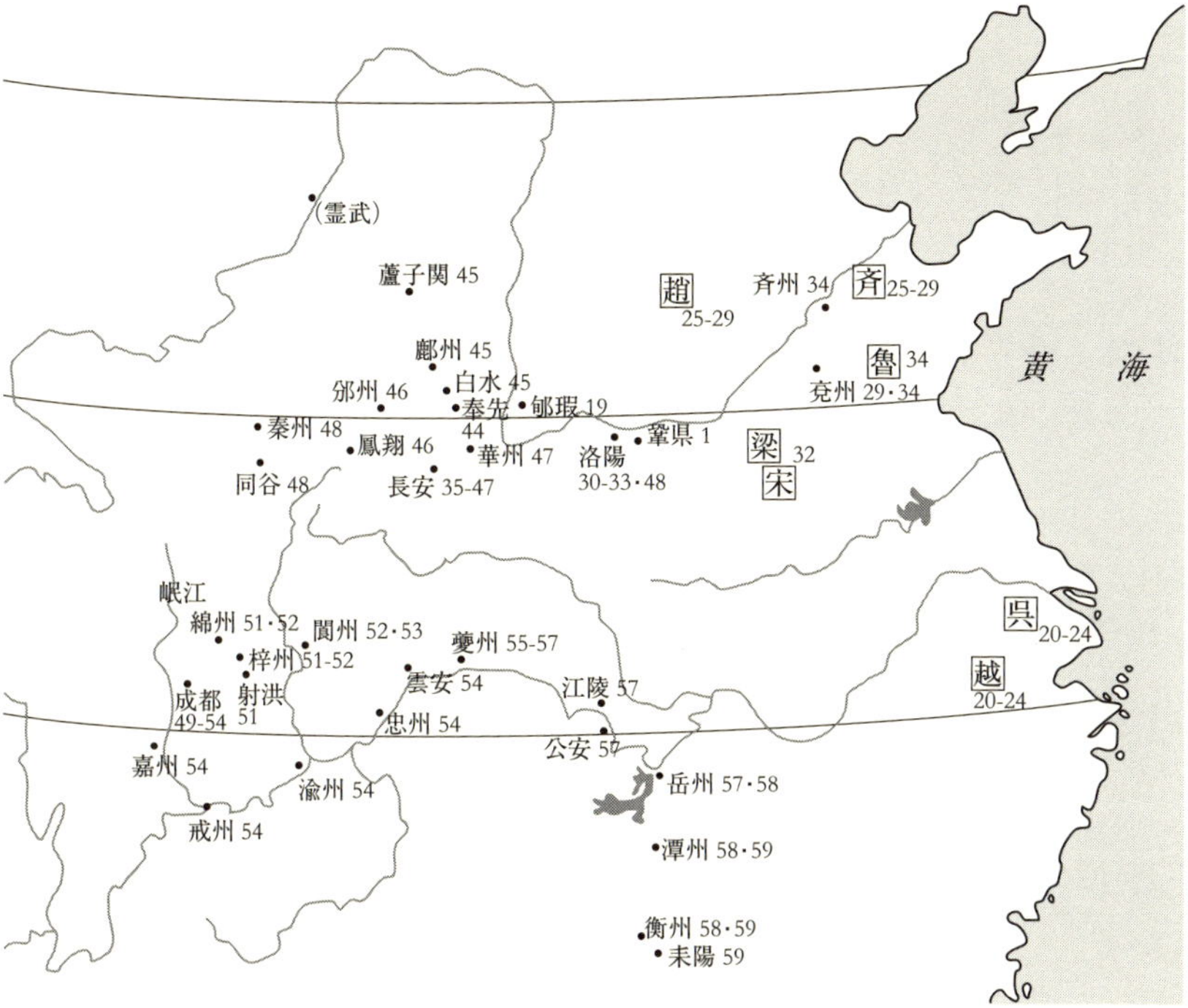

＊）杜甫が通過または滞在した場所についてのみ記載した。そうでない地名は（ ）内に入れた。
＊）地名の右側は数え年による当時の年齢である。

瀼西宅関連図

（本書 174 頁参照）

附二　杜甫年表

玄宗・先天元年（七一二）一歳

　河南の鞏県（一説に洛陽）に生まれる。

　遠祖に西晋の著名な武将かつ官僚で春秋学者の杜預がいる。祖父の杜審言は著名な宮廷詩人で、尚書膳部員外郎（従六品上）となる。父は杜閑、地方の中級官吏。母の崔氏は名門の一族。没落しつつある家門で、杜甫以後正史に伝を立てられる者は出なかった。排行は第二だが、兄は夭逝し、実質は長兄である。四人の弟（穎・観・豊・占）と一人の妹がいた。実母は早くに亡くなり、父は再婚し、地方官で外勤。幼少の頃から、父方の叔母の家にあずけられた。

玄宗・開元元年（七一三）二歳

開元四年（七一六）五歳

　幼少のころ大病を患うも、叔母の介護によって一命を取りとめる。

開元六年（七一八）七歳

　詩文を作りはじめる。

開元八年（七二〇）九歳

　大字の書を習う。

開元十三年（七二五）十四歳

　このころ洛陽で文人の仲間入りをする。岐王李範（睿宗帝の第四子）の面識を得、屋敷に出入りする。

開元十四年（七二六）十五歳

　このころ身体は頗る壮健であった。

開元十八年（七三〇）十九歳

　遊学の途に出る。郇瑕（山西省臨猗県）に遊ぶ。

開元十九年（七三一）二十歳

　呉越（江蘇、浙江省）に遊ぶ。

開元二十三年（七三五）二十四歳

　呉越より洛陽に帰る。科挙を受験するも落第。

開元二十四年（七三六）二十五歳

　鄺健行氏の新説では、前年に故郷鞏県での県試、洛陽での河南府府試に合格し、本年一、二月の間、長安での進士の試験に落第する（『杜甫新議集』四四頁）。

開元二十八年（七四〇）二十九歳

　斉趙（山東、河北省）に遊ぶ。蘇源明と交わり終生の友となる。

　引き続き、斉趙にあり。

　兗州司馬となっていた父杜閑の所に行き、兗州の城楼に登る。

開元二十九年（七四一）三十歳

　洛陽に帰り、陸渾荘を築き、仲春に遠祖の杜預を祭る。

　このころ楊怡の娘と結婚、以後死ぬまで連れ添う。

玄宗・天宝元年（七四二）三十一歳

　洛陽にあり。

　幼少より杜甫を世話した父方の叔母（万年県君）が亡くなり、その墓誌を作る。

天宝三年（七四四）三十三歳

　引き続き、洛陽にあり。

　五月、父方の祖母（范陽太君）が亡くなり、偃師に葬られ、その墓誌を作る。

　夏、洛陽で、この年宮廷から放逐され野にあった李白と、知り合う。

　秋、梁宋（河南省商丘市一帯）に至り、李白・高適と遊ぶ。

　道教の聖地王屋山に遊ぶ。道教を学ぼうと思ったが実現せず。

天宝四年（七四五）三十四歳

　斉・魯（河南、山東省）に遊ぶ。

　夏、済州で北海太守の李邕（『文選』に注した李善の子）に面会を求められる。
秋、兗州にゆく。李白もまた来たり、ともに遊び、二人の交情はますます親密になる。

天宝五年（七四六）三十五歳
魯郡の東の石門で李白と別れ、以後杜甫は終生李白を慕う。
斉・魯より長安に行く。汝陽王李璡（睿宗帝の孫）に従い遊ぶ。
このころ〈〇一26 春日憶李白〉〈〇二01 飲中八仙歌〉を作る。

天宝六年（七四七）三十六歳
長安で制科を受験するが、李林甫の策謀で受験者は全員落第する。

天宝七年（七四八）三十七歳
長安にあり。祖父杜審言の友人であった韋嗣立の子の韋済に、しばしば詩を贈って、引き立てを求める。
以後、高位の知人や有力者に詩を贈りつづけ、求職活動に奔走する。

天宝八年（七四九）三十八歳
長安にあり。
冬、洛陽に帰る。玄元皇帝（老子）廟に謁す。

天宝九年（七五〇）三十九歳
長安に戻る。鄭虔と知り合い、終生の友となる。
求職活動の一環として玄宗帝に〈二四08 鷴（わし）の賦〉を奉るも、沙汰無し。
このころ長子の宗文が生まれる。

天宝十年（七五一）四十歳
長安にあり。
三大礼賦〈二四02 朝獻太清宮賦〉〈二四03 朝享太廟賦〉〈二四04 有事於南郊賦〉を奉り、玄宗の眼にとまり、集賢院に待制せらる。杜甫は終生このことを誇りにする。
秋に瘧を病む。
父方の従兄弟で李林甫の娘婿でもある杜位の家で、四十歳の大晦日を過ごす。
このころ〈〇二11 兵車行〉を作る。

天宝十一年（七五二）四十一歳
長安にあり。
暮春、しばらく洛陽に帰る。
秋、岑参・高適・儲光羲らと慈恩寺の塔に登る。
このころ〈〇二15 貧交行〉を作る。

天宝十二年（七五三）四十二歳
長安にあり。
夏、友人の鄭虔と何将軍の別荘に遊ぶ。
秋、次子の宗武生まれる。

天宝十三年（七五四）四十三歳
長安にあり。
玄宗帝に〈二四06 封西岳賦〉を奉るも、沙汰無し。
節度使の幕府の書記官に職を求めようとして、哥舒翰に詩を贈る。
家族を洛陽から呼び寄せ、長安（城南の下杜城）に居を構える。
それまでは長安で一人寄寓の身であった。
秋、異常な長雨で物価が騰貴し、生計が苦しく、妻子を長安の東、奉先県にあずける。

天宝十四年（七五五）四十四歳
長安にあり。
九月、妻子を訪ねて長安より奉先県に赴く。
十月、長安に帰り、河西の県尉を授けられたが就かず。ついで右衛率府兵曹参軍（正八品下）に任ぜらる。
十一月初め、再び奉先県に妻子を訪ねる。飢えのため幼女が亡くなっていた。
［十一月、安禄山の乱、范陽で勃発。］
［十二月、洛陽陥落。翌年正月、安禄山は洛陽で大燕皇帝を称し国号を燕と定む。］

天宝十五年（七五六）四十五歳
正月の月は家族と奉先県で過ごす。まもなく長安に帰り右衛率府の職に復する。
初夏、家族を避難させるため再び奉先県に赴く。

五月、奉先県から家族を連れ、母方の親戚で白水県の役人（県尉）となっていた崔十九に身を寄せる。

白水県を離れ、難民に混じり、遠い親戚の王砅一家と北に逃げる。

白水県の東北六十里の彭衙古城を過ぎる。同家洼の孫宰の家でしばらく世話になる。

六月、華原、三川を経て、鄜州に赴く。鄜州に到着後、家族を羌村に住まわせる。

〔六月、反乱軍が長安に殺到、玄宗らは蜀に逃げる。〕

〔七月十三日、皇太子の李亨が霊武で即位する（粛宗皇帝）。改元して至徳元載（年）。〕

粛宗即位の報を聞き、家族を置いて単身で蘆子関（延安市の西北）を出で、行在所の霊武に向かう。

途上で安禄山側に捕らえられ、反乱軍に占拠されていた長安に連れ戻される。

長安城内では地位が低かったため、行動は比較的自由であった。

〈四14 月夜〉を作る。

粛宗・至徳二年（七五七）四十六歳
反乱軍の占拠する長安城内にあり。〈四21 春望〉を作る。
〔二月、粛宗（の行在所）が霊武より鳳翔に移る。〕
四月、長安城の金光門より脱出して鳳翔の行在所へ向かう。
五月十六日、鳳翔の行在所で左拾遺（従八品上）を拝す。
五月、元宰相の房琯をかばって諫言し、粛宗の逆鱗に触れる。尚書省の刑部・御史台・代理寺の三司合同の最高司法会議にかけられる。死刑の可能性があったが、宰相張鎬・御史大夫韋陟・崔光遠・顔真卿等が弁護し許される。
六月一日、許されてのち、粛宗に感謝状を奉る。左拾遺の職に復す。
六月十二日、左拾遺の仕事として、杜甫等五人は岑参を諫職に推薦する。
閏八月、帰省を命じられ、行在所を去って鄜州へ帰る。
鄜州の羌村に至り家族と再会する。数日寝込む。
〔九月二十八日、ウイグルや西域兵の力で長安回復。〕
〔十月二十三日、鳳翔より粛宗が長安に入京。〕
十一月、許しが出て、家族を連れて長安へ戻り、左拾遺の職に復す。

至徳三年（七五八）四七歳
長安にて左拾遺の職にあり。
〔二月、乾元と改元。〕
春、中書舎人の賈至の詩に王維、岑参らと唱和する。
三月、賈至が左遷され、続いて六月、房琯、厳武が左遷され、杜甫も華州司功参軍に左遷される。
秋九月、藍田県に行き王維、崔季重の別荘を訪ねる。
冬、華州から洛陽の陸渾荘へ一時帰省する。

粛宗・乾元二年（七五九）四十八歳
故郷で衛八処士に会う。

春、洛陽から華州へ帰り、任に就く。

途上での見聞をもとに三吏三別〈〇七01 新安吏〉〈〇七02 潼關吏〉〈〇七03 石壕吏〉〈〇七04 新婚別〉〈〇七05 垂老別〉〈〇七06 無家別〉を作る。

七月、華州の官を棄て、家族とともに（末弟の杜占も伴い）秦州へ旅立つ。以後、二度と長安、洛陽へ戻ることはなかった。

秦州では西枝村など隠遁にふさわしい土地を捜す。

十月、秦州を去り南の成州同谷へ向かう。

同谷では栗亭から鳳凰村に移り住み、一月も滞在せずして、十二月一日、さらに南の成都へ向かう。

蜀道の難所を越えて、年末、成都に到着。浣花渓の畔の草堂寺に住む。

乾元三年（七六〇）四十九歳
春、成都郊外の浣花渓のほとりに居を選び、住まい作りに着手する。
暮春、住まいがいちおう完成する。いわゆる浣花草堂（成都草堂）である。

〔閏四月、上元と改元。〕
秋、旧友の高適が蜀州に長官として赴任してきたので、会いに出かける。
このとき同郷の韓十四と出会う。
さらに蜀州の東南の新津にいたり裴迪と新津寺に遊ぶ。
冬、成都にあり。

上元二年（七六一）五十歳
正月、また新津に行くも裴迪と出会えず。

二月、成都に帰る。

秋、生活の援助を求めて青城に行くも期待虚しく、まもなく成都に帰る。

秋八月、台風で草堂の屋根が吹き飛ぶ。また草堂の前の大木の楠樹が倒れる（夏の暴風雨説有り）。

成都少尹（副長官）の徐九が厚礼をもって草堂を訪れる。

冬、王掄が、成都尹を臨時に代行していた高適を伴い草堂を訪ねる。

招かれて蜀州に行き、皁江（ソウコウ）にかかる竹橋の完成を言祝ぐ。

十二月、友人の厳武が成都尹となり、高適は蜀州刺史の任に戻る。帰任してきた高適を蜀州で迎える。

成都に帰る。

代宗・宝応元年（七六二）五十一歳
春・夏、草堂にあり。
厳武との交流が密接。厳武は着任当初、杜甫の意見も取り入れ比較的善政を行う。
〔四月、玄宗崩御し宝応と改元。継いで粛宗が崩御し、代宗が即位する。〕
五月、厳武が再び草堂を訪れる。厳武に招かれ成都に赴く。
六月、厳武が朝廷に召し帰される。
七月、厳武を綿州まで送っていき、奉済駅で別れる。
七月、高適が成都尹、西川節度使となる（翌年十二月まで）。
徐知道が成都で乱を起こし、成都への道を阻まれ、涪江の東津の公館に住む。
漢中王李瑀を頼り綿州を去って梓州に行く。蜀を去ろうとの気持ちが起こる。
秋末から冬の初め、成都に帰り、家族を引き連れて梓州にもどる。
仲冬十一月、射洪県にあり。陳子昂ゆかりの地を訪ねる。
生計の資を求め射洪県から通泉県に行く。
このころ三峡に下りさらに東遊せんとの気持ちが強い。
冬末、梓州に帰る。
〔十二月、剣南西山の諸州がみな吐蕃に占領される〕

宝応二年（七六三）五十二歳
正月、梓州にあり。
〔正月、七年三か月にわたる安史の乱が終結する。〕
この報を聞いて狂喜し、襄陽まで下って洛陽の故郷に向かわんと歌う。
また呉越に遊ばんとの気持ちも起こる。
春、梓州近辺の牛頭寺、兜率寺、恵義寺などに遊ぶ。
春、梓州を離れ、塩亭を過ぎり、閬州に行き、また梓州に帰る。
綿州に行き、さらに漢州に至り、引き返して涪城を経て、春の末、梓州に帰る。
夏、梓州にあり。
夏から秋、梓州刺史の章彝との交流が盛ん。
〔七月、広徳と改元。〕
〔七月、河西、隴右の地が吐蕃の手に落ち、十月には一時長安が占拠され、代宗は避難。十二月、松・維・保三州が吐蕃に領有される。〕
〔九月、厳武が京兆尹となる。〕
九月中旬、閬州に行く。閬州で房琯（八月死去）を祭る。
代宗に上奏する吐蕃政策を王閬州刺史のために代作する（吐蕃を防ぐには高適に替わって厳武が剣南西川節度使の任に就いたがよいとの思い有り）。
十月、十一月、引き続き閬州にあり。

十二月、妻が手紙で娘の病を告げてきたので、閬州から急ぎ（三ヶ月ぶりに）梓州に帰る。

蜀を去り長江を下る準備が整い、梓州刺史の章彝が盛大な送別の宴を開く。

冬末、家族を伴い梓州から閬州へ移り、閬州で年を越す。

代宗・広徳二年（七六四）五十三歳

〔正月、剣南東川、西川が一道に合併され、厳武が節度使となる。西川節度使の高適は都へ召し帰される。〕

閬州にあり。遊覧するところ多し。

長安の京兆功曹参軍（正七品下）に補せられたが就かず。蜀を去って南下する気持ちは揺るがず。

二月、厳武が蜀の長官に再任されたと知る。南下の計画を取りやめ、閬州から成都に戻る（暮春）。

春から夏、草堂にあり。〈三36 絶句二首〉「江碧鳥逾白…」を作る。

六月、厳武の幕府で節度参謀となり（通説では同時に検校尚書工部員外郎に推薦される）、成都城内に住まう。

秋以来、次第に幕吏の生活を厭う気持ちが強くなり、一度休暇をもらって草堂に帰る。

弟の杜穎が草堂を訪れ、杜観、杜豊、五姑の健在の消息をもたらしまた遠く斉州（山東省）に帰って行く。

草堂より成都に行き幕吏の生活にもどる。

初冬、再び休暇をもらって草堂に帰り、また幕府にもどる。

代宗・永泰元年（七六五）五十四歳

正月三日、草堂に帰り、まもなく節度参謀の職を辞す。

（陳尚君の説ではこの直後に検校尚書工部員外郎に推薦される。）

正月、友人の高適死す。

四月、杜甫の最大の援助者であり友人であった厳武が死す。

四月末から五月初めのころ、浣花草堂を去り、岷江（汶江）を下りはじめる。

（陳尚君説では員外郎の官に就くため、厳武の死ぬ前、遅くとも三月暮春には浣花草堂を去る。）

五月五日前に嘉州（今の楽山市）に下り、五月十五日ころ犍為を過ぎ、五月末から六月初め、戎州（今の宜賓市）に至る。

さらに長江を下り渝州（今の重慶市）に至る。渝州で厳六侍御を幾日か待つも来たらず。

そのまま忠州（今の忠県）に下り、秋を迎える。

初秋七月、雲安（今の雲陽県）に至り、思いがけなく病に伏せ、雲安で年を越す。

渝州から雲安への船旅の途中、厳武の霊柩を乗せて故郷に帰す船に、出あう。

〔閏十月、郭英乂（厳武死後の剣南節度使の後任）が崔旰(サイカン)に殺される。柏茂琳、楊子琳等が挙兵して崔旰を討ち、蜀中大いに乱れる。〕

永泰二年（七六六）大暦元年　五十五歳

春、雲安にあり。雲安県の長官厳氏の水閣に住んでいる。
暮春三月、夔州に下る。
夔州入りの当初から翌春まで白帝山の西閣（即ち客堂）に住む。
（一説では、はじめ客堂に住み、秋に西閣に居を移した。）
自宅で鶏を飼う。
夏、日照りが続く。
秋になり、チシャ作りをするも失敗する。
晩秋から初冬のころ、柏茂琳が夔州刺史として赴任し、杜甫に多大の援助をする。
〔十一月、大暦元年と改元。〕
夔州期は創作活動が非常に盛ん。多方面にわたる多くの詩を残す。

代宗・大暦二年（七六七）五十六歳

終年、夔州にあり。

春、西閣より赤甲に居を移す。簡錦松説では夔州入りした早い時期から赤甲（今の子陽山南麓）に住み、西閣にもしばしば宿泊していた。

まもなく晩春三月、白帝城の東、東瀼水（今の草堂河）の西岸

（北岸というも可）の瀼西に居を移す。

（通説では瀼西は、白帝城の西の西瀼水、即ち今の梅渓河の西岸である。）

瀼西の居宅は、初め賃借りしていたが、後に四十畝の果樹園とともに購入する。

家まわりの畑で野菜作りをし、蜜柑作りの経営管理を始める。

同時に東屯の地に自分の稲田を持ち、米作りの経営管理を始める。

六月、行官の張望が稲田の水を補って帰って来たので詩を作る。

夏、虎を防ぐための柵を修理する。

秋になり、牛で畑を耕しカブ作りをする。

仲秋八月ごろ、稲田の除草の詩を作る。

〈二〇26 登高〉を作る。断酒する。左耳が聞こえない。歯は半分が抜けている。

秋、稲田の収穫のため、瀼西より東屯に居を移す。瀼西の居宅は、娘婿の呉郎に貸す。

蜜柑を収穫する。

この年、弟の杜観が会いに来る。杜観は藍田（陝西省）の女性と結婚し、江陵近くの当陽に住む。

江陵の高官、知人たちに詩を送り、江陵に下る準備をする。

冬、記録的な大雪が降る。

大暦三年（七六八）五十七歳

南卿兄に瀼西の果園四十畝を贈与する。

正月中旬、夔州を去る。

巫山県、峡州（今の宜昌）、宜都、松滋を経て、三月、江陵に至る。

家族をしばらく当陽の杜観の居所にあずける。

一時期、「武陵」に行き、また江陵に戻る。

晩秋、家族を伴って、江陵を去り、公安に至る。

年の暮れ、公安を去り、南下して岳州（今の岳陽）に到る。〈二三28 登岳陽楼〉を作る。

岳州で歳を越す。

大暦四年（七六九）五十八歳

正月、岳州を去り、潭州（今の長沙）に向かう。

洞庭湖に入り、青草湖に泊し、湘水（湘江）を遡り、白沙駅に宿る。喬口、銅官渚を過ぎ、新康、雙楓浦を経て、晩春三月、清明節のころ、潭州に至る。

岳麓山を訪ねる。

韋之晋を頼ろうとし、潭州を去り、南下して衡州（衡陽）に向かう。

潭州から白馬潭、鑿石浦、津口、空霊岸、花石戍、晩洲を経る。

衡山県境に入り、南岳衡山を望見し、衡州に至る。

韋之晋は潭州刺史に転任し、まもなく四月に逝去。その訃報を衡州で聞く。

夏、潭州に引き返す。

潭州では、一時期、下船して江閣で過ごす。また船上を居とし、あるいはまた城内に住む。

潭州で歳を越す。

大暦五年（七七〇）五十九歳

春、潭州にあり。〈二三31 江南逢李亀年〉を作る。

三月二日、清明節の前日の小寒食を船中で過ごし、翌日、岳麓山に遊ぶ。

夏四月、湖南兵馬使の臧玠が潭州で乱を起こし、兵火を逃れ衡州に赴く。

郴州刺史代行の崔偉を頼って、衡州から耒水を遡って郴州に向かう。

耒陽の方田駅に至り洪水に遭う。

五日間船が進まず食料を欠くも、耒陽県令の摂氏より酒肉を送られ難を脱す。

郴州には向かわず、衡州にもどる。

六月、臧玠の乱がおさまり、衡州を去り潭州に帰る。

漢陽から襄陽に行き、さらに長安へ帰ろうと思い、晩秋に潭州を発つ。

冬、潭州と岳州の間で客死する。

（主として仇注本、聞一多『少陵先生年譜会箋』、陳貽焮『杜甫評伝』の三つを基本にし、他の文献を適宜参照した。年号では載を用いず年に統一した。月日は陰暦による。）

あとがき　序にかえて

本書のタイトルである杜甫と農業詩という組み合わせを奇異に感じられる人が多いと思う。農業詩という言葉もほとんど耳にしたことがない。このあとがきでは、なぜ私がこのようなタイトルの本を出版するに至ったのか、その経緯を説明していきたい。それがいちばん手っ取り早く私の研究の立場や、杜甫の農業詩研究の意義などを明らかにしてくれると思うからである。

＊　＊

漢詩の中に農業をうたう詩があることを知ったのは、今から三十年以上も昔のことである。まだ学部生だった私は新刊の『漢詩の散歩道』（一海知義編著）というユニークな入門書を読んで、つらい農作業や重税にあえぐ農民を描いた詩が、唐詩の中にあることを知って、ひどく心を動かされた。私は農家の生まれで学生のころも、農繁期には大学の授業を欠席して、田植えや稲刈りの手伝いに帰っていたからである。

恩師の林田愼之助先生は、授業を欠席するそんな学生になかばあきれ顔で「君たちは百姓だ」とからかっておられた（農繁期に授業を欠席する常習者はあと二人いた）。「古川くんは百姓だ」という先生の率直な言葉の響きを、わたしはいつも嬉しく感じ取っていた。わたしはその言葉に自分の魂をぐっと握られてしまったかのようだった。「農業を取り上げればいい、君にはそれが一番似合っている」と勧めてくれたのは二宮俊博氏である。彼は私の院生時の同級で、当時最も身近な友人でよく中国文学について語り合った。しかし彼も僕も、そんなテーマで中国文学を研究できるなどとは正気で思っていなかった。そんな論題の学術論文が学会に発表できるわけがないったし、学界でも農業詩と題した論文は発表されなかった。

と、最初からすっかり思い込んでいたのである。実際それから二十年、私自身、農業文学のことは思い出さなか

＊　＊

十年前、私は唐代『農業詩』簡介其一、其二という副題をつけて、「唐詩に詠じられた困窮せる農民像」と「徴税の役人におびえる農民たち」という論文を発表したが、おそらく日本ではそれが農業詩という言葉を論題に冠した最初の例ではなかろうか。農業詩という言葉がまだ熟していなかったので、まさにおそるおそるの発表であった。ある友人からは「農業詩」ってなんですか、そんな研究って有りなんですかと、しきりと不思議がられたものである。

それがこの十年間で、「農業詩」というのは確か古川さんが始められた言葉ですね、などと言われるようになってきた。中国文学の学会でもそういう研究があり得るということが、抵抗なく受け入れられるようになってきたのであろう。

思えば、近代以前の中国の詩人はみな士大夫階層の出身である。大地主、中小の地主の区別はあるが、彼らの大半は経済的には地主階級である。農業社会を土台に彼らの思想も文学も成り立っており、その多くは農業と何らかの関係がある。近代以前の中国では、純粋な都市型の文学はあまり発展していないのである。官僚士大夫たちが最後に帰りたいと思う場所には、いつも農村社会が一つの理想として存在していた。

民本思想、農本主義は中国古代の哲人が生み出した良質な思想だと私は思うのだが、そういう古典を、小さいころから教養としてたたき込まれている士大夫たちは、農業や農民に対しても無関心ではいられない。程度の差はあれ、彼らは農への関心を終生失うことがないといってよい。まして中国は古来より名だたる農業大国である。

時には農業に対する態度が、彼らの思想や世界観をはかるバロメーターとなりうることもある。そんな社会に住む知識人たちの生み出す文学が、どうして農業と無縁でありえようか。

このように考えてくれば、近代以前の文学を農業という観点で見直すことは、一つの有効な方法であるに違いない。だから頑張らなくてはと、私は自分自身をこれまで励ましてきた面もある。

＊　＊

その次に、私が農業詩をテーマにした論文は「唐詩に詠じられた農民像の変化について」であった。その頃から、私は農業を歌う詩人としての杜甫の重要さが気がかりになっていた。杜甫が、兵役に駆り出される農民の実態や、重税と戦争で荒廃する農村を詩で告発していることはよく知られているし、私自身も職業柄、そんな詩は幾度となく読んできた。

しかし私が農業詩を見直す中で見いだした杜甫は、第三者的立場から政治や社会を批判する官僚士大夫としての詩人ではなく、士大夫の身分でありながら、直接農業に関わる農業の当事者としての詩人杜甫であった。当事者としてかくも農業的実践に深く関わり、それをいちいち具体的に詩に詠じてきた詩人が中国文学史の中にいたのかと、新鮮な驚きであった。しかもその詩のなかには杜甫の思想も人生も、嘆きも喜びも歌い込まれ、詩聖杜甫としての才能を遺憾なく発揮したいずれも傑作と言えるほどの詩なのである。

私には、農民に同情し社会の矛盾を告発した初期の作品群よりは（もちろんそれらは古来より名篇との誉れが高いのだが）、成都、とりわけ夔州に移ってからの、杜甫自らの農業的実践を歌った農業詩の方が、何倍も面白かった。こんな杜甫を知って、それまでの私の杜甫像は一変してしまった。そしてはじめて杜甫をしんから面白いと思うようになった。

杜甫はこれまで誤解されてきたのだと思う。というよりは、杜甫の一面だけしか読まれてこなかったのだろう。国を憂え、漂泊し、涙を流す、いつもそんな苦渋と憂愁に満ちた杜甫の像しか知られてこなかった。しかし農業に取り組み、生活に格闘するときの杜甫はまた違った表情を見せる。時には、図々しかったり、説教じみたり、また自慢したかと思えば急に落胆したり、いかめしいときもあれば、ユーモアをまじえるときもありと、さまざまな生身の感情を垣間見せる。そこには詩聖杜甫の冠を少しばかりはずした人間杜甫が、土の上にしっかりと立っている。杜甫もまた人の子であった。

私のなかの杜甫発見の興奮は、論文を書くたびにお送りした人たちにも伝わり、拙論をお読み下さった人たちと、その感動を共有してもらうことができたと思う。そのことが、私としては一番嬉しかったことである。

このようにして唐代の農業詩研究の一節を、埋め合わせるために始めた杜甫研究が、杜甫の面白さにひかれた杜甫研究となり、唐代の農業詩研究が成就する前に、杜甫の農業詩研究の本を出す羽目になった。まさにミイラ取りがミイラになった。

＊　＊

昨年の秋、最後の杜甫の稲作論文を書き終え、それからただちに論文の修正作業に入った。たくさんの修正をほどこし、何回も書き直し、まるまる半年かかった。その修正作業には、拙論を送るたびに誤りを正してもらい、意見をちょうだいした人たちの意見を極力取り入れるようにした。いちいち名前は記さないが、その方々に、この場を借りて心よりお礼申し上げたい。

またこれまで杜甫論文を発表してこられた同世代の、あるいは年若き研究者たちにも心からお礼を申し述べたい。私は、彼らに強く励まされ、多くのものを教えていただいた。一介の研究者に過ぎない私にとっては、彼らの多様な杜甫研究はそのいずれもが貴重な財産である。

かくて修訂原稿が完成し、それを知泉書館の小山社長にお見せしたのが今年の春である。そして四か月もたたない今、この「あとがき」を書いている。最初の杜甫論文を書いてから八年の月日が過ぎ去った。この間、中学生だった娘は、いま大学を卒業しようとしている。杜甫が都の長安から、遠く三峡の地まで流れ来て「ふるさとの家に別れしより児女長ず」とか「みやこより遠く遊びきたりて児子長ぜり」などと詠じていることが思い出される。杜甫が述べるように子の成長はまことに時間の長さをはかる切実な尺度ではある。

＊　＊

私はこの本を、六十年間農に生きてきた私の母にまず読んでもらいたい。千三百年も前、中国を代表する一詩人が、かつて落魄した境遇の中で、いかに農業に取り組んできたか、その実際を知ってもらいたいのである。そんな話題が、農に苦しみ、農に生き、農に支えられ、農に楽しんできた母の慰みの一つになれば、それにまさる喜びはない。

一人の農民としての私の母の生きざまは、他のすべての農婦や農夫と同じである。従って、そのすべての農業従事者たちにも杜甫の農業詩を知ってもらいたい。日本の農業を支えている彼らに対して私に出来ることといえば、せいぜい農業に関する話題の一つ二つを、過去の文化遺産から掘り出して提供することぐらいである。

また農業を職業としなくても、農業を大事と思うすべての人にも、こんな杜甫の存在を知ってもらいたいと思う。そこからなにがしかの生きるヒントを見いだしてもらえば、それこそ私にとって望外の幸せである。

最後に、私の杜甫論をこころよくお引き受けて下さり、本文の構成から索引・地図作りまで、親身になって指導してくださった知泉書館の小山社長に心からお礼を申し上げます。

二〇〇八年七月　九十五歳の母の誕生日を一か月後にひかえて

古川末喜　識す

初出一覧（発表年代順）

「杜甫の農的生活を支えた使用人と夔州時代の生活詩」二〇〇〇年十月（『中唐文学会報』中唐文学会、好文出版（東京）、第七号）

「杜甫のミカンの詩とミカン園経営」二〇〇一年十二月（『佐賀大学文化教育学部研究論文集』第六集第一号）

「生業をうたう浣花草堂時代の杜甫」二〇〇二年十月（『中国読書人の政治と文学』林田慎之助博士古稀記念論集編集委員会編、創文社（東京））

「杜甫の浣花草堂－その外的環境、地理的景観について」二〇〇二年十月（『中唐文学会報』中唐文学会、好文出版（東京）、第九号）

「秦州期・杜甫の隠遁計画と農業への関心」二〇〇四年十月（『中唐文学会報』中唐文学会、好文出版（東京）、第十一号）

「杜甫とらっきょう（薤）の詩－秦州隠遁期を中心に」二〇〇五年十月（『中唐文学会報』（中唐文学会）、好文出版（東京）、第十二号）

「杜甫の詩に描かれた瀼西宅の位置について－白帝城東、草堂河西－」二〇〇六年十月（『中唐文学会報』中唐文学会、好文出版（東京）、第十三号）

「生活の底辺から思いをめぐらす――杜甫夔州の瀼西宅」二〇〇七年二月（『立命館文学（清水凱夫教授退職記念論集）』五九八号）

「杜甫の野菜作りの詩」二〇〇七年三月（『未名』第二五号、中文研究会（神戸大学））

「東屯の稲田一百頃——詩人杜甫の米作りの詩」二〇〇八年一月（『佐賀大学文化教育学部研究論文集』十二-二号）

古川 末喜（ふるかわ・すえき）
1954年佐賀県有田生まれ。九州大学文学部卒，同大学院中退。鹿児島県立短期大学講師，島根大学助教授を経て，現在佐賀大学教授。
著書に『中国スキンシップ紀行』（筑摩書房，1988年），『初唐の文学思想と韻律論』（知泉書館，2003年）がある。

〔杜甫農業詩研究〕　ISBN978-4-86285-038-6

2008年 8 月 25 日　第 1 刷印刷
2008年 8 月 30 日　第 1 刷発行

著　者　古 川 末 喜
発行者　小 山 光 夫
印刷者　藤 原 愛 子

発行所　〒113-0033 東京都文京区本郷1-13-2
電話03(3814)6161振替00120-6-117170
http://www.chisen.co.jp
株式会社　知 泉 書 館

Printed in Japan　印刷・製本／藤原印刷

人名索引

そ の 他

地名索引

農事関連語彙索引

あ　行

か　行

さ　行

た　行

な　行

は　行

ま　行

や　行

ら・わ 行

杜甫詩題索引

（詩題が長いばあい初めの六文字までを示し残りは省略した。詩題番号については凡例を参照）